Périlleuse alliance

*

Pour protéger sa fille

Prologue

Un an plus tôt

— Bon sang, Hamilton ! Vous avez peut-être eu raison, mais vous avez violé toutes nos règles. Si cela ne dépendait que de moi, vous seriez renvoyé.

Le major Clements se frappa la cuisse en faisant les cent pas devant la porte.

Wade Hamilton se tenait au garde-à-vous, ce qui lui était rarement arrivé depuis qu'il était devenu Texas Ranger. Comme il regardait droit devant lui, il ne pouvait pas voir son supérieur qui marchait dans son dos. Mais même si le major s'était tenu face à lui, il n'aurait pas pu décrypter ses expressions. Son œil gauche n'avait pas dégonflé depuis la raclée qu'il avait reçue la semaine précédente et sa vision était encore floue. Il n'avait aucun moyen de deviner s'il s'agissait d'une très longue réprimande, ou de la fin de sa carrière.

Le major Clements se tenait juste derrière son épaule droite. Du coin de l'œil, il le vit serrer le poing, avec tant de force que ses phalanges blanchissaient. Ce n'était pas la première fois que son supérieur était en colère, loin de là.

Il ne pouvait qu'espérer que le major allait tenir compte des vies qu'il avait sauvées. Pour une fois, Jack, son équipier, ne lui avait pas reproché d'avoir suivi son instinct, loin de là.

— Mais apparemment je n'ai pas voix au chapitre, poursuivit

le major. On dirait que quelqu'un, au quartier général, a plaidé en votre faveur. Qui sait, peut-être que la femme que vous avez contribué à sauver a des relations, à moins que les hauts gradés ne souhaitent pas expliquer pourquoi un Texas Ranger de la compagnie B a été viré après avoir sauvé un membre du bureau de la Sécurité civile. Je n'en ai pas la moindre idée.

Le major Clements arrêta de marcher et fit un nouveau demi-tour.

Ce n'était pas la première fois qu'il sermonnait Wade, mais jusqu'ici, il l'avait toujours regardé en face. Malgré ces allusions au soutien dont il bénéficiait au quartier général, Wade n'était toujours pas certain de conserver son emploi.

— Quelqu'un a suggéré qu'on vous remette une médaille, mais j'ai refusé. Une personne qui enfreint les règles ne doit pas être récompensée. Vous n'avez pas donné le bon exemple. Vous me décevez beaucoup, lieutenant.

La voix du major résonnait de tristesse plus que de colère.

— Je comprends, monsieur.

— Bien.

Le major passa derrière son bureau, posa les deux poings sur le bois poli et se pencha vers Wade.

— Et pourtant, je n'entends aucune excuse ni aucune phrase aussi simple que : « Cela ne se reproduira plus. »

— Cela va sans dire, monsieur.

— Est-ce que vous le croyez vraiment, Wade ? Arrêtez au moins de jouer au héros. Cette fois, vous avez failli y laisser la vie. Mais puisque je ne peux pas vous renvoyer, et pour vous discipliner un peu…

Il s'assit et Wade comprit qu'il n'avait pas perdu son poste.

— Je vous mets sur la touche.

— Pardon, monsieur ?

Il baissa les yeux pour établir un contact visuel avec le major, mais se remit aussitôt au garde-à-vous devant son regard sévère.

— Je ne suis pas certain de comprendre.

— Travail de bureau, lieutenant. Vous vous présenterez ici chaque jour pour travailler sur les dossiers qui vous attendront. Vous ne quitterez pas ce bureau entre 9 heures et 17 heures, pas même pour déjeuner. Vous avez compris ?

— Parfaitement.

— Rompez.

— Mais cette affaire, monsieur ?

Il fixait un point, juste au-dessus de la tête du major, afin de ne pas supplier du regard l'homme qui tenait son destin entre ses mains.

— Nous ne connaissons qu'une infime partie des crimes de Rushdan Reval, ajouta-t-il. Nous avons l'occasion rêvée d'infiltrer la bande de cette ordure.

— Vous avez reçu l'ordre de ne plus vous occuper de cette affaire, lieutenant. J'ai dit, rompez.

Wade sortit du bureau, la bouche sèche. S'il était heureux d'avoir encore un travail, il se demandait comment il allait pouvoir survivre à ce qui l'attendait – des heures à passer des dossiers au crible, la plupart concernant des affaires sur lesquelles il n'avait même pas travaillé. Il était surtout déçu d'avoir tout fait capoter, et dans les grandes largeurs, alors qu'il était sur le point de faire tomber la bande de Reval.

Son équipier, Jack MacKinnon, l'interrogea du regard depuis l'autre bout de la pièce. Par contre, Slate Thompson et Heath Murray, ainsi que d'autres rangers de la compagnie B, évitèrent tout contact visuel avec lui. Ils devaient tous croire qu'il s'apprêtait à rassembler ses affaires. Personne ne s'attendait à ce qu'il conserve son grade ou son travail.

En s'aidant de la béquille que l'hôpital l'avait obligé à utiliser, il rejoignit son bureau. Son œil gauche lui faisait tellement mal qu'il distinguait à peine sa chaise – sans doute le machin à roulettes, derrière le gros cube de bois. Oui, il pouvait encore plaisanter. Par contre, ses côtes fêlées étaient trop douloureuses pour qu'il puisse se permettre de rire.

Les médecins avaient été francs : ses maux de tête mettraient un certain temps avant de disparaître. Quant à sa vision, il était possible qu'il ne la recouvre jamais totalement. Ils avaient exigé de lui un repos absolu.

Il était resté assis chez lui pendant deux jours avant de s'installer péniblement au volant de son camion pour parcourir le court trajet qui le séparait du quartier général. Le plus douloureux avait été de reprendre contact avec le sol, une fois arrivé à destination.

Il s'assit, posa sa béquille par terre, et fit rouler la chaise vers le bureau.

— Ça va ? demanda Jack en lui tapotant le dos. Apparemment, tu as encore un travail.

Il ne l'avait pas vu arriver. Il sursauta et laissa échapper un sifflement de douleur.

— Pour le moment, oui. Et uniquement derrière ce magnifique bureau.

Il flatta le meuble comme il aurait flatté un chien.

— Toujours aussi farceur, je vois. Pour combien de temps ? demanda Jack en s'asseyant sur le coin de son bureau.

— Bonne question.

Il avait trop mal pour hausser les épaules, et regarder Jack était inutile. Tout ce qui l'entourait était flou.

— Il va sans doute falloir du temps avant qu'il t'accorde de nouveau sa confiance, remarqua Jack.

Il se frotta le menton, puis la nuque – ce fut du moins ce que Wade pensa voir à travers le brouillard qui l'enveloppait.

— Je suis plutôt surpris de ne pas être consigné ici, moi aussi, reprit-il. Mais après tout, si je me suis retrouvé mêlé à cette affaire, c'est uniquement à cause de toi.

— Ne commence pas. Je t'ai demandé de me rendre un service et tu as arrêté un gros client. En plus, tu as trouvé une petite amie. D'ailleurs, je devrais sans doute la remercier. C'est parce que son patron travaille pour l'État que j'ai encore un travail. Quoi qu'il en soit, je peux dire que c'est moi qui vous ai réunis.

— Tu pourrais le dire, oui…

Jack se leva, prit son revolver dans le tiroir de son bureau et le glissa dans son holster.

— Mais si tu le disais, il faudrait que je te botte les fesses.

Il éclata de rire avant de reprendre.

— Maintenant que je sais que tu es consigné à ton bureau, je comprends pourquoi j'ai été prêté à la police de Dallas.

— Les agents qu'ils ont perdus n'ont pas encore été remplacés. Ils sont en sous-effectif. J'aurais pensé que le major voudrait que je t'accompagne.

Son coéquipier haussa les sourcils.

— Arrête un peu… Tu sais que je mettrais ma vie entre tes mains, mais tu dois rentrer dans le rang, mon vieux. Les rangers ont un devoir spécifique, et…

— Et doivent respecter la loi. Oui, je sais. Je suis resté au garde-à-vous pendant une heure à écouter ce sermon. J'ai pensé que le major serait plus dur avec moi si je lui rappelais que la station debout m'était pénible.

Jack lui frappa sur l'épaule, et il retint une grimace à grand-peine. Au moins, il força son corps à rester droit.

— Ce que j'allais dire, continua Jack, c'est que nous avons une tradition. Notre slogan est peut-être « Un ranger pour chaque émeute », mais nous ne sommes pas forcés d'agir seuls pour autant. Je suis là pour toi et je le serai toujours.

— Merci, Jack. J'apprécie.

— Fais profil bas. Ne cherche pas les ennuis.

— Je ne les cherche jamais, vieux. Ce sont eux qui me trouvent. Fais attention à toi. Je ne serai pas là pour te protéger.

— Comme tu m'as protégé en te faisant tellement amocher que tu tiens à peine debout ?

— Trois côtes fêlées, ce n'est pas grand-chose.

Il plissa son bon œil.

— Et d'ailleurs, ils m'ont pris par surprise.

— C'est vrai.

Jack s'éloigna et Wade le suivit des yeux. Son équipier croisa une secrétaire qui se dirigeait vers son bureau, un carton dans les mains.

— Le major Clements veut que vous examiniez ces dossiers, Wade, dit-elle en posant la boîte par terre, à côté de sa chaise. Vous devez vérifier que tous les rapports sont corrects et que toutes les données ont été entrées dans l'ordinateur. En gros, ce sont les dossiers qui seront utilisés pour un procès ou transmis au quartier général. Quand vous aurez fini, je vous apporterai la suite de l'alphabet.

Elle se détourna mais fit aussitôt volte-face pour ajouter :

— N'oubliez pas que ces dossiers doivent être remis sous clé chaque soir.

Wade souleva le couvercle de la boîte et en tira le dernier dossier… Carla Brynhearst.

— Super.

Il le remit à l'intérieur et sortit le premier dossier, au nom d'Ader.

Faire profil bas. Accepter la sanction… Conserver son poste.

Il y parviendrait. Il avait voulu devenir Texas Ranger pendant trop longtemps pour échouer. Après qu'un homme avait tout risqué pour l'empêcher de consacrer sa vie au crime, il n'avait pas eu d'autre but. Il avait fréquenté l'université, puis l'école de police du Texas, avait passé trois longues années près de la frontière au sein de la police de l'autoroute et, enfin, un poste s'était libéré dans la compagnie B. Maintenant, ces hommes étaient ses frères.

Le téléphone de son bureau sonna, et il décrocha.

— Bonjour, beau gosse. Je voulais juste savoir comment tu allais.

Therese Ortis. Il n'avait pas menti à Jack : les ennuis savaient toujours comment le retrouver.

Mon Dieu, la voix de cette femme suffisait à lui envoyer des décharges électriques dans les veines. Où était-elle maintenant ? La semaine précédente, depuis l'hôpital, il avait demandé à l'un de ses collègues de faire une recherche sur elle. Normalement, elle aurait dû être sur le point de répondre devant la justice de ses liens avec Rushdan Reval, le chef de l'organisation criminelle de Dallas qui venait d'essayer de le tuer. Mais le ranger n'avait rien trouvé.

— Je pense que je te dois quelque chose, ne serait-ce qu'un dîner, dit-il. Après tout, tu m'as sauvé la vie.

Il réfléchissait déjà aux moyens de localiser l'appel.

Il n'avait vu cette femme qu'une fois, et lui avait parlé à peine plus souvent. Pourtant, il avait mordu à l'hameçon de sa voix sensuelle et de ses sous-entendus et se balançait au bout de sa ligne, irrémédiablement pris au piège.

— Cela me ferait vraiment plaisir, mais ce n'est pas comme ça que tu vas échapper au travail de bureau, ronronna-t-elle.

— Est-ce que c'est grâce à toi que j'ai conservé mon poste ?

— Les femmes ne dévoilent jamais leurs petits secrets, Wade.

Elle marqua une pause, juste assez longue pour que ses paroles aient sur lui l'effet recherché.

— Il faut que j'y aille, ranger. À la prochaine.

— Attends...

Trop tard. Elle avait raccroché. Il ne prit pas la peine de se renseigner sur le numéro, sachant qu'il n'aboutirait qu'à une impasse, comme toutes les autres fois. Sa femme mystère avait pour habitude de ne surgir que quand elle avait besoin de son aide... et de disparaître aussitôt.

Il ouvrit le dossier et se mit au travail. Avec un peu de chance, il pourrait abattre une lettre par jour. Vingt-six jours coincé sur une chaise, derrière un bureau, pendant que ses collègues faisaient le vrai boulot...

De toute façon, c'était derrière un bureau que se menait la plus grande partie d'une enquête. Oui, il pouvait y arriver. Surtout maintenant qu'il avait trouvé une motivation : percer le mystère qui entourait la dame de ses pensées.

Parce qu'il était fermement décidé à retrouver Therese Ortis.

1

Aujourd'hui

Encore un de ces vendredis soir où l'on avait deux bières pour le prix d'une... Wade occupait le tabouret qu'il s'était approprié, et sur lequel il finissait ses soirées depuis des années. Il était en bout de comptoir, près du mur, de sorte que personne ne pouvait le prendre par surprise. Seul son côté droit était exposé au reste de la salle. C'était préférable, d'autant que la vision de son œil gauche se troublait parfois.

Il aurait dû être ailleurs, dans un endroit plus recommandable, où il aurait pu dire qu'il était Texas Ranger. Ou peut-être avec ses amis. Mais aucun d'eux n'était célibataire. Heath était chez lui, avec sa femme. Slate aurait tout aussi bien pu être marié. Et Jack – censé être son équipier – était fiancé.

Il fallait qu'il trouve d'autres amis. Des amis qui aimeraient... Qui aimeraient quoi ? Regarder un match ? Jouer à des jeux de culture générale en mangeant des ailes de poulet ? Où qu'il aille, quel que soit le tabouret sur lequel il s'assiérait, il regarderait toujours toutes les femmes brunes qui passeraient la porte en espérant la voir, *elle*.

Il ne pouvait pas continuer comme ça. Cela faisait six semaines qu'il écumait les bars de Greenville Avenue. Il devait cesser de rechercher l'agent Therese Ortis.

Et dès ce soir. Il s'était montré une fois de trop dans d'autres troquets. Plus tôt dans la soirée, d'autres barmans lui avaient fait signe de passer sa route. Sa plaque de ranger n'était pas bonne pour leurs affaires.

Voilà pourquoi il s'était retrouvé ici, dans son bar habituel, où on le connaissait depuis toujours. Le seul bar où personne ne lui reprochait de porter cette plaque.

Il pressa la tranche de citron vert dans sa bière mexicaine, sans prêter attention aux gens qui l'entouraient. Il allait demander à Jack de le conseiller. Si Therese voulait le contacter, elle savait comment faire. Elle l'avait déjà fait pour sauver Megan – et pour le sauver avant que Rushdan Reval fasse sauter le bâtiment dans lequel il se trouvait.

La porte s'ouvrit bruyamment, et des têtes – y compris la sienne – se tournèrent vers le bruit.

Bon sang !

— Wade !

La femme qui hantait ses rêves depuis si longtemps avança vers lui en se frayant un chemin entre les ivrognes et les clients qui avaient déjà repris leurs conversations.

— Tu dois...

Elle parlait trop fort. Elle jeta un coup d'œil nerveux autour d'elle et s'approcha de lui.

— Tu dois arrêter tes... tes recherches. Est-ce que tu m'écoutes ? Je suis folle de rage.

Non, il ne l'écoutait pas. Il ne pouvait détacher ses yeux de sa minuscule robe jaune vif – qui ressemblait moins à une robe à part entière qu'à une partie d'une robe décente. La couleur faisait ressortir le brun foncé de ses cheveux.

Ensuite, son regard fut attiré par le collier tape-à-l'œil qu'elle portait et son décolleté plongeant. Quant à ces talons... Comment diable parvenait-elle à marcher ? Et comment cette robe tenait-elle en place ?

La femme qui lui avait littéralement sauvé la vie se passa la langue sur les lèvres et inspira profondément. Il posa aussitôt les yeux sur le comptoir et se mit à transpercer les trois tranches de citron vert avec la pique en plastique.

— Hé, Wade, chéri ?

Son chuchotement sensuel et le contact léger de sa main sur la sienne firent fuser toutes sortes de sensations dans son corps.

Six semaines sans lui donner aucune nouvelle, et c'était elle qui était folle de rage ? Contre lui ?

Même s'il l'avait surprise au sein d'une bande de criminels l'année passée, jamais il n'avait cru qu'elle était du mauvais côté de la barrière. Quelque chose dans leurs rares conversations l'en avait empêché. Et, il y avait de cela six semaines, il avait fait une découverte qui l'avait abasourdi : elle travaillait pour le FBI, ou quelque chose de similaire. Elle était entourée de secrets. Mais lui avait-il pardonné pour autant de l'avoir dessaisi d'une affaire importante ? Non.

Elle était maintenant tellement proche de lui qu'il sentait la caresse de son souffle dans son cou. L'invitation était claire, mais il ne fit rien. Il n'en avait pas le droit, même si elle l'avait appelé « chéri ».

— J'aime te voir en T-shirt, reprit-elle. Un T-shirt met tes bras musclés en valeur. Mais cette chemise aussi te va à ravir. Elle fait ressortir le bleu acier de tes yeux.

Il aurait pu lui répondre qu'il aimait sa robe, mais il n'en fit rien.

Elle lui pressait le biceps en esquissant une moue, comme si elle attendait un baiser.

— Non, dit-il.

— Tu es sûr ?

Elle s'assit sur le tabouret, pivota vers lui et glissa ses longues jambes sous les siennes. Le bout de tissu jaune remonta sur ses cuisses, les dévoilant entièrement.

— Je n'ai rien demandé.

Minute. De quoi parlaient-ils ? D'un baiser, ou du service qu'elle s'apprêtait sans doute à lui demander ? Heureusement que les tabourets étaient trop éloignés l'un de l'autre pour qu'il la fasse glisser jusque sur ses genoux afin de découvrir la réponse. *Heureusement ?*

La porte s'ouvrit et Therese se retourna. Quand elle lui fit face de nouveau, son regard était vide de toute expression. Un grand costaud entra et invita quelqu'un d'autre à le suivre. Les deux hommes refermèrent derrière eux la porte qui empêchait la chaleur écrasante de l'été d'entrer dans la salle.

L'attitude de Therese changea du tout au tout. Sur son visage, la douceur succéda à la colère. Elle ferma les yeux et inspira longuement par le nez, de sorte que ses seins tendirent le tissu de sa robe ajustée. Quand elle se passa le bout de la langue sur les lèvres, Wade dut porter sa bière à sa bouche pour ne pas baver et but en la dévorant des yeux.

L'explosion de citron vert le poussa à se lécher les lèvres lui aussi, à moins qu'il ait imité inconsciemment la séductrice assise à ses côtés. Elle entrouvrit lentement ses lèvres rouge sombre, bien plus lentement que nécessaire, en un geste parfaitement étudié. Il aurait pu capituler tout de suite, accepter de faire tout ce qu'elle lui demanderait, même sans savoir de quoi il s'agissait.

Alors, il la quitta des yeux pour inspecter la petite salle. Tous les clients étaient des habitués, à l'exception des deux derniers arrivants. Les recoins de la salle fourmillaient de secrets dans lesquels il ne fourrait pas son nez. Il savait de quoi il retournait. Il venait ici depuis ses années d'université et préférait que personne ne raconte qu'il était Texas Ranger. Ici, il n'avait jamais eu besoin de montrer sa plaque.

— Je sais que cela fait longtemps que je n'ai pas appelé. Ne m'en veux pas, s'il te plaît.

Elle s'empara de sa tranche de citron vert et il se retint de baisser les yeux vers le décolleté plongeant qu'elle lui collait délibérément sous le nez.

— Il faudrait que je m'intéresse à toi pour être fâché, ou agacé, mentit-il.

Il ne savait pas pourquoi son comportement avait changé, mais il allait entrer dans son jeu.

— Il s'est passé beaucoup de choses, mon chéri…

Elle le gratifia d'une moue boudeuse, une expression qu'il ne se serait jamais attendu à voir sur son visage.

Qu'est-ce qu'il se passait ? Cinq minutes plus tôt encore, elle semblait furieuse qu'il ait cherché à la retrouver.

— Donc tu n'es pas fâché ? Même pas un peu vexé, bébé ?

Elle sourit d'un air entendu en dessinant, du bout d'un ongle rouge sombre, un cercle sur le dos de sa main.

Chéri ? Bébé ? Où voulait-elle en venir ? Elle porta la tranche de citron vert à ses lèvres et la lécha lentement. Elle savait exactement comment le déstabiliser. Pourtant, c'était elle qui tremblait comme une feuille dans une bourrasque – et ce fut pour cette unique raison qu'il se retint de lui montrer à quel point il n'était *pas* en colère.

Oui, il était loin d'être insensible au petit manège de cette séductrice. Quel homme l'aurait été ? Mais ce qui le troublait le plus était ce tremblement, et le regard traqué qu'elle posait tout autour d'elle, comme si elle guettait un danger.

Quand le barman s'éloigna, elle se pencha vers lui.

— J'ai un énorme service à te demander. Je t'expliquerai tout.

L'atmosphère changea. La séduction laissa place à l'urgence. Cependant, il répondit :

— Pas question.

Therese ? Expliquer ? Elle n'expliquait jamais rien. Il avala une grande gorgée de bière avant de lui demander poliment si elle désirait boire quelque chose. Bien qu'elle ait secoué la tête, il attira l'attention du barman et lui demanda deux bouteilles.

— Et si je te promets que tu ne finiras plus jamais derrière un bureau à cause de moi ? demanda-t-elle de cette voix grave et sensuelle qui l'avait déjà piégé plus d'une fois.

Cela faisait plus d'un an qu'il cherchait à reprendre contact avec elle. Alors, pourquoi hésitait-il maintenant ? Parce qu'il était bourré d'incertitudes. Qu'il était las qu'on se serve de lui. Et franchement énervé qu'on l'ignore.

— Ce que j'en pense, répondit-il avec un sourire éclatant, c'est que tu n'as encore rien dit que je n'aie pas déjà entendu.

— C'est impossible.

— Étant donné que je me souviens des sept conversations que nous avons eues… je suis pratiquement sûr de pouvoir répéter tout ce que tu m'as dit, mot pour mot.

Et tout ce que tu ne m'as pas dit.

— Je crois que le service que je veux te demander va t'intéresser, mon chou, dit-elle à voix basse. J'en suis même certaine.

— Non, répliqua-t-il sur le même ton.

Il en avait assez. Il était fatigué. Kaput. Il refusait de se laisser entraîner. Et pourtant, il était dévoré par la curiosité.

— Est-ce qu'il y a quelque chose que je pourrais dire ou faire pour t'amener à changer d'avis ?

Elle effleura son bras du bout de l'ongle, de l'épaule jusqu'à la main. Elle semblait tellement innocente, tellement sincère que, s'il l'avait mieux connue, il aurait pu penser qu'elle était aux abois. Mais il ne la connaissait pas. Elle ne s'adressait à lui que quand elle avait besoin de quelque chose et, enquête ou non, il détestait qu'on se serve de lui.

Et il détestait céder à qui que ce soit.

Elle posa vivement les yeux sur le miroir accroché derrière le comptoir, et il l'imita. Les deux costauds semblaient venir vers eux. Elle se crispa, mais il fut sans doute le seul à s'en rendre compte, parce qu'elle lui tenait la main. Les deux hommes ne remarquèrent sans doute rien, bien qu'ils n'aient d'yeux que pour elle. Ils semblaient parfaitement normaux, hormis la bosse que dessinaient leurs vestons – qu'ils ne portaient que pour dissimuler des armes.

Aucun doute : ils étaient là pour elle.

— Wade, dit-elle bien trop fort. J'ai faim.

— Quoi ?

Elle posa un doigt sur ses lèvres pour l'empêcher de poser

la question suivante et se tourna de nouveau vers le miroir. Il écarta doucement sa main de son visage, la reposa sur le comptoir, et y glissa une bouteille.

— Apparemment, je vais devoir t'écouter me parler du service dont tu as besoin.

Il pressa une tranche de citron vert et la glissa dans le col de la bouteille couverte de condensation.

2

En temps normal, Therese n'aurait prêté aucune attention à un homme aussi beau que le Texas Ranger Wade Hamilton. Il était presque trop beau.

La coupe de ses cheveux brun foncé lui dégageait le front. Ses yeux d'un bleu intense étaient surmontés de sourcils au dessin très masculin. Et le col déboutonné de sa chemise bleu ciel laissait entrevoir les poils sur son torse. Un torse dont elle déjà avait deviné la forme sous un T-shirt, comme elle le lui avait dit plus tôt.

Oh oui, elle avait gardé l'œil sur lui, à l'époque où elle maîtrisait la situation. Et six semaines plus tôt, elle était tombée nez à nez avec lui sur une scène de crime.

Elle aurait dû l'aborder discrètement et lui expliquer ce qu'elle faisait vraiment. Il aurait laissé tomber. Quand elle avait fait part de ses intentions à son supérieur, il lui avait ri au nez et ordonné de ne pas s'approcher du ranger. Tout le monde avait vu Wade lui jeter ce qu'ils appelaient des « regards torrides ». Et on lui avait bien fait comprendre que malgré tous les efforts qu'elle faisait pour y paraître insensible, on voyait clair dans son jeu.

Alors, elle avait évité le grand et beau ranger et payé les barmans qu'il interrogeait sur elle pour ne rien dire. Mais le mal était fait. Wade avait montré son insigne une fois de trop et maintenant, Rushdan était persuadé que c'était elle qui l'avait dénoncé aux flics.

Ce qui était le cas, bien sûr. Mais il ne s'en était pas douté avant que Wade Hamilton commence à poser trop de questions sur elle.

Quand elle était entrée dans ce bar l'année précédente et qu'elle avait vu Wade assis sur ce même tabouret, elle en avait eu le souffle coupé. Comme il ne l'avait pas reconnue, elle s'était bornée à se tapir dans un coin pour le regarder. Depuis ce vendredi soir, elle n'avait cessé de penser à lui.

Ils s'étaient rencontrés pour la toute première fois alors qu'elle était encore adolescente. En venant à son secours, il lui avait complètement fait tourner la tête. Elle avait été un peu vexée qu'il ne reconnaisse pas l'adulte qu'elle était devenue, mais c'était compréhensible. Ce soir-là, beaucoup de choses s'étaient passées. Et aujourd'hui, il était le seul homme qui puisse lui sauver la vie.

Si elle restait seule, elle allait être tuée. Point.

Elle aurait aimé pouvoir attendre, ou lui dire pourquoi elle avait besoin de lui. Elle était venue jusqu'ici en espérant le trouver perché sur son tabouret habituel, au lieu de l'éviter comme tous les vendredis soir depuis son retour à Dallas. Les ordres qu'elle avait reçus étaient sans équivoque : elle ne devait ni lui parler ni le rencontrer.

Sa dernière entrevue avec Rushdan l'avait mise mal à l'aise. Bien qu'elle soit présente, il ne s'était adressé qu'aux hommes à qui il avait demandé pourquoi un certain Texas Ranger sillonnait Dallas en posant des questions sur elle. Quand elle avait quitté les bureaux, deux hommes de main l'avaient suivie.

D'accord... elle était aux abois et la panique menaçait de la gagner. Elle était à peu près certaine que ces hommes avaient reçu pour ordre de l'éliminer. Trois ans de travail sous couverture fichus en l'air parce qu'on lui avait ordonné de ne pas parler à l'homme à côté duquel elle était assise. Sa panique enfla, et elle eut l'impression que les murs du bar se refermaient sur elle.

Dans le miroir, elle vit les hommes de Rushdan approcher.

En s'exhortant au calme, elle posa hardiment la main sur la cuisse musclée de Wade. Il sursauta. Comme c'était mignon.

— Est-ce que ce siège est libre ?

L'homme qui avait posé la question était le bras droit de Rushdan, et il connaissait la réponse. Il savait – ou croyait savoir – qu'elle était venue seule et sans arme.

Elle s'écarta de Wade et décocha à l'homme un sourire qui se voulait radieux.

— Je suis déjà avec quelqu'un, mon chou. Pas la peine de me draguer.

« S'il te plaît, Wade, entre dans le jeu. Ne me hurle pas dessus parce que j'essaie de lui faire croire que nous sommes ensemble. Tout est ta faute, de toute façon. »

— Pour tout dire... nous allions partir.

Wade porta la bouteille à ses lèvres au dessin parfait et but ce qu'il restait de bière.

— Nous dînons avec des amis, précisa-t-il.

— Vous n'allez donc pas boire cette bière ?

L'homme de Rushdan se pencha pour attraper la bouteille à laquelle elle n'avait pas touché. Il était tellement proche d'elle qu'elle manqua glisser du tabouret en essayant d'éviter tout contact. Si elle ne tomba pas, ce ne fut que parce que les jambes de Wade l'en empêchèrent. Dommage qu'ils n'aient pas le temps pour flirter. Même s'il semblait un peu nerveux, elle aurait pu s'amuser.

— Allez-y, répondit Wade. La petite dame a peur qu'une bière lui coupe l'appétit.

Il se leva et laissa tomber quelques billets sur le comptoir avant de poser les mains sur ses épaules. Elle sentait la fermeté de son corps derrière elle.

— Vous pouvez prendre nos tabourets.

Dans d'autres circonstances, la douceur de son accent aurait pu la faire fondre.

— Nous ne serons jamais au restaurant à temps, mon chou. Pas si tu nous... mets en retard.

Elle se passa la langue sur les lèvres avec une sensualité délibérée. Elle avait beaucoup trop d'expérience en matière de flirt et pourtant, elle était toujours mal à l'aise de devoir se comporter ainsi. Elle se sentait beaucoup plus à l'aise avec un 9 millimètres dans les mains et une cible à cinquante mètres. Elle ordonna à ses nerfs de se calmer. Sinon, il allait falloir un seau pour recueillir la sueur qui perlait dans ses paumes.

Le personnage de la blonde écervelée – même si elle était brune – n'avait jamais été celui qu'elle avait rêvé de jouer en infiltration. Néanmoins, elle était prisonnière de ce personnage. Son identité, construite avec soin, était celle d'une femme douce, vulnérable et pas trop futée.

Du moins Rushdan Reval pensait-il qu'elle était douce.

Elle descendit de son tabouret en heurtant délibérément l'homme de Reval, passa les mains sur son torse flasque et s'empara de l'arme qu'il portait dans son étui.

Le second gorille de Rushdan fit un pas vers eux mais elle recula vivement et passa le revolver à Wade, qui le braqua sur leur assaillant. Le barman et les clients s'immobilisèrent aussitôt.

— Oh oh, dit-elle en agitant un doigt vers l'homme de main de Rushdan. Que diraient tes amis s'ils apprenaient que tu as perdu ton arme ? Mais si tu ne leur dis rien, ce n'est pas moi qui vendrai la mèche.

Wade l'attira vers lui sans ménagement.

Bon sang, cet homme était un roc ! Mais ce n'était pas le moment de penser à son corps, même s'il se comportait comme si elle était sienne depuis dix ans. Il avait peut-être l'habitude de voir les femmes se jeter à ses pieds, mais cela faisait bien longtemps qu'un homme ne l'avait pas tenue comme il le faisait.

Bien qu'elle se soit forgé un personnage de fille facile, elle n'avait pas eu de relation suivie depuis l'université. Le statut d'agent infiltré était incompatible avec une vie sentimentale.

Son estomac fit un double saut périlleux quand les mains de Wade glissèrent un peu plus bas sur sa taille – un peu trop bas à son goût. Elle continua quand même à marcher droit vers la porte. Il fallait qu'ils sortent de ce bar ensemble afin qu'elle lui explique les raisons de sa présence sur Greenville, ce qui lui permettrait peut-être de sauver trois ans de travail.

Cet après-midi, en mentant à Rushdan sur les raisons pour lesquelles Wade la recherchait, elle avait gagné assez de temps pour le retrouver. Par contre, elle n'avait pas pu contacter son équipe pour demander des renforts. Mais quelque chose – ou quelqu'un – avait éveillé les soupçons de Rushdan. S'il avait envoyé ces deux types à ses trousses, ce ne pouvait être que dans un but : l'éliminer.

Le trajet jusqu'à la porte lui parut interminable. Soudain, les doigts de Wade frôlèrent sa hanche et elle leva vivement les mains pour s'éventer le visage – pour donner le change, mais aussi parce que ses joues étaient en feu.

Wade ouvrit enfin la porte et s'effaça pour la laisser passer. Elle voulut jeter un dernier regard aux hommes qui la pourchassaient et se retourna. Le mouvement la rapprocha du corps de Wade, lui faisant prendre conscience de sa virilité parfaite.

Une étincelle dansait dans ses yeux. Cet idiot se moquait d'elle. Peut-être qu'elle avait tellement cherché à le séduire qu'elle ne parvenait plus à s'arrêter. Comme si la femme sensuelle qui vivait en elle, et ne se manifestait que rarement, avait choisi ce moment précis pour prendre le contrôle.

Elle se tourna complètement vers Wade et la chose moulante que la vendeuse avait appelée une robe remonta encore plus haut sur sa cuisse. Les doigts de Wade effleurèrent la peau nue, juste sous l'ourlet. Elle se figea.

Quelque chose passa entre eux et le regard de Wade se fit brûlant.

Même si son cerveau avait pratiquement cessé de fonctionner, elle était consciente qu'ils se tenaient à la porte d'un bar à moitié plein et qu'elle n'avait guère échangé que quelques phrases avec cet homme. Mais dans une partie de son âme que personne n'avait jamais touchée, un aimant s'alluma et l'attira vers ce ranger entièrement dévoué aux autres.

Quand leurs lèvres s'unirent, elle oublia tout. Elle oublia pourquoi elle était venue à Greenville et pourquoi il fallait qu'elle file d'ici au lieu de s'attarder et d'embrasser l'homme qui incarnait son plan d'évasion.

Une bouche douce et ferme s'empara de la sienne, l'aspira, l'attira. Elle écarta les lèvres. Au lieu d'une étrange sensation d'invasion, elle ne ressentit que de la perfection. Les bras merveilleusement forts de Wade se nouèrent autour de son corps et la plaquèrent contre ses muscles fermes. Ce n'était pas un baiser, non. C'était tout simplement fabuleux. Un simple baiser ne lui aurait pas coupé les jambes ainsi.

— Prenez une chambre ! cria un client du bar, suscitant une déferlante de rires.

Wade l'écarta légèrement de lui et scruta son visage. Il respirait aussi rapidement qu'elle.

— Chez toi ou chez moi ?

Il avait parlé à voix basse, mais toute la salle les écoutait.

Soudain, elle se rappela qu'ils devaient partir d'ici. Ce baiser avait-il suffi à faire croire aux hommes de Rushdan qu'elle avait retrouvé son amant ? Si elle restait avec lui pendant encore un moment, aurait-elle la vie sauve ?

— Chez toi, s'entendit-elle répondre. J'habite trop loin.

Ils laissèrent la porte se refermer derrière eux et se dirigèrent vers le parking. Wade la tenait toujours contre lui, hors d'atteinte de tout danger. La sensation était inhabituelle... Elle n'avait pas l'habitude d'être protégée.

Cependant, cela faisait bien longtemps qu'elle n'avait pas été aussi nerveuse. Et si les hommes les attaquaient ? Elle avait laissé son Beretta dans sa voiture, qui se trouvait à plusieurs kilomètres d'ici. Et voilà qu'elle avait entraîné avec elle un innocent qui n'avait pas la moindre idée de ce qui l'attendait.

Un petit rire lui échappa. Un innocent ? Le désir qu'elle

avait lu dans ses yeux lui faisait soupçonner que le héros de sa jeunesse n'avait jamais été innocent.

Quoi qu'il en soit, il ne fallait pas qu'elle aille à l'encontre des ordres qu'elle avait reçus et le mêle à cette histoire. Elle allait le suivre jusqu'à son camion et trouver un autre moyen de se tirer de ce guêpier. Mais elle commit l'erreur de lever les yeux vers lui juste au moment où il baissait les siens.

L'étincelle grésilla de nouveau.

Une énergie brute l'attira jusqu'à sa bouche pour la seconde fois. Il plongea la langue entre ses lèvres, plaqua les mains sur ses fesses et la pressa contre lui. Elle sentit la force de son désir.

Un toussotement s'éleva à côté d'eux. Wade releva la tête mais la garda tout contre lui en lui chuchotant ce qu'il voulait faire avec elle… Ce qu'ils feraient bientôt. De petits frissons la traversèrent et se propagèrent à lui. Il mordilla son oreille.

Elle savait ce qui finirait par se produire, ce dont ils avaient tous deux besoin…

Wade fourra quelques billets dans la main tendue du gardien du parking avant de l'entraîner vers son camion, un bras toujours autour de sa taille. Il ouvrit la portière conducteur et la souleva pour la déposer sur la banquette. Elle commença à glisser vers la droite, mais s'arrêta net en voyant les hommes de Rushdan apparaître, au coin du bâtiment.

Avant que Wade ait eu le temps de mettre la clé dans le contact, elle attira son visage vers le sien et l'embrassa de nouveau, mais sans quitter les hommes des yeux. Tout comme lui.

Quand ils se séparèrent, son sauveur respirait aussi bruyamment qu'elle.

— Je te promets que si tu continues à m'embrasser comme ça, je vais finir par oublier que tu veux me demander un service et t'emmener tout droit chez moi.

3

Qu'est-ce qu'il pouvait bien se passer ? Wade avait hâte de le savoir. Les hommes qui suivaient Therese étaient sortis du bar, ce qui expliquait sans doute pourquoi elle l'avait embrassé une deuxième fois, puis une troisième.

Elle voulut glisser vers la droite, mais il la retint et la plaqua contre lui.

— Non. Tu restes ici. Cette fois, tu ne disparaîtras pas.

— Je voulais seulement mettre ma ceinture, répondit-elle. Il ne faudrait pas que la police nous arrête.

Il tendit le bras au-dessus de ses cuisses en se rappelant la douceur de sa peau soyeuse, et prit un malin plaisir à effleurer sa hanche quand il plongea la main entre les sièges pour trouver la ceinture. Quand il l'eut bouclée, il démarra et passa devant les hommes qu'elle ne pouvait que connaître.

— Alors, quel est le problème ? De quel service as-tu besoin ?

— Je pense que tu as remarqué, répondit-elle en agitant la main en direction des deux hommes. Ils ont l'air de penser que j'ai besoin d'une protection, et je déteste ça.

— Minute, coupa-t-il en sortant du parking. Puisque tu as choisi de me mêler à cette histoire, tu ferais mieux d'être franche avec moi. Ne me mens pas. Ces types n'étaient pas des gardes du corps.

— Rien ne m'oblige à te répondre, puisque tu m'as bien fait comprendre que tu ne voulais pas être mêlé à tout ça. Je respecte ton refus. Dépose-moi quelque part et j'appellerai un service de covoiturage pour rentrer chez moi.

Elle voulut s'éloigner de lui, mais la ceinture la retint.

— Tu n'iras nulle part. Et je suis déjà mêlé à cette histoire. L'un des types a pris des photos de moi et de mon camion. Ils sauront vite qui je suis, où j'habite et ce que je fais.

— Oh ! mon Dieu... J'avais oublié que tu conduirais ton camion et pas une voiture de patrouille. Mais je peux tout arranger, je te le promets.

— Je ne te demande pas d'arranger quoi que ce soit. Ce que je veux, c'est que tu me dises la vérité, pour une fois.

Ils avançaient à une allure d'escargot, comme toujours le vendredi soir dans ce quartier de la ville. Les voitures conduites par les deux hommes ne risquaient pas de les perdre de vue. Pour le moment, cela ne le dérangeait pas : cela lui permettrait peut-être d'en apprendre plus sur Therese.

— Tourne dans une autre rue, dit-elle. Tu pourras accélérer et les semer.

Elle se rapprocha de lui pour regarder dans le rétroviseur. Mais sa décision était prise. Il méritait une explication. Il prit la direction du centre-ville.

— Où est-ce que tu vas, Wade ? Est-ce que... Est-ce que tu essaies de ne pas les perdre de vue ?

— Tu as dit que tu avais faim, non ?

Il cherchait à gagner du temps, rien de plus. En la voyant lever les yeux au ciel, il sut qu'il ne l'avait pas bernée.

— C'est vrai. Et maintenant ça t'intéresse ?

Il ne pouvait pas voir son visage. Elle était assise à côté de lui, un bras posé sur les genoux, le front appuyé sur les doigts de son autre main. Il n'avait aucun point de repère qui puisse lui indiquer si elle était sérieuse ou non.

— Quoi ? Manger ? Ça m'arrive, de façon régulière.

Elle se retourna et remarqua :

— Ils n'essaient même pas de nous suivre discrètement.

Elle sortit son téléphone portable d'une petite poche qu'il n'avait pas encore remarquée.

Quand ils s'arrêtèrent à un feu rouge, il passa le bras autour de ses épaules. Il avait l'impression d'être un ado à son premier rendez-vous. Il regarda dans le rétroviseur et compta combien de voitures les séparaient des deux hommes.

— Où est-ce que tu voulais aller ?

— Un hôtel de luxe ? proposa-t-elle.

Elle lui frotta le genou, et ses pensées s'éparpillèrent.

Le feu passa au vert et il redémarra en se félicitant de ne pas sortir de la route malgré toutes les images très distrayantes qui défilaient dans son esprit. Qui étaient réellement ces hommes ? Des gardes du corps, ou des hommes de main ? Pourrait-il la protéger s'ils allaient dans un... Il déglutit et repensa à ce qu'elle venait de dire.

— Bien, dit-il. Assez joué. D'abord, range ce téléphone.

Il continua à rouler assez lentement pour que les hommes continuent à les suivre jusqu'à ce qu'elle se soit expliquée.

— Tu pourrais tout simplement me dire ce qu'il se passe. Tout me dire, sans rien omettre. Pars du principe que je travaille sur la même affaire que toi, quelle qu'elle soit.

— Je peux te raconter une partie de l'histoire.

Elle se tourna légèrement et caressa du bout des ongles sa joue rugueuse de barbe naissante.

— Avant, tu dois savoir deux choses, dit-il. D'abord...

Il pressa son épaule et l'attira légèrement contre lui.

— Si tu me proposes une fois de plus d'aller à l'hôtel, j'y vais tout droit. Et ne compte pas sur moi pour dormir ailleurs qu'à côté de toi.

Elle lui répondit par un sourire, qui semblait sincère.

— Quoi d'autre ? demanda-t-elle en traçant le contour de son oreille du bout du doigt.

Il s'arrêta à un nouveau feu rouge. Ses « amis » s'étaient rapprochés : leurs voitures étaient maintenant juste à côté du camion. Therese le regarda et il se prépara. Ses lèvres sensuelles s'unirent aux siennes, en un mouvement très lent. Le baiser passionné se prolongea après que le feu fut passé au vert.

Les trois véhicules bouchaient une rue à sens unique, en plein centre-ville, dans la circulation dense du vendredi soir. Un concert de klaxons s'éleva, mais il ne voulait pas la relâcher.

Ce fut elle qui s'écarta la première. Un sourire satisfait arquait ses lèvres.

— Ils ont mis le clignotant.

— Quoi ?

Il démarra machinalement une fois que les deux voitures eurent dépassé le camion.

— Ne roule pas trop vite. Ils vont devoir passer le prochain feu vert, et nous serons débarrassés d'eux.

Ah oui. Les hommes qui la suivaient – ou plutôt, les suivaient. Il lui suffisait de serrer cette femme contre lui pour perdre complètement le nord. De toutes celles qu'il avait rencontrées, elle était la seule à laquelle il ait pensé plus de deux fois.

— On dirait que nous les avons bernés en nous embrassant, dit-elle. Oh... Merveilleux. Ils se garent pour nous attendre.

— Nous devrions utiliser leur filature à notre avantage, lâcha-t-il.

Comment ? Il n'en savait trop rien.

— Qu'est-ce que tu veux dire ?

— Commence par me dire qui sont ces hommes.

Il continua à rouler vers l'ouest sur Commerce, passant le centre-ville et la prison du comté. Les hommes les suivaient toujours, sans même essayer d'être discrets.

— Est-ce que tu es en danger ?

— Tu veux la version courte ?

— Commence par répondre par oui ou par non.

— Et « Je crois que oui » ?

— Tu te fiches de moi, Therese. Réponds-moi, ou je fais demi-tour et je te dépose au commissariat du comté. Sur la centaine d'agents qui s'y trouvent, il y en aura bien un pour écouter tes explications. Et que feront tes amis ?

— Non. Zut, tu n'as aucun droit d'exiger quoi que ce soit.

Elle détacha sa ceinture et se tourna vers lui, pressant sa jambe nue contre la sienne. Elle posa une main sur ses genoux. L'autre jouait avec une mèche de ses longs cheveux.

— Tu sais que tout est ta faute.

— Ma faute ?

Il ne pouvait pas se laisser troubler par toute la peau qu'elle dévoilait, mais il avait le plus grand mal à se concentrer. Il fallait qu'elle se rassoie sagement et rattache sa ceinture.

— C'est parce que tu m'as cherchée dans toute la ville que ces types me sont tombés sur le dos. J'ai dû improviser et leur fournir une explication.

— Qu'est-ce que tu me caches, Therese ?

Peut-être qu'il aurait pu parler un peu moins fort, sur un ton moins agressif. Et peut-être que non.

— Bon sang, il me faut une explication !

— La vérité, c'est que je travaille sur cette affaire depuis trois ans.

Une affaire ? Sur laquelle elle avait déjà passé trois ans ?

— Je le savais.

Il ralentit et s'arrêta. Il mourait d'envie de passer la main sur cette peau soyeuse.

— Tu travailles sous couverture pour le FBI, reprit-il. Voilà pourquoi tu étais avec Steve Woods, ce jour-là.

Même si ses lèvres esquissaient une moue sensuelle, elle le fit taire d'un geste de la main.

— Chut. Ne le dis pas à voix haute, même si nous sommes seuls. Quand tu as commencé à te renseigner sur mon compte, j'ai cru que ce n'était pas bien grave. Mais tu as tellement insisté que mon « patron »...

Elle haussa les épaules, dessina des guillemets dans l'air pour encadrer le mot.

— ... Est devenu un peu nerveux, conclut-elle.

— Assez nerveux pour t'envoyer des... gardes du corps ?

Des hommes de main, plutôt. Mon Dieu, comme il avait

envie de l'embrasser. Il chassa cette pensée et se concentra. Il y avait des hommes, armés de revolvers. Une mission d'infiltration. Et le service qu'elle voulait lui demander.

— Dernière chance, Therese. Qui est ton patron ?

— L'affaire sur laquelle je travaille est sans importance.

— Pas pour moi, riposta-t-il. Je peux garder le secret.

— Je ne peux pas prendre le risque que tu fasses tout rater, Wade. Il m'a fallu plus d'un an pour gagner la confiance de Rushdan Reval. Il faut juste que tu arrêtes de poser des...

— Tu travailles avec la bande de Reval ? coupa-t-il. C'est donc pour ça que tu étais là quand nous l'avons arrêté l'année dernière ? Est-ce que tu as passé tout ce temps à Dallas sans me contacter ?

— Non... Pas... vraiment.

Elle le toisa, comme pour lui faire comprendre qu'il était fou de penser qu'elle l'avait délibérément évité.

— Pas la peine de me regarder comme ça, Therese. Tu as le chic pour disparaître.

— Je voulais te contacter, mais on m'a interdit de le faire, pour ne pas mettre ma couverture en danger. Après son arrestation, Rushdan m'a affectée à l'une de ses opérations annexes, à San Antonio. J'ai dû attendre que les charges qui étaient retenues contre lui soient levées pour revenir ici.

Elle agita le doigt pour lui faire signe d'avancer.

— Tu devrais continuer à rouler, même si nous ne savons pas où nous allons.

Wade redémarra et passa le feu à l'orange. Les hommes de Reval, qui se trouvaient un peu derrière eux, accélérèrent pour le rattraper mais se retrouvèrent bloqués au rouge.

— Je sais où je vais, dit-il. Il nous faut des renforts.

— Non. S'ils avaient dû s'en prendre à nous, crois-moi : ils l'auraient déjà fait.

Il ôta à contrecœur sa main de l'épaule de Therese pour attraper son téléphone dans sa poche arrière.

— Avant que nous allions plus loin, il faut que je règle quelques détails.

Il composa le numéro du quartier général de la compagnie B.

— Non, Wade. Je travaille sur cette affaire depuis longtemps, et tu m'as déjà bien assez aidée. Je ne peux pas te mettre de nouveau en danger. Reval te reconnaîtrait.

Elle se redressa et glissa vers la droite.

Non !

— Enfin, Therese, tu ne vas pas descendre en marche au milieu de nulle part. Nous allons nous cacher pendant quelques jours, le temps de décider ce que nous allons faire, et...

Elle ouvrit la portière avant qu'il ait pu l'en empêcher. Comme il avait ralenti pour prendre un virage, elle ne se ferait sans doute pas mal en sautant. Il freina quand même pour que cela n'arrive pas.

— Continue à rouler, Wade. Si je ne suis pas avec toi, ils te laisseront tranquille.

Elle bondit du camion, traversa la route et s'élança vers un chemin qui s'enfonçait dans la forêt. Pour la suivre, il allait devoir se garer, ce qui apprendrait aux deux hommes qu'ils avaient quitté le camion. Il accéléra et, dès qu'il eut suffisamment d'avance sur leurs poursuivants, tourna vivement dans la cour d'un entrepôt et coupa le moteur.

— Zut. Des barbelés.

S'il ressortait de la cour par le portail qu'il venait d'emprunter, les hommes ne manqueraient pas de le voir. Mais Therese Ortis n'allait pas lui filer entre les doigts une fois de plus.

— Non, pas cette fois, dit-il à voix haute.

Il n'avait nulle part où cacher son camion, qui était impossible à confondre avec les véhicules qui occupaient les autres places de parking. Et Therese avait raison : certains des hommes de Reval reconnaîtraient le camion qui appartenait au ranger qu'ils avaient fait prisonnier l'année précédente, après qu'il avait abattu l'un de leurs comparses.

Ce camion présentait au moins un avantage : le coffre-fort

intégré dans lequel était rangée son arme. Mais s'il se lançait à pied aux trousses de Therese sans en informer le quartier général… Si tout partait en vrille… S'il faisait capoter une opération d'infiltration du FBI…

Sa carrière au sein des Texas Rangers était finie.

Therese valait-elle la peine qu'il coure ce risque ? La question ne se posait même pas. Il n'avait pas le choix. Il refusait que quelque chose lui arrive.

— Si je ne lui devais pas la vie, marmonna-t-il en descendant du camion, je pourrais repartir. Oh ! zut !

Pendant qu'il essayait de se décider, Therese prenait de l'avance sur lui.

Qu'il en soit donc ainsi. Sa vie était parsemée de « si ». S'il ne s'était pas fait remarquer en la cherchant ces six dernières semaines… elle serait à jamais sortie de sa vie. Et si elle n'avait pas appelé Jack en renfort l'année passée… Eh bien, il ne se serait pas trouvé ici, face à ce dilemme.

Il attrapa son arme dans le coffre-fort. Il ne pouvait ni passer par-dessus la clôture en barbelés, ni la contourner sans que les malfaiteurs qui se trouvaient de l'autre côté de ce portail le voient et le suivent. Il allait donc tout simplement traverser le bâtiment et sortir par l'arrière. Il lui suffisait d'atteindre la porte qui desservait le quai de chargement.

Pour cela, il allait devoir traverser le parking à découvert et sauter sur le quai de chargement haut d'un mètre vingt sans que les deux hommes le voient. Therese avait eu beau lui affirmer que sans elle, il ne risquait rien, il en doutait. Si ces brutes le prenaient et comprenaient qui il était… ils le tueraient. Et ils tueraient aussi Therese quand ils l'auraient rattrapée.

Une chose à la fois. Un poids lourd klaxonna, et les deux voitures durent se garer sur le côté de la route, le long du parking.

Il profita de ce que le trente-cinq tonnes entrait dans le parking pour le traverser sans être vu des malfaiteurs. Il continua à courir le long du bâtiment jusqu'à la troisième porte, qu'un fourgon empêchait de voir depuis la route. De là, il pénétra facilement dans la zone de chargement et traversa l'entrepôt d'un pas dégagé pour gagner le côté ouest du bâtiment, qui donnait sur la voie ferrée.

Du regard, il chercha un outil qui lui permettrait de découper la clôture, mais en vain. Soudain, il vit un homme se diriger vers une porte en sortant ses cigarettes de sa poche. Il le suivit et jeta un œil à l'extérieur.

Un portail s'ouvrait dans la clôture. Il décida d'user de son statut et se dirigea droit vers les bureaux.

— Bon sang, madame, je suis vraiment content de trouver quelqu'un à cette heure de la soirée, dit-il en exhibant sa plaque. Texas Ranger, m'dame. Est-ce que vous auriez la clé du portail de derrière ?

4

Si l'obscurité permettait à Therese de se cacher plus facilement, elle rendait sa progression dans les broussailles terriblement pénible. Et ses chaussures à talons n'arrangeaient pas les choses. Elle les ôta, mais il était hors de question qu'elle les abandonne. Elles valaient trop cher et comptaient parmi ses préférées. Ce fut donc en les tenant à la main qu'elle poursuivit sa lente progression entre les chênes.

Cette forêt n'avait rien à voir avec les parcs urbains de Dallas. Le sentier qu'elle finit par trouver ne consistait qu'en deux ornières qui, à en juger par leur écartement, devaient avoir été creusées par des quads. L'endroit était désert. Même les lumières de la ville faiblissaient. Quant à sa robe, elle s'accrochait à tous les arbres à côté desquels elle passait.

Il y eut un nouveau bruit de déchirure et elle gémit :

— Tu parles d'une nuit pour porter ma tenue la plus sexy.

— C'est vrai qu'elle est sexy, répondit une voix.

Son pouls se mit à palpiter sur un rythme frénétique, et elle comprit pleinement le sens de l'expression « le cœur lui remonta dans la gorge ».

— Oh mon Dieu, Wade, tu m'as fait une de ces peurs ! Qu'est-ce que tu fais ici ?

— Je t'ai fait peur, vraiment ? dit-il en lui prenant la main. Mais bon sang, tu as sauté de mon camion !

— Si tu te retrouves mêlé à cette...

— Je le suis déjà.

— Je n'aurais jamais dû venir te demander ton aide… Quoi que tu en penses, tu n'as aucune obligation envers moi. Tu m'entends ?

— Oui, et si tu ne baisses pas le ton, je ne serai pas le seul. Tes copains ont trouvé mon camion et compris que nous étions dans les bois.

— Si tu avais continué à rouler comme je te l'avais dit, ils t'auraient suivi. Quand ils se seraient rendu compte que tu étais seul, il aurait été trop tard pour qu'ils me rattrapent.

— Tu ne m'as jamais dit de continuer à rouler, riposta-t-il. Tu t'es seulement excusée.

— Je ne m'excuse jamais, rétorqua-t-elle.

— Et pourtant, tu l'as bien fait.

Il avait haussé la voix.

— Chut !

Cette fois, elle ne pouvait pas l'embrasser pour le faire taire.

Quelque part derrière eux, elle entendait les hommes piétiner dans les broussailles. Wade lui prit la main et l'entraîna dans la direction opposée. Même quand ils furent assez loin pour que le bruit produit par les hommes soit presque inaudible, il ne ralentit pas l'allure.

— Comment m'as-tu trouvée ? chuchota-t-elle. Aïe ! Hé, va moins vite !

— Qu'est-ce qu'il y a ?

Elle lui enfonça les talons de ses chaussures dans le torse. Il repoussa ses mains et se pencha en avant. Oh ! mon Dieu… Il glissa les mains sous ses fesses, la souleva et la jeta par-dessus son épaule, étouffant son petit cri de surprise.

Malgré le vacarme des camions qui passaient sur la route toute proche, les voix semblaient porter. Elle profita de sa position pour essayer de repérer d'éventuels poursuivants, mais ne vit personne.

Les doigts de Wade glissèrent sous sa robe pour mieux la caler sur son épaule.

— Hum… Wade, mon chou ? le gronda-t-elle.

— Oh ! excuse-moi.

Il éclata de rire.

Le string qu'elle portait ne couvrait pas grand-chose, comme il venait de le découvrir malencontreusement. Il continua à marcher en direction de la voie ferrée. Maintenant qu'ils étaient à découvert, le danger était plus grand.

— Allez, repose-moi, dit-elle en lui tapotant le dos. Personne ne nous suit.

— Tu es sûre de pouvoir marcher ?

Il la reposa doucement par terre en lissant sa robe sur ses hanches. Elle l'avait sans doute suffisamment embrassé pour qu'il puisse se permettre de la taquiner en retour. Ils se livraient à ce petit jeu depuis leur toute première conversation téléphonique, et elle était seule responsable, parce qu'elle ne pouvait pas s'empêcher de l'encourager.

Elle remit ses chaussures, qui étaient en piteux état et qu'elle ne pourrait plus jamais porter en public, et s'avoua qu'elle ne voulait rien faire pour étouffer l'attirance que cet homme exerçait sur elle.

— Je n'aurais vraiment pas dû te mêler à cette histoire.

— C'est mieux que de faire de la paperasse, répondit-il en haussant les épaules. Pas besoin de parler pour ne rien dire, Therese. J'y suis mêlé, c'est tout. Maintenant, filons d'ici.

En entendant des bruits derrière eux, dans la forêt, ils se remirent à courir sur les traverses délavées de la voie ferrée. Ils progressaient plus facilement que s'ils avaient couru dans le ballast et risquaient moins de se tordre une cheville.

— Nous sommes tout près de Westmoreland Road, dit-elle.

— Tes amis nous rattrapent. Est-ce qu'ils vont tirer ?

Deux coups de feu répondirent à sa question.

— Cours vers les arbres !

Au diable les chaussures. Elle s'en débarrassa rapidement et s'élança sur sa droite, bien que le ballast lui meurtrisse les pieds. Si elle s'arrêtait, les hommes de Rushdan la prendraient. Peut-être que sa vie serait épargnée jusqu'à ce qu'ils l'aient ramenée à ce porc visqueux, mais Wade mourrait sans doute en cherchant à la protéger.

Parce que cet homme était ainsi : loyal et digne de confiance.

— Reste sur la voie ferrée, lança-t-il. Nous n'atteindrons jamais ces arbres. Je m'occupe de ces types.

— Comment ?

— Je ne suis pas venu les mains vides. Quand tu atteindras la route, tourne à droite.

Il sortit son téléphone de sa poche arrière tandis que de nouveaux coups de feu claquaient.

La zone industrielle dans laquelle ils se trouvaient ne leur permettait de courir que dans une direction. Derrière eux, il y avait le petit bois. De part et d'autre de la voie ferrée, des sociétés protégées par des clôtures hautes de deux mètres cinquante et couronnées de barbelés. Leur seul espoir était la zone vide qui longeait la voie ferrée avant le passage à niveau de Westmoreland Street. Mais ensuite ?

Quand elle atteignit le passage à niveau, elle tourna à droite comme l'avait ordonné Wade. Il s'arrêta derrière un piquet de clôture – comme s'il pouvait suffire à arrêter une balle – et pianota sur son téléphone.

— Va jusqu'au carrefour ! lui dit-il.

D'autres coups de feu. Elle le tira par le coude.

— Viens.

— Vas-y, répliqua-t-il. J'arrive.

Elle était hors d'haleine et ses pieds lui faisaient souffrir le martyre, mais elle continua à courir le long d'un pâté de maisons et ne s'arrêta qu'au carrefour. Elle se retourna pour regarder Wade, qui était encore à mi-chemin derrière elle, et il lui fit signe de continuer à avancer.

— Vas-y ! Traverse !

Comme le feu piéton était vert, elle obéit et s'arrêta près d'une petite épicerie. Wade traversa à son tour, déclenchant un concert de klaxons. Les hommes de Rushdan demeurèrent invisibles.

— Et maintenant, qu'est-ce qu'on fait ? demanda-t-elle en cherchant à reprendre son souffle. Est-ce que tu as appelé des renforts ? Peut-être que quelqu'un aura appelé le 911.

— Notre taxi est ici.

Il désigna la berline qui se garait devant eux.

— C'est une mauvaise idée. Nous ne devons pas mêler un chauffeur à cette histoire.

— Nous n'allons pas loin, dit-il. À moins que tu préfères courir ? Tes amis doivent remonter dans leurs voitures en ce moment même.

— C'est trop dangereux.

Il se planta face à elle et la força à lever le visage vers lui.

— Est-ce que nous sommes en train de griller ta couverture ? demanda-t-il à voix basse.

— Plus de trois ans de travail... Je pense que personne ne nous a vus, mais nous devons partir. Tout de suite.

Il l'embrassa rapidement, comme s'ils se connaissaient depuis des années. Elle dit :

— Monte dans cette voiture et pars aussi loin de moi que tu le pourras. Je vais parler à Rushdan et tout arranger.

— C'est pourtant bien lui qui a envoyé ces hommes pour te descendre. Tu dois me laisser t'aider, Therese.

Il mêla ses doigts aux siens, ouvrit la portière et l'aida à monter.

— Bonsoir, dit le chauffeur. Vous allez bien au Westin, dans le centre commercial Galleria ?

— C'est ça, répondit Wade.

— Attends une minute... Ce n'est pas un hôtel ?

Elle se rappelait la promesse qu'il lui avait faite. Et à en juger par l'étincelle qui brillait dans ses yeux, il se la rappelait aussi.

— Maintenant que tu le dis...

Il lui décocha un clin d'œil.

— Ils vont nous retrouver, lui dit-elle.

— J'y compte bien. Mais pour gagner un peu de temps...

Il tapota le dossier du siège avant pour attirer l'attention du chauffeur et lui montra sa plaque.

— J'aimerais que vous preniez le chemin le plus long, en passant par le centre-ville.

— Comme vous voulez, mais ce sera plus cher.

— Si quelqu'un vous demande où vous nous avez déposés, dites-le-lui. Ne jouez pas au héros. D'accord ?

— D'accord. Combien de temps le trajet doit-il durer ?

Wade installa confortablement Therese dans ses bras et la força à approcher ses lèvres des siennes.

— Aussi longtemps qu'il le faudra.

— D'accord, vieux. Toujours prêt à aider la police.

— C'est dingue, chuchota-t-elle contre ses lèvres. Est-ce que tu vas vraiment me peloter sur la banquette arrière d'un VTC alors que les hommes de Rushdan nous recherchent ?

— Dès que j'aurai utilisé ma carte de crédit, ils sauront où nous sommes. D'ailleurs... Depuis quand est-ce que tu ne t'es pas amusée sur une banquette arrière ?

Il l'attira sur ses genoux et dévora sa bouche jusqu'à ce qu'elle plaque les mains sur son torse pour le repousser.

— Demain, nous serons sans doute morts, dit-elle. Alors, puisque c'est le dernier moment de plaisir que nous connaîtrons jamais, tous les deux... Je suis partante.

5

— Ça ne marchera jamais ! hurla Jack MacKinnon dans le téléphone.

— Bien sûr que si. Si tu es en colère, c'est surtout parce que tu vas devoir travailler toute la nuit. Invente quelques dettes, ajoute un ou deux blâmes à mon dossier… En plus des autres, je veux dire. Ça expliquera pourquoi j'ai besoin d'argent. Après l'histoire avec Megan l'année dernière, je sais comment nous devons procéder.

— Je pense qu'on t'a frappé sur la tête une fois de trop. Tu aurais pu être tué dans ce que tu appelles une « histoire ». Est-ce que tu as oublié qu'à cause de ces types, tu as failli finir avec un immeuble en guise de pierre tombale ?

— Ce serait difficile, répondit-il en se frottant les côtes.

— C'est une mauvaise idée.

— C'est ce que je n'arrête pas de lui dire, intervint Therese.

— Tu es sur haut-parleur, annonça-t-il à son équipier. Elle a tenu à écouter la conversation. Je sens que tu es en train de céder, Jack. Tu sais que c'est une bonne idée. Si tu falsifies mon compte en banque, Rushdan Reval n'y verra que du feu.

— Tes intuitions ont déjà failli nous coûter la vie à tous les deux, mon pote.

— Tu vas le faire ?

— Vous êtes aussi dingues l'un que l'autre, maugréa Jack.

Therese leva les mains en signe d'impuissance et se dirigea vers la salle de bains. Jack reprit :

— Tu es fou, Wade. Le major Clements ne donnera jamais son aval.

— Il le donnera si tu sais t'y prendre. Qu'est-ce que je peux faire d'autre ? Cette femme a sauvé deux vies : la mienne et celle de ta petite amie. Tu ne penses pas que tu as une dette envers elle ?

Un long soupir hésitant résonna dans l'air immobile.

— Tu te souviens que tu me dois un service, Wade ?

— Lequel ?

Mais il savait très bien de quoi parlait son équipier.

— Souviens-toi du jour où tu m'as demandé d'aller chercher une femme à l'aéroport. Je devais la mettre en lieu sûr et veiller sur elle jusqu'à ce que tu me fasses signe. À t'entendre, ce n'était pas grand-chose.

Wade coupa le haut-parleur. Il savait exactement de quoi parlait Jack, et Therese le savait aussi. C'était elle qui avait surgi de nulle part et lui avait demandé de protéger son amie.

Par la suite, les rangers de la compagnie B avaient découvert que Megan Harper devait la vie à l'intervention de Jack. De son côté, Wade était parti à la recherche de Therese, craignant qu'elle ait eu des ennuis. Il s'était fait prendre et avait presque été battu à mort.

— Tout s'est bien terminé pour toi, Jack. Tu as rencontré ta future femme.

Le badinage auquel Wade se livrait parfois avec Therese, et les services qu'il lui rendait à l'occasion, avaient fini par se muer en une véritable obsession : il avait tout fait pour la retrouver. Mais elle avait disparu, purement et simplement.

— Ah, lança Jack. Je crois que c'est toi qui me dois un service, maintenant.

— Je n'ai pas oublié que j'avais une dette envers toi. Mais je m'attendais à ce que tu me demandes de payer la limousine pour ton mariage.

Il allait devoir ruser pour que Jack accepte de l'aider.

— Très bien, reprit-il. J'avais en quelque sorte promis de

ne jamais en reparler, mais… c'est Therese qui t'a sauvé la vie quand le gang du MS-13 a découvert ton identité à cause de ton père.

— Comment ? Je croyais que tu avais dit… Bon sang, Wade ! Je n'ai jamais su d'où était venu cet hélicoptère. C'est Therese qui a tout organisé ?

— Elle ne m'a pas dit à qui il appartenait, et je ne le lui ai pas demandé. C'est plus tard que j'ai compris, quand j'ai découvert qu'elle avait accès à des informations confidentielles. Maintenant, tu le sais toi aussi.

— Elle m'a sauvé la vie avant de sauver celle de Megan, dit Jack dans un soupir. Et la tienne.

Wade posa les yeux sur la porte de la salle de bains.

— Elle ne l'avouera pas, mais je crois qu'elle est dans un sacré pétrin. Elle a peur de contacter le FBI ou d'appeler des renforts.

— Est-ce qu'elle craint qu'il y ait une taupe ?

— Si ce n'était pas le cas, pourquoi aurait-elle fait appel à moi ?

— C'est vrai. Elle te fait confiance. Je comprends. Je vais demander à Heath de s'occuper de ton compte en banque. Il va être ravi d'y passer la nuit. Quel genre d'ennuis veux-tu avoir ? Des dettes de jeu ? Ce serait le plus simple.

Le jeu. Ces mots touchèrent un point profondément enfoui en lui depuis plus d'une décennie. Il ne voulait pas retomber dans cet univers, mais il le ferait si sa vie et celle de Therese en dépendaient.

Entre deux baisers, sur la banquette arrière du VTC, ils avaient discuté à voix basse des façons dont ils pouvaient dissuader Reval de les tuer. Grâce à un historique financier créé de toutes pièces, Wade devait le convaincre qu'il avait les mains sales et tellement besoin d'argent qu'il était prêt à faire n'importe quoi pour le compte de n'importe qui – y compris l'homme qui avait ordonné qu'on le tue l'année précédente.

Cette perspective lui soulevait le cœur, mais ça marcherait.

— Bien sûr, répondit-il enfin. Aussi longtemps que Heath parvient à tout falsifier. Maintenant, je vais éteindre mon téléphone et le mettre dans le coffre-fort avec le reste de mes affaires. Envoie quelqu'un pour les récupérer.

— Sois prudent, dit Jack.

Wade raccrocha et alla passer la tête par l'entrebâillement de la porte de la salle de bains.

— Au sujet de cette explication...

Il s'arrêta net. Therese était sous la douche, entièrement nue. Ses longs cheveux retombaient dans son dos. Derrière son bras levé, il entrevoyait la courbe de son sein.

— Désolé.

Il détourna le regard et le posa sur la serviette accrochée au porte-serviettes.

— Je m'attendais à ce qu'il y ait un rideau de douche ; pas une porte transparente.

— Tu n'as pas à être gêné, dit-elle. Je pense que notre relation dépasse le cadre professionnel. Pas toi ?

Elle se tourna vers le mur du fond, et il regretta d'être privé du spectacle des parties les plus intéressantes de son corps. Mais il se ravisa en découvrant la forme parfaite de ses jambes et de son derrière.

— Tu sais... je ne pensais pas ce que j'ai dit tout à l'heure. Je peux très bien dormir dans le fauteuil.

Il avait l'impression de se conduire comme un pervers. Il recula d'un pas pour lui laisser un peu d'intimité.

— Si nous en parlions plus tard ? Ferme la porte, tu laisses entrer le froid.

Elle lui rit au nez.

— Compris. Je vais commander quelque chose à manger.

— Tu pourrais aussi venir me rejoindre, taquina-t-elle.

Il fit taire tous ses désirs, toutes ses envies, et referma la porte. Il ne voulait pas faire l'amour avec Therese pour la première fois alors qu'ils attendaient que les hommes de Reval les emmènent auprès de leur chef. Il commanda deux steaks en espérant que la femme qu'il avait embrassée plusieurs fois au cours de la dernière heure n'était pas végétarienne. Après tout, il ne savait rien d'elle.

— Oh ! bon sang, je me sens mieux.

Elle ressortit de la salle de bains, drapée dans une serviette, en séchant ses longs cheveux ramenés en arrière.

— Je meurs de faim, reprit-elle. Je n'ai pas eu le temps de déjeuner.

Elle prit sa robe pour examiner les déchirures et sa serviette glissa. Bien qu'elle l'ait rattrapée et rajustée aussitôt, Wade perdit toute sa concentration.

Elle éclata de rire et s'assit sur le lit, à côté de lui.

— Qu'est-ce que tu as commandé ?

Il se leva d'un bond.

— Nous ferions sans doute mieux de garder nos distances.

Comment pouvait-elle sembler aussi à l'aise alors qu'elle était nue sous cette serviette, qu'un rien aurait suffi à faire tomber ? Il retira sa chemise.

— Quelle pudeur ! railla-t-elle. Dire que tu viens de me peloter pendant une demi-heure...

Elle ramena ses longs cheveux derrière son oreille. En séchant, ils commençaient à friser.

Est-ce que ses poils aussi étaient frisés ?

— Ce n'est pas la même chose, parvint-il enfin à répondre.

— Comme si j'allais te croire. En tout cas, notre chauffeur a eu l'air d'apprécier le spectacle.

Mon Dieu, comme il aimait son rire... Elle ne riait pas assez souvent. Il lui tendit sa chemise, se retourna et ferma les yeux.

— Si tu me parlais de Reval et de Public Exposure ? Je sais qu'il y a un lien. La dernière fois que je t'ai vue, nous venions de faire tomber une partie de cette bande de terroristes domestiques. Est-ce que Reval travaille pour eux, ou est-ce que c'est l'inverse ?

— Tu as raison. Nous sommes en possession de renseignements fiables...

— Commence par le commencement, coupa-t-il en se tournant vers elle.

Il voulait qu'elle lui dise tout ce qu'elle savait.

— Qui est ce « nous » ? Et depuis combien de temps travailles-tu avec cette ordure ?

— Je te raconterai le vrai commencement un autre jour. Si je t'en dis trop, je serai sans doute renvoyée.

— Quelle importance ? Après tout, tu n'arrêtes pas de me dire que nous allons nous faire tuer.

Il aurait aimé que le room service frappe à la porte. Il avait désespérément besoin d'une bière.

— C'est vrai. Mais puisque tu t'es immiscé dans cette histoire, tu as sans doute le droit de savoir ce qu'il se passe.

Elle croisa les doigts de part et d'autre de son visage avec un sourire forcé.

— J'espère que tu es un bon menteur, Wade Hamilton.

— Je sais jouer la comédie quand il le faut.

— Super. En ce cas, nous avons peut-être une chance de nous en tirer. Et maintenant, tourne-toi.

Il obéit mais vit du coin de l'œil un bras passer dans une manche.

— C'est bon.

Elle se mit à déambuler dans la chambre, regarda les dépliants fournis par l'hôtel, redressa une lampe et ouvrit la penderie, où elle découvrit un peignoir. Mais elle ne l'enfila pas avant que le room service frappe à la porte.

Il fut aussi soulagé que le corps de Therese soit dissimulé par le peignoir que réconforté par les effluves de leur dîner. Son estomac se mit à gronder tandis qu'il signait le reçu. Enfin, ils s'installèrent sur le lit, séparés par les deux plateaux.

— Revenons-en à notre histoire, pressa-t-il. Depuis le commencement.

— J'étais à l'école de police de San Antonio quand le FBI est venu me chercher, dit-elle entre deux bouchées. Je ne sais pas pourquoi c'est moi qu'ils ont choisie. Mon profil devait correspondre à ce qu'ils recherchaient.

— C'est là que tu as rencontré la petite amie de Jack, Megan ?

— Oui. On a fait courir le bruit que j'avais dû quitter l'école après avoir triché à un examen. Le Bureau a repris cette histoire pour me créer de faux antécédents.

Il le savait déjà – grâce à Megan et à toutes les recherches qu'il avait effectuées sur elle.

— Tu as donc commencé à travailler pour le FBI ?

— Ils voulaient savoir d'où venait l'argent de Rushdan et qui étaient ses contacts.

— Laisse-moi deviner... Un peu de trafic de drogue, des fraudes à l'immobilier, des boîtes de nuit, de la prostitution et du blanchiment d'argent.

— Tu as bien travaillé.

Elle applaudit doucement.

— En général, je m'intéresse de très près aux gens qui essayent de me tuer.

Était-il trop tôt pour lui avouer que c'était pour la retrouver qu'il avait enquêté sur Reval ?

— As-tu également découvert qu'il avait effectué plusieurs transactions illégales ? Je n'ai jamais su comment il avait commencé. Mais l'an dernier, quand sa fraude à l'immobilier a été démantelée, il a pris contact avec Public Exposure.

— C'est donc comme ça qu'une bande d'escrocs à la petite semaine entre dans le business du terrorisme domestique ?

— Quand Megan et Jack sont tombés sur sa petite affaire de fraude, ma mission au sein de son groupe de Dallas a été mise en pause. J'ai essentiellement servi d'intermédiaire par téléphone auprès de certains de ses VRP de San Antonio.

— VRP ? Drôle de façon de les désigner.

— C'est pourtant ce qu'ils sont.

Elle mordit dans un petit pain et but une gorgée de cola.

— Laisse-moi deviner..., dit Wade. C'est ici qu'interviennent l'agent du FBI Kendall Barlow et son mari, le Texas Ranger

Heath Murray, qui enquêtent sur les soupçons de fraude qui pèsent sur Public Exposure.

— Oui ! s'écria Therese en pointant le doigt vers lui. Un bon point pour l'homme sans chemise. Ils forment vraiment une bonne équipe, tous les deux. Presque trop bonne, puisqu'ils ont quasiment démantelé la partie de l'organisation que dirigeait Brantley Lourdes.

— Brantley Lourdes... C'est le chef de Public Exposure, c'est bien ça ? Mais pourquoi « quasiment » ? Nous avons récupéré l'algorithme, obtenu des aveux et personne n'est mort, bien qu'ils aient menacé de tuer tous les habitants de Dallas.

— C'est là qu'est le problème. Rushdan venait tout juste de négocier le marché pour le compte de Public Exposure. Il avait seulement une copie de l'algorithme. Certaines de nos sources nous ont informés que le développeur a amélioré son programme, et que les enchères pour se le procurer ont commencé. Nous ne savons pas ce que peut faire cette nouvelle version.

— Nom d'un petit bonhomme ! lança-t-il. Et Lourdes ne vous a pas donné le nom du programmeur ? Je pensais que cette affaire était close. Les autorités n'ont lancé aucune alerte, que ce soit au niveau local ou national. Pourquoi tes patrons sont-ils aussi cachottiers ?

— Tu as déjà oublié qu'un agent du FBI de Dallas avait vendu la mèche ?

— Je vois. Il pourrait y avoir une autre taupe. Mais tu me fais confiance, non ? Je pourrais t'aider à découvrir l'identité de la personne à laquelle Reval s'apprête à vendre l'algorithme.

— Je t'ai déjà expliqué pourquoi je ne pouvais pas travailler avec toi. D'ailleurs, cette information ne nous intéresse pas. Ce que nous voulons, c'est découvrir les possibilités offertes par la version améliorée de l'algorithme, et arrêter les informaticiens qui ont créé un programme avec lequel on peut faire sauter le réseau électrique d'une ville tout entière.

— Le pire cauchemar de toute ville, commenta-t-il.

— Et même du pays. J'ai essayé de regagner les bonnes grâces de Rushdan. Il m'a accusée de t'avoir aidé à t'enfuir, mais il semble avoir passé l'éponge.

— Pourquoi ferait-il ça ?

— Il espère peut-être que je vais me pendre, ce qui lui épargnera de devoir donner l'ordre à ses hommes de m'abattre. C'est que, comme quelqu'un que je ne nommerai pas...

Elle tendit le bras et fit tomber quelques miettes collées au coin de la bouche de Wade, en haussant un sourcil séducteur.

— Il a pour ainsi dire un faible pour moi.

Soudain, il n'eut plus la moindre envie de parler de Rushdan Reval, du FBI ou d'algorithmes qui pouvaient causer la ruine d'un pays tout entier. Il désirait seulement l'attirer dans le lit et finir une tout autre conversation.

— Tu sais, il n'est pas trop tard pour que tu retournes à tes occupations habituelles. Je peux tout arranger.

— Non. Nous en avons déjà parlé.

Il se leva et porta les reliefs de leur dîner sur le bureau.

— Je t'accompagne, poursuivit-il. J'ai parlé à Jack, qui doit me rappeler. À quel agent du FBI doit-il s'adresser pour signaler que je travaille sur l'affaire ?

— Steve Woods. C'est la seule personne en qui je puisse avoir confiance et qui soit au courant de tout. Il travaille avec la Sécurité intérieure et ne leur fournit que les informations nécessaires.

— Tu n'accordes pas facilement ta confiance, n'est-ce pas ?

— Non, répondit-elle dans un chuchotement. Mais... Rushdan aura du mal à croire qu'un Texas Ranger est prêt à se salir les mains. Quelle raison vas-tu invoquer ?

— L'argent. C'est toujours une question d'argent.

— Il va falloir le convaincre que tu as besoin de beaucoup... Et vite.

— Exactement. Heath s'en occupe. Tout sera prêt avant que Reval fouille dans mes antécédents.

Il chassa les vieux sentiments de son enfance qui remontaient à la surface. Il ne pouvait pas se permettre d'avoir peur. Il devait respirer la confiance et l'arrogance.

— Est-ce que tu penses que j'ai le temps de prendre une douche avant qu'ils arrivent ?

— Sans doute. Et moi, je vais essayer de dormir un peu. Quand ils nous auront trouvés, nous risquons de passer des moments assez difficiles.

Elle ôta le peignoir et ouvrit le lit.

— Merci.

— Pour quoi ? demanda-t-il depuis la porte de la salle de bains.

Il avait tellement besoin de la serrer contre lui qu'il dut s'agripper à la porte pour s'empêcher de la rejoindre. Elle lui sourit sans mot dire – mon Dieu, comme elle était sexy dans cette chemise bleue, qui lui allait tellement mieux qu'à lui – mais ce sourire suffit pour qu'il comprenne.

Il se doucha rapidement en pensant à la situation intenable dans laquelle il se retrouvait à cause du FBI et de la Sécurité intérieure. Qu'ils le reconnaissent ou non, Therese avait besoin d'aide.

Elle avait les yeux fermés quand il enferma son téléphone, son revolver, sa carte et sa plaque dans le coffre-fort. Il appela Jack depuis le téléphone de l'hôtel, autant pour faire le point que pour lui donner la combinaison du coffre.

Ensuite, il remit son jean parce qu'il savait que, tôt ou tard, Therese et lui seraient emmenés au quartier général de Reval, sous la menace d'une arme. En la sentant frissonner dans son sommeil, il remonta les couvertures sur elle. Elle se blottit contre son torse et ce fut ainsi enlacés qu'ils se reposèrent par intermittence. Il se réveillait à chacun de ses mouvements et savait qu'elle ne dormait que d'un œil, elle aussi. Il la serra contre lui et lui chuchota une fois de plus ce qu'ils finiraient par faire ensemble.

Les hommes de Reval arrivèrent vers 4 heures du matin, lançant ainsi la phase suivante de leur entreprise. La journée allait être très longue.

6

Une clé tourna dans la serrure et la porte s'ouvrit à la volée. Wade s'y attendait, parce qu'il eut le temps de jeter le peignoir sur le corps de Therese.

Il la garda tout contre lui jusqu'à ce que les deux hommes les séparent sans ménagement et lui attachent les mains derrière le dos. Il eut à peine le temps d'attraper le peignoir que les hommes poussaient déjà Therese dans le couloir.

C'était la première fois qu'elle travaillait en tandem, et elle était étrangement ravie que son premier équipier soit ce grand Texas Ranger. Il lui plaisait. Il lui plaisait beaucoup.

Les paroles sensuelles qu'il avait chuchotées au creux de son oreille alors qu'elle essayait de s'endormir embrasaient encore son corps. Elle n'avait pas osé lui dire qu'elle voulait la même chose, parce qu'elle aurait été incapable de se retenir. S'ils survivaient, elle adorerait vraiment être avec lui.

Mais elle allait devoir attendre.

Elle était un peu vexée que ces hommes ne la pensent pas assez dangereuse pour l'attacher comme ils avaient attaché Wade, mais elle avait tout fait pour qu'ils ne devinent rien de sa force et de sa rapidité. Ils descendirent par l'ascenseur de service et on les fit monter à l'arrière d'un SUV.

Quand ils furent arrivés aux nouveaux bureaux de Rushdan, l'un de ses hommes de main frappa Wade assez violemment pour lui couper le souffle.

— Voilà pour les six mois que j'ai passés à la prison du comté.

Comment avait-elle pu le mêler à cette histoire ? Comment avait-elle pu commettre, non pas une erreur de jugement, mais toute une série ? Pour lui avoir tout dévoilé, elle devait avoir perdu la tête... et elle allait sans doute aussi perdre son travail.

Mais il y avait pire... S'ils frappaient Wade, s'ils le torturaient, serait-elle capable de tenir sa langue ?

— Menez-nous jusqu'à Rushdan, ordonna-t-elle en se mettant devant Wade. Si vous levez encore la main sur mon petit ami, vous ne serez plus vivants demain pour le regretter.

Elle retint son souffle en s'attendant à recevoir un coup, mais il ne vint pas. Elle savait aussi bien que Wade ce qu'ils risquaient. Les chances pour qu'ils parviennent à convaincre Reval d'engager Wade dans son organisation étaient bien minces. Les deux hommes les entraînèrent sans douceur à travers une série de pièces, jusqu'à ce qu'ils se tiennent enfin devant Rushdan Reval.

— Therese, ma chérie... Approche un peu, laisse-moi te regarder. Quant à vous, ajouta Reval en se tournant vers ses hommes, détachez notre invité. Qu'est-ce que vous êtes donc ? Des barbares ?

Les deux brutes la relâchèrent et elle avança vers le bureau de Reval. Elle portait toujours le peignoir de l'hôtel par-dessus la chemise de Wade, sous laquelle ses sous-vêtements ne couvraient pas grand-chose.

— Viens plus près. Tu sais ce que je veux.

Ce porc empoigna la ceinture du peignoir pour l'attirer plus près de lui. Elle devina qu'il espérait que le peignoir allait s'ouvrir. Elle crispa les doigts dans les larges revers et les empêcha de s'écarter.

Sans trop savoir comment, elle parvint à se glisser dans la peau de son personnage habituel de femme minable et un peu idiote, que ces hommes tenaient en si piètre estime qu'ils n'avaient même pas pris la peine de lui attacher les mains.

Mais ce soir, c'était différent. Wade était là, lui aussi, et sa force irradiait dans toute la pièce. Un soupçon d'inquiétude se lisait sur le visage des deux hommes de main. Elle serra les dents pour ne pas réagir quand Rushdan défit les deux premiers boutons de la chemise et glissa une main à l'intérieur. Elle brûlait d'écarter cette main repoussante d'une tape mais se retint, comme elle le faisait toujours.

Wade échappa aux deux hommes qui le maintenaient et la tira brusquement vers lui, juste avant que son peignoir s'ouvre.

— C'est donc vrai, dit Rushdan. Notre ami ranger a un faible pour toi. Après m'avoir aussi souvent dit non, tu as dit oui à un homme qui peut te mettre derrière les barreaux ? Est-ce que tu penses qu'il tient vraiment à toi ?

— Il m'a fait sortir de prison l'année dernière.

— Tu avoues enfin qu'on t'a aidée. Pourquoi ne pas me l'avoir dit plus tôt ? Je t'ai assez souvent posé la question.

— Parce qu'il m'a dit que c'était un secret, Rushy, mon chou. Et tu m'as toujours dit qu'il fallait garder les secrets.

Elle s'était de nouveau glissée dans son rôle de cruche sans cervelle auquel ils croyaient tous.

— Hier soir, je t'ai dit que j'avais un rendez-vous et tu m'as fait suivre. Je ne comprends pas ce que j'ai fait de mal.

— Ils se sont enfuis, intervint l'un des deux hommes avec un claquement de langue désapprobateur.

— Seulement après qu'ils ont commencé à nous tirer dessus, lança Wade.

— Je ne t'ai rien demandé, ranger.

Rushdan se fourra un doigt dans la bouche pour se curer les dents et agita la main comme pour chasser une mouche.

— Emmenez-le ailleurs pendant que je décide ce que je vais faire de lui. Est-ce que vous avez pensé à apporter leurs vêtements ?

— Rushdan, mon chou...

Therese se retourna et avança vers son « patron » en laissant s'ouvrir le peignoir et en écartant légèrement les pans de la chemise.

— Je travaille sur ce type depuis des mois. J'ai pensé qu'il pourrait t'être utile.

Tous les hommes présents dans la pièce furent soudain incapables de lever les yeux. Comme hypnotisés, ils nourrissaient l'espoir que la chemise allait s'ouvrir entièrement. Et ce porc de Rushdan était le mieux placé pour profiter du spectacle.

— J'ai passé presque six mois en combinaison orange dans une cellule crasseuse, répondit-il en frissonnant. Qu'est-ce qui t'a fait croire qu'il te suffirait de me ramener ton toutou pour que je l'adopte ? Un Texas Ranger ne peut me servir à rien, même si je pensais qu'il obéirait à mes ordres.

Le ton de Rushdan était léger, primesautier, mais son regard étincelait de méchanceté.

— Tu as raison, dit-elle. Au début, je ne l'ai pas cru, moi non plus. Mais maintenant, je veux surtout récupérer l'argent qu'il me doit.

Elle s'inclina vers Rushdan, qui se pencha pour regarder dans sa chemise.

— Il a un problème de jeu, mon chou, chuchota-t-elle. C'est un bon moyen de pression.

— Therese.

Une fois encore, Wade la prit par le bras pour la tirer en arrière.

— Je peux parler moi-même.

— Pas s'il ne veut pas t'écouter, mon cœur.

— Oh ! comme c'est mignon, railla Rushdan. Les deux amoureux se disputent.

— Nous ne nous disputons pas.

Wade reboutonna la chemise. Elle fit volte-face, mais il laissa les mains sur ses épaules.

— J'aime tellement tes petits spectacles, Therese. Quel dommage que ton champion ait mis un terme à celui-ci.

Il fit un signe de la tête à ses hommes.

— Je suis occupé. Faites-les sortir d'ici.

— Mais..., commença-t-elle.

— Au fait, j'adore ces bottes, coupa Rushdan en tendant le doigt vers les pieds de Wade. Sal, rappelle-moi qu'il faut que j'achète de vraies bottes texanes.

— Oui, monsieur.

— Et maintenant, enfermez-les quelque part pendant que je réfléchis à leur punition.

Therese força Wade à la lâcher.

— Franchement, Rushdan. Je fais du bon boulot pour toi. En ton absence, j'ai dirigé les boîtes de San Antonio comme tu le voulais. Je m'amuse bien avec Wade, mais tu sais que je te suis loyale. J'ai vraiment pensé que nous pourrions utiliser ses relations pour élargir nos perspectives.

Rushdan prit une bouchée de son petit déjeuner et fit claquer ses lèvres d'une façon dégoûtante.

— Vraiment ? Et qu'est-ce qui te fait penser ça ? D'ailleurs, pourquoi est-ce que tu essaies de penser ?

— Je voulais seulement t'aider.

— Therese… Si tu te contentais d'être une jolie fille ?

Il la gifla si violemment qu'elle perdit l'équilibre et tomba contre Wade. Elle se ressaisit assez rapidement pour empêcher le ranger de se jeter sur le criminel.

— Je t'ai prévenu, Wade, chuchota-t-elle. Rushdan a toujours raison.

— Je ne vais pas le laisser…

Elle emprisonna ses deux mains dans les siennes, mais il parvint quand même à pivoter pour la protéger et ce fut lui que le second coup de Rushdan atteignit, dans le dos.

— Il me faut cet argent, dit-il après avoir repris son souffle. Je l'avoue. L'avantage, c'est que personne n'imagine qu'un Texas Ranger puisse être malhonnête. Je représente pour vous une occasion unique, Reval. Je peux faire tout ce que vous me demanderez.

Sal les poussait déjà vers la porte quand Therese lança :

— Attends un peu, s'il te plaît. Wade peut entrer dans des endroits où même les flics que tu as achetés ne peuvent pas s'introduire. Il travaille avec toutes les agences du pays. N'est-ce pas, Wade ?

— Très bien, dit Reval. Attendez... Est-ce que tu peux vraiment entrer dans n'importe quelle zone interdite au public ?

Bingo ! Ils avaient trouvé ce qui faisait de Wade une recrue unique.

— Bien sûr, répondit-il en haussant les épaules. Sans problème.

— Qu'est-ce qui me dit que vous ne me jouez pas la comédie, tous les deux ?

Rushdan se laissa tomber dans son fauteuil, et ses pantoufles glissèrent sur le sol de marbre.

— Je ne peux pas faire autrement, répondit Wade en prenant Therese par la taille. Pas question que je laisse filer cette dame. Je suis fou d'elle. Seulement, elle me revient cher. J'ai besoin d'argent, Reval. Si je ne travaille pas pour vous, tant pis. Je trouverai quelqu'un d'autre.

Il posa sur elle des yeux étincelant d'un désir brûlant. Oh ! mon Dieu... Il s'apprêtait à l'embrasser. Comment pouvait-il se comporter de cette façon alors que des revolvers étaient braqués sur eux ?

— Ça pourrait marcher, mais... quel genre de garanties me donnes-tu ? interrompit son ennemi.

— Des garanties, monsieur ?

— Monsieur ? Comme tu es vieux jeu.

Rushdan regarda ses hommes.

— Écoutez bien : il m'a appelé « monsieur » et il était sincère. Oui, des garanties. Il est hors de question que j'investisse sur toi et que tu en profites pour me voler. Ce n'est pas ainsi que je travaille.

— Moi, annonça-t-elle à la place de Wade. Je serai sa garantie.

— Comme c'est adorable.

Il se cura une fois encore les dents avec l'ongle de son petit doigt et poursuivit, d'un ton aigre :

— Malheureusement, Therese, tu m'appartiens déjà. Tu n'es ni importante ni précieuse à mes yeux.

— Mais aux miens, si, dit Wade. Je l'aime.

Ces mots firent vibrer une corde au plus profond de son être. Elle savait qu'il ne les avait prononcés que pour qu'ils aient la vie sauve mais, après la nuit merveilleuse qu'ils avaient passée à l'hôtel, elle aurait tant désiré qu'ils soient sincères.

7

— Emmenez-les ailleurs.

Rushdan congédia ses hommes d'un geste de la main, comme il aurait chassé des mouches. En entendant un bruit sourd, celui d'un corps heurtant un mur, il ajouta :

— Et ne les frappez pas. Pas encore. J'ai peut-être un travail pour le joli garçon.

Il croisa le regard de Sal et devina que son bras droit s'interrogeait sur le bien-fondé de sa décision, ce qui lui déplut. Quel mal y avait-il à réfléchir à la proposition que venait de lui faire le ranger ? C'était le seul moyen de ne pas perdre Therese.

Une personne pouvait lui apporter la confirmation dont il avait besoin : Andrew, qui pianotait plus rapidement sur un clavier d'ordinateur que Rushdan ne gagnait de l'argent. En riant silencieusement à sa boutade, il prit son téléphone normal et afficha le numéro d'Andrew, qu'il composa sur le téléphone portable caché dans son bureau.

La clé de toute l'histoire était là, au vu de tout le monde. Mais personne ne savait de quoi il s'agissait et, même si quelqu'un avait eu une bonne raison de chercher, il n'aurait pas su quoi en faire.

— L'argent est une maîtresse impitoyable, mais un serviteur zélé, dit-il dès qu'on eut décroché.

C'était le mot de passe, à la fois stupide et énigmatique.

— P.T. Barnum, répondit une voix. Andrew ! C'est pour toi !

Il balaya du regard la pièce où il avait installé son nouveau bureau, dans le même style que l'ancien. Dommage qu'il ait dû faire sauter le précédent parce que ce ranger coriace avait rameuté ses collègues pour mettre un terme à ses activités. Il aurait peut-être mieux fait de le tuer tout de suite.

Mais il aurait fallu que Therese meure, elle aussi.

Il pianota sur l'aquarium peuplé de poissons plus petits que ceux qu'il avait l'année précédente. Mais quand ce marché, le plus important de sa carrière, serait conclu, ils grossiraient aussi rapidement que son compte en banque.

— Oui ? dit enfin Andrew.

— Rushdan Reval. Il me faut des renseignements sur Wade Hamilton. Il est Texas Ranger à Dallas.

Rushdan attendit la réponse.

— Qui est à l'appareil ? demanda enfin Andrew. Je plaisante, Reval. Qu'est-ce que vous voulez ?

— Des renseignements. Tout de suite.

— Oui, sur un Texas Ranger. J'ai entendu. Mais pourquoi ? Un lien avec notre affaire ?

— En fonction de ce que tu m'apprendras, soit je le tuerai, soit je pourrai l'utiliser pour faciliter la transaction.

— Je vous rappelle.

Andrew raccrocha sans un mot de plus.

— Merci, j'attends ton coup de fil, dit-il néanmoins.

Il refusait que l'un de ses hommes devine qu'on lui avait raccroché au nez – ce qui ne l'étonnait pas venant d'Andrew, ce jeune homme mal élevé qui persistait à l'appeler par son nom de famille.

— Et maintenant ? demanda Sal. Je les ai enfermés dans la réserve du cinquième étage.

— Est-ce qu'il y a des caméras dans cette pièce ?

— Elles ne sont pas encore en fonctionnement, patron.

— Bon sang, Sal ! Occupe-toi de ça le plus tôt possible. Je veux savoir si quelqu'un a suivi nos deux invités ou s'approche du bâtiment.

— C'est comme si c'était fait, patron.

— Est-ce que quelqu'un est passé chercher son véhicule ?
— Non.

Rushdan pianota de nouveau sur le verre de l'aquarium. Lui seul avait le droit de déranger ses poissons. Il adorait les voir tous nager vers lui, s'attendant à recevoir de la nourriture.

— Je pense que vous pouvez avoir encore un peu à manger, leur dit-il avant de se tourner vers Sal. Est-ce que tu as laissé quelqu'un dans la chambre d'hôtel ?

— Non. Vous voulez que j'envoie quelqu'un ?

— Pourquoi faut-il que je m'entoure d'imbéciles ?

L'exception était Therese. La jeune femme était intelligente, fiable et compétente, même si elle faisait semblant de n'être qu'une idiote devant ses hommes. Elle avait tellement de qualités qu'il se demandait parfois pourquoi elle travaillait pour lui. D'ailleurs, pourquoi se dissimulait-elle derrière ce personnage d'écervelée ? Ce n'était pas logique. Et c'était exactement pour cela qu'il avait ordonné à ses hommes de la suivre la veille.

Il y avait trop de coïncidences pour qu'il ne nourrisse pas de soupçons.

S'il s'interrogeait trop longuement sur les motivations de Therese, il allait laisser libre cours à sa paranoïa et se débarrasser d'elle. Cependant, il voulait la posséder, de toutes les façons possibles. Après l'épisode de Public Exposure, certains de ses hommes, dont Sal, avaient voulu qu'il l'élimine. Mais il avait fait la sourde oreille.

Mieux valait éliminer le ranger. Sauf que... Therese était susceptible de le lâcher si quelque chose arrivait à son petit ami, et il fallait qu'elle reste à ses côtés. Elle était douée pour régler les détails.

— Très bien, marmonna-t-il à l'adresse du poisson bleu tacheté. Je vais t'appeler Dotty.

Si Wade Hamilton n'avait pas fourré son nez là où il ne fallait pas l'année précédente, Rushdan aurait son joli petit immeuble de bureaux à l'heure qu'il était et le programme aurait pu être cédé à de nouveaux acheteurs. Mais l'argent qu'il allait récolter grâce à cette transaction compenserait largement les six mois qu'il avait passés derrière les barreaux.

Cependant, pour le récolter, il devait trouver un moyen de faire pression sur le ranger, ce qui lui permettrait de contrôler Therese par la même occasion.

Il tapota de nouveau le verre de l'aquarium et un magnifique labre s'approcha de son doigt. Il était rose et bleu, d'un bleu qui lui rappelait celui des yeux de Therese. Il fallait qu'il lui demande de teindre quelques-unes de ses mèches brunes en rose. Le résultat serait intéressant… très intéressant.

S'il épargnait la vie du ranger, peut-être que cette belle femme intelligente accepterait de lui rendre des services d'une nature différente, plus intime. Dans le cas contraire, avoir un homme qui puisse assister ses nouveaux clients dans leurs entreprises gouvernementales permettrait à son véritable objectif de renaître de ses cendres et de prospérer. Cela payait toujours d'avoir un homme infiltré.

Son téléphone bipa.

— Oui ? répondit-il en décrochant.

— Votre ranger est endetté jusqu'au cou, dit Andrew sans préambule. Cela devrait suffire pour le tenir. Mais j'ai creusé un peu plus, juste pour être sûr. Je suis remonté jusqu'à un passage au tribunal, quand il avait quinze ans. On dirait que son père était un grand méchant parieur.

— Il est encore en vie ?

— Non. Il est mort en prison. Mais devinez pourquoi il a été coffré. Il a tiré sur un Texas Ranger qui venait l'arrêter pour escroquerie.

Il avait un moyen de faire chanter Wade. Comme c'était pratique.

— Envoie-moi tous les détails, ordonna-t-il.

— Écoutez, Reval. Mon patron a entendu notre conversation. Est-ce que la date est fixée ?

— Oui. J'en saurai plus demain matin. Pour le moment, je vais placer mon nouveau cavalier sur l'échiquier.

— Je vous envoie les renseignements. Est-ce que je vous ai dit que mon patron commençait à s'impatienter ?

Cette fois encore, Andrew raccrocha sans même un au revoir, mais cela n'avait aucune importance. Sal avait fui devant son irritation, et Rushdan était seul.

Il ne lui restait plus qu'à prendre quelques dispositions, et son ranger couvert de dettes serait tellement impliqué dans l'affaire que le succès de la transaction était garanti.

8

La faible lueur jaune qui éclairait la petite pièce lui donnait un aspect irréel. Therese était assise par terre, à côté de Wade. Le sol encore brut était frais sous ses jambes nues. Elle resserra la ceinture de son peignoir. Heureusement que Wade lui avait donné sa chemise.

— Qui peut avoir une réserve sans rien dedans ? demanda-t-elle pour briser le silence.

— Reval a l'air de les aimer vides, répondit-il tranquillement. Celle où j'ai été enfermé l'était aussi.

— Oh ! c'est vrai. Excuse-moi. J'avais oublié que c'était dans la réserve qu'ils t'avaient enfermé avant de faire exploser l'immeuble.

— Un peu plus, et j'explosais en même temps que lui.

Il mêla ses doigts aux siens et porta sa main à ses lèvres.

— J'aurais dû te remercier dès que je t'ai revue. Tu sais... pour avoir organisé mon sauvetage.

— Est-ce que tu m'en veux vraiment de ne pas t'avoir appelé ?

— Comment l'as-tu deviné ? Parce que je me suis comporté comme un gamin vexé ?

— On peut dire ça.

Elle lui tapota la cuisse comme s'ils étaient ensemble depuis des mois, et non des heures.

— Alors, comment allons-nous sortir d'ici ?

Comme toujours, l'air se chargea d'électricité quand il se

pencha vers elle. Elle sentit la chaleur de son souffle dans son cou, puis près de son oreille.

— Nous n'allons pas en sortir. Nous sommes exactement là où nous voulons être.

— Il nous faudrait peut-être un plan B.

— Chut, dit-il en posant un doigt sur ses lèvres. Ton patron pourrait nous écouter.

Elle rapprocha les lèvres de son oreille et chuchota :

— J'ai l'impression que nous perdons du temps.

— Pas moi. On peut faire beaucoup de choses, dans le noir.

Ces mots firent fuser dans son dos un frisson délicieux, qui se propagea à tous les endroits les plus intimes de son corps.

— Tu as déjà refusé cette possibilité, tu te souviens ?

— Non, je l'ai seulement remise à plus tard.

Elle se sentit fondre d'impatience. Elle était sur le point de lui céder, mais elle reprit ses esprits en voyant deux ombres passer devant la porte.

— Tu as raison, dit-elle. Ils nous surveillent sans doute. Je sais que Rushdan a renforcé les mesures de sécurité depuis que tu as fait tomber ce bâtiment – au sens propre.

— Franchement, je n'étais pas en état de faire tomber quoi que ce soit.

Il enroula une mèche de ses cheveux autour de son doigt pour l'empêcher de s'éloigner.

— Pas grave. Tu sais très bien ce que je veux dire, souffla-t-elle.

Un petit hoquet lui échappa quand il effleura ses lèvres des siennes, une fois de plus.

— Je le sais, oui, dit-il plus fort en s'écartant d'elle.

— N'aie pas l'air aussi surpris.

Elle ravala un petit rire nerveux et se contenta de pianoter sur son épaule. Pourquoi était-elle plus nerveuse avec cet homme qu'avec le criminel pour lequel elle travaillait ?

— Pourtant, je suis surpris.

— Pourquoi ? Quand deux personnes se connaissent, il est parfaitement naturel qu'elles se comprennent à demi-mot.

Il se mit à rire si fort qu'il fut pris d'une quinte de toux.

— Qu'est-ce qu'il y a de tellement drôle ? demanda-t-elle avant de se mettre à rire avec lui.

— Therese... Nous ne nous connaissons pas.

Il secoua la tête et se mit à rire de plus belle.

— Il y a quelque chose entre nous... une attirance, et ça me plaît. Mais y a-t-il seulement quelque chose de réel en toi ?

Mon Dieu... Il avait raison. Il ne la connaissait pas. Elle, par contre, avait gardé un œil sur lui, fait des recherches à son sujet. Elle savait beaucoup de choses sur lui.

Son intérêt n'avait rien d'obsessionnel – c'était du moins ce qu'elle se disait. Mais elle se renseignait régulièrement sur l'endroit où il se trouvait et les affaires sur lesquelles il travaillait. Elle savait qu'il était intègre et faisait du bon travail. Et c'était essentiellement parce qu'elle avait créé cette relation à sens unique qu'elle lui faisait confiance.

— Qu'est-ce que tu veux savoir ?

— Ces hommes nous écoutent sans doute, lui rappela-t-il. Pourquoi ne pas passer le temps autrement ?

Il la prit par la taille pour l'attirer encore plus près de lui. Sans qu'il ait besoin de le lui dire, elle savait qu'il était attiré par elle. Mais ses sentiments véritables prirent le dessus, jusqu'à l'engloutir. Elle ne voulait plus de cette histoire à sens unique. Elle voulait vivre une vraie relation avec lui.

— Nous allons peut-être passer un bon moment ici, dit-elle d'un ton qui se voulait détaché.

Pour construire une vraie relation, ils devaient sans doute parler ensemble, au lieu de se contenter de se peloter dès qu'ils étaient seuls... Non ?

— Pour être franc, cela ne me déplaît pas d'être assis contre toi, dans le noir, surtout alors que tu es presque nue. J'ai connu pire, comme situation. Bien pire.

Elle réprima un éclat de rire.

— Je ne sais pas ce qui m'a pris de t'entraîner dans cette histoire.

— Pas grave. Il arrive à tout le monde de paniquer.

Il frotta doucement son cou, puis le côté de son corps.

— Pas à moi.

— Je ne suis pas sûr de te croire...

Il fit glisser une main sur sa jambe nue.

— Au lieu de débattre des différentes façons de réagir au stress, si nous en revenions à ce que nous pouvons faire dans une pièce plongée dans l'obscurité ?

L'homme dont la voix la troublait le plus était en train de flirter avec elle, dans ce placard, alors qu'ils se trouvaient dans une situation épineuse qui pouvait leur coûter la vie. Il inclina la tête et lui donna un baiser parfait, juste assez autoritaire pour lui faire comprendre qu'il n'avait aucune envie d'y mettre fin. Pourtant, il redressa la tête et dit :

— Je crois que je le mérite après...

Il plaqua de nouveau ses lèvres sur les siennes et ne cessa de l'embrasser que quand ils furent tous deux un peu hors d'haleine.

— ... Après toutes tes taquineries, acheva-t-il.

— On ne taquine que quand on n'a pas l'intention d'aller plus loin, remarqua-t-elle.

Il l'enveloppa de ses bras puissants et l'attira sur ses genoux.

— Je dois reconnaître que ce rendez-vous est le moins banal que j'aie connu.

— Est-ce que tu as beaucoup de rendez-vous ?

Mais elle connaissait la réponse. Tous les vendredis soir, après avoir parcouru les bars de la ville pour la rechercher, il s'asseyait sur le même tabouret où il restait pendant des heures. Elle avait souvent eu envie de le rejoindre. Au fond de son cœur, elle avait toujours su qu'elle finirait ainsi, assise sur ses genoux. Mais elle n'avait pas prévu que cela se produirait alors qu'ils étaient retenus prisonniers.

— J'ai été trop occupé à classer des dossiers.

Quoi ? Oh ! oui : ils étaient en train de parler de sa vie

amoureuse. Elle suivit sa clavicule du bout de l'ongle et se pencha vers son oreille.

— Si nous ne pouvons vraiment rien faire, ni prévoir, apprenons à nous connaître. Dis-moi quelque chose sur toi.

— Comme… ?

— À toi de choisir. Ce peut être n'importe quoi, du moment que c'est la pure vérité, chuchota-t-elle.

— Pure ? répondit-il sur le même ton.

— Pas question d'embellir ou de déformer les faits pour qu'ils correspondent aux critères d'un premier rendez-vous.

Il tapota sa poitrine, juste au-dessus du cœur.

— D'accord, mais tu commences.

— Je déteste les réveille-matin.

— Ça ne compte pas, répliqua-t-il. Tout le monde les déteste. Je n'aime pas me lever le matin, moi non plus.

— Tu as raison.

Il fallait un détail plus intime, qu'elle n'aurait partagé avec personne d'autre que lui. Mais cela faisait tellement longtemps qu'elle n'avait rien confié de vrai, à personne…

— J'adore courir. Faire de l'exercice. Amène-moi au bout d'un long chemin désert et je suis au paradis. À ton tour.

Elle tapota son genou sans oser le regarder, de peur de lire de la déception sur son visage. Le geste n'était pas particulièrement intime. Par contre, passer un doigt sur son torse, l'embrasser, être assise sur ses genoux… Voilà qui était intime.

Alors, pourquoi ce simple geste avait-il suffi à la faire se sentir nue et très vulnérable ?

Elle s'aventurait en territoire dangereux. Pour détourner son esprit de ces pensées, elle toucha le bracelet de la montre de Wade, fait d'une épaisse ficelle noire tressée.

— Ton bracelet de montre m'a toujours intriguée.

— Toujours ?

— Tu sais ce que je veux dire.

Elle l'avait remarqué six semaines plus tôt, quand ils s'étaient croisés le jour de la descente du FBI, mais s'était souvenue qu'il le portait déjà quand ils s'étaient rencontrés pour la première fois. Ce n'était pas le moment ni le lieu de lui rappeler cette première rencontre. Sinon, il allait vraiment penser qu'elle était obsédée par lui. Zut, elle n'arrivait même pas à se convaincre elle-même qu'elle ne l'était pas.

— J'ai recommencé à le mettre l'an dernier, après que les hommes de Reval m'ont fait prisonnier. Disons que c'est une petite police d'assurance, qui pourrait être utile un de ces jours. À ton tour.

— Pas question. Cette histoire ne vaut pas mieux que mon histoire de réveille-matin. Elle n'a rien d'intime.

— J'ai une meilleure idée. Réchauffons-nous un peu.

Il défit les deux premiers boutons de sa chemise et elle frissonna. En cherchant à comprendre les émotions qui l'emplissaient, elle se força à adopter un ton badin.

— Ton seul but est donc de me réchauffer ?

— C'est agréable d'avoir chaud, dit-il, taquin.

Il cligna de l'œil avant d'emprisonner de nouveau ses lèvres sous les siennes.

Chacun de ses baisers était un petit bout de paradis.

Il resta parfaitement correct, se bornant à resserrer les doigts sur son épaule pour l'inciter à se rapprocher de lui. Elle se retint pour ne pas attiser leur désir – ce qu'elle aurait facilement pu faire s'ils s'étaient trouvés ailleurs. Mais il la réchauffait rapidement, intérieurement autant qu'extérieurement.

Elle ouvrit les yeux quand il releva vivement la tête. Une vive lumière inondait la pièce. Il l'aida à se lever et la serra contre lui avant de rejoindre Rushdan dans le couloir.

— Eh bien, eh bien, dit Rushdan en souriant. Bienvenue du côté obscur, ranger Wade.

Il regarda leurs mains jointes et se fendit d'un sourire narquois.

— Qu'est-ce que tu as décidé ? demanda-t-elle.

Il tendit les mains, doigts écartés, et haussa les épaules – mais elle connaissait la réponse.

— Allons, Rushy, mon chou. Si tu avais eu l'intention de nous tuer, tu n'aurais jamais reposé les yeux sur nous.

Elle se tourna vers Wade et expliqua :

— Rushdan est un peu délicat pour ce genre de choses.

Wade se racla la gorge, mais esquissa un sourire.

— Alors, que voulez-vous que je fasse ?

Il se passa une main sur le visage, comme s'il réfléchissait – une petite comédie à laquelle Rushdan pouvait se laisser prendre. Ensuite, il se racla la gorge.

— Sal est parti chercher tes instructions, répondit Rushdan. En attendant, discutons un peu.

Il lui posa une main sur l'épaule, qui glissa quand Wade se redressa de toute sa taille. Therese, qui le tenait toujours par la main, tira sur son bras pour lui rappeler que c'était Reval qui menait la danse. Exactement comme ils le souhaitaient.

Si Wade continuait à le toiser ainsi, le petit homme grassouillet oublierait vite qu'il pouvait se servir de lui. Comme il ne réagissait pas, elle pressa sa main un peu plus fort et lui donna un coup d'épaule dans les côtes.

— Si tu nous disais simplement ce que tu attends de nous ? suggéra-t-elle. Pourquoi tout ce suspense ?

— Oh ! Therese chérie, laisse-moi m'amuser un peu. Et depuis le temps, tu devrais savoir que je ne parle jamais affaires devant des témoins. Sal va vous dire où doit aller notre Texas Ranger et ce qu'il doit faire.

— Où *nous* devons aller, rectifia-t-elle. Où qu'il aille, je l'accompagnerai. Que devons-nous faire ? Et quand ?

— Aujourd'hui, ma Therese chérie.

— C'est donc une mission de dernière minute, mal préparée, et dont la réussite n'est pas très importante.

Elle tapota le dos de la main de Wade d'un doigt, mais il sembla ne pas comprendre le message. Au lieu de lâcher sa main, il la pressa un peu plus fort.

Débusquer et arrêter les terroristes était sans doute la

mission la plus importante qu'on lui ait jamais confiée. Mais s'assurer que Wade restait en vie était presque aussi important.

— Ma chérie, ce sera tellement simple pour ton petit ami. Il semble avoir eu une jeunesse sordide. Je trouve admirable qu'il ait su l'utiliser à son avantage et se servir de l'instinct et de certaines des... aptitudes qu'il a développées.

Son patron fixa de nouveau leurs mains entrelacées.

— Arrête de parler par énigmes, Rushdan. Tu nous feras gagner du temps. Nous savons déjà que Wade a un problème de jeu.

— Oui, mais est-ce que tu as entendu parler de son père ?

— Ces dossiers sont confidentiels, intervint Wade en pressant sa main plus fort.

Il n'avait pas à lui faire ce genre de signe. Elle savait qu'il ne s'agissait que d'une couverture. Et dire qu'elle s'était inquiétée qu'il soit mauvais comédien... Il était aussi rigide et immobile qu'une statue, et posait sur Rushdan un regard aussi dur que s'il mourait d'envie de lui arracher la tête.

— Cher, très cher ami, reprit Rushdan. On peut tout trouver. Il suffit de savoir comment chercher.

— Je n'ai pas monté d'arnaque depuis des années, dit Wade. Je ne sais même plus comment on fait.

— Une arnaque ? demanda-t-elle, un peu perdue.

— C'est une journée parfaite pour te rafraîchir la mémoire, répondit Rushdan. Tout est prêt. Nous n'attendons plus que toi.

Il frappa dans ses mains et reprit avec enthousiasme :

— Ne te rabaisse pas ainsi. Sur un champ de courses, tu es comme un poisson dans l'eau. Tu sais où regarder, qui chercher. Chez toi, c'est une seconde nature.

— De quoi est-ce qu'il parle ? demanda-t-elle, comme l'exigeait son rôle. Que sont ces dossiers confidentiels ?

— Les miens. Mon père était accro au jeu et j'ai passé mes années d'enfance et d'adolescence à nourrir son addiction, répondit-il en se frottant le front. Du moins, jusqu'à ce que nous nous fassions prendre.

— Tu es allé en prison ? demanda-t-elle, étonnée.

Mais elle n'était pas le moins du monde déçue. Elle se sentait proche de lui, même s'ils se connaissaient à peine... Ou plutôt, même s'ils ne se connaissaient pas du tout, comme elle venait d'en avoir la preuve. Mais il était mignon, il l'avait aidée, et elle se sentait encore plus proche de lui maintenant qu'elle savait que sa manie de suivre son instinct pour finir dans toutes sortes de situations épineuses n'était pas son seul défaut.

Rushdan gloussa, presque comme une petite fille.

— Raconte-lui tout. Fais tomber les étoiles qui brillent dans ses yeux.

Elle savait très bien ce qu'il cherchait à faire, et elle savait aussi que c'était peine perdue. Quoi qu'elle pense de Wade et de son passé, jamais elle n'appartiendrait à Reval. Elle se pressa contre Wade et se sentit tout de suite mieux.

Elle avait toujours supposé que Wade était un homme honorable. Les Texas Rangers étaient les garants de la loi. Aucun d'eux n'avait jamais été accusé de ce genre de délit.

— Tu as l'air déçue, ma chérie. Est-ce que tu pensais être la première à détourner cet homme du droit chemin ?

Rushdan partit d'un rire tonitruant et s'épongea le coin des yeux.

— Oh ! comme c'est mignon... Tu étais donc un délinquant, Wade.

Elle appuya la tête contre son bras.

— C'est vraiment parfait. Et où étais-tu...

— Vous êtes plus malin que je l'aurais cru, coupa Wade.

Il relâcha enfin la main de Therese et la prit par la taille. Il devait tomber des nues en découvrant que Reval connaissait son passé et pourtant, son visage demeurait impassible.

Oh ! mon Dieu... Elle était tombée dans le panneau ! Tels étaient donc les antécédents que son équipier, Jack, avait créés de toutes pièces. Comment avait-elle pu penser un seul instant que cet homme avait eu un joueur invétéré pour père ?

— Nous avons assez parlé de nos jeunesses sordides, dit

Rushdan. L'opération doit se faire rapidement. Sal vous donnera les instructions et vous suivra pour tout filmer.

— Chantage ? demanda-t-elle.

— Police d'assurance, rétorqua sèchement Rushdan.

Elle le regarda droit dans les yeux.

— Comment se fait-il que Sal se soit occupé des détails, et pas moi ? Et quand vas-tu me réintégrer ?

— Tu l'es déjà, ma chérie, répondit-il d'une voix vibrante de menace. Sinon, tu ne serais pas dans mes bureaux.

Il tendit le bras et lui effleura le menton du doigt.

— Ne fais pas cette tête, ranger Wade. Cette opération sera d'une simplicité enfantine si tu te souviens comment fonctionne un champ de courses. C'est bien le cas, n'est-ce pas ?

Wade haussa évasivement les épaules et Rushdan empoigna Therese par le bras pour la tourner vers lui.

— J'ai besoin de cet argent, Therese. Ne fais pas tout rater.

Il crachait littéralement de colère, par le trou laissé par son incisive manquante.

9

Wade rattrapa Therese quand son « patron » la poussa sans ménagement et empêcha Sal de s'emparer d'elle. Un sac de cuir lui frappa les jambes.

— Tout est là-dedans. Le liquide, les noms, les paris et le pot-de-vin.

Sal ne semblait pas ravi par la tournure que prenaient les événements. Il fusilla Wade du regard avant d'étudier le peignoir de Therese.

— Prenez la sortie de derrière, ajouta-t-il. Vous n'êtes pas assez décents pour sortir par-devant.

Wade serra le poing, mais se retint de frapper l'homme. Il respirait avec force. Therese tira doucement sur sa main pour l'entraîner dans la bonne direction. Il avait bien failli perdre les pédales devant le regard insistant du bras droit de Reval.

Habillés comme si on venait de les mettre à la porte d'un hôtel de seconde zone, dépourvus d'argent et de téléphone, ils regardèrent Sal refermer la porte derrière eux.

— N'oubliez pas que nous vous regarderons, dit-il à travers l'épais panneau d'acier.

Wade ouvrit le sac, qui contenait des liasses de billets.

— Pas de voiture ? Est-ce que nous sommes censés aller à pied jusqu'au Lone Star Park ?

— Nous en aurons une dans quelques minutes.

Elle tapota son torse de la paume avant de faire glisser sa main vers le haut, jusque dans sa nuque. Il aimait tellement ce geste qu'il n'attendit pas qu'elle lui fasse incliner la tête pour l'embrasser. Cela ne le dérangeait pas d'embrasser Therese, mais elle avait choisi un moment tellement étrange pour le faire qu'il haussa un sourcil interrogateur.

— Je pourrais prendre l'habitude de tes baisers.

Et il ne mentait pas.

— Tu es tellement mignon, répliqua-t-elle.

Elle leva les yeux vers le mur de l'immeuble et il suivit son regard. Une caméra de surveillance. Elle jouait toujours la comédie.

— Mignon ? La dernière fois qu'on m'a dit que j'étais mignon, j'étais encore au collège.

Il cligna de l'œil et ramassa le sac de billets.

— Au sujet de cette voiture...

— Nous allons devoir marcher un peu, dit-elle. Au moins, il y aura bientôt un trottoir.

Ils sortirent de la ruelle et s'engagèrent sur une route un peu plus large, bordée d'un chemin de terre.

— Cet immeuble, celui qui ressemble à un nid d'oiseau, c'est bien le Irving Convention Center ? Nous sommes donc à Las Colinas. Nous allons devoir marcher encore un moment avant de trouver un restaurant ou un fast-food.

— Sal va sans doute envoyer une voiture. Et s'il ne le fait pas, il y a un hôtel à dix minutes d'ici, répondit-elle en tendant le doigt vers le sud. En somme, il est responsable de ce sac. Il ne nous perdra pas de vue pendant très longtemps.

Therese marchait plus souvent sur le chemin de terre que sur la route. Si le soleil de cette fin juin n'avait pas encore réchauffé l'atmosphère, l'asphalte devait déjà être trop chaud pour qu'elle s'y aventure pieds nus.

— Tu t'en es plutôt bien sortie, dit Wade en faisant passer le sac par-dessus son épaule, de sorte qu'il repose sur son dos nu. Fais attention, il y a des éclats de verre.

— Vu.

Elle descendit sur la route et pressa l'allure. Il envisagea de lui proposer de la porter, mais se douta qu'elle refuserait. Elle n'avait pas apprécié qu'il la jette en travers de son épaule la veille.

Il avait beau regarder, aucune voiture ne venait vers eux – qu'elle ait été envoyée par Reval ou par la compagnie B. Il savait que Jack ou l'un de ses collègues les avait suivis depuis l'hôtel, mais qu'il ne se montrerait qu'une fois qu'on ne pourrait plus les voir depuis l'immeuble.

Therese descendit de nouveau sur l'asphalte et se mit à sautiller d'un pied sur l'autre.

— Tu es certaine que tu ne veux pas que je te porte ?

— Parce que tu me l'as proposé ? Mais non, merci. J'ai déjà bien assez de mal à empêcher mon peignoir de s'ouvrir. Et d'ailleurs..., ajouta-t-elle dans un éclat de rire, tu as suffisamment exploré mes fesses hier soir.

Il sourit, sans cesser de chercher ses collègues du regard, parce qu'ils étaient forcément tout près. Jack n'aurait jamais permis qu'il en soit autrement.

— Parle-moi de Reval, dit-il. Mais ne te cantonne pas à la version officielle. Qu'as-tu appris sur lui ? Est-ce que sa réaction d'aujourd'hui t'a semblé normale ?

— Tu veux savoir s'ils nous auraient confié un sac rempli d'argent en temps normal ?

Elle continuait à trottiner sur l'asphalte, slalomant entre les cailloux, les éclats de verre et les ordures.

— Exactement.

Encore cent mètres et ils arriveraient à une résidence qui se dresserait entre eux et l'immeuble de Reval. Therese posa un pied sur le trottoir et se mit à sautiller en grimaçant sur le ciment brûlant. Wade la prit dans ses bras et la porta jusqu'à une portion de trottoir qui était à l'ombre. Au lieu de protester comme il s'y attendait, elle l'embrassa sur la joue.

— Pour faire court, oui. Son comportement de ces deux derniers jours a été parfaitement normal. Et je te promets que Sal n'est pas loin. Il nous attend et nous observe.

— Comme à l'hôtel.

— Sans doute, répondit-elle en nouant les bras autour de son cou.

— Bon sang...

— Qu'est-ce qu'il y a ?

Comme à l'époque où il appartenait à la police de la route, il s'assura que personne ne se cachait entre les voitures en stationnement ni derrière les arbres faméliques.

— Oublions les questions pendant une minute.

Il la déposa sur la pelouse impeccable de la résidence, montra le sac et posa un doigt sur ses lèvres.

Therese resserra la ceinture du peignoir et s'agenouilla. En plus de l'aider à fouiller le sac pour y trouver un éventuel micro ou traqueur, elle masqua leurs agissements aux conducteurs de deux voitures.

— On dirait que c'est bon, dit-il enfin. Je suis à peu près sûr que Jack nous attend à l'hôtel. Moi, en tout cas, c'est là que j'attendrais.

— Comment aurait-il su... Oh ! bien sûr. Il nous a suivis. C'était risqué. Pourquoi ne m'as-tu rien dit ?

Elle passa la sangle du sac à son épaule et se dirigea vers la grand-rue. Wade saisit son bras libre et la força à se tourner vers lui. Elle perdit l'équilibre et tomba contre lui. Il fit glisser la sangle de son épaule et la passa sur la sienne.

— Tout ira bien. Fais-moi confiance.

Il lui planta un rapide baiser sur les lèvres, qu'elle ne lui rendit qu'à peine.

— Mes collègues et moi faisons du bon boulot. Jack ne fera rien qui puisse empêcher la justice de renvoyer Rushdan Reval derrière les barreaux, et pour de bon cette fois.

— Je ne vois pas Sal, dit-elle.

— Ça ne veut pas dire que tu t'es trompée.

Elle aurait pu lui dire qu'elle lui faisait confiance, mais elle avait préféré changer de sujet.

Une voiture se gara sur une place réservée aux stationnements brefs, qu'il reconnut comme étant celle du major Clements. De tous les rangers de la compagnie B, il était l'un des rares à ne pas se déplacer en camion.

Il se tourna vers l'entrée de l'hôtel, mais Therese tira sans douceur sur son bras pour l'entraîner dans une autre direction.

— Nous ne devrions peut-être pas passer par-devant.

Elle mêla ses doigts aux siens, traversa la rue et se glissa entre un chêne et une haie. Il descendit d'un bond le mur de soutènement du parking couvert et l'aida à descendre, sans se priver de laisser glisser son corps souple et athlétique contre le sien.

Quand ses deux pieds furent posés sur le ciment, elle leva son beau visage vers lui sans ôter les mains de ses épaules.

— Nous pourrions passer par-dessus la clôture et faire comme si nous allions vers la piscine de l'hôtel.

— Bonne idée.

Mais il ne bougea pas, et elle non plus. En se moquant pas mal que quelqu'un les observe, il la scruta longuement. Cela faisait longtemps qu'il n'avait pas contemplé les yeux d'une belle femme, ni éprouvé pour une femme une admiration aussi totale. Et cela faisait encore plus longtemps qu'il n'en avait eu aucune envie.

La faute à qui ?

— Pas la mienne, marmonna-t-il.

— Est-ce que toutes les idées doivent venir de toi ?

Bon sang... La question avait résonné dans son esprit avec tant de force qu'il y avait répondu à voix haute.

— Nous ferions sans doute mieux d'y aller, dit-il.

Le désir impérieux reflua, mais ses jambes tremblaient encore un peu. Il se reprit en entendant crisser des pneus, plus haut dans le parking.

— Si c'est Sal qui arrive, nous ferions mieux d'attendre ici.

— Je ne sais pas si c'est une bonne idée, répondit-il en passant la sangle du sac autour de son corps.

Elle vint se planter devant lui et plaqua une main sur son torse pour l'empêcher d'avancer.

— Même si tes collègues nous attendent, nous ne savons pas comment ils peuvent nous aider. Rushdan a dit à Sal de nous emmener au champ de courses. Il va s'attendre à nous trouver sans argent, sans téléphone et à peine habillés.

— Et s'il trouve quelque chose de différent, il va se méfier, convint-il.

— En gros, Rushdan lui a donné la permission de nous tuer. Ensuite, il pourra mettre en œuvre le reste de son plan.

— À propos de ce plan…

Du coin de l'œil, Wade vit apparaître dans l'escalier un homme aux cheveux argentés qui ressemblait au major Clements.

— Il ne m'a rien dit, répondit-elle. C'est pour ça que j'ai pris le risque de laisser les hommes m'amener jusqu'à lui hier soir.

— En ce cas, d'accord. Restons ici et voyons qui arrive.

Il avait haussé la voix de façon que son patron entende. Il voulut pousser Therese derrière lui, mais elle ne se laissa pas faire.

— Je peux me débrouiller toute seule, ranger.

— J'ai remarqué.

La voiture qu'il entendait pouvait tout aussi bien appartenir à un client de l'hôtel ou à la sécurité qu'à son équipier ou à l'homme de Reval.

— C'est lui, dit Therese. Voilà qui va nous faciliter la tâche.

Wade n'eut pas l'occasion de demander comment. La voiture de Sal était déjà à côté d'eux. Des volutes de fumée s'échappaient par sa vitre ouverte.

— Il vous a fallu un moment. Je me suis retrouvé à court de cigarettes.

— Tu aurais dû nous prendre aux bureaux de Rushdan, dit Therese.

Elle ouvrit la portière et s'installa sur le siège.

— Je devais vérifier que personne ne suivait ton petit copain.

— Et ? demanda Therese.

Sal inhala la dernière bouffée de sa cigarette, qu'il jeta ensuite par la vitre, avant de répondre.

— Et rien.

Wade monta à son tour et posa le sac entre ses pieds.

— Je vous l'avais bien dit.

Sal sortit du parking souterrain en roulant beaucoup trop vite et s'éloigna de l'hôtel en trombe.

Quand la voiture passa devant le major Clements, il détourna la tête pour masquer son visage. Pourtant, il y avait peu de risques que Sal – ou Rushdan – le reconnaisse. Aujourd'hui, le major portait une chemise à boutons-pression à l'ancienne mode et une ceinture à la boucle énorme. On aurait dit un vieux cow-boy défraîchi.

Les rangers étaient bien là et les suivaient sans se faire remarquer. Il se détendit un peu.

— Emmène-nous chez moi, ordonna Therese, comme si Sal était son chauffeur.

— Le patron a dit que je devais…

— Ne cherche pas d'excuses, Sal. Je ne peux pas aller au champ de courses en peignoir. N'essaie pas de me faire croire que Rushdan ne s'attend pas à ce que je me change.

Elle ramena le peignoir sur son genou.

— Et lui ? demanda Sal. Tu vas lui rendre sa chemise ?

— Je m'en occuperai quand tu nous auras déposés.

— Ça ne va pas plaire au patron.

Therese manipulait le bras droit de Reval comme si cela faisait des années qu'elle lui donnait des ordres. D'ailleurs, c'était sans doute le cas. Wade la laissa donc faire et se força à regarder droit devant lui, sans chercher ses collègues des yeux.

Sal sortit bientôt de la Northwest Highway pour s'engager sur une voie secondaire. Il s'arrêta au coin d'une rue, sans prendre la peine de les conduire plus loin. Therese descendit la première et Wade la suivit, tirant le sac plein d'argent derrière lui.

Sal démarra avant même qu'il ait claqué la portière.

Therese resserra la ceinture du peignoir et en remonta le col. Wade passa la sangle du sac autour de sa tête.

— Passe devant, dit-il. Je meurs de faim. Tes amis n'ont pas fourni le petit déjeuner.

— C'est dommage, répliqua-t-elle. Comme je ne cuisine jamais, il n'y a rien à manger chez moi.

Elle plaquait les pans du peignoir contre sa poitrine, mais elle était plus couverte que la veille, dans sa petite robe jaune.

— Pas grave. Je sais comment on commande une pizza.

Il s'amusait beaucoup à la voir essayer de rester décente au cas où ses voisins la verraient par leur fenêtre.

— Nous ne sommes pas trop vieux pour manger de la pizza au petit déjeuner ?

Elle avait l'air de croire à ce qu'elle disait.

— D'abord, nous ne sommes pas vieux. Ensuite, les pizzerias livrent à domicile. Je ne vais pas commander des gressins à la cannelle, ils sont toujours trop petits... Zut, il est trop tôt pour se faire livrer. Si nous trouvions un restaurant ?

— Nous n'avons pas le temps d'aller au restaurant. Nous avons beaucoup de choses à faire avant d'aller au champ de courses.

Elle poussa le portail de la résidence et se dirigea vers le bureau de location.

— Puisque tu es trop vieille pour une pizza, trouvons autre chose à manger. Si je me souviens bien, il y a un petit snack-bar sur webb Chapel qui fait des burritos sucrés fantastiques. Ils les servent toute la journée...

Il s'arrêta net et lui prit la main pour la forcer à se tourner vers lui.

— Ce n'est pas par là qu'on entre ?

— Si mais...

Elle arqua les sourcils et attendit qu'il comprenne. Comme il l'interrogeait du regard, elle reprit :

— Je n'ai pas mes clés. Je vais devoir demander à la direction d'ouvrir ma porte.

Il la tira vers le portillon.

— Quel appartement ?

— Mille deux cent vingt-quatre, répondit-elle en tendant le doigt vers la gauche. Nous devons aller au bureau. Je n'ai pas de double sous le paillasson. D'ailleurs, je n'ai pas de paillasson.

— La porte sera ouverte.

Il l'attira vers lui et l'embrassa rapidement, mais elle se dégagea et regarda tout autour d'elle.

— Est-ce que l'un de tes collègues nous attendrait dans mon appartement ?

— Avec un peu de chance, il aura même apporté le petit déjeuner. Mais d'un autre côté…

Il fit jouer ses sourcils en enserrant sa taille des deux mains.

— Ce ne serait pas plus mal s'il n'y avait personne.

10

Avaient-ils le temps de se laisser distraire ? Dans les yeux du bel homme au torse nu qui lui caressait la taille, Therese lisait une invitation sans équivoque.

Elle en oubliait qu'il avait sous-entendu qu'il y avait quelqu'un chez elle. Elle calcula le temps qu'il leur fallait pour se préparer et gagner le Lone Star Park avant d'être gagnée par la déception. Ses collègues devaient attendre qu'ils leur fournissent des renseignements. Et Sal allait exiger de les escorter jusqu'au champ de courses.

Zut ! La proximité de Wade représentait un réel problème... Une énorme distraction.

Elle ouvrit la porte, sans se préparer défensivement. Mon Dieu, elle n'était pas fermée à clé. Ils n'étaient donc pas seuls, tout comme Wade l'avait dit. Mais elle n'avait pu penser qu'à...

Oh ! mon Dieu, elle avait espéré qu'ils auraient assez de temps pour tenir certaines des promesses qu'ils s'étaient faites, pour se taquiner mutuellement.

Oui, une énorme distraction.

Un homme, vêtu de l'uniforme que portaient les employés de la résidence, se tenait dans le séjour. Wade demanda :

— Est-ce que tu as porté quelque chose à manger ?

— Pas eu le temps.

— J'allais demander comment vous étiez entré, mais vous devez avoir récupéré nos affaires dans le coffre-fort, dit Therese.

Elle venait de remarquer leurs téléphones, posés sur la table basse.

— Jack MacKinnon, dit l'homme en lui tendant la main. Je suis l'équipier de Wade, même si j'ai surtout l'impression d'être son coursier.

— Therese Ortis, mais vous le savez déjà. D'habitude, mon appartement est un peu mieux rangé.

— Oh ! oui. J'ai apporté quelques-unes des affaires de Wade et je les ai laissées en évidence au cas où quelqu'un se renseignerait sur vous. J'ai aussi cherché des mouchards. Étonnamment, je n'en ai pas trouvé.

Il rangea plusieurs appareils électroniques dans un sac de travail.

— Je vois, dit-elle.

Elle posa un regard entendu sur la petite valise et les trois paires de chaussures posées dans un coin. La présence des deux hommes rendait son petit appartement encore plus exigu.

Pendant ce temps, Wade ouvrait tous les placards de la petite cuisine.

— Bon sang, Therese. Il n'y a vraiment rien à manger ici, pas même du beurre de cacahuètes. Qui n'a pas de beurre de cacahuètes ?

Jack sortit deux revolvers de son sac et les posa sur le comptoir de la cuisine. Il s'appuya contre le mur et dit, d'un air qui se voulait dégagé :

— Mon vieux, je ne vais pas te faire le détail des obstacles que nous avons dû surmonter pour sauver ta peau et organiser cette mission. Quand tout sera terminé, il faudra que nous ayons une petite discussion.

— Je me serais attendu à ce que ce soit le major Clements qui me fasse la leçon, répondit Wade. Je n'ai pas vraiment eu le choix. L'occasion s'est présentée, j'ai bondi dessus.

Il posa les yeux sur elle, puis sur le réfrigérateur.

— Dès que vous aurez découvert à qui et à quoi nous avons affaire…, reprit Jack. Est-ce que tu as un problème ?

Wade ouvrit la porte du congélateur.

— Nom d'un chien. Il n'y a même pas de plats surgelés ni de crème glacée ?

— Je suis au regret de vous dire que vous avez des amis très mal élevés, m'dame, dit Jack en secouant la tête. Allons, vieux. Contribue à la conversation.

— Quoi ?

Wade referma le congélateur et se tourna vers Therese, qui haussa les épaules et articula : « Je te l'avais bien dit. »

— Nous n'avons sans doute pas beaucoup de temps, reprit Jack. Slate garde un œil sur l'homme qui vous a déposés ici.

Il regarda son téléphone, comme s'il attendait du nouveau.

— Après vous avoir déposés, il est allé dans un 7-Eleven. Je pense que la bande s'apprête à passer à l'action. Est-ce qu'il s'est passé quelque chose après que nous nous sommes parlé hier soir ? Quelque chose que je devrais savoir, du moins ?

— Nous devons nous rendre au Lone Star Park dès que possible, répondit Wade d'un ton dégagé. Le sac que j'ai apporté contient une grosse somme d'argent que Rushdan Reval veut faire fructifier.

— Tu n'as donc pas besoin de liquide. Au fait, ton camion est devant chez toi. Au cas où quelqu'un l'aurait surveillé, nous l'avons fait remorquer.

Wade donna quelques détails supplémentaires, mais passa sous silence la petite séance où il avait servi de punching-ball et la façon dont Therese avait essayé de lui fausser compagnie en sautant du camion.

— Est-ce que tu as mis nos téléphones sur écoute ? demanda-t-il.

— Seulement le tien. Le FBI a eu quelques paroles bien senties quand nous avons essayé avec celui de Mlle Ortis. Le tien devrait suffire pour que nous ne te perdions pas de vue.

Jack tendit le doigt vers leurs téléphones avant de sortir le sien de sa poche et de lire le message qu'il venait de recevoir.

— Je dois filer. Vous allez bientôt avoir de la compagnie.

Et le Texas Ranger Jack MacKinnon sortit par la porte de la terrasse et bondit avec grâce par-dessus la barrière d'un mètre vingt.

Il l'avait échappé belle : Sal frappa un seul coup puis entra, sans attendre d'y être invité.

— Le patron m'a envoyé pour une petite visite. Croyez-moi, l'idée ne vient pas de moi.

L'homme ramassa un pantalon posé sur le dossier du canapé et le relâcha aussitôt. Il alla jusqu'à regarder dans le placard de la salle de bains, où il trouva une brosse à dents légèrement usagée qui n'appartenait pas à Therese. Quand il vit leurs armes, qui étaient posées sur la petite table pour deux, à côté de la plaque de Texas Ranger de Wade, il dit :

— Vous ne devriez pas laisser ça traîner n'importe où. On ne sait jamais qui peut venir vous cambrioler.

Quand il fut satisfait, il jeta une enveloppe vers Wade et partit en claquant la porte. Wade se laissa tomber sur le canapé et commenta :

— Eh bien, c'était intéressant.

Therese ferma les deux verrous qu'elle avait posés elle-même, de sorte que plus personne ne puisse les déranger. Elle n'avait pas l'habitude de voir quelqu'un dans son petit appartement où personne n'était jamais entré, hormis un employé de la maintenance. Et pourtant, la présence de Wade ne lui semblait ni bizarre ni gênante.

Pas de distractions. Elle ne devait pas penser à eux deux. Ils avaient du travail.

Elle rassembla les vêtements de Wade et les posa au bout du canapé avant d'attraper l'enveloppe. Mais Wade lui prit la main et l'attira doucement vers lui, jusqu'à ce qu'elle s'assoie sur ses genoux.

— Tu ne penses pas que nous devrions l'ouvrir ? demanda-t-elle avant de regarder le radio-réveil posé sur le comptoir de la cuisine.

Il effleura son genou de la main, bloqua ses bras pour

l'empêcher d'ouvrir l'enveloppe et la serra contre lui pour l'embrasser dans le cou.

— Tu devrais lire ce qu'il y a dans cette enveloppe avant que nous nous laissions distraire, insista-t-elle tandis qu'il lui mordillait le cou.

— Tu ne penses pas qu'elle contient les mêmes instructions que celles qui sont dans le sac avec l'argent ?

Il lui subtilisa l'enveloppe et la laissa tomber sur ses genoux, mais ne la relâcha pas.

— Je n'en sais rien. C'est la première fois que Rushdan me confie ce genre de mission.

Elle se dégagea, déchira l'enveloppe et l'inclina. Un téléphone portable bon marché et une feuille de papier pliée en deux tombèrent sur ses genoux.

— Peut-être que je devrais m'asseoir...

— Nous pouvons lire ensemble si tu restes là où tu es. À moins que ce ne soit pas confortable ?

— C'est tout à fait confortable. Trop confortable, même.

Son bras effleura le torse nu de Wade, et son estomac fit un saut périlleux. Elle se leva d'un bond avant de changer d'avis et de décider de s'installer encore plus confortablement.

Elle aurait tout le temps d'apprendre à mieux connaître Wade, plus tard. Pour le moment, ils étaient attendus au champ de courses. Elle déplia la feuille en la tenant par le coin, au cas où il y aurait des empreintes digitales à relever, et commenta :

— Je ne sais pas pourquoi je prends autant de précautions. Rushdan ne laisse jamais aucune trace qui permette de remonter jusqu'à lui. C'est pour cela qu'il a pu sortir de prison pour reconstruire son empire. Ce sont des gens qu'on ne peut pas poursuivre en justice qui font le sale travail à sa place.

— Et ses sous-fifres ne savent pas sur quelle pièce du puzzle ils travaillent, renchérit Wade. Nous l'avons découvert l'année dernière, après qu'il a essayé de me tuer.

— Seul Rushdan a une idée précise du tableau dans son ensemble.

Debout près de la porte coulissante, elle observait la rue, guettant un éventuel rôdeur.

— Qu'est-ce que ça dit ? demanda Wade en se levant.

Il la rejoignit, et elle lui tendit la feuille.

— Ces instructions sont différentes des premières. Jusqu'ici, il nous a seulement testés pour savoir où nous irions et qui nous appellerions.

— Et qui viendrait nous aider, compléta-t-il.

Il l'attira de nouveau vers le canapé et laissa tomber la feuille sur la table basse.

— Le changement de plan a l'air risqué, dit-il. Sacrément risqué, même. Il nous demande maintenant de verser le pot-de-vin, alors que la première version nous ordonnait de prendre les paris.

— Il faudrait que je me douche en vitesse et que j'enfile de vrais vêtements. À moins que tu veuilles y aller en premier ?

Elle se leva, posa le portable bon marché avec les autres et voulut contourner Wade, mais il ne la laissa pas faire. Il lui prit la main et l'attira vers lui, trop doucement pour qu'elle puisse lui reprocher de vouloir la retenir.

— Ce que je veux, c'est un baiser.

Il l'attira de nouveau sur ses genoux et glissa un doigt sous son menton pour rapprocher ses lèvres des siennes.

Le baiser fut délicieux, exaltant, sensuel. Assez long pour qu'il plaque ses mains dans son dos pour la presser contre lui, écrasant ses seins contre son torse puissant. Plus qu'assez enivrant pour que ses sens prennent le dessus et qu'elle oublie presque ce qu'ils devaient faire.

Elle se sentait tellement en sécurité dans ses bras qu'elle ne parvenait pas à se dégager, d'autant qu'elle voulait qu'il lui donne encore plus. Elle avait de plus en plus de mal à canaliser son désir. Et pourquoi pensait-elle à sa sécurité ? Elle avait d'autres priorités : renvoyer Reval derrière les barreaux, découvrir qui finançait Public Exposure et mettre l'algorithme hors circuit.

Trois missions qu'elle devait mener à bien pour garantir la sécurité de beaucoup de monde.

Elle se leva, tira la chemise aussi bas que possible et resserra la ceinture du peignoir.

— Nous pouvons prendre ma voiture, à moins que tu préfères que nous prenions ton camion, puisqu'il est chez toi. Est-ce que tu habites loin ?

Menteuse ! Elle savait exactement où Wade habitait quand elle avait décidé de louer cet appartement, à cinq kilomètres environ. Elle travaillait en solo depuis tellement longtemps qu'elle se sentait affreusement seule. Prendre un appartement non loin d'une personne qu'elle connaissait – d'accord... dont elle connaissait l'existence – était un cadeau qu'elle s'était fait à elle-même.

Elle avait renoncé à beaucoup de choses afin de travailler pour la Sécurité intérieure. Ses parents étaient morts quand elle avait dix-huit ans, mais beaucoup de membres de sa famille vivaient dans la région de San Antonio. Ils pensaient tous qu'elle avait été renvoyée de l'école de police après avoir triché à un examen. Plusieurs d'entre eux savaient qu'elle travaillait pour un baron du crime de petite envergure, mais tous ignoraient qu'elle travaillait pour le FBI, qui l'avait prêtée au département de Sécurité intérieure.

Merde. Même Wade ne le savait pas.

— Tu as quelque chose à me dire ? demanda-t-il en la dévisageant. Peut-être une nouvelle question pour continuer notre petit jeu d'action ou vérité ?

— Je ne me souviens pas qu'il y ait eu beaucoup d'action, riposta-t-elle du tac au tac.

Elle secoua la tête et ajouta :

— Je pensais que nous essayions seulement de faire connaissance.

Il empoigna les revers du peignoir et l'attira vers lui, jusqu'à ce qu'elle pose les mains sur le dossier du canapé, de part et d'autre de son visage. Leurs lèvres étaient tellement proches qu'elle les sentit bouger quand il chuchota :

— Il y a une autre façon de faire connaissance.

— Est-ce que tu… euh… veux prendre une douche ?

Il inspira théâtralement.

— Toi d'abord. Il me faut un peu d'air.

Après ce baiser, c'était ce dont elle avait besoin elle aussi. Elle courut s'enfermer dans la salle de bains et s'adossa contre la porte pendant quelques instants.

Pensant qu'un peu d'oxygène lui éclaircirait les idées, elle ouvrit la fenêtre. Wade était sur la petite terrasse, son téléphone à l'oreille, en pleine discussion. Apparemment, lui avait surtout besoin de parler à ses collègues.

Pourquoi ne le lui avait-il pas dit ?

Parce qu'il ne lui faisait pas confiance. Pas entièrement.

Elle referma la fenêtre sans bruit et verrouilla la porte avant de passer sous la douche. Cette fois, il ne pourrait pas « accidentellement » entrer dans la pièce et la surprendre en tenue d'Ève. Une fille devait conserver une part de mystère. Ce n'avait pas été le cas la veille, mais le ranger Wade Hamilton s'était comporté en parfait gentleman, malgré ses taquineries.

Cela faisait deux ans qu'elle était dans sa vie sans vraiment en faire partie… Elle ne lui avait donné aucune raison de lui faire confiance. Comment pouvait-elle lui reprocher de se méfier ?

Elle n'avait pas su saisir l'occasion d'être franche avec lui, de lui dire pourquoi elle avait en lui une confiance totale. Peut-être qu'ils allaient poursuivre leur petit jeu, sous prétexte de « faire connaissance ». Mais si c'était tout ce qu'il y voyait ? Un jeu ?

Elle se rinça les cheveux, appuya le front contre le carrelage et laissa le jet d'eau lui marteler la nuque. Elle n'avait pas vraiment mal, mais elle avait besoin de réfléchir. À autre chose qu'à Wade.

Ils auraient dû être morts tous les deux, à l'heure qu'il était.

Que mijotait vraiment Rushdan Reval ? Pourquoi avait-il

besoin de Wade ? Il n'accordait pas son pardon facilement. Ses motivations devaient être purement égoïstes, comme toujours.

Pendant des semaines, il avait demandé à ses hommes de trouver quelqu'un qui ait accès aux infrastructures publiques. Jamais il n'avait laissé entendre qu'il y avait un quelconque lien avec Public Exposure, mais la rapidité avec laquelle il avait agi aujourd'hui lui faisait soupçonner que c'était le cas.

Wade allait l'aider à découvrir pourquoi le groupe de terroristes domestiques voulait l'algorithme et de quelle façon celui-ci avait été amélioré ou actualisé. Grâce à lui, elle allait réintégrer le cercle des intimes de Rushdan. Wade... Une fois encore, il endossait sans le savoir le costume du héros. Mais cette fois, plus question d'entretenir pour lui un béguin d'adolescente. Cette fois, c'était bien pire.

Elle avait découvert un homme plein de bonté et de prévenance. Un représentant de l'ordre compétent, à la compagnie agréable et divertissante. Et elle sentait qu'il était fort possible qu'elle tombe profondément amoureuse de cet homme-là.

11

Wade se réveilla quand Therese le poussa du coude, alors qu'ils quittaient l'autoroute à proximité du champ de courses. Il n'avait pas dormi longtemps, mais d'un sommeil profond et réparateur. Exactement ce qu'il lui fallait après la nuit presque blanche qu'il avait passée.

— Je crois que je deviens trop vieux pour travailler sur le terrain, dit-il.

— Pourquoi ça ?

— Je dois avoir passé trop de temps derrière mon bureau, dernièrement, répondit-il en s'étirant et en bâillant. À l'époque où j'étais dans la police de l'autoroute, j'aurais pu faire deux nuits blanches à la suite.

Therese eut l'air un peu bizarre, comme si elle allait dire quelque chose, mais elle tourna la tête vers la vitre sans mot dire. Qu'est-ce qu'elle avait ?

Elle n'avait pas protesté quand il avait parlé de faire une petite sieste. Au contraire, elle l'y avait encouragé, et il ne regrettait vraiment pas d'avoir dormi. Impossible de dire quand il pourrait se reposer la prochaine fois, et il devait garder les idées claires.

Il était 10 heures, et une longue file de voitures s'engageait dans le Lone Star Park. Ils avaient quelques minutes de retard, mais ce n'était sans doute pas bien grave. Elle n'avait paru angoissée dans aucune des situations périlleuses dans lesquelles ils s'étaient retrouvés auparavant, alors... que se passait-il ? Il n'arrivait pas à mettre le doigt dessus. Pensait-elle au commentaire évasif de Reval sur son passé ? Est-ce qu'elle avait compris ? Et si elle savait qu'il avait monté des arnaques comme celle-ci, mais pour de vrai, jusqu'à ses quinze ans, est-ce qu'elle changerait d'opinion à son sujet ?

— Est-ce que nous allons facilement trouver le type que les instructions nous indiquent ? Et s'il partait parce que nous avons deux minutes de retard ? Je peux te déposer et aller garer la voiture si cela peut nous faire gagner du temps.

Elle tapota le volant des deux pouces en attendant que le feu passe au vert.

— Est-ce que tu es nerveuse ? demanda-t-il.

Il espérait que cela n'avait vraiment rien à voir avec son passé.

— Je suppose. Pas toi ? Nous n'avons pas parlé de la façon dont nous allons trouver cet homme et l'acheter. Nous ne savons même pas comment introduire l'argent dans le parc.

Elle dut s'arrêter pour cause d'embouteillage et se tourna vers lui.

— Enfin, il y a une somme énorme dans ce sac ! Comment peut-on payer un pot-de-vin en liquide sur le champ de courses ? Nos chances de réussir sont bien minces.

— Fais-moi confiance. Tout se passera bien.

Il secoua la tête, mais quelque chose de bizarre se passait dans son estomac, qui n'avait rien à voir avec le versement du pot-de-vin. Un simple coup de fil lui avait suffi à régler ce détail pendant que Therese était sous la douche.

Il n'avait pas besoin de chercher bien loin les raisons de l'anxiété qui le taraudait depuis que Reval lui avait dit qu'il devrait se rendre au champ de courses.

Il avait essayé de se changer les idées chez Therese, mais elle avait contré toutes ses tentatives de diversion. Depuis qu'elle s'était douchée, elle était redevenue parfaitement professionnelle. Pendant qu'elle se séchait les cheveux, il avait commandé leur déjeuner, qu'ils avaient pris dans des pièces séparées. Ensuite, il s'était endormi peu après être monté en voiture. Autant dire qu'ils n'avaient pas beaucoup discuté.

Elle mit son clignotant et s'engagea dans le parc tout en lisant les panneaux à voix haute. Il tendit le doigt vers la voie de gauche, qui s'éloignait du parking visiteurs. Il voyait bien qu'elle n'était jamais venue aux courses – contrairement à lui, qui avait gâché une bonne partie de sa jeunesse derrière ces clôtures.

Quand il était revenu à Dallas en tant que ranger, il avait soigneusement évité cet endroit. Pas de concerts, de soirées avec les copains ni de matchs de base-ball au stade, juste à côté de l'hippodrome. Pas d'affaires en rapport avec les courses ou les paris.

Bon sang, il s'interdisait même d'emprunter la route qui faisait le tour du complexe de loisirs. Depuis qu'il avait entamé sa vie d'adulte, il avait plutôt bien réussi à ne pas regarder en arrière. Mais maintenant...

Maintenant, il était pris de vertige, comme s'il était en train de dévaler des montagnes russes. Il fallait qu'il contrôle le malaise qui le rongeait à l'idée de ce qu'il allait devoir faire et qu'il l'utilise à son avantage.

Parce qu'ils n'étaient pas dans un parc d'attractions sur le thème de l'Ouest sauvage, où de fausses fusillades étaient mises en scène. S'il se plantait...

Il fit jouer ses épaules pour se libérer de la tension qui l'habitait. Il ne se planterait pas. Il ne ferait pas faux bond à Therese. Il repoussa les souvenirs vieux de quinze ans au fond de son esprit.

Therese s'arrêta derrière la file de voitures qui se dirigeait vers le parking, et il s'extirpa de son cafard pour poser une main sur son épaule et lui faire signe d'aller tout droit. Il n'avait pas oublié où on devait se rendre pour verser un pot-de-vin.

— Continue sur cette route et passe par le portail réservé aux propriétaires et aux entraîneurs. Ensuite, nous arriverons aux écuries et aux vestiaires des jockeys sans qu'on nous pose trop de questions.

— Est-ce que tu en es sûr ? D'après les instructions...

— Et si c'était encore un test ? Écoute, Therese. J'ai dû oublier plus de choses sur cet hippodrome que personne n'en saura jamais. Fais-moi confiance. Si tu veux verser un pot-de-vin, tu ne passes pas par l'entrée principale.

— Oublier ? répéta-t-elle. Tu as déjà fait ça ?

Elle dépassa donc l'entrée principale du parc, et arriva devant un portail qu'il ne se rappelait que trop bien.

— Qu'est-ce que je vais dire à Sal ? demanda-t-elle.

— Tu peux lui répéter ce que je viens de te dire, à moins que tu préfères que je le fasse moi-même.

Elle venait tout juste de se garer quand le portable qu'on leur avait remis sonna. Wade mit le haut-parleur de sorte qu'elle puisse entendre la conversation.

— Où êtes-vous ? hurla Sal.

— Nous suivons les ordres, répondit-elle avant qu'il ait pu ouvrir la bouche.

— Je devais être avec vous, se plaignit Sal.

— Nous n'allons pas verser un pot-de-vin à un jockey pendant que tu nous filmes avec ton téléphone. Ce serait un peu voyant.

Elle voulut s'emparer du téléphone, mais Wade posa la main sur la sienne.

— Nous t'appellerons quand nous en aurons fini, dit-il.

Quand il eut raccroché, elle fit remarquer :

— Je ne suis pas sûre que ce soit une bonne idée.

— Fais-moi confiance. Si nous l'écoutions, nous serions arrêtés en deux minutes. Viens, finissons-en.

En réalité, ils risquaient d'être arrêtés quelle que soit la façon dont ils s'y prendraient. Il attrapa le sac sur la banquette et descendit de voiture sans attendre Therese ni même s'assurer qu'elle le suivait.

Il entendit le claquement des portières qui se verrouillaient et poursuivit son chemin, entre les vans et les camions. Jusqu'à l'instant où une violente sensation d'étouffement le plia en deux.

— Wade ? Qu'est-ce qu'il y a ? Tu vas bien ?

Il entendait ses questions, mais une force inconnue l'empêchait d'y répondre. Il se redressa et s'agrippa à un van avant de se plier une nouvelle fois en deux.

— Oh mon Dieu, qu'est-ce qu'il t'arrive ?

Tout en lui frottant le dos, elle empoigna son bras avec une telle force qu'elle aurait pu suffire à le soutenir.

Ce qui m'arrive ? Des images défilaient devant ses yeux, oblitérant la réalité. Les années s'étaient estompées. Il était redevenu un adolescent efflanqué, aux cheveux qui lui retombaient dans les yeux, vêtu d'un jean que ses hanches retenaient à peine et d'un T-shirt où devait être écrite quelque grossièreté.

— Je ne... euh... suis pas sûr.

Mais il le savait très bien. Il avait un flash-back.

— Si tu ne peux pas...

— Je peux. Ça va.

Il se redressa de nouveau et repoussa les souvenirs de l'arrestation de son père dans le recoin de son esprit où ils avaient été remisés jusqu'ici.

Ils n'y restèrent pas, mais il ne pouvait pas permettre à ces souvenirs d'interférer avec le présent. Ce qu'il voyait et sentait... Zut, même le frémissement d'excitation qui le parcourait, tout lui donnait l'impression d'avoir remonté le temps. Il avait de nouveau quinze ans et vomissait pendant que la police passait les menottes à son père pour l'emmener en prison.

Il ne l'avait pas revu avant les procès. À l'issue du premier, son père avait été reconnu coupable de tous les chefs d'accusation, du vol simple jusqu'au crime organisé. Pendant le second procès, où il était poursuivi pour mise en péril d'un mineur, son père avait évité tout contact visuel avec lui. Ensuite, Terrence Hamilton avait renoncé à ses droits parentaux et Wade ne l'avait plus jamais revu.

— Ne regarde jamais en arrière, s'entendit-il marmonner.

Le mantra de son père.

— Quoi ? Wade, il faut que tu me dises ce qu'il se passe.

Il voulut la contourner, mais elle l'en empêcha en posant une main sur son torse.

Il savait ce qu'il devait faire, il voyait l'endroit où il devait se rendre : juste là, devant lui. Quand Therese posa doucement une main sur sa joue, ses genoux se mirent à trembler.

— Nous allons être en retard, dit-il d'une voix étranglée.

— Mieux vaut être en retard que morts.

— Tout va bien, Therese. Je ne vais pas te laisser tomber.

Il baissa les yeux vers elle et leurs regards s'unirent.

Bon sang... Elle le dévisageait avec une telle intensité qu'il fut certain qu'elle pouvait voir à travers ses mensonges et lire dans son âme, comme si elle avait eu une vision à rayons X. Elle laissa sa main glisser vers le bas, empoigna sa ceinture et le secoua avec un grondement exaspéré.

— Tu es vraiment agaçant. Quand tu as dit que tu avais oublié plus de choses au sujet de cet endroit que personne n'en saurait jamais, que voulais-tu dire ?

Face à une autre femme qu'elle, il ne savait pas ce qu'il aurait fait. Mais le petit jeu de la vérité qu'ils avaient commencé le poussait à tout lui dire, sans rien lui cacher.

— Je connais bien cet endroit.

— Tu n'as pas vraiment un problème de jeu, n'est-ce pas ?

— Non. Sinon, je ne serais pas ranger. Je me serais déjà fait virer.

— Alors, qu'est-ce qu'il y a ?

Il la prit par la taille et s'apprêta à la soulever pour l'écarter de son chemin. Mais quand il la regarda dans les yeux, il se rendit compte que sa respiration avait retrouvé un rythme normal et ses genoux, une fermeté de roc.

Les souvenirs redoutables du jour où il avait assisté à l'arrestation de son père s'estompèrent devant la vision de cette belle femme aux cheveux bruns, vêtue de beaucoup de... sequins ?

Il ne s'en apercevait que maintenant, à cause du soleil qui les faisait étinceler, l'éblouissant et le ramenant à la réalité.

— Nous devons y aller, dit-il. Tu te souviens de notre objectif principal ?

— Je travaille dessus depuis trois ans. J'aurais du mal à l'oublier, répondit-elle en s'écartant. Tu es sûr que ça va ?

— Ce n'était que le contrecoup des coups que j'ai pris.

Il laissa passer l'occasion d'être franc avec elle sans y penser à deux fois. D'accord... Quand ils se remirent en marche, il y repensa. Son secret n'avait rien de bien terrible, après tout. Dans le monde où il évoluait maintenant, personne ne se formaliserait. Ses collègues le taperaient dans le dos, lui poseraient peut-être une ou deux questions... Mais il avait fait ses preuves dans la compagnie B. Les gars savaient qu'il était prêt à se mettre en danger pour eux.

Mais Therese ? Est-ce qu'elle le savait ?

Et ce qui était encore plus important, lui ferait-elle encore confiance s'il se livrait à elle, ou penserait-elle qu'il mentait ?

Dis-le, mec, c'est tout !

— Ça va sans doute te paraître drôle, dit Therese en mêlant ses doigts aux siens, mais j'ai entendu dire que pour savoir quel cheval va gagner la course, il faut les observer avant qu'ils soient sellés et parier sur le dernier qui a fait pipi.

— Qui t'a raconté ces balivernes ?

Il éclata de rire, et elle l'imita.

— Mon dentiste. C'est sa méthode.

— Et elle marche ?

— Il ne jure que par elle.

— D'après mon expérience, il n'y a qu'un seul moyen d'être sûr qu'un cheval va gagner, dit-il en tapotant le sac bourré de billets. L'argent.

12

Ils avancèrent entre les bâtiments abritant les chevaux, les jockeys et les propriétaires sans que personne prête attention à eux. Therese était sur le qui-vive, parfaitement consciente que Sal pouvait se trouver n'importe où... Sal, ou la police. S'ils se faisaient arrêter, la mission tombait à l'eau.

Elle observait aussi Wade, qui ne semblait pas se remettre du coup de poing qu'il avait pris en plein ventre quelques heures plus tôt. Que s'était-il passé dans le parking ? Franchement, on aurait dit qu'il avait vu un fantôme.

Elle n'avait pas l'habitude de voir flancher un homme aussi fort que lui. Il s'était pratiquement effondré par terre.

— Une idée de l'endroit où nous allons trouver l'homme que nous devons acheter ? demanda-t-elle à voix basse.

Wade tendit le doigt vers un box où un cow-boy d'âge mûr resserrait la boucle d'une selle.

— Tu es sûr ? Il a l'air trop... grand.

Wade haussa les sourcils, attendant qu'elle s'explique. Elle poursuivit donc, toujours à voix basse :

— Je pensais que nous achèterions le jockey comme le précisent les instructions.

— Nous nous ferions prendre aussi vite que tous ces chevaux peuvent galoper. Les jockeys sont surveillés de plus près que les lads. Nous allons donner l'argent à cet homme, et il glissera un aiguillon dans la course.

— Je ne comprends rien à ce que tu viens de dire.

Il essaya de la contourner, mais elle lui barra le chemin. Il lui fallait une explication.

— Et ce n'est pas non plus l'homme que Rushdan nous a dit de contacter. Pourquoi ne pas faire les choses à sa façon ?

— Un aiguillon est une petite baguette électrique dont les jockeys se servent en fin de course, pour que le cheval accélère encore, dit-il d'une voix pleine d'assurance. Je le sais, Therese. Fais-moi confiance.

Il fit un pas en avant, mais elle s'agrippa à son bras pour l'arrêter. Lui faire confiance ? Tout ce qu'elle avait sacrifié depuis des années remontait à la surface, suscitant de la peur, de l'appréhension, du doute... Surtout du doute.

Son assurance de façade se fissura, et elle redevint la femme qu'elle était vraiment : un agent sous couverture qui se sentait seul bien trop souvent et doutait du bien-fondé de chacun de ses actes.

Qu'est-ce qui n'allait pas chez elle ? Elle n'avait jamais autant hésité qu'au cours des dernières vingt-quatre heures.

— Oh ! mon amour ! s'écria-t-elle, assez fort pour être entendue de tous ceux qui les entouraient.

Wade la gratifia d'un regard perplexe, et le lad qu'il observait sursauta. Mais sa surprise se mua vite en joie.

— Eh bien, en voilà une surprise ! lança l'homme. C'est bien toi, Wade ? Tu as un peu grandi.

L'homme pointa les dents de sa fourche vers l'arrière et ouvrit grand les bras.

— Ça fait quinze ans, Joey. Dans mon souvenir, vous étiez plus vieux.

— Tu as raison. Parfaitement raison.

Therese regarda les deux hommes échanger une accolade, abasourdie. Wade Hamilton avait donc un passé. Un vrai passé, où il avait connu les gens qui figuraient dans les dossiers confidentiels sur lesquels Rushdan avait mis la main. Les rangers n'avaient pas créé ses antécédents de toutes pièces. Wade Hamilton avait réellement un casier judiciaire de mineur. Elle ne parvenait pas à y croire. Pas étonnant qu'il ait ri tellement fort quand elle avait dit qu'ils se connaissaient.

— Qui est ton amie ? demanda Joey quand les deux hommes se séparèrent.

— C'est Therese.

Elle avança, mais Joey leva la main pour l'arrêter.

— Faites attention où vous marchez, mademoiselle Therese. Peut-être que c'est moi qui devrais venir vers vous.

Therese marmonna un « enchantée de faire votre connaissance » et resta où elle était, juste à l'entrée du petit box. Mais quand Joey fit un pas vers elle, Wade lui prit la fourche des mains et repoussa rapidement le crottin sur le côté.

— Nous ferions mieux de rester à l'intérieur.

Joey était donc bien plus qu'un ami de Wade. Elle était vraiment curieuse de connaître la nature du lien qui unissait les deux hommes, mais elle devrait attendre pour poser la question.

— Tu as encore des ennuis ?

— Non, monsieur, mais le service que je vais vous demander de me rendre pourrait vous en causer quelques-uns.

— J'ai entendu dire que tu étais sorti du circuit, que tu filais droit, que tu faisais quelque chose de ta vie.

L'air aux effluves musqués se chargea de tension. Elle remarqua que la mâchoire de Wade se crispait. Il respectait cet homme et voulait être franc avec lui, mais il savait aussi qu'il ne pouvait rien lui dire. Les risques étaient trop grands... Y compris pour Joey.

Une bande de malfaiteurs possédait un algorithme capable de blesser des milliers de gens. Les chefs du groupe de terrorisme domestique Public Exposure qu'ils avaient arrêtés avaient promis qu'une catastrophe se produirait à Dallas. Cette menace spécifique avait été tuée dans l'œuf quand ils avaient arrêté le contact du groupe au sein du FBI six semaines plus tôt, mais seule une copie du programme avait été retrouvée. L'original et le développeur étaient toujours dans la nature.

L'algorithme avait été remis sur le marché et Rushdan Reval organisait une nouvelle vente au plus offrant. D'après lui, cette version était encore plus destructrice que la première.

Si Wade ne parvenait pas à assurer une victoire dans l'une de ces courses, Rushdan n'obtiendrait pas le liquide dont il avait besoin pour agir, et il n'aurait pas suffisamment d'influence pour imposer la présence de Wade.

Et ils seraient revenus à la case départ.

— J'aimerais pouvoir vous expliquer, monsieur, dit Wade.

Le lad secoua la tête.

— C'est une question de vie ou de mort, lâcha-t-elle.

Joey ouvrit de grands yeux et se dandina d'un pied sur l'autre, comme s'il hésitait. Therese avança et prit sa main dans les siennes.

— Wade dit que vous êtes le seul qui peut nous aider, et je le crois. Vous pensez sans doute que j'exagère en disant que c'est une question de vie ou de mort, et vous n'avez absolument aucune raison de me faire confiance. Mais aidez-nous, s'il vous plaît.

Mon Dieu, comme elle espérait qu'il allait accepter. Ils avaient tellement besoin d'un coup de pouce

— Je suppose que ce sac est rempli de liquide, dit Joey.

Wade acquiesça.

— Je déteste poser cette question, mais...

— Pour dire la vérité, fiston, j'avais placé beaucoup d'espoirs en toi, coupa l'homme. Je pensais que ce policier t'avait remis dans le droit chemin. Je file droit moi aussi, depuis un moment.

— C'est une mauvaise idée, dit carrément Wade.

— Je ne peux pas te dire que l'idée de gagner gros et de me retirer dans une île paradisiaque ne m'a pas traversé une ou deux fois l'esprit. Mais je ne me frotterais pas aux vrais gangsters d'ici. Regarde ce qui est arrivé à ton vieux.

— Vous avez raison, dit Wade. C'est trop dangereux. Je ne sais pas ce qui m'a pris. Oubliez cette histoire.

Des émotions sincères se lisaient sur les visages des deux

hommes. Dans les yeux de Wade, Therese lut de l'admiration, puis de la tristesse. Dans ceux de Joey, de la déception. Elle aurait tant aimé pouvoir dire au lad que Wade était devenu un homme intègre.

Comment avait-elle pu s'inquiéter que Wade trahisse leur secret ? Pour le garder, il était prêt à laisser cet homme penser le pire à son sujet.

Elle s'appuya contre la cloison du box en se plaquant une main sur la bouche afin de s'empêcher de révéler la vraie raison de leur présence.

— Eh bien… je ne peux vraiment pas faire ça, dit Joey.

Il repoussa son chapeau vers l'arrière et sourit.

— Personne ne s'attend à ce que je truque une course.

Il glissa la tête par la porte du box et regarda à droite, puis à gauche.

— Vous allez nous aider ? demanda-t-elle, étonnée.

— Parfaitement, petite dame. J'aurais dû aider ce garçon quand il avait douze ans, et je ne l'ai pas fait. Cette fois, pas question que je reste les bras croisés.

Il referma la porte sur eux tout en parlant. Avec un reniflement – dû à l'émotion plus qu'à l'odeur —, il posa la main sur l'épaule de Wade en un geste d'affection typiquement masculin.

Joey se targuait d'être un citoyen honnête, mais il savait quel jockey ou propriétaire de chevaux était prêt à accepter un pot-de-vin. Il exposa la situation en quelques phrases concises, semblables à une sorte de sténo qu'elle ne comprenait qu'à moitié, mais que Wade déchiffrait sans peine.

Après avoir accepté deux liasses de billets, le lad les poussa hors du box.

— Je t'enverrai un message quand tout sera prêt. Après, je disparaîtrai pendant un moment, le temps que les choses se tassent.

— Prenez ceci, dit Wade en lui tendant une autre liasse.

— Non merci. On ne tarifie pas un service. Reviens me voir quand les choses se seront calmées. Ne m'oublie pas, cette fois.

Il leur tapota le dos à tous les deux avant de s'éloigner d'une démarche arrogante sur ses jambes arquées. Wade prit la main de Therese dans la sienne et l'entraîna dans la direction opposée.

— C'est tout ?

— Oui. Enfin, nous devons encore prendre quelques paris. Et je sais exactement où trouver les gens qu'il nous faut.

— Je n'en doute pas.

Elle devait pratiquement courir pour rester à sa hauteur.

— En disant que tu savais quoi faire, tu ne plaisantais pas, dit-elle. Si je ne te connaissais pas, je dirais que tu as un passé de parieur. Tu maîtrises le jargon à la perfection. Pas étonnant qu'ils t'aient créé des antécédents aussi rapidement.

Était-ce ce à quoi Rushdan avait fait allusion ? Est-ce que Wade avait un casier judiciaire de mineur ? Joey avait dit qu'il l'avait laissé tomber quand il avait douze ans...

— Therese, je t'expliquerais si nous avions plus de temps. Mais nous n'en avons pas.

— Je sais, je sais. Il faut que je te fasse confiance.

Ces mots ne suscitèrent aucune réaction.

Quand ils approchèrent de la foule qui hurlait et applaudissait, il lui passa le sac à l'épaule.

— Reste au point de jonction de ces deux couloirs, hors de vue des caméras. Je vais t'envoyer plusieurs personnes. Tu donneras deux mille à chacune.

— Dis-moi une chose qui est personnelle – et pertinente – et je te promets de ne pas te demander pourquoi tu penses que ça va marcher.

Il leva les yeux au ciel en inclinant son chapeau de feutre blanc vers l'arrière.

— Une seule chose, dit-il enfin en se penchant vers elle. Mon père était réellement un parieur et un escroc. Il a passé plusieurs années en prison, et c'est moi qui l'y ai envoyé quand j'avais quinze ans.

Il fit volte-face et s'éloigna avant qu'elle ait pu reprendre son souffle et chuchoter :

— Eh bien...

Comme les billets n'étaient pas en liasses de cent, elle courut s'enfermer dans les toilettes les plus proches pour compter rapidement l'argent, en s'interdisant de penser au Wade de quinze ans qui avait dénoncé son père à la police.

Oh ! bien sûr, elle y pensa. Mais elle prépara les liasses de billets et rejoignit son poste. Après quelques minutes, une première personne l'accosta en disant :

— C'est Wade qui m'envoie.

Neuf hommes et femmes s'arrêtèrent ainsi à côté d'elle, hors du champ des caméras, et tendirent discrètement la main pour qu'elle leur remette l'argent. Elle s'acquitta de sa tâche sans poser de question ni même établir un contact visuel.

— Voyez-vous ça, lança soudain Sal en surgissant à côté d'elle. Te voilà enfin... Tu as encore l'argent ? Bon sang, à quoi est-ce que tu joues ? Tu vas nous faire tuer tous les deux.

Il voulut se saisir du sac, qui était désormais presque vide, mais elle enroula la sangle autour de son poignet, prête à provoquer un esclandre s'il cherchait à le lui arracher.

— Nous avons la situation sous contrôle, répondit-elle d'une voix faussement calme et assurée.

Sal, qui lui masquait la zone où se trouvaient Wade et les gens qu'il lui envoyait, se retourna vivement et la plaqua contre le mur en plantant profondément un doigt dans la partie charnue de son épaule.

— Je n'ai jamais compris pourquoi le patron te gardait. Tu n'es pas plus maligne que nous. Souviens-toi seulement que la vie de ce flic ne dépend que de toi. Quand il disparaîtra, tu seras seule responsable.

Il eut beau la plaquer contre le mur et chercher à lui faire lâcher le sac, elle se redressa de toute sa taille et releva le menton. Maintenant qu'elle fixait ses yeux tristes et larmoyants et respirait sa mauvaise haleine, tous les doutes qui l'avaient taraudée s'envolaient. Elle vivait de nouveau pleinement l'instant présent et se rappelait qu'elle avait fait ce travail seule pendant très longtemps. Wade savait peut-être comment truquer une course de chevaux, mais elle savait manipuler les hommes de Rushdan.

Un bras se posa sur les épaules de Sal, qui recula aussitôt, mais sans parvenir à se dégager.

— C'est amusant de te voir ici, Sal, dit Wade. Tu viens prendre de nos nouvelles ?

Sal baissa la tête et se glissa sous le bras de Wade.

— Mec, tu ne sais pas à qui tu t'en prends !

— Du calme, Sal, répondit Wade en passant un bras autour des épaules de Therese. Ma puce, je te présente mon copain, Dale Beauchamp. Il va te débarrasser de ce sac. Ne t'inquiète pas : lui aussi a placé un pari pour nous.

Comme elle ne voulait fournir à Sal aucune raison de faire part de ses soupçons à Rushdan, elle réprima sa nervosité – celle qui la faisait respirer un peu plus vite dès que Wade était près d'elle.

Il lui prit le sac et le remit à un bel homme, à peu près de la même taille et du même âge que lui. Peut-être qu'il l'avait connu ici même, quand il était jeune. Mais il était plus probable que ce soit un ranger. Après tout, elle ignorait tout de leurs plans.

— À un de ces jours, Hamilton.

Dale cligna de l'œil et s'éloigna. Sal voulut le suivre, mais n'avait fait qu'un pas quand Wade plaqua rudement la paume sur son torse, l'arrêtant net.

— Tu devrais rester dans le coin pour t'amuser, Sal. Quand on gagne gros, il faut faire la fête.

— Tu ferais mieux de gagner gros, Hamilton. Le patron veut faire fructifier son investissement. Garde le téléphone. Quelqu'un t'appellera.

Sal s'éloigna en cherchant Dale Beauchamp du regard avant de lever la main pour masquer son visage aux caméras.

Therese ne parvenait pas à croire qu'autant de choses s'étaient passées en aussi peu de temps. Le respect qu'elle éprouvait déjà pour les Texas Rangers augmenta encore.

Ils agissaient rapidement. Presque aussi rapidement qu'elle tombait amoureuse de l'homme qui se tenait auprès d'elle.

13

Quand il vit un vigile passer à côté de Sal, Wade sentit un pic d'adrénaline qui lui rappela la vieille excitation familière.

— C'était une mission facile, commenta Therese en se dirigeant vers la piste.

Avant de la suivre, il prit quelques instants pour calmer les tremblements qui parcouraient ses membres. Il photographia rapidement Dale Beauchamp qui s'éloignait, les doigts crispés sur les anses du sac. Personne ne prendrait le reste de l'argent à ce Texas Ranger.

Combien de fois Wade avait-il servi de passeur pour aller récupérer les gains de son père – ou plus précisément ceux de la bande à laquelle il servait d'intermédiaire ? Il fallait que Therese comprenne la vérité. Il devait lui dire que si cette opération lui avait semblé aussi facile, c'était parce que c'était une seconde nature pour lui.

Même après toutes ces années. Il avait été bien trop facile de faire revivre le gamin effronté qui transportait des milliers de dollars, sans avoir peur de rien.

— Wade ? Tu viens ? N'allons-nous pas regarder la course ? Je veux dire... Puisque nous sommes ici...

— Bien sûr.

Quand il l'eut rejointe, elle mêla ses doigts aux siens et lui sourit. Ils traversèrent la foule pour se rapprocher de la rambarde, comme l'aurait fait n'importe quel couple qui aurait parié quelques billets sur une course de chevaux. Il n'avait pas à se forcer pour la garder tout contre lui. C'était là qu'il voulait qu'elle soit.

Zut. Pourquoi s'était-il à ce point laissé perturber par son retour sur ce champ de courses ? Il avait contrôlé les émotions associées avec cette partie de sa vie pendant des années. Et soudain, pendant deux minutes atroces, il était réellement redevenu le gamin de quinze ans complètement perdu qu'il avait été. Mais le vieil homme qui lui avait appris à voler et à tricher n'était rien pour lui. La seule figure paternelle qu'il ait connue avait été Fred Snell.

Therese le tira par le bras.

— Tu n'as pas l'air très bien. Est-ce que tu es encore malade ?

Il secoua la tête et posa ses doigts glacés sur sa main.

— Tout va bien.

— C'est tellement excitant. Même si je sais déjà quel jockey va...

Elle baissa la voix de façon que lui seul puisse l'entendre.

— Tu sais, faire ce qu'il faut pour gagner.

Ils assistèrent à deux courses. Quand sa compagne en sequins tournait la tête vers lui, Wade lui demandait qui allait gagner, d'après elle. L'un des chevaux qu'elle choisit finit placé. Ensuite, quand elle lui demanda si le moment était arrivé, il se borna à acquiescer. Elle n'avait pas besoin de savoir que le jockey portant une casaque à pois violets enverrait une décharge électrique à son cheval à la dernière seconde pour qu'il coure plus vite.

La foule insouciante attendait le départ de la course. Les chevaux s'alignaient dans les stalles. Les panneaux annonçaient une grosse cote – mais pas trop grosse – pour Texas T.

Dès que les portes des stalles s'ouvrirent, des sabots martelèrent le sol, faisant voler des nuages de poussière. Les muscles des magnifiques montures frémissaient sous leur peau. Dans son esprit se pressaient des souvenirs d'autres courses, à l'époque où il évitait d'attirer l'attention sur lui.

Il suffisait aux officiels de le voir, ou de voir son père ou l'un de ses acolytes, pour mettre la validité des résultats en doute. Voilà pourquoi il avait passé tellement de temps à remettre de l'argent ou des messages quand il était petit. Ensuite, il avait grandi, suffisamment pour être repéré… et arrêté.

Therese agita les doigts sous son nez.

— Hé, on a gagné ?

Bon sang, c'était fini ? Il consulta le panneau d'affichage et commenta :

— Reval aura son argent.

— Et maintenant ? Comment allons-nous récupérer les gains, étant donné que nous n'avons pas pris de paris ?

— C'est vrai, dit-il en regardant tout autour de lui. Personne n'a l'air de faire attention à nous, mais il vaut mieux que nous en discutions quand nous serons seuls.

Ils avaient à peine refermé les portières de la voiture que le téléphone que Sal leur avait donné sonna. Wade pressa l'icône du haut-parleur juste à temps pour entendre :

— L'argent. Mustangs. Las Colinas Boulevard. Une heure.

— Hors de question, répliqua-t-il. Il va falloir vingt-quatre heures à mon homme pour rassembler assez de liquide.

Les rangers, la Défense intérieure ou un autre organisme gouvernemental s'en chargerait.

— Ce n'était pas ce que tu étais censé faire ! cria Sal.

— Oh ! vraiment ? Si j'avais parié une aussi grosse somme, j'aurais été jeté en prison. Mais c'était le vrai test, non ?

— Quoi ? souffla Therese.

Il la fit taire d'un geste de la main.

— Garde le téléphone à portée de main. Le patron t'appellera, dit enfin Sal avant de raccrocher.

En regardant droit devant elle, Therese démarra et sortit du parking dans un crissement de pneus. Si ses doigts n'avaient pas été crispés sur le volant, si elle n'avait pas slalomé entre les autres voitures comme une pilote professionnelle, jamais il n'aurait deviné qu'elle était furieuse. Son visage était dénué de toute expression. Le magnifique sourire auquel il s'était habitué en à peine vingt-quatre heures n'avait pas illuminé son visage depuis qu'ils étaient remontés en voiture.

Elle semblait rouler vers chez elle, mais elle changea soudain de direction et ils se retrouvèrent près de chez lui. Comment savait-elle où il habitait ? Quelques minutes plus tard, elle s'arrêta dans un nouveau crissement de pneus, mit la voiture au point mort et déverrouilla les portières.

— Dois-je comprendre que tu me demandes de descendre ?

Il s'exécuta, en se demandant ce qu'il avait dit – ou oublié de dire.

— Wade ?

— Oui, Therese ? dit-il en se penchant pour regarder à l'intérieur de la voiture.

Elle tendit la main, paume en l'air, et agita les doigts.

— Laisse-moi le téléphone.

— Tu n'entres pas pour attendre avec moi ?

Elle réitéra son geste et il lui remit le téléphone.

— Je t'appellerai, dit-elle.

— Bon sang, Therese. Qu'est-ce que j'ai fait ?

Avait-il été trop autoritaire ? Il devait s'avouer que oui. Et il le lui aurait dit s'il avait su que personne ne les surveillait, que ce soit les hommes de Reval ou les rangers.

— Viens à l'intérieur et je t'expliquerai.

— Pas la peine de me regarder avec ton petit air innocent. Quand je dis qu'il s'agit de ma mission, ça peut te sembler mesquin mais c'est la vérité, Wade. Tu ne peux pas prendre de décisions unilatérales en partant du principe qu'elles me conviendront. Elles ne me conviennent pas, et elles ne conviendront pas à mes supérieurs. La mission est beaucoup trop importante. Nous ne cherchons pas seulement à faire tomber Rushdan Reval. Il y a beaucoup d'autres choses en jeu.

Therese avait envie de démarrer en trombe en laissant Wade planté sur le trottoir avec sa perplexité. Mais c'était impossible. Il s'était arrangé pour qu'ils doivent attendre ensemble la prochaine étape de l'opération.

— Tu ne comprends vraiment pas ?

— Quoi ? demanda-t-il en haussant ses épaules puissantes. Viens à l'intérieur et... discutons.

C'est ça. Comme s'il aurait envie de discuter une fois qu'ils seraient seuls. Bien sûr, elle voulait des réponses à ses questions, et plus rapidement que ne lui en fournissait leur petit jeu. Mais il fallait surtout qu'elle lui fasse comprendre combien cette mission était importante. En la menant à bien, elle pourrait retrouver une vie normale, auprès de sa famille et de ses amis.

— Nous pourrions continuer notre petit jeu de questions-réponses, dit-il d'un ton persuasif. Il n'y a pas de micros chez moi. Nous pourrons parler librement.

Mais la perspective d'une nouvelle discussion ne semblait pas l'enchanter. Il claqua quand même la portière et traversa la pelouse d'un pas nonchalant.

Wade était différent de tous les hommes qu'elle avait connus. D'accord... La plupart de ceux qu'elle avait côtoyés au cours de sa vie d'adulte étaient des délinquants. Mais après tout, Wade aussi en avait été un.

Donc, elle le suivit.

Une fois à l'intérieur, elle observa l'agencement spartiate tandis qu'il accrochait son chapeau à la patère. Elle avait déjà vu des logements de célibataires chichement meublés, mais celui-ci était le pire de tous. Il y avait un fauteuil relax en cuir et une immense télévision dans le salon. Près du coin cuisine, une table pliante et quatre chaises de camping. Et c'était tout.

— On me demande toujours si je viens d'emménager, mais la réponse est non. Je n'ai pas besoin de plus, c'est tout. Je n'ai acheté cet endroit que pour être exonéré d'impôts.

— Il faut du temps pour accumuler des objets, remarqua-t-elle. Il n'y a même pas deux ans que tu es ici.

Il haussa un sourcil interrogateur et elle se rendit compte de son erreur. Elle n'aurait pas dû connaître ce détail.

— Au fait… Comment sais-tu où je vis ? Tu es venue droit ici sans que j'aie besoin de te guider.

Elle inspecta la rue à travers les stores baissés et ne vit personne, hormis deux hommes qui poussaient tranquillement leur tondeuse à gazon. Rien de louche.

— Je me renseigne toujours sur les gens qui me doivent un service.

Pour le moment, il devrait se satisfaire de cette réponse. Elle finirait par lui avouer la vérité, mais plus tard, quand elle ne serait plus en colère après lui.

— Mais n'essaie pas de changer de sujet, reprit-elle. Tu sais très bien ce que je veux te demander.

— Peut-être. Mais si tu posais quand même la question ?

Il alla chercher une chaise pliante dans la cuisine et, d'un geste, l'invita à s'installer dans le fauteuil.

— Nous pouvons recommencer à nous renvoyer la balle, comme quand tu étais assise sur mes genoux. C'était amusant.

Il parlait d'un ton détaché, mais son regard étincelait de curiosité. Quelque chose lui disait que c'était moins les questions qu'il trouvait amusantes que le fait d'être assis auprès d'elle. Il était prêt à se confier, mais il voulait savoir quelque chose. Elle fut tentée de tout déballer avant qu'il ait posé la moindre question, mais se ravisa. Elle voulait une réponse, elle aussi.

— Le monde des paris t'est plus que familier, dit-elle.

— Ce n'est pas une question, mais la réponse est oui. Ce que je t'ai dit à l'hippodrome est la stricte vérité.

Étrangement, elle ne fut pas choquée par cette confession. Une partie de son charme venait de la façon dont il savait persuader les gens de faire ce qu'il voulait. Les trois hommes avec lesquels il travaillait en étroite association s'y étaient laissé prendre. Zut, elle-même était tombée dans le panneau, et voilà pourquoi ils se retrouvaient tous deux dans ce guêpier.

— Comme je te l'ai dit, poursuivit-il, mon père était un parieur invétéré, un tricheur et un escroc. Un mauvais escroc, en plus. Il s'est souvent fait prendre, tant par la police que par les gens qu'il avait volés.

Elle avait imaginé beaucoup de choses sur lui, mais jamais qu'il pouvait être le fils d'un escroc. Elle avait un millier de questions à lui poser, mais elle le laissa poursuivre.

— Quand il ne se faisait pas arrêter par les flics, nous vivions dans des motels bon marché ou chez l'une de ses amies. Je n'étais pas très différent de lui et des voyous qu'il fréquentait. La seule différence, c'est que quand j'ai été arrêté, je l'ai dénoncé pour échapper à la prison. Qu'est-ce que ça fait de moi ?

— Un garçon intelligent, répondit-elle sans la moindre hésitation. Comment t'en es-tu sorti ?

— Tu parles de la prison, ou de la vie ?

Il s'assit à califourchon sur la chaise et croisa les bras sur le dossier.

— Grâce à une enquête menée par l'État du Texas et à un ranger qui n'a laissé tomber ni l'affaire ni moi.

Maintenant, il semblait parfaitement à l'aise.

— C'est donc pour ça que tu as voulu devenir Texas Ranger ? Parce que tu as été élevé par le ranger qui a mis ton père en prison ?

— Non, dit-il en secouant la tête.

Il se leva et alla décrocher le seul cadre qui ornait la pièce.

— Voilà Fred et sa femme, Faye.

Il tapota sur le verre avant de lui tendre la photo.

— Ils ont trouvé de l'argent pour m'envoyer dans un internat. Ça m'a remis dans le droit chemin. Le gamin de quinze ans aigri que j'étais est devenu un homme qui voulait s'en sortir. Et oui, Fred a écrit une lettre de recommandation pour l'école de police quand je lui ai dit que je voulais racheter les erreurs de ma jeunesse.

— Voilà qui explique beaucoup de choses à ton sujet. Cette maison, par contre..., dit-elle en balayant la pièce du regard. Je ne comprends pas que tu n'aies pas de canapé.

— Est-ce que tu vas me dire comment tu savais que j'habitais ici ?

Il s'était rassis et pianotait sur son avant-bras, comme s'il était impatient de l'interroger à son tour.

— Une dernière chose. Explique-moi ce qu'il s'est passé à l'hippodrome. Où est l'argent ?

Il était presque parvenu à lui faire oublier la colère qui l'avait gagnée quand il avait pris la direction des opérations.

— Ah, c'est vrai. Pardonne-moi de ne pas avoir pu tout t'expliquer sur le moment. Mais jamais nous n'aurions pu truquer la course et récupérer nos gains.

— C'est ce que je pensais. Dale Beauchamp est donc l'un de tes collègues ?

— Oui. Si Reval nous interroge, nous pourrons lui dire que nous avons en quelque sorte blanchi l'argent en le misant sans nous faire remarquer des autorités. Un peu comme si nous avions structuré le capital ou converti l'argent en mandats, pour des sommes inférieures à dix mille dollars… Bref, tu connais la routine.

— Non, et je ne le regrette pas tellement. Je me fie à toi pour avoir l'argent quand les associés de Rushdan le réclameront. Mais… qu'est-ce qui te fait croire qu'ils essayaient de nous faire arrêter ?

— Si nous avions misé une grosse somme en liquide et gagné, nous aurions été jetés en prison, ou du moins mis en garde à vue. Dans le cas contraire, Reval aurait compris que j'étais infiltré. Voilà pourquoi je pense que ce n'était qu'un test.

— La prochaine fois, mets-moi au courant. Le risque que tu as pris aurait pu réduire à néant trois ans d'efforts.

— Promis.

Il se leva, vint se planter face à elle et tendit les mains.

— Cette histoire de confiance marche dans les deux sens, tu sais.

Elle posa ses mains dans les siennes et se leva elle aussi.

— Je pense t'avoir prouvé que je te faisais confiance en te laissant prendre la main au champ de courses.

C'était une bonne réponse, bien solide, qui devrait suffire à lui faire oublier l'erreur qu'elle avait commise en lui révélant qu'elle savait où il habitait. Mon Dieu… Dès qu'elle était dans ses bras, des frissons fusaient dans son corps tout entier. La force de la réaction primitive qui la traversait quand il la touchait était tout bonnement hallucinante.

Il l'enlaça et inclina la tête comme s'il s'apprêtait à l'embrasser, mais interrompit son geste. Un baiser pouvait les emmener jusqu'au seul vrai meuble que renfermait cette maison… le lit.

Il posa les lèvres à la base de son cou et remonta jusqu'au lobe de son oreille en effleurant sa peau des dents. Quand il s'arrêta, la vibration qui la parcourait s'interrompit.

Les choses étaient sur le point de devenir sérieuses, très sérieuses même, s'il revenait à la façon dont elle était allée jusque chez lui sans qu'il ait besoin de la guider.

— Pourquoi est-ce que j'ai l'impression que tu en sais beaucoup plus sur moi que j'en sais sur toi ? chuchota-t-il. Est-ce que Therese Ortis est seulement ton vrai nom ?

14

Wade releva la tête juste le temps de poser sa question et, dès qu'il sentit Therese se crisper dans ses bras, remit ses lèvres à contribution. Puisqu'il n'arrivait à rien en lui posant des questions sans détour, peut-être qu'il pouvait trouver un autre moyen de percer ses défenses.

— Je m'appelle Therese Maria Elisabeth Ortis, répondit-elle. Née et élevée à San Antonio.

Elle tendit le cou pour qu'il lui soit plus facile de l'embrasser. Et comme il voulait tout autant sentir sa peau nue qu'obtenir des réponses, il continua à explorer son épaule des lèvres. Entre deux mordillements, il chuchota :

— Est-ce que nous allons continuer à nous renvoyer la balle ? Est-ce que c'est à mon tour d'avouer quelque chose ?

— Si tu... veux, dit-elle, haletante.

— Tu n'as plus l'air en colère.

— Je n'étais pas en colère, j'étais préoccupée. J'étais...

Il glissa une main sous son chemisier et entreprit de caresser la peau soyeuse de son dos en la plaquant plus étroitement contre lui.

— Je crois..., dit-il.

Il plaqua de nouveau ses lèvres au creux de son cou.

— Que je...

Il glissa vers son oreille sans cesser de lui caresser le dos, et la sentit trembler contre lui.

Qui diable essayait-il de berner ? Ce n'était pas un interrogatoire.

Il avait envie d'elle, tout simplement. Et ce désir était réciproque, bien qu'elle connaisse son passé.

Jamais il ne s'était senti ainsi, aussi sincère, aussi ouvert, aussi excité par ce qui allait se passer. Il recula et contempla son beau visage en attendant qu'elle ouvre les yeux et découvre l'homme qu'il était vraiment.

Mon Dieu… Une vraie midinette ! Voilà ce qu'il était devenu après avoir passé près d'un an assis derrière un bureau pendant que ses meilleurs amis trouvaient tous la femme de leur vie.

Therese ouvrit les yeux. Il attendit qu'elle l'embrasse, ou du moins qu'elle lui offre son cou, mais elle demanda :

— Est-ce que c'est une bonne idée ?

— De… euh… faire connaissance ?

Il effleura des doigts l'attache de son soutien-gorge.

— Sincèrement, je pense que j'en ai dit beaucoup plus que toi.

En souriant, elle effleura son cou de l'ongle, jusque derrière son oreille. Il se crispa.

— Tu sais que ce n'est pas ce que je veux dire.

— Si tu crois que je peux réfléchir, riposta-t-il, tu te fais des idées.

Il la souleva du sol et laissa son corps se mouler contre le sien.

— Je suis un homme, tu sais.

Il crispa la mâchoire et s'ordonna de la relâcher, mais il en était incapable. Elle avait noué les bras autour de son cou et se pressait encore plus étroitement contre lui. En lui caressant tendrement la tempe, elle dit :

— Je pense que tu avais raison. Laissons nos corps poursuivre cette discussion.

Il se tenait à un carrefour où clignotaient deux panneaux : « fais-le » et « ne le fais pas ». Le second chemin lui garantissait un état d'excitation perpétuel et le premier, une douce délivrance – assortie d'un engagement qu'il n'avait jamais pris ni voulu prendre auparavant.

La promesse était là et n'attendait que lui. Le poids de Therese dans ses bras était moindre que celui de cette promesse, mais il la désirait tellement… Il voulait tout : la délivrance, une histoire, peut-être l'amour.

Bon sang… Il tenait une femme magnifique dans ses bras et il pensait au lendemain et au jour d'après.

Elle prit appui sur le sol pour se soulever et noua les jambes autour de sa taille. Dans le mouvement, sa petite jupe élastique remonta sur ses cuisses. Elle lui sourit avant de plaquer sa bouche sur la sienne et de faire tourner sa langue autour de la sienne.

Il ne fallut que deux secondes pour que son corps soit prêt pour elle. C'était comme si elle avait lu dans ses pensées et qu'elle lui avait soufflé la réponse.

Il ne se demandait plus ce qu'il devait faire. Elle lui avait dicté son choix en posant son derrière presque nu contre la peau de son avant-bras.

Il fit quelques pas vers la chambre, mais son fauteuil était plus près. Il s'y assit et Therese s'écarta à contrecœur pour s'agenouiller de part et d'autre de ses cuisses.

— Aide-moi un peu, dit-elle.

Elle croisa son regard et éclata de rire. Il n'avait pas assez réfléchi à l'inconfort du fauteuil, et cela devait se lire sur son visage. Elle se pencha en avant et se mit à s'escrimer sur la fermeture Éclair de sa jupe. Une position qui rapprochait ses seins du visage de Wade.

Un homme ne pouvait pas éternellement supporter de voir un décolleté aussi près de lui sans broncher.

Il sortit du fauteuil aussi rapidement que possible et, malgré sa hâte, parvint à soulever Therese dans ses bras au lieu de la laisser s'écraser sur la moquette. Il fonça dans le couloir, prêt à la déposer sur le lit et à savourer sa peau délicieuse, centimètre carré par centimètre carré. Mais dès qu'il posa un pied dans la chambre, il s'arrêta net.

— Ça ne va pas du tout.

Therese rejeta la tête en arrière, les yeux étincelants, et éclata de rire.

— Je suppose que tu n'as pas d'autre lit ?

Jack avait sorti tous ses habits de la penderie et les avait laissés sur le lit défait.

— Ma chambre est mieux rangée, d'habitude. Promis.

— Ce n'est pas grave.

— C'est Jack ou un autre de mes collègues qui est venu chercher des vêtements pour les porter chez toi, dit-il en la posant par terre.

— J'ai plutôt l'impression qu'ils se sont vengés de toi, dit-elle en lui tournant le dos. Tu veux bien défaire ma jupe ? Il y a un crochet à la taille.

Il obéit et la regarda tirer sur la jupe, qui tomba à ses pieds. Quand elle se pencha pour la ramasser, il contempla, fasciné, son derrière en forme de cœur qu'encadraient deux bandes de dentelle.

Elle plia sa jupe et la posa sur la commode, à côté de son chargeur de téléphone, avant d'ôter son haut assorti. Wade ne pouvait arracher son regard à sa peau dorée et à ses sous-vêtements en dentelle, ornés de petits nœuds sur les hanches et entre les seins.

Elle se racla la gorge.

— Plus tôt nous aurons déplacé toutes ces affaires, plus tôt nous pourrons... en revenir là où nous en étions. À moins que tu préfères retourner dans le fauteuil.

Il secoua la tête. Pas question qu'ils retournent dans le fauteuil. Et pas question non plus qu'ils remettent toutes ces affaires à leur place. Il replia la couverture par-dessus les habits et posa le tout par terre.

— C'est une façon de régler le problème, dit-elle.

Il avait ôté sa chemise avant qu'elle ait fini sa phrase. Ensuite, ce fut le tour de ses bottes, qu'il jeta sur la pile de vêtements.

Les trois triangles de dentelle lui faisaient signe d'approcher. Le tourmentaient. Testaient les limites de son contrôle.

Il ne pouvait sans doute pas les arracher. Le geste aurait été trop… brutal.

Mais mon Dieu, comme il avait envie de se glisser sous ces triangles !

15

Wade tendit le bras et saisit la main de Therese en sautant sur le lit. Elle tomba avec lui en gloussant de rire comme une adolescente, ou plutôt comme une étudiante nerveuse. Pourtant, elle n'était pas nerveuse. Elle adorait seulement être avec lui, en dépit des circonstances.

Il l'attira tout contre lui et elle posa la tête sur son bras. Le ventilateur accroché au plafond envoyait un souffle frais sur sa peau.

Soudain, elle se sentit mal à l'aise, et bien moins téméraire que quand elle s'était déshabillée. Elle esquissa un geste pour couvrir une partie de son corps, mais se ravisa. Avec cet homme, elle allait être audacieuse, prendre l'initiative. Elle posa un bras en travers de son torse et, imitant le mouvement des pales du ventilateur, dessina un cercle sur sa peau, en descendant lentement vers son ventre.

Il inspira vivement et emprisonna sa main dans la sienne.

— Tu as les doigts gelés !

Il lui frotta le dos de la main, l'immobilisant juste au-dessus de la ceinture de son jean.

— Hé, mais tu es encore bien trop habillé. Ce n'est pas juste, dit-elle en tirant sur la boucle de sa ceinture.

— Tu as raison.

Il se leva d'un bond et ôta son jean et ses chaussettes aussi vivement que s'ils avaient été en feu.

À moins qu'il ait été lui-même la proie des flammes. En

tout cas, elle était vraiment heureuse que ce ventilateur la rafraîchisse. Il s'assit sur le lit pour enlever son boxer. En voyant ses ecchymoses, elle faillit être ramenée à la réalité.

Alors, elle se redressa à demi et s'appuya sur les coudes pour mieux le regarder. Il la rejoignit enfin, et leurs corps s'enchevêtrèrent. Émerveillée, elle goûta le contact de sa peau nue.

La douce chaleur qui l'enveloppait devint brûlante quand la bouche de Wade s'ajouta à sa peau pour explorer tout son corps. *Presque* tout son corps. Ils étaient encore séparés par ces fichus sous-vêtements.

— Est-ce que tu as la réponse à ta question ? demanda-t-il avant de caresser ses seins à travers la dentelle.

— Laquelle ? parvint-elle à demander.

— Est-ce que c'est une bonne idée, ou non ?

Il l'embrassa sur le ventre, jusqu'au nombril.

L'idée était plus que bonne : elle était géniale. Elle aurait aimé garder son sérieux et savourer chacune de ses caresses, mais elle éclata de rire – autant parce qu'il la chatouillait un peu que parce que, avec lui, elle se sentait bien.

— Oh ! Cette... Cette question-là.

Mon Dieu. Comment pouvait-elle encore parler, et même réfléchir, avec ce qu'il était en train de faire ?

Il continua à embrasser et explorer sa peau, sans plus poser de questions. Son corps tout entier se mit à vibrer, et toute réflexion lui devint impossible. Plus rien n'existait sinon les sensations. Il passait ses mains sur son ventre et ses hanches, effleurait le bord de sa culotte en dentelle, caressait ses flancs et ses fesses, et recommençait. Quand il passa les pouces sous son soutien-gorge, elle prit ses mains pour les faire glisser sur ses avant-bras. Alors, il la souleva afin de pouvoir mordiller ses tétons à travers la dentelle. Il embrassa, mordilla, lécha, jusqu'à ce que...

— Assez ! cria-t-elle. Assez.

Elle le repoussa et il roula sur le dos. Elle s'assit et défit son soutien-gorge, qui lui faisait l'effet d'un véritable instrument de torture. Ensuite, elle le laissa tomber sur le lit et regarda son partenaire, craignant de l'avoir vexé.

Comme il souriait sans vergogne, elle lança :

— Tu as fait exprès !

D'un geste vif, elle s'assit à califourchon sur ses cuisses, le clouant sur le lit. Elle avait pensé le chatouiller jusqu'à ce qu'il crie grâce, mais se ravisa en se rendant compte de la position dans laquelle ils se trouvaient.

Le rire de Wade mourut et il laissa échapper un long souffle rauque. Il tendit les mains vers ses seins, mais elle se pencha vers lui. Il inspira vivement avant de retenir son souffle et la laissa prendre le contrôle de leurs gestes.

Quand il suivit du bout des doigts le bord de sa culotte en dentelle, elle ferma les yeux afin de ne rien laisser voir des émotions qui la submergeaient. Les mains de Wade se posèrent de part et d'autre de sa taille et sa respiration se fit plus rapide. Elle ouvrit les yeux. Les paupières closes, il la pressait contre lui en ondulant des hanches.

Comment pouvait-elle être sur le point de jouir alors que, techniquement, ils n'avaient pas... ? Il crispa la mâchoire en la plaquant toujours contre lui. Elle caressa son torse et autorisa son corps à se fondre dans le sien.

L'explosion qui la secoua fit appel à toute son énergie, toute sa concentration. Wade continua à bouger pour prolonger l'éruption. Terrassée par l'émotion, elle s'effondra sur son torse.

Elle voulait qu'il ressente la même chose. Elle commença à ôter sa culotte, mais il immobilisa ses mains.

— Attends, dit-il d'une voix rauque. Il nous faut... sur ta gauche.

Il était toujours tellement vigilant. Bien sûr qu'il leur fallait une protection. Elle roula sur le côté et tendit le bras vers la table de nuit. Il attendit sans bouger. Il semblait faire un effort pour contrôler le rythme de sa respiration.

Elle sourit. Maintenant, c'était elle qui allait le rendre fou.

Il était déjà tellement proche de la délivrance qu'elle se

demanda combien de temps il tiendrait si elle… Mais il était inutile d'y réfléchir. Il suffisait d'agir.

Elle lui enfila le préservatif et se mit de nouveau à califourchon sur lui. Mais cette fois, elle se laissa glisser sur ses cuisses en effleurant son ventre du bout des doigts, la tête penchée vers l'avant de façon que ses longs cheveux lui caressent le torse. Il les rassembla dans une main et leva un doigt pour lui intimer d'arrêter.

— Therese, supplia-t-il dans un murmure. Pardonne-moi.

Sensations et émotions la balayèrent quand il la fit rouler sur le dos. L'instant d'après, ils ne formaient plus qu'un. Mais ils n'en avaient pas fini. Pas encore.

Bien qu'il ait imploré son pardon, il ne semblait pas pressé. Elle sentit son corps se tendre et palpiter au-dessus d'elle, autour d'elle, en elle. Dire qu'elle avait cru connaître le summum du plaisir, quelques instants plus tôt…

Il bougea en elle jusqu'à la transporter en un lieu où elle était rarement allée. Et, après un long et tendre baiser, ils s'immobilisèrent.

Le moment qu'elle venait de vivre était merveilleux, et elle le garderait tout près de son âme pendant très longtemps. Elle s'assoupit avec la douce pensée d'un avenir empli de possibilités.

Quand elle se réveilla, la pièce était baignée dans la lumière du crépuscule. Elle avait dormi pendant une heure. Elle resta allongée et contempla le ventilateur en essayant de ne pas vraiment penser à ce qu'elle voulait, ni à son espoir que sa mission auprès de Rushdan Reval se termine bientôt.

— Wade ?

Elle le secoua doucement par l'épaule.

— Nous devrions sans doute nous lever.

— Est-ce que tu as dormi ? demanda-t-il.

— Un peu. J'ai trop de choses en tête.

Au lieu de se lever, il se tourna sur le ventre et posa la tête sur son épaule. Il avait une vue imprenable sur ses seins, mais il avait déjà refermé les yeux. Après tout, il avait dormi moins de deux heures depuis la veille.

— Mon Dieu, est-ce que nous sommes seulement samedi ?

— Hum, confirma-t-il. Tu as faim ?

— Je meurs de faim.

— Je propose que nous nous douchions et que nous commandions italien. Tu aimes les pâtes ? Tu n'as pas peur de quelques glucides, n'est-ce pas ?

— J'adore les glucides et j'adore manger italien.

— Super.

Il se mit à jouer avec ses cheveux, qu'il ramena sur son visage.

— Mon Dieu, comme tu sens bon. Ça me donne encore envie de toi.

— C'est gentil. Je pensais que je sentais l'écurie.

— Non. Tu sens la crème glacée à la pêche.

— C'est mon shampooing. Pêche et crème.

Il cessa de bouger et se rendormit. Elle attendit quelques minutes avant de lui faire doucement lâcher ses cheveux et d'essayer de se dégager.

— Je suis réveillé, dit-il.

Il releva la tête mais la reposa aussitôt sur sa poitrine pour l'embrasser.

— Je vais demander à Heath de passer prendre quelque chose chez Mariano, au coin de la rue. Il faut qu'il jette un œil au téléphone que Sal nous a donné.

— En ce cas, je ferais sans doute mieux de me lever.

Elle essaya une fois encore de se dégager, mais Wade se mit au-dessus d'elle d'un mouvement vif, les mains posées de part et d'autre de son corps.

— Tu es sûre d'avoir faim ?

Il s'empara de sa bouche et leurs langues s'entremêlèrent comme le faisaient leurs jambes. Ils s'embrassèrent profondément, passionnément, tandis que leurs corps bougeaient de nouveau sur un rythme ancestral.

Ils avaient tellement de choses à préparer, à découvrir...

Mais ce serait pour plus tard. Cela faisait trop longtemps qu'elle attendait ce genre de contact humain.

Alors, quoi qu'il puisse lui donner, quel que soit le temps que cela dure, quoi qu'il se passe entre eux, elle ne pouvait qu'espérer que cela se reproduirait, encore et encore.

16

Wade avait un poids sur l'estomac, et les pâtes qu'il avait commandées pour leur dîner n'étaient pas en cause. Mais sans qu'il comprenne comment, quelque chose avait changé.

Il était amoureux.

Ce matin, il avait reçu une raclée pour protéger Therese. Mais maintenant... L'instinct protecteur qui l'emplissait pouvait finir par représenter un problème. Heath lui avait déjà jeté un regard sans équivoque.

Son collègue et ami s'était mué en coursier. Il était apparu avec un repas italien et tout le matériel dont il avait besoin pour cloner le téléphone prépayé que leur avait donné Sal. En prime, il leur avait fait part de ce qu'il pensait de cette coopération inédite entre leurs deux agences.

Mais personne n'avait encore la moindre idée de ce que Rushdan Reval, Public Exposure ou tout autre acheteur pouvait réellement accomplir avec l'algorithme. Tout le monde était dans le flou. Une fois le téléphone cloné, le FBI, la Sécurité intérieure et les Texas Rangers pourraient écouter leurs conversations, lire leurs messages et obtenir leur localisation en temps réel.

Le temps que Sal leur avait laissé était écoulé depuis longtemps. Toutes les trois minutes, Therese prenait le téléphone qu'il leur avait donné, l'allumait et le reposait aussitôt entre eux, sur le plateau TV. Aucun message. Aucun appel.

Quand Heath fut reparti, Wade ressentit pleinement la gêne qui semblait flotter maintenant entre eux et faillit par deux fois lui demander ce qui n'allait pas. Mais un obstacle majeur l'en empêcha : ils étaient au travail. Ils ne pouvaient se permettre aucune distraction supplémentaire.

Et pourtant... Quand elle rejeta ses cheveux par-dessus son épaule, il eut envie d'enrouler une mèche folle autour de son doigt et de l'attirer vers lui pour l'embrasser.

Il était bien difficile de ne pas se laisser distraire par Therese. Toutes ses pensées tendaient vers le même point : trouver de bonnes raisons pour ne pas l'entraîner une deuxième fois jusqu'à son lit. L'idée lui semblait excellente mais, pour le moment, ils devaient s'occuper de Reval et retrouver l'algorithme avant qu'un groupe de terroristes domestiques l'achète. Un algorithme dont personne ne connaissait la dangerosité.

Du moins, il ne la connaissait pas, et il n'avait pas eu le temps d'approfondir la question. Depuis qu'il avait retrouvé Therese la veille, sa seule préoccupation avait été de survivre une heure de plus.

— D'après toi, en quoi consiste la nouvelle version de l'algorithme ? demanda-t-il, brisant le silence. Il y a six semaines, il était censé pouvoir provoquer une panne sur le réseau électrique de toute une ville.

— Le terme le plus utilisé sur le *dark web* pour décrire ses effets est celui de « chaos ».

— Et qu'est-ce qui plongerait dans le chaos ?

— Des gens payés beaucoup plus cher que moi n'ont que des théories, fondées pour la plupart sur les raisons qui pourraient pousser des terroristes à vouloir mettre la main sur un algorithme sophistiqué. Nous avons interrogé tous les membres de Public Exposure, en vain. Leur chef n'a pas voulu parler et les autres ne savent rien.

— Reval n'est-il qu'un intermédiaire ? demanda-t-il.

Elle secoua la tête.

— Quand il est allé en prison, j'ai cru que ma mission était finie. Mais j'ai quand même continué à travailler avec ses hommes pour régler quelques détails. Ensuite, vous avez arrêté le chef de Public Exposure, il y a six semaines. La rumeur s'est répandue que le créateur de l'algorithme cherchait un nouvel acheteur. Jusque-là, Reval n'avait rien à voir avec cette histoire.

— Pourquoi y est-il mêlé maintenant ?

— Comme je faisais toujours officiellement partie de la bande de Reval, le FBI gardait un œil sur lui. Ils l'ont relâché en espérant qu'il organiserait la transaction et la Sécurité intérieure a poussé plusieurs acheteurs potentiels dans sa direction en arrêtant les autres.

Elle haussa les épaules.

— Mais je n'ai pas réussi à découvrir les détails de la transaction, ni ce que peut exactement faire cette nouvelle version de l'algorithme. Rushdan cache bien son jeu.

— Et tu penses en apprendre plus quand tu sauras pourquoi il a besoin de moi.

— C'est ce que j'espère, oui, dit-elle en croisant les doigts des deux mains. Mon équipe a enquêté sur tous ses contacts connus, mais n'a abouti qu'à des impasses.

— Est-ce que l'informaticien qui a récupéré mon casier de mineur est dans le coup ? Comment allons-nous le trouver ?

— Nous n'allons pas le trouver.

— Comment ça ? Ce devrait être assez facile de récupérer des renseignements dans le bureau de Reval, et tu dois bien avoir un mandat qui te permet d'obtenir la liste de ses appels. Nous pouvons sûrement découvrir une trace écrite.

— Ce n'est pas notre travail.

Elle haussa les épaules d'un geste résigné.

— Attends une minute...

Il devait mal comprendre. Quelle était donc leur mission, si ce n'était de mettre Reval derrière les barreaux pour de bon ?

— Mon objectif – ma priorité – est de trouver le programmeur qui a développé l'algorithme. Si nous n'y parvenons pas, que nous empêchions ou non le spectacle qu'ils ont prévu pour Dallas n'aura pas la moindre importance.

— Spectacle ?

— C'est le terme que Rushdan a utilisé récemment. Mon unité est certaine que c'est ainsi qu'il désigne l'attaque terroriste qui est programmée.

— À Dallas ? Est-ce que les rangers et la police locale sont au courant ?

— Je ne sais pas. La prévention et le nettoyage ne font pas partie de mon travail.

Elle consulta une nouvelle fois le téléphone prépayé.

— Attends… Qu'est-ce que tu viens de dire ?

Il secoua la tête, incapable d'assimiler ses paroles.

— En ce cas, quelle est ta mission, au juste ? Je pensais que nous devions faire tomber la bande de Reval et empêcher que quiconque utilise l'algorithme.

— J'ai essayé de te le dire avant, Wade. Bien sûr, je veux mettre Rushdan Reval derrière les barreaux. Mais la justice pourrait fermer les yeux sur ses petits délits s'il leur donne le créateur et le développeur de l'algorithme.

— Ses petits délits ? répéta-t-il, incrédule. Ses activités criminelles dépassent l'échelle locale. Et chercher à me tuer, ou à tuer d'autres personnes, n'est pas ce que j'appelle un « petit délit ».

— Tu sais très bien ce que je veux dire. Pour moi, il n'est qu'un moyen d'atteindre mon objectif : retrouver l'algorithme et les programmeurs qui l'ont créé. J'espère seulement y parvenir avant que la transaction ait eu lieu.

« Je ». Tout son discours s'était fait au singulier, ce qui le blessa comme jamais rien auparavant. Quand elle était venue se blottir contre lui, dans ce bar, c'était pourtant pour échapper aux hommes de Reval…

D'habitude, il se moquait pas mal qu'on reconnaisse ou non le travail qu'il avait accompli. Surtout depuis qu'il était coincé derrière un bureau pendant que ses collègues arrêtaient un tueur en série, découvraient des taupes au sein du FBI et sauvaient la vie d'analystes fédéraux – un service demandé par une femme qui avait failli le faire tuer.

C'était parce qu'ils formaient une équipe – dont il faisait partie – qu'ils avaient résolu ces affaires, et il avait cru que c'était parce que Therese et lui formaient un tandem qu'ils avaient progressé dans cette enquête. Bon sang... Que venait-elle de toucher ? Ses sentiments, ou son ego ?

Quoi qu'il en soit, il fallait qu'il se reprenne.

— Je pensais que je t'aidais à retrouver l'algorithme, dit-il. En arrêtant Reval avant qu'il le vende, nous empêchions par la même occasion les terroristes de passer à l'acte.

— Cela ne se passera peut-être pas ainsi.

Elle regarda le téléphone, se leva et alla jusqu'à la fenêtre.

— Il faut que tu te fasses à cette idée.

— Je comprends. Tu es sur cette affaire depuis tellement longtemps que tu as du mal à accepter d'avoir eu besoin d'aide, ou qu'il pourrait y avoir une autre façon de procéder.

Elle plissa les yeux, perplexe.

— Moi, j'ai eu besoin d'aide ? Et j'aurais du mal à l'accepter ? Oh ! vraiment ?

Elle croisa les bras et pinça les lèvres.

Zut.

— Je voulais seulement dire que si tu travailles avec moi et les Texas Rangers, nous aurons une chance d'accélérer un peu le processus. Et tout plan peut changer.

— Et qu'est-ce que tu crois ? Que je veux retirer tout le crédit ? Continuer à jouer les bimbos et à laisser Rushdan et ses hommes me reluquer et me peloter ?

— Ce n'est pas ce que j'ai voulu dire, protesta-t-il.

— Oh ! je vois. En ce cas, tu dois penser que j'aime travailler sous couverture, ou que j'ai peur que les membres de ma famille m'adressent de nouveau la parole si je leur explique ce qu'il se passe vraiment. Qui sait ? Ça m'amuse peut-être de me demander s'ils seront fiers de moi quand ils sauront ce que j'ai fait ces trois dernières années, au lieu de continuer à croire que j'ai été virée de l'école de police après avoir triché à un examen.

— C'est vache. Je ne savais pas que ta famille n'était pas au courant.

Il était sincèrement désolé pour elle. Il reconnaissait chez elle une réaction qui lui était terriblement familière, bien qu'il ne l'ait jamais vue chez personne. Sur le visage de Therese passa l'ombre des sentiments qui l'avaient agité pendant les premières années qu'il avait vécues auprès de Fred.

— Je n'ai pas besoin de ta pitié. Ce n'est qu'un travail.

— C'est vrai. Ce n'est qu'un travail.

Il espérait qu'elle parlait de la mission et non de ce qui s'était passé dans la chambre. Parce que ce moment avait mis sa vie sens dessus dessous et qu'il avait bien du mal à ne penser qu'au travail.

Elle s'assit sur l'accoudoir de son fauteuil et reprit, plus posément :

— Le FBI et la Sécurité intérieure veulent attraper le gros poisson, Wade. Certains des petits seront rejetés à la mer.

— Autrement dit, ils ont déjà prévu de proposer un marché à Reval, comme la dernière fois, quand il a échappé à la prison bien qu'il ait donné l'ordre à ses hommes de me tuer.

— Je n'ai rien à voir avec cette décision, et toi non plus.

— Pourquoi suivre tout ce processus, au lieu de l'arrêter tout de suite et de lui faire avouer le nom du programmeur ?

— C'est ce que nous avons décidé de faire il y a six semaines. Mes supérieurs sont prêts à s'accommoder des conséquences.

— Même si des civils innocents sont victimes du « spectacle » que préparent les clients de Reval ?

— Rends-moi un service, s'il te plaît... laisse tomber.

Il posa les doigts sur sa tempe, là où le sang palpitait, au-dessus de son œil blessé.

— Encore un service ? Je ne sais pas si c'est possible, Therese. Puisque tu as gardé un œil sur moi, tu dois savoir que les services que je te rends me coûtent cher.

Sauf que personne ne savait à quel point sa vision périphérique s'était dégradée, pas même les médecins. Il avait tellement peur d'être mis sur la touche qu'il n'était jamais retourné la faire tester et n'avait rien dit à personne.

— Je sais très bien ce qu'il t'est arrivé et je comprends ta frustration. Mais il faut que tu essaies de voir la situation dans son ensemble : l'algorithme est plus important que toi, ou que moi.

— Je ne comprends pas, Therese. Pourquoi devons-nous choisir ?

Elle secoua la tête.

— Nous parlons d'une catastrophe nationale. Nos envies et nos préférences sont dérisoires. Je voulais te prévenir que Rushdan Reval pouvait conclure un marché, rien de plus.

Le téléphone s'était mis à sonner pendant qu'elle parlait. Elle décrocha et mit le haut-parleur. Wade la regarda faire, conscient que leur conversation avait été interrompue au plus mauvais moment.

— Il te veut au club, ordonna Sal. Tout de suite.

— Sal ? Passe-moi Rushdan.

Elle avait pris sa voix de bimbo, celle qui enjôlait les hommes jusqu'à ce qu'ils fassent ce qu'elle leur demandait.

— Allons, Rushy, reprit-elle. Je sais que tu écoutes.

— Viens immédiatement, répondit cet homme répugnant. J'ai un travail pour toi. Laisse le téléphone à ton copain. Les affaires progressent.

— Mais nous n'avons pas encore l'argent, objecta-t-elle. Il ne faut pas que je te l'apporte ?

— Je n'ai jamais eu besoin de cet argent, répondit Reval. Je voulais seulement être sûr que le ranger Wade était sincère et ne nous en voulait pas d'avoir essayé de l'éliminer l'année dernière.

— En ce cas, je vais le garder, intervint Wade. Comme ça, mes débiteurs me ficheront la paix.

— Pas de problème. Mais tu ne l'as pas encore gagné.

Reval émit une espèce de suçotement écœurant.

— Rushy, s'il te plaît... Ne le mets plus à l'épreuve. C'est trop risqué. Si tu nous disais seulement ce que nous devons faire ?

À l'écouter, on aurait pu croire qu'elle était sincère. Mais son langage corporel révélait combien elle haïssait cet homme. Elle était douée, vraiment douée. Mais qu'avait-elle en tête ?

— Nous sommes allés au champ de courses comme tu nous l'avais demandé, et nous avons passé le reste de la journée à attendre. Je ne peux pas passer mon temps à regarder du golf à la télé, Rushy, mon bébé. J'ai des choses à faire. Tu ne me paies pas pour jouer les baby-sitters.

— En parlant de ça... J'ai une autre mission à te confier, Therese.

— Il faut que je passe chez moi pour me changer. Je serai là dans une heure. Est-ce que cela te convient ?

Wade se leva en cherchant une raison de l'accompagner. Ne comprenait-elle pas qu'ils ne devaient pas se séparer ?

— Ce sera parfait. Et, ranger Wade ? dit Reval.

— Oui ?

— Ne cherchez pas à suivre Therese. Quand je vous enverrai les instructions, votre trajet sera minuté depuis chez vous. Et je sais où vous habitez.

Il raccrocha.

— Bon sang, qu'est-ce que c'était que ça ? demanda Wade.

— Mon boulot.

— Je croyais que ton boulot était de trouver l'algorithme.

— Mon boulot est de faire tout ce que Rushdan Reval me demande afin de trouver l'algorithme et les programmeurs.

— Tu ne peux pas y aller. Pas comme ça.

Il tendit la main vers elle, mais elle attrapa son sac et dit :

— Quand on m'appelle, j'y vais. C'est mon rôle.

— Je peux le rappeler et exiger que tu restes avec moi. Nous formons une équipe.

Elle arqua l'un de ses jolis sourcils et prit ses clés de voiture dans son sac.

— S'il y a une chose que j'ai apprise en travaillant sous couverture, c'est qu'on est seul. Il faut que tu t'y fasses.

L'instant d'après, elle était partie. Et si elle disparaissait de sa vie une fois de plus ? Et si Reval… ? Il ouvrit la porte si brusquement qu'elle rebondit contre le mur et il sortit sur le porche.

— Attends !

La surprise qu'il lut sur le visage de Therese lui apprit qu'elle ne s'était pas attendue à ce qu'il la suive. Pourtant, il l'avait suivie, même s'il ne savait pas trop comment gérer leurs différends. Mais il était sûr d'une chose : il ne voulait pas que cette femme ressorte de sa vie.

— J'ai fait le vœu de protéger les habitants du Texas, et je ne fais jamais de promesse à la légère. Je ne peux pas rester les bras croisés en sachant qu'une menace se dirige vers quelqu'un. Je dois arrêter cette menace, et me préparer pour la suivante. Autrement dit, je ne pense pas pouvoir faire ce que tu me demandes.

— Ne t'inquiète pas pour ça, Wade. Nous ne formons pas vraiment une équipe, mais c'était amusant de faire semblant. Je vais gérer ça à ma façon. Je peux me débrouiller seule.

Elle continua de marcher vers sa voiture.

— N'oublie pas de surveiller tes arrières, mon cœur, ajouta-t-elle. Je ne serai pas là pour le faire.

Elle ouvrit la portière en lui souriant et s'installa au volant comme si tout était pour le mieux dans le meilleur des mondes. Wade ne put que la fixer, abasourdi. Au cours des quinze minutes qui venaient de s'écouler, son cœur avait été arraché de sa poitrine, y laissant un trou béant. Il avait l'impression qu'il ne serait plus jamais le même.

Mais elle, pourquoi paraissait-elle aussi insensible ?

17

Les mains de Therese tremblaient si violemment qu'elle dut s'y reprendre à plusieurs fois avant de parvenir à mettre la clé dans le contact. Elle aurait tout donné pour pouvoir rester terrée dans son appartement. Pour la première fois, elle avait vraiment peur d'affronter Rushdan. Rien ne lui avait jamais été aussi pénible que de partir de chez Wade – sauf affronter les membres de sa famille après avoir quitté l'école de police de San Antonio, couverte d'opprobre.

— Je déteste ça ! cria-t-elle en frappant le volant.

Quand elle avait décidé de devenir policière, elle avait perdu tous ses amis de lycée et d'université. Malgré ses excellents résultats à l'école de police, elle ne s'en était pas fait de nouveaux. Au début, elle n'avait pas souffert de devoir quitter ses connaissances pour devenir agent infiltré. Mais ensuite, sa vie n'avait plus été fondée que sur des mensonges – et il lui était de plus en plus difficile de se souvenir qu'il existait une réalité, bien différente.

Personne ne connaissait la vérité hormis ses officiers traitants, qui changeaient chaque année. En ce moment, il s'agissait de Steve Woods et de Megan, qui avait fréquenté la même classe qu'elle à l'école de police. Mais ils ne savaient pas qui elle était vraiment.

Et maintenant, Wade. Cela faisait longtemps qu'elle voulait être franche avec lui. Maintenant, il savait. Alors, pourquoi avait-elle encore l'impression de lui mentir ?

À quoi s'était-elle attendue ? À ce qu'il lui témoigne de la gratitude pour avoir consenti autant de sacrifices ? À de l'empathie ? Même une simple exclamation admirative aurait été préférable à son silence et à son regard empreint de pitié.

Elle laissa tomber sa tête sur ses bras. Elle avait envie de pleurer, mais elle n'en avait pas le temps. Il ne lui restait qu'une demi-heure pour rejoindre Rushdan au club.

Heureusement, le dénouement approchait. Bientôt, elle pourrait cesser de s'apitoyer sur son sort. Elle gagna rapidement la zone la plus sordide du quartier de Deep Ellum, non loin de Second Avenue. Le Reveille n'était pas le tripot le plus sombre et humide du coin... mais presque.

Elle se gara dans le parking gravillonné et remarqua que plusieurs des réverbères étaient en panne, une fois de plus. Ce n'était pas bien grave, mais quand elle coinçait les gamins qui s'amusaient à casser les ampoules à coups de pierre, elle ne se privait pas de leur dire ce qu'elle en pensait. Bientôt, elle n'aurait plus à s'en occuper.

Elle consulta la montre qu'elle avait mise en plus de ses nombreux bracelets. Elle était à l'heure. Soudain, elle saisit un mouvement du coin de l'œil, sur sa gauche. Sal. Fidèle à son personnage, elle fit mine de ne rien avoir remarqué.

Elle se renfonça dans son siège quand il se montra enfin. Bon sang, comme elle avait envie de rabattre enfin le caquet de ce type ! Elle puisa dans le désespoir qui l'avait gagnée au moment de quitter son appartement pour produire un petit cri étouffé.

— Mon Dieu, Sal ! Tu m'as fichu une de ces frousses !

Elle savait que le bras droit de Rushdan ne cherchait qu'à l'intimider, et qu'elle devait le laisser faire, rester fidèle à son personnage. Heureusement que c'était bientôt fini... Elle se raccrocha désespérément à cette pensée.

Elle chercha le camion de Wade des yeux, en s'avouant malgré elle qu'elle avait espéré qu'il serait là. Même si elle regrettait de l'avoir embarqué dans cette histoire, elle voulait qu'il soit à ses côtés.

Elle était vraiment bouleversée et complètement perdue, et son appréhension lui brouillait les idées. Non, elle n'avait pas besoin que Wade la protège. Là n'était pas la question. Elle avait seulement envie qu'il soit auprès d'elle. Elle voulait travailler avec lui.

— Le patron attend, et tu sais qu'il n'aime pas attendre.

Sal tira une bouffée sur sa cigarette et la jeta par terre. Elle tendit la main vers le 9 millimètres qu'il braquait sur elle et répondit :

— Je suis venue aussi vite que j'ai pu. Range ce truc. Un coup pourrait partir et blesser quelqu'un.

Elle activa l'alarme de sa voiture et se dirigea vers le club, en marchant prudemment dans le gravier avec ses talons de dix centimètres. Elle avait toujours traité Sal ainsi depuis que Rushdan l'avait fait monter en grade, deux ans plus tôt.

Soudain, un violent coup dans le dos la fit tomber à quatre pattes. Un pied botté se posa aussitôt entre ses omoplates, l'empêchant de se relever.

Son visage avait heurté la dalle de ciment, devant l'entrée de service du club, mais elle sentait la morsure des gravillons dans ses paumes et sur ses genoux.

Sal appuya son pied un peu plus fort et lui enfonça le canon de son revolver dans la nuque.

— Écoute-moi bien, espèce de traînée. Je sais qu'il y a quelque chose de louche. Tu mènes peut-être le patron à la baguette, mais tu vas me témoigner un peu plus de respect. Sinon...

Sal bougea son arme, et ses cheveux s'enroulèrent autour du canon.

— J'expliquerai au patron que tu as eu un accident.

— Du respect. Compris. Je peux me lever, maintenant ?

La vibration qui parcourait son corps était tellement violente qu'elle était certaine que Sal pouvait l'entendre. Il lui était déjà arrivé de penser que ses mains tremblaient de colère mais quand il l'aida à se relever, elles tremblaient réellement. Peut-être n'était-il pas plus mal de lui montrer qu'il l'avait terrorisée.

Elle tituba et s'agrippa à contrecœur à son avant-bras pour ne pas retomber dans le gravier. Il éclata de rire.

Pourvu que ce soit moi qui passe les menottes à ce fumier.

Il ne lui ouvrit pas la porte, comme elle s'y attendait. Elle tourna la poignée et découvrit que la porte était fermée à clé. Son ventre se noua et elle faillit céder à la panique quand elle attrapa ses clés. L'attaque de Sal l'avait vraiment terrifiée.

— Que va penser Rushdan de tout ça ? demanda-t-elle.

Sa voix était égale et assurée, mais ce n'était encore qu'un mensonge. Le contact du canon contre sa peau l'avait plus secouée qu'elle voulait l'admettre.

— Tu n'as qu'à lui poser la question, rétorqua Sal.

Oh mon Dieu ! La soirée de la veille se répétait. Et cette fois, elle ne pouvait pas courir jusqu'à Wade pour implorer son aide. Elle devait affronter Rushdan en espérant qu'il empêche Sal de la tuer.

Toujours sous la menace du revolver, elle entra dans le club où Rushdan, entouré des jeunes serveuses, tenait sa cour. À cette heure de la soirée, il était normal qu'il n'y ait pas encore de clients. Par contre, le gérant aurait dû être présent… et elle ne le voyait nulle part.

Seules les filles étaient là. Elle jeta un coup d'œil à la porte d'entrée et remarqua le verrou.

Sal croisa les bras et se planta devant l'entrée de service. Personne ne quitterait ce bar sans l'autorisation de Rushdan.

Les jeunes femmes n'avaient pas compris qu'elles étaient retenues en otages. Elles bavardaient, flattaient le propriétaire, rivalisaient pour attirer son attention dans l'espoir d'obtenir de l'avancement. De la remplacer, peut-être ?

Oh ! mon Dieu… Elle avait fait leur jeu. Ce n'était pas par accident qu'elle avait surpris la conversation téléphonique au cours de laquelle Rushdan avait dit qu'il lui fallait un membre des forces de l'ordre dans son équipe, afin que le « spectacle » ait lieu. Ensuite, sous la menace des deux hommes que Rushdan avait lancés à ses trousses, elle s'était jetée droit dans les bras de Wade.

Il savait tout, et il l'avait piégée. Il s'était servi d'elle. Même si elle haïssait cet homme, elle devait reconnaître qu'il était intelligent. Et maintenant, il avait réussi à les séparer.

Elle ne savait pas quelle était la mission qu'il avait confiée à Wade, mais une chose était sûre : elle ne serait pas là pour s'assurer qu'il retrouve l'algorithme et les programmeurs, au lieu de simplement déjouer l'attentat. Et il lui suffisait de regarder Rushdan pour comprendre qu'il ne lui permettrait jamais de le rejoindre.

— Assois-toi, Therese. Bois un verre avec moi.

— Qu'est-ce qu'il se passe, Rushy ?

Son cœur battait aussi vite que filaient ses pensées.

— Tu le sauras bien assez tôt. Sal, va chercher mon téléphone spécial.

Il claqua des doigts comme s'il appelait un serveur. Le bruit rendit toute sa concentration à Therese. Toutes ses pensées s'évaporèrent quand elle identifia l'expression de Rushdan. Son regard étincelait de fureur. Pourquoi ?

Sal sortit du club par l'avant et un nouveau sbire, qu'elle ne connaissait pas, prit sa place au fond de la salle.

— Je pensais que tu avais une mission spéciale à me confier.

Comme il fixait ses paumes éraflées en souriant, elle posa lentement les mains sur ses genoux afin qu'il ne pense qu'à l'instant présent, et non à la veille. Mais les deux types qu'il avait lancés à ses trousses – que ce soit pour la tuer ou pour la forcer à rechercher la protection de Wade – se tenaient devant la porte d'entrée.

— Parce qu'une soirée en ville, en ma compagnie, n'est pas quelque chose de spécial ?

— Bien sûr que si. Mais si tu as réservé ce bar pour la soirée, pourquoi demander aux serveuses de rester ? Je peux aller moi-même te chercher tout ce que tu voudras.

— Elles ne partiront pas d'ici.

Sa voix vibrait d'une colère rentrée. Le vernis se craquelait, laissant transparaître la noirceur de cet homme – ce qui n'arrivait que très rarement.

— Est-ce qu'elles... Rushy, on dirait presque... des otages.

Non. Elle refusait que ces femmes soient en danger parce que Rushdan soupçonnait quelque chose.

— Aussi longtemps que ton petit ami fait ce qu'on lui dit, elles ne sont que mon alibi.

— Mais je peux tenir ce rôle. Tu n'as pas vraiment besoin d'elles.

— Ne mets pas ma patience à l'épreuve, Therese. Si tout le monde reste dans le rang, personne ne sera blessé.

La lueur menaçante qui étincelait dans ses yeux démentait ses paroles : ces femmes étaient réellement ses otages, et elle seule s'en rendait compte. Elle avait toujours su que Rushdan n'hésiterait pas un instant à se débarrasser d'elles toutes – surtout si Wade échouait – mais maintenant, elle en avait la confirmation.

Et si le Texas Ranger écoutait sa conscience, ou sa soif de vengeance ? S'il mettait ses collègues au courant des projets de Rushdan ? Cinq vies dépendaient de lui, et il ne le savait même pas !

Si seulement elle lui avait tout expliqué avant de partir... En voulant préserver sa fierté, elle avait peut-être signé leur arrêt de mort.

18

« Rends-toi à l'entrée privée de l'aéroport de Love Field. Tu y recevras des instructions. »

Super. Qui l'y rejoindrait ? Therese, ou Sal ?

Au volant de son camion, Wade dépassa lentement l'entrée en cherchant des yeux une éventuelle embuscade. Il ne vit rien, ni personne. L'entrée lui semblait bien déserte, mais c'était peut-être normal pour un samedi soir.

Il se gara de l'autre côté de la rue et chercha à voir les renforts. Toutes les agences impliquées dans cette opération devaient avoir écouté la conversation téléphonique au cours de laquelle on lui avait donné des instructions, et il savait que le major Clements ne le laisserait pas agir sans renforts. Il ne lui restait plus qu'à espérer qu'ils seraient là quand il aurait besoin d'eux.

Deux hommes rôdaient dans l'ombre, aux abords du bâtiment le plus proche. L'un d'eux était le grand type qui l'avait frappé deux fois, dans l'immeuble de Reval. L'autre portait des lunettes et serrait un ordinateur portable contre son torse. Wade leva les mains en l'air et attendit que les deux hommes lui indiquent la direction qu'il devait prendre.

La chance était-elle de son côté ? S'agissait-il du mystérieux programmeur que Therese tenait tellement à arrêter ? Il dut réprimer un sourire.

— Est-ce que vous allez me dire ce qu'il se passe ?

— On devrait peut-être vérifier qu'il n'a pas de micro, dit le grand type.

— Nous n'avons pas le temps, répondit son complice en avançant vers le portail. Allez, viens.

— Qu'est-ce que je dois faire ? On ne m'a pas dit...

— Seulement nous faire entrer et nous escorter jusqu'à l'un des avions de ton agence, répondit le type à lunettes.

— Minute... Si tu parles du département de la Sécurité publique, je ne sais pas où il gare sa flotte. Je n'ai pas ce genre de renseignements.

Il fallait qu'il en sache plus.

— Ne t'occupe pas de ça. Fais-nous entrer, c'est tout.

— Facile à dire. Il faut que je parle à votre patron.

— M. Reval n'est pas disponible. Fais ce qu'on te demande.

L'homme retroussa sa chemise, dévoilant la crosse d'un revolver.

— Est-ce que tu cherches à m'intimider ? demanda Wade.

Il se passa la main dans les cheveux et reprit :

— Pour entrer, je vais devoir m'enregistrer, et je ne pourrai le faire qu'une fois. Votre patron aimerait sans doute le savoir.

— Tout a été prévu, Hamilton. Fais-nous juste passer ce portail et ces gardes, ordonna le petit binoclard.

Wade haussa les épaules. Il n'avait toujours pas la moindre idée de ce qu'il allait se passer. S'il devait descendre ces deux types, il le ferait. Therese serait peut-être furieuse... Tu parles ! Elle serait folle de rage, et mettrait sans doute un terme à leur relation naissante. Mais il ne pouvait pas laisser ces deux clowns lancer une attaque sur Dallas.

Puisqu'il n'avait aucune preuve irréfutable, il allait devoir improviser – et donc, attendre d'en savoir plus avant de prendre une décision. Ce n'était pas un prétexte pour que l'opération se déroule comme le souhaitait Therese, mais un choix. Et pourtant, il se sentait coupable à l'idée de lui voler toute la gloire qui lui revenait de droit.

Quand ils atteignirent le portail, Wade montra sa plaque au vigile, un gamin débordant d'enthousiasme – en masquant à dessein son nom sous deux doigts.

— Bonsoir, dit-il. Ça ne vous dérange pas qu'on jette un œil dans notre hangar ?

Il ne savait même pas si les rangers en avaient un.

— Pas du tout, répondit le jeune homme en prenant le registre et un stylo. Il me faut seulement vos noms.

— Justement... Nous préférerions ne laisser aucune trace, à cause des journalistes.

— Mais je pourrais avoir de gros ennuis.

Wade posa une main sur l'épaule du gamin.

— Dès que cette affaire sera réglée, je promets de revenir pour mettre votre registre à jour et faire savoir à votre supérieur combien votre aide nous a été précieuse.

— Ça serait vraiment gentil de votre part. Le hangar est assez loin, mais vous pouvez prendre la voiturette.

— Tu es quelqu'un de bien, petit, répondit le grand type. Merci.

— De rien. Voilà la clé.

Le grand type prit la clé tandis que Wade remettait sa plaque dans sa poche. Les deux hommes s'assirent sur la banquette avant et le grand démarra en trombe.

— Ralentis, Nico, dit le binoclard. N'attire pas l'attention sur nous.

— C'était facile, répondit l'autre.

Effectivement. Même jeune et sans expérience, un vigile n'aurait jamais dû se montrer aussi accommodant.

— Bien trop facile, même, marmonna Wade.

— Prends les choses comme elles viennent, Hamilton.

Nico se tourna vers lui et oublia de braquer. La voiturette se mit à tanguer.

Wade se retourna. Dans sa guérite, le gamin avait décroché le téléphone et parlait en tendant le doigt vers eux. *Bien vu, petit.* Mais la chance l'abandonnait. À l'autre bout de l'aérodrome, des faisceaux lumineux perçaient déjà l'obscurité.

— Il faut s'éloigner de la voiturette. Tout de suite !

Nico pila et bondit de son siège en dégainant son arme.

— Range ça et va derrière ce hangar, ordonna Wade.

Ils coururent jusqu'à la paroi métallique, que Nico heurta en faisant assez de bruit pour réveiller un mort – ou du moins alerter la police de Love Field. Quant au binoclard, il haletait comme s'il venait de courir un marathon.

— Occupe-toi de ces flics pendant que nous faisons ce que nous avons à faire, ordonna-t-il.

Mais il était hors de question que Wade perde ces hommes de vue. Il fallait qu'il sache ce qu'ils comptaient faire avec cet ordinateur.

— Non.

Il empoigna le col de la chemise du type à lunettes.

— Dis-moi ce qu'il te faut.

— Je ne peux pas.

— Si tu me l'avais dit dès le début, nous ne serions pas dans ce guêpier. De quoi as-tu besoin ? Qu'est-ce que tu veux faire ?

Les lumières des lampes torches approchaient. Nico – le grand type à qui Wade devait un coup de poing dans le ventre – essaya de lui faire lâcher prise.

— D'accord, dit l'autre. Il faut que je teste un programme.

— Donne-le-moi. Je m'en charge. Vous me ralentissez.

— Je... je ne peux pas.

— Tu préfères qu'on aille tous en prison ? Si vous aviez été francs avec moi, j'aurais tout planifié. Et bien mieux que vous.

Il relâcha le col de l'homme et recula.

— Si je vous donne aux flics, j'arriverai peut-être à m'en tirer sans être inquiété.

Nico arma son revolver, mais il commit l'erreur de vouloir jouer les durs en restant trop près de Wade. Tout ce qu'il y gagna fut un coup de coude dans le ventre et, quand il se plia en deux, un coup de poing dans le nez.

Il lâcha son arme et se prit le visage dans les mains en gémissant.

— Désolé, mon vieux, mais je t'en devais un, commenta Wade.

Il s'agenouilla et cacha le revolver dans sa botte.

— Les instructions, ordonna-t-il. Vite. Et ensuite, filez. Si les flics vous prennent, ils ne pourront vous accuser que de violation de propriété. Reval n'aura aucun mal à vous faire sortir.

Il s'empara de l'ordinateur, et le binoclard protesta.

— Tu ne peux pas faire ça ! Tu n'as pas mes compétences.

— Regarde-moi, intima Wade. Qu'est-ce qu'il te faut ?

Dans son visage ensanglanté, les yeux de Nico étincelaient de fureur. Néanmoins, il plongea la main dans sa poche et en sortit une feuille de papier. Le binoclard le regarda en secouant la tête et en marmonnant. À l'entendre, en plus d'être un flic, Wade était stupide.

Wade s'élança, le papier dans la main, et s'arrêta au coin du bâtiment. Les voitures de police s'étaient séparées et partaient dans deux directions distinctes. Quant aux hommes auxquels il avait fait passer le portail, ils avaient disparu.

Il lut le papier en plissant les yeux et vit qu'il s'agissait d'une liste. La première ligne donnait l'ordre aux deux crétins dont il s'était débarrassé de l'attendre au portail ouest de l'aéroport.

Le binoclard ne semblait pas être le programmeur… Pas de chance. Wade espérait maintenant ne pas se faire prendre par les policiers qui passaient la zone au peigne fin. Il s'accroupit au coin du mur et, protégeant ses yeux de la lumière avec la feuille de papier, aperçut le bâtiment 6.

Il s'élança et, en parvenant à éviter d'être pris dans le faisceau des lampes torches, arriva enfin au bâtiment 6. Il se cacha entre les poubelles et une petite haie, avec l'impression de jouer une scène d'évasion dans un film sur la Seconde Guerre mondiale.

L'algorithme ne pouvait pas se trouver dans cet ordinateur. Les instructions ne faisaient mention d'aucun fichier à transférer. Quand les agents se furent éloignés, il entra dans le bâtiment.

— Restez où vous êtes, lança une voix.

— Ne bougez pas.

— Pas un geste !

Un éclat de rire résonna dans l'obscurité.

— Tu sais que j'ai toujours voulu dire ça.

Ces trois voix familières étaient comme une musique à ses oreilles. Peut-être que sa chance ne l'avait pas abandonné, après tout.

19

Therese et les quatre serveuses occupaient l'une des tables, près d'une fenêtre. Les habitués qui trouvaient porte close venaient frapper au carreau, mais elle se bornait à leur sourire en haussant les épaules, comme si elle ne savait pas plus qu'eux ce qu'il se passait.

Rushdan avait reconnu qu'elles lui servaient d'alibi pendant que Wade s'acquittait de la tâche qu'il lui avait confiée. Il faisait sauter le téléphone « spécial » que lui avait apporté Sal dans ses mains, mais il ne l'avait pas encore utilisé.

Il le rangea enfin dans la poche de sa veste avant d'en sortir un autre, parfaitement identique, d'une autre poche. C'était peut-être avec ce téléphone « spécial » qu'il restait en contact avec le programmeur. Il fallait qu'elle s'en empare.

— Je meurs de faim, annonça Julie Anne. Dis, Therese, est-ce que tu penses que nous pouvons commander une pizza ?

— Je suis pour, ajouta Rachel.

Therese se leva et rejoignit son patron à sa table.

— Est-ce que nous pourrions commander une pizza, ou demander à l'un des hommes d'aller nous en chercher une ?

Comme il lui tournait le dos, elle n'avait pas remarqué qu'il était au téléphone. Il fit volte-face et la gifla violemment du dos de la main, sans qu'elle puisse esquiver le coup. Un gémissement de douleur lui échappa, mais elle se ressaisit aussitôt. Il n'avait pas seulement voulu lui faire mal, mais aussi l'intimider. Il s'apprêta à la gifler de nouveau, mais elle leva le bras pour parer le coup.

— Je ne vais pas te dire ce que tu as à faire, rugit-il. Si les flics mettent leurs sales pattes sur cet ordinateur, je te tuerai moi-même.

Les yeux de Rushdan étaient immenses, son visage écarlate et tellement bouffi qu'on aurait dit qu'une piqûre d'épingle pouvait le faire exploser.

Si seulement elle avait eu une épingle...

Elle se rendit compte trop tard que son bras était toujours levé, protégeant son visage. Elle n'était pas censée maîtriser ce genre de rapidité et de compétence pour parer un coup. Tout en se frottant la joue, elle se força à laisser retomber son bras. L'un des hommes qu'elle ne connaissait pas régla le problème en le saisissant.

— Pourquoi est-ce que tu m'importunes, Therese ? demanda Rushdan. Tu n'arriveras à rien, sauf à m'énerver.

Il retourna à sa conversation téléphonique et elle dégagea son bras.

— Les filles ont besoin d'aller aux toilettes. Et puisque nous devons rester ici, est-ce que nous pouvons au moins commander une pizza ?

— Je n'ai pas le temps pour ça ! Ton idiot de petit copain est incapable d'accomplir les missions que je lui confie. D'abord l'argent et maintenant ça ! Je m'attendais à quelque chose mais là, c'est trop.

Rushdan se mit à faire les cent pas le long du comptoir en pestant. Il lança son téléphone à l'un de ses hommes et ordonna :

— Appelle-le. Tout de suite.

C'était la première fois que Therese le voyait aussi furieux. Ses plans devaient être tombés à l'eau, et elle ne voyait qu'une explication : Wade avait trouvé un moyen d'empêcher l'attentat. Elle savait qu'il était prêt à tout, y compris à griller sa couverture, pour faire tomber Rushdan, alors elle devait se tenir prête à le voir débouler dans le bar pour arrêter tous ceux qui s'y trouvaient.

— Est-ce que je peux faire quelque chose ? demanda-t-elle timidement en s'éloignant de quelques pas.

— Apporte-moi un whiskey. Un bon, pas le truc infect qu'on trouve derrière le comptoir.

Rushdan n'en but pas moins ce qui restait dans son verre.

— Il va falloir que j'aille dans la réserve, remarqua-t-elle.

D'un signe de la tête, Rushdan l'autorisa à quitter la salle. Elle dut contourner Sal, qui montait la garde dans l'étroit couloir menant aux toilettes, mais l'homme ne broncha pas. Elle entra dans la réserve et y prit le whiskey du patron.

Minute… Elle avait pensé que Rushdan la maltraitait parce qu'il savait que Wade et elle étaient des agents infiltrés. Mais en ce cas, il aurait dû s'attendre à ce que Wade n'accomplisse pas sa mission. Bon sang… Elle comprit soudain que Wade était en train de poursuivre la mission qu'elle avait commencée. Voilà qui expliquait la perplexité de Rushdan.

En sentant son portable dans sa poche, elle fut tentée d'appeler Wade. Mais elle se ravisa. Il y avait quelque chose de louche. Jamais Rushdan ne dévoilait son jeu comme il venait de le faire.

Elle décida donc de patienter. Elle ignorait ce qui se préparait, mais son instinct lui soufflait qu'il ne s'agissait pas du « spectacle ». Elle allait donc se borner à veiller sur les filles, à faire en sorte qu'elles aient leur pizza… et à croiser les doigts pour que Wade ne choisisse pas la voie la plus facile, celle de l'arrestation, et ne se laisse pas entraîner par sa soif de vengeance.

Elle emporta la bouteille et prit un verre propre derrière le comptoir avant de s'approcher de Rushdan, qui regardait son téléphone comme s'il passait un appel vidéo.

— Rapporte-moi l'ordinateur, Hamilton, si tu ne veux pas que Therese…

Rushdan tendit le téléphone vers elle et Sal lui décocha une droite dans le ventre. Elle lâcha le verre et s'effondra sur le sol. La bouteille de whiskey vola en éclats.

— Ne la touche pas, espèce d'ordure !

Wade ? Non, il n'était pas ici. Il était au téléphone.

Elle n'avait pas besoin de jouer la comédie. Elle n'avait pas vu le coup partir, et il avait ébranlé tout son corps. Julie Anne se précipita auprès d'elle et l'aida à s'asseoir sur une chaise. Il lui fallut plusieurs secondes avant de pouvoir de nouveau respirer normalement.

Ce n'était pas la première fois qu'on la frappait et, à en juger par la réaction des serveuses, pas la première fois non plus qu'elles assistaient à ce genre de spectacle. Elles se blottirent toutes quatre dans un coin de la salle, mais elles parurent un peu moins inquiètes en comprenant que ce soir, ce serait Therese qui serait la cible des coups.

Elle comprenait maintenant pourquoi ces femmes étaient ici. Leur présence garantissait à Rushdan qu'elle filerait droit. Quant à elle, elle était à la fois une otage et le moyen de pression pour contraindre Wade à obéir.

Elle se tourna vers Julie Anne.

— Apporte-moi deux torchons, s'il te plaît.

Julie Anne obéit, aussi discrètement que possible. Therese la comprenait : Sal se tenait tout près, prêt à bondir. Quand la jeune femme lui eut donné les torchons, elle lui fit signe de retourner s'asseoir avec les autres. Tout en s'épongeant le visage et le cou, elle repéra les positions qu'occupait chacun des hommes.

Rushdan lui fourra un verre dans les mains.

— Ça te fera du bien, ma chère.

Incapable de feindre le calme, elle but d'un trait le mauvais whiskey qu'il lui avait servi. Ensuite, elle le regarda droit dans les yeux… et y vit le mal absolu.

— J'aurais dû tuer ce salopard quand il s'est pointé hier soir. Comment ai-je pu croire qu'il pouvait m'être utile ?

Il arpenta la salle pendant quelques secondes avant de la regarder droit dans les yeux.

— Je me pose la même question à ton sujet.

Il la gifla de nouveau. Sa tête fut projetée sur la gauche mais cette fois, elle se concentra et sa respiration demeura régulière. Au moins, ses deux joues seraient aussi rouges et enflées l'une que l'autre.

— Mets-la dans la voiture, ordonna Rushdan en prenant une liasse de billets dans sa pince. Quant à vous, deux cents dollars de pourboire devraient vous aider à vous taire.

Au moins, les filles seraient saines et sauves. Sal voulut la forcer à se lever, mais elle ne bougea pas. Elle respirait profondément en se retenant de frotter ses joues brûlantes. Elle se méfiait, bien sûr… Mais surtout, elle voulait entendre tout ce qu'allait dire Rushdan. Et une fois dans la voiture, ce serait impossible.

Est-ce que c'était Wade qui avait appelé Rushdan, ou l'inverse ? Elle se força à réfléchir. Oui. Rushdan avait crié à quelqu'un d'appeler Wade. Que s'était-il passé pendant les précieuses minutes qu'elle avait passées dans la réserve ?

— Je t'ai dit de la mettre dans la voiture, répéta Rushdan, d'une voix qui avait retrouvé son calme habituel.

Sal la prit par le coude, mais elle se dégagea.

— Je peux marcher seule, lança-t-elle. Il y a des années que je marche seule. Même quand je porte des talons.

Elle se leva, se cogna la hanche contre une table et réprima un petit cri de douleur.

Rushdan finit de payer les filles et les fit sortir par la porte de devant. Aucune d'elles ne s'arrêta pour prendre son sac sur le comptoir.

Therese voulut les appeler, mais elle était incapable de parler. Elle avait déjà bien assez de mal à mettre un pied devant l'autre. Le coup de poing de Sal – ou le verre de whiskey – l'avait peut-être plus sonnée qu'elle l'avait cru.

Rushdan la saisit par le coude et la força à se retourner. Ses talons glissèrent et elle manqua tomber.

— Tu es un peu pompette, Therese ? demanda-t-il dans un éclat de rire.

Elle voulut acquiescer, mais sa vision se brouillait. Il y eut des éclairs, et le monde plongea dans les ténèbres. Elle comprit que Wade n'allait pas débouler pour la sauver.

Mais la nuit venait à peine de tomber.

— Vous ne pouvez pas aller plus vite ? demanda Wade.

C'était la cinquième ou sixième fois qu'il posait la question depuis qu'il avait vu Therese se faire frapper.

— Créer un faux qui ressemble au vrai n'est pas aussi simple qu'on pourrait le croire en me regardant.

Le spécialiste informatique du FBI se remit à pianoter sur son clavier, et Jack posa une main sur l'épaule de Wade.

— Je sais que c'est pénible, mais il fait de son mieux.

— Il m'a dit que j'avais une heure, et il me faut une demi-heure pour arriver là-bas.

— Reval ne va rien lui faire, dit Jack.

Mais il grimaça. Ils avaient tous vu la violence du coup.

— Tu as raison, répondit Wade. Ses hommes s'en chargeront à sa place.

Il fixait son téléphone, où l'heure d'arrivée estimée par son application « cartes » changeait sans cesse.

— Ce genre de pensées va t'empêcher d'agir, dit Heath depuis le fauteuil de bureau où il s'était installé. Crois-en mon expérience.

— Ainsi que la mienne et celle de Jack, ajouta Slate.

Wade remit le téléphone dans sa poche. Reval n'allait pas le rappeler – et il ne ferait sans doute aucun mal à Therese. Pas avant qu'il arrive avec ce fichu ordinateur, en tout cas. Et à ce moment-là… Peut-être qu'il les tuerait tous deux.

Heath avait raison. Ce genre de pensées lui brouillait l'esprit, lui faisait oublier sa formation et risquait de faire capoter tous les plans visant à garantir que Therese et lui aient la vie sauve.

— Vous savez, les gars, j'apprécie vraiment votre soutien. Mais est-ce qu'il faut vraiment que vous restiez tous ici ?

— Tu as de la chance que le major Clements ait dû rester au quartier général. Tu es peut-être impatient, mais lui, il demanderait pourquoi tout ceci n'a pas été fait plus tôt.

La réponse de Jack déclencha leur hilarité. Wade reprit son sérieux et regarda ces hommes, qui étaient ses meilleurs amis.

— Il faut que je vous demande quelque chose, les gars. Qu'auriez-vous fait si les deux autres types s'étaient montrés ?

— On les aurait arrêtés, répondirent-ils à l'unisson.

Le silence tomba dans la pièce. Ses trois amis et collègues, les bras croisés, étaient tous bien plus inquiets qu'ils ne le laissaient paraître. Jamais aucun d'entre eux n'avait travaillé sur une affaire de cette importance. Wade n'avait pas besoin de le dire à voix haute, parce qu'ils le savaient tous.

Therese n'avait pas exagéré : le « spectacle », comme le nommaient les acheteurs potentiels sur le *dark web*, pouvait générer une catastrophe semblable à celle du 11-Septembre. Par contre, elle s'était trompée en disant qu'elle ne faisait partie d'aucune équipe. Parce qu'une énorme équipe travaillait à résoudre cette affaire, à laquelle appartenaient les trois hommes qui patientaient à ses côtés et l'empêchaient de perdre les pédales.

— Tu devrais peut-être répéter une dernière fois le plan de l'équipe d'intervention, dit Heath, brisant le silence.

— Je l'ai en tête, répondit Wade.

— Ça ne peut pas faire de mal, objecta Slate. N'oublie pas que Heath ne se rappelait pas lequel d'entre nous il avait envoyé pour retrouver sa fille.

— Il a raison, dit Jack en lui donnant une tape dans le dos. Ça ne peut pas faire de mal. Quand le spécialiste ici présent en aura fini, il y aura sur cet ordinateur de faux horaires d'atterrissage pour les avions privés prévus à Love Field et sur les aéroports secondaires de la région. Nous ne possédons que les noms des acheteurs de Reval et leurs horaires d'arrivée.

— Je ne comprends pas pourquoi il lui faut ces horaires. Les acheteurs vont sans doute le contacter.

Wade n'avait rien trouvé à redire quand ils lui avaient fourni l'information et exposé leur raisonnement. Mais maintenant qu'il y réfléchissait, les pièces du puzzle ne collaient pas.

— Peut-être qu'il n'a pas les informations précises, dit Jack. À moins qu'il ait peur qu'un concurrent vienne faire capoter la transaction. Tu vas peut-être l'amener à te donner ses raisons.

— Mais s'il a les horaires exacts et se rend compte que ceux-ci sont des faux ?

— En ce cas, nous viendrons te sauver, ta princesse et toi.

— Il vaudrait mieux pour toi que Therese ne t'entende pas la qualifier de princesse, ou même de dame en détresse, plaisanta Slate en repliant le bras pour faire saillir son biceps. Est-ce que tu as vu ses muscles ? Je suis sûr qu'elle va bien, vieux.

L'air pensif, Heath leva soudain le doigt et dit :

— Je vais demander à l'informaticien de vérifier un truc. Je reviens.

Cette expression – ou en tout cas le processus intellectuel qu'elle trahissait – les avait sauvés à plus d'une reprise. Si elle le sauvait ce soir, elle sauverait également Therese.

— Et vous, qu'allez-vous faire pendant que je risque ma vie ?

— Notre boulot, répliqua Slate, impassible.

— Ne t'inquiète pas pour nous, ni pour l'équipe d'intervention, ajouta Jack. Nous surveillons tes arrières, comme tu l'as toujours fait pour nous.

Ces mots étaient lourds de sens, plus qu'il l'aurait cru. Bon sang... C'était une chose que Therese n'avait jamais connue. Depuis trois ans, elle était complètement seule, sans amis, sans famille, sans collègues. Il comprenait un peu mieux pourquoi elle s'était éloignée aussi facilement de lui, cet après-midi.

Mais peut-être qu'il se trompait, et que cela n'avait rien eu de facile.

Tandis que lui, il avait ses collègues des Texas Rangers, ceux qui l'avaient cloué au mur pour l'empêcher de sortir de ce bureau après avoir vu Sal frapper Therese. D'ailleurs, deux d'entre eux lui barraient toujours le chemin de la porte.

Il consulta de nouveau son téléphone dans l'espoir de parvenir à se concentrer, mais il en était incapable. Il ne pouvait penser qu'à Reval.

Cela faisait longtemps qu'il voulait le faire tomber. Et cette fois, ce fumier ne conclurait pas d'accord. Il était prêt à se présenter devant autant de juges et de procureurs qu'il le faudrait pour s'en assurer.

L'année passée, après avoir failli mourir dans une explosion, il avait ressenti une colère essentiellement dirigée contre lui-même : en agissant seul, il avait laissé les hommes de Reval prendre l'avantage sur lui. Il avait pensé qu'il s'en était remis, jusqu'au jour où il avait appris que Reval était sorti de prison.

Voilà pourquoi il s'était mis à rechercher Therese, il y avait de cela six semaines. Plus ou moins consciemment, il se doutait qu'en la trouvant, il trouverait Reval. Un jour, il lui dirait qu'elle avait eu raison de le questionner sur ses vraies motivations.

Reval allait tomber. Pour de bon, cette fois. Pas question d'accord, ni de conditionnelle.

Mais avant, il voulait régler ses comptes avec lui – et faire regretter à Sal d'avoir frappé sa petite amie.

20

Quand Therese se réveilla, une atroce migraine lui vrillait les tempes. Elle était allongée dans le noir, sur un canapé, dans le bureau de Rushdan. Elle était seule – et ne voyait aucune caméra de surveillance. Où pouvait-il ranger ses documents importants ? Les seuls tiroirs de la pièce étaient ceux de la bibliothèque.

Il y avait forcément un coffre-fort quelque part mais, après trois ans de mission, elle ne savait toujours pas où. Quant à son téléphone spécial, pour reprendre ses mots, il devait toujours être dans sa poche.

Elle se leva lentement et marcha d'un pas mal assuré jusqu'au cabinet de toilette. Elle verrouilla la porte et examina sa lèvre fendue et ses joues légèrement décolorées. Elle entendait le gargouillis de l'aquarium dans l'autre pièce.

— Tu as une mine affreuse, dit-elle à son reflet.

Elle nettoya rapidement le sang qui avait coagulé sur son visage et se passa les doigts dans les cheveux. Le cabinet de toilette de Rushdan était aussi chichement décoré que son bureau. Aucun sous-verre à briser, aucune statue massive à lancer sur un éventuel assaillant. Rien que le strict nécessaire.

— « Il en faut peu pour être heureux… »

Elle retourna s'asseoir en fredonnant la chanson de Disney qui avait surgi dans son esprit. Elle préférait ne pas examiner la pièce. Elle n'était pas certaine que ses jambes la portent, et c'était trop dangereux. Mieux valait attendre le retour de Rushdan et jouer la comédie de l'obéissance.

Mais elle se sentait si bizarre... Comme si elle flottait. Non... Elle avait plutôt l'impression qu'un poids l'empêchait de se lever. Comme si on l'avait droguée.

Ce qui expliquait qu'elle ait perdu connaissance aussi rapidement.

Tout en fredonnant, elle continua donc à chercher un éventuel coffre-fort des yeux. Il se trouvait forcément ici, puisque Rushdan n'avait pas d'autre bureau. Mais sa migraine l'empêchait de se concentrer.

La chanson qui s'était immiscée dans sa tête et refusait d'en sortir la ramenait chez elle, à San Antonio. Comme elle était la plus âgée de la fratrie, c'était elle qui gardait ses frères et sœurs quand leurs parents travaillaient tard ou sortaient. Ils regardaient beaucoup de ces films qui incitent les enfants à chanter avec les personnages. Les paroles de la chanson tournoyant toujours dans son esprit, elle ferma les yeux.

Soudain, elle se retrouva projetée dans le siège passager d'une voiture – la Camaro de son petit ami de l'époque. Elle avait dix-huit ans, ils venaient d'avoir un accident, et elle était coincée sur son siège. Il faisait nuit noire. Ils roulaient sur une route de campagne déserte quand un cerf avait traversé, juste devant eux. La voiture avait quitté la route.

Wade.

Elle ne le connaissait pas à l'époque, et elle n'avait appris son nom qu'en le lisant dans le journal. Il faisait partie de la police de l'autoroute du département de sécurité du Texas. C'était la seule fois de sa vie que quelqu'un était venu à son secours, et jamais elle n'avait oublié son visage. Elle l'avait revu deux ans plus tard, quand il avait rejoint la compagnie B des rangers et depuis, elle avait toujours suivi sa carrière.

Si elle n'avait pas eu le béguin pour cet homme qui était devenu son héros, jamais elle ne serait entrée à l'école de police, jamais elle n'aurait été recrutée pour cette mission.

Donc, en un sens, tout était la faute de Wade. Sa lèvre fendue, sa migraine, le danger qu'elle courait... *Oui, tout.*

Elle partit d'un rire hystérique, incoercible.

— Allons, Therese. Réveille-toi, ma chère.

Elle s'arracha au demi-sommeil agité dans lequel elle était tombée. Rushdan avait posé la main sur son épaule. Sal, sur son revolver.

— Tout va bien, ma chérie ?

Elle était sa chérie, maintenant ? Et puis quoi encore ?

— Tout va bien. Un mauvais rêve, c'est tout.

Elle glissa sur le cuir blanc pour s'éloigner de lui avant de se souvenir de l'existence du téléphone. Où était-il ? Toujours dans la poche de sa veste ? Ou dans un coffre-fort ? Il leur fallait ce téléphone ! Mais avant qu'elle ait pu se rapprocher de Rushdan, il se leva et marcha vers son bureau.

— Tu es restée inconsciente pendant longtemps, Therese. Je ne te croyais pas aussi... fragile.

Il massa le dos de ses mains et ordonna à Sal :

— Laisse-nous.

Elle attendit que celui-ci ait refermé la porte avant de dire :

— Tu adores faire ça.

— Oui. J'adore donner des ordres et regarder tout le monde s'affairer en espérant rester dans mes bonnes grâces.

— Être le grand homme, marmonna-t-elle.

— N'aie pas peur de t'exprimer, Therese. Rien de ce que tu diras ne changera la nature de notre relation.

Il fallait qu'elle se concentre, et qu'elle change de sujet.

— J'ai peur de la réponse, mais... est-ce que Wade est de retour ?

— Nous allons bientôt les rejoindre, lui et les autres. Au fait, il a échoué. Je ne sais pas comment il a pu réussir au champ de courses mais à l'aéroport, il s'est complètement planté.

— L'aéroport ? demanda-t-elle d'une voix étranglée.

— Oui. C'était amusant de voir ce que vous deux et les autorités saviez précisément sur le « spectacle ». On dirait que toute une force d'intervention a été rassemblée en mon honneur.

Un téléphone apparut entre ses doigts.

— Au fait, voilà ce que tu voulais. Ce téléphone contient tous mes contacts importants, ceux d'acheteurs potentiels et de vendeurs, ainsi que des archives et d'autres documents secrets... Allons, Therese... ne fais pas cette tête.

— Quelle tête ?

Sa bouche et sa gorge étaient soudain affreusement sèches.

— Tu es désespérée. Je le vois à ton regard, et au pli qui s'est creusé sur ton front. Ne t'inquiète pas, Thérèse, ma chérie. Je t'aime bien, et tu m'as été d'une grande aide pendant des années. Mais parce que tu m'as trahi, la fin que je te réserve sera tout sauf rapide et indolore. Au contraire, elle sera longue et humiliante, et tu me supplieras de te laisser rejoindre ton ami ranger dans la mort.

Longue et humiliante... Tu me supplieras de rejoindre... dans la mort. Les mots résonnaient dans sa tête endolorie. Rushdan remit le téléphone dans sa poche, se dirigea vers la porte et sortit. Comme elle s'élançait vers lui, il recula d'un bond – et Sal, qui était posté dans le couloir, dégaina son arme.

— Pardon, pardon, dit-elle en attrapant la main de son patron, d'un geste lent. Je lui ai fait confiance et j'ai été bernée, tout comme toi.

— Ne nie pas, mon cœur. Tu l'as aidé à s'introduire dans mon cercle. Et il ne m'a jamais berné.

— Il a pris contact avec moi il y a des semaines et m'a raconté une histoire à faire pleurer dans les chaumières. Je n'avais aucune raison de douter de lui. Et vendredi soir, il s'est mis en quatre pour m'aider.

Elle se couvrit les yeux d'une main et prit une inspiration tremblante.

— Je ne sais pas comment j'ai pu me laisser abuser à ce point, Rushy.

— Fais-lui la piqûre, ordonna Rushdan en quittant la pièce.

Mais sa main s'était attardée sur le bouton de la porte. Était-elle parvenue à le faire douter de sa culpabilité ?

Non. Aucune chance.

Les instructions envoyées à Wade sur le téléphone prépayé lui ordonnaient de se rendre au nord de Dallas. Il emprunta la voie express, ce qui lui permit de rattraper une partie du temps qu'il avait perdu pendant que le spécialiste du FBI fouillait l'ordinateur.

Grâce à Heath, ils avaient compris que cet ordinateur n'était d'aucune utilité à Reval. Ce n'était qu'une ruse, un moyen de les occuper, la brigade d'intervention et lui. Et Reval ? Que faisait-il pendant ce temps ?

Il tuait Therese, vendait l'algorithme et gagnait un pays duquel il ne pourrait pas être extradé.

La brigade d'intervention était restée à Dallas en attendant un indice qui lui permettrait de savoir comment protéger les villes de l'agglomération. Quant à ses amis rangers, ils le suivaient en hélicoptère. Grâce au téléphone cloné, ils recevaient toutes les instructions en même temps que lui.

Si personne ne l'abattait dès son arrivée et qu'il pouvait amener Reval à parler, ils transmettraient toutes les informations au reste de l'équipe. Ils savaient tous que leur plan comportait beaucoup trop de lacunes et de « si » pour qu'ils soient tranquilles. Et une inconnue demeurait : Wade pourrait-il se maîtriser si Therese était morte ?

Franchement, il n'en savait rien. Il avait beau se répéter qu'il ne devait pas y penser, que tout irait bien, qu'il serait capable de finir le travail qu'elle avait commencé, il demeurait réaliste. S'il la trouvait morte, cela pouvait tout changer.

En suivant les indications du GPS, il tourna à gauche et s'arrêta sur le bas-côté de la route. Il s'était attendu à trouver un vieil entrepôt délabré, et il découvrait un bâtiment illuminé comme le parking d'une galerie commerciale.

— Pourquoi diable est-ce que Reval m'a fait venir ici ?

Il s'adressait à son équipe, bien qu'il ne puisse pas entendre leur réponse.

— Cet endroit est flambant neuf. Au moins, l'hélico aura la place de se poser. Il y a un grand parking et le bâtiment est au milieu des champs, complètement isolé. On se voit de l'autre côté, les gars.

Il entra dans le parking et recula jusqu'à la porte d'entrée. Il ouvrit le coffre-fort où il rangeait son revolver et jeta ses clés dans le porte-tasse. S'ils ressortaient vivants du bâtiment, cela faciliterait peut-être leur fuite.

L'ordinateur à la main, il se dirigea vers la porte, qui n'était pas verrouillée. Une sonnerie électronique retentit. Sous l'œil attentif des caméras de surveillance, il s'engagea dans le couloir désert qui desservait des bureaux.

— Il y a quelqu'un ? demanda-t-il en poussant de l'épaule la dernière porte du couloir.

La pièce était vide, comme le reste de l'entrepôt. Soudain, une voix s'éleva.

— Continue tout droit.

— Ils attendent dans le bureau, ajouta une autre voix.

Les deux hommes qui avaient parlé émergèrent des ténèbres. L'un d'eux le fouilla pendant que l'autre pointait une arme automatique sur son torse.

— Ouvre la porte et entre, dit enfin le premier homme en le poussant vers l'avant.

Effectivement, une porte était percée dans le mur qui lui faisait face. Il l'ouvrit d'une main hésitante et découvrit une réplique parfaite de la pièce dans laquelle il s'était trouvé le matin même. Rushdan Reval était assis derrière son bureau. Sal se tenait près de la porte. Les deux hommes qui les avaient pris en chasse la veille se trouvaient de part et d'autre d'un aquarium vide de tout poisson.

Quant à Therese, elle était assise sur le canapé, la tête rejetée en arrière, comme si elle dormait. Elle semblait inconsciente.

— Maintenant que je suis ici, la fête peut commencer, dit-il en tendant l'ordinateur devant lui.

Le type à lunettes qu'il avait rencontré à l'aéroport entra à son tour et prit l'ordinateur. Il le posa sur le bureau, pressa quelques touches et secoua la tête.

— C'est bien ce que nous pensions. De fausses infos, et pas de traceur. Vous voulez toujours qu'il le fasse ?

— Je pense qu'il s'en sortira très bien, si nous lui fournissons une raison suffisante, répondit Reval.

Il agita la main vers Therese.

Oh ! non...

21

L'esprit de Wade était empli d'une seule interrogation : qu'avait fait Reval pour neutraliser Therese ainsi ? Ensuite, il se demanda ce que le criminel avait prévu pour eux. Pourquoi les avait-il amenés ici, dans ce coin reculé du comté de Denton ?

Reval quitta le confort de son fauteuil et reprit :

— Je suppose qu'un enquêteur aussi talentueux que toi veut savoir pourquoi j'ai besoin de lui.

— Vous pouvez le dire.

— L'accès, l'accès, l'accès.

L'homme approcha du canapé et s'appuya sur l'accoudoir, près de Therese.

— Je veux entrer quelque part et en ressortir sans être repéré.

Il leva un doigt et le type à lunettes traversa la pièce pour venir se planter face à Wade.

— Donnez-moi le téléphone qui vous a servi au champ de courses, dit-il.

Wade obtempéra. Le jeune homme prit le tournevis accroché à sa ceinture, ouvrit le téléphone et en ôta la batterie et la carte SIM. L'un des « si » de leur plan venait de se produire : Wade était coupé de son équipe. Ses collègues demeureraient sourds et aveugles jusqu'au moment où ils auraient atterri et installé une surveillance.

— Et maintenant, dis-moi ce que la Sécurité intérieure sait de mes plans.

— La Sécurité intérieure ? répéta Wade. Je ne travaille pas avec ces gens-là.

Reval gifla Therese. Sa tête fut projetée vers la gauche, mais elle n'eut aucune réaction.

— Mauvaise réponse, ranger Wade. Comme je n'en tolérerai pas beaucoup d'autres, tu ferais mieux d'être sincère.

— Vous l'avez droguée. Que lui avez-vous donné ?

— Tu comprends mon dilemme, n'est-ce pas, Hamilton ? reprit Reval. Je suis certain que tu n'es pas venu seul jusqu'ici. Mais j'ai encore un problème...

Il tendit ses mains ouvertes vers Therese.

— Je dois savoir si son unité est au courant de mes projets.

— Vous n'avez aucune raison de lui faire du mal. Elle ne m'a rien dit.

— Oh ! mais elle n'a pas mal. Elle ne sent rien... pour le moment, du moins.

Il sortit une seringue de la poche de son veston.

— Mais si tu préfères en être certain, il suffirait d'une petite injection pour qu'elle ne souffre plus jamais. C'est ce que tu veux ?

Reval souleva le bras de Therese. Wade ne doutait pas qu'il n'hésiterait pas à mettre sa menace à exécution.

— D'accord, d'accord, dit-il. Je vous crois. Mais sincèrement, je ne sais pas de quoi vous parlez. J'ai fait ce que vous vouliez à Love Field, et je vous ai rapporté l'ordinateur.

— Alors, pourquoi as-tu autant de retard ?

Il rapprocha l'aiguille du bras de Therese.

— Je... Les flics ont fouillé tout l'aéroport à cause de vos hommes et j'ai dû me cacher. Je suis venu ici dès que j'ai pu. Que voulez-vous que je dise de plus ?

Bon sang. Il ne parvenait pas à croire à son propre mensonge.

— Si nous essayions de la réveiller ?

Reval se redressa et fendit l'air d'un doigt épais. Sal et son acolyte approchèrent.

— Je ne sais rien, dit Wade. Rien du tout.

L'informaticien de Reval était-il en mesure de dire que le FBI avait examiné son ordinateur ?

— Ne me fais pas perdre mon temps, Wade. Nous ne sommes pas en train de négocier, reprit Reval. Dis-moi ce que je veux savoir. Mais tu as raison sur un point : Therese mérite mieux qu'une mort par overdose.

Un autre signe, et Sal et son acolyte vinrent se poster de part et d'autre de Therese.

— Attendez ! Je ne sais pas ce que vous ont dit les deux crétins que vous avez envoyés à Love Field, mais j'ai suivi vos instructions. Je ferai tout ce que vous me demanderez.

Son cœur battait la chamade. Ils s'apprêtaient à torturer Therese, et il n'avait aucun moyen de l'empêcher, ni d'alerter ses collègues. Et elle n'avait toujours pas repris connaissance.

Les deux hommes prirent Therese sous les aisselles et la traînèrent jusqu'à l'aquarium vide. Wade ne s'aperçut qu'il était à hauteur de taille que quand la tête de Therese bascula mollement vers l'avant et que ses longs cheveux tombèrent dans l'eau agitée de remous.

— Arrêtez ! Qu'est-ce que vous voulez que je vous dise ? Si les rangers savaient quelque chose, je ne serais pas ici.

— Allez-y, ordonna Rushdan.

Ils soulevèrent Therese et lui plongèrent la tête sous l'eau.

— Elle va se noyer ! Est-ce que vous essayez de la tuer ?

Quand Therese commença à se débattre, Sal la laissa prendre une courte inspiration avant de lui replonger la tête sous l'eau.

— Allons, Reval. Cette histoire ne concerne que nous. Si vous ne me croyez pas, mettez-moi la tête sous l'eau plutôt qu'à elle.

Sur un signe de Reval, Sal empoigna les cheveux de Therese et tira. Elle recracha de l'eau et inspira avant de tourner la tête. Les effets de la drogue que lui avait administrée Reval commençaient à se dissiper.

Comme elle cherchait à se dégager en donnant des coups de pied, les deux hommes recommencèrent, encore et encore, sans jamais lui laisser le temps d'inspirer à fond. Agrippé au bord du canapé, Wade retenait sa respiration en même temps qu'elle.

Reval claqua enfin des doigts et Sal la redressa sans ménagement en empoignant ses longs cheveux. Elle reprit lentement ses esprits et haleta :

— W... Wade ?

— Reval, bon sang, arrêtez ! J'ai fait ce que vous aviez demandé. Si c'est l'argent que vous voulez, je vous l'apporterai demain, à la première heure. Mais arrêtez ça.

Les deux hommes lâchèrent Therese, qui s'écroula sur le sol. Wade la regarda chercher à récupérer en respirant laborieusement.

Pendant ce temps, Reval arpentait nonchalamment la pièce. Il fit tourner son téléphone entre deux doigts et le tapota sur son menton.

— Voilà le marché, Hamilton. Je n'ai aucune confiance en toi, et Therese aussi aurait dû se méfier. Si elle n'est pas un de ces sales flics infiltrés – et quand je repense à ces trois dernières années, je suis presque sûr que si —, elle me porte la poisse. Quoi qu'il en soit, je dois me débarrasser d'elle.

— Son téléphone, chuchota Therese.

— Qu'est-ce qu'il y a, mon cœur ? demanda Reval.

Il se pencha vers elle et empoigna ses cheveux pour la forcer à relever le visage.

— Tout... est sur le téléphone. Ne t'occupe pas de moi.

— Eh bien, voyez-vous ça ! lança Reval. On dirait bien qu'elle est vraiment flic et prête à se sacrifier pour le bien de ses concitoyens. Et toi, ranger Wade ? Vas-tu continuer à prétendre que tu n'es pas infiltré et que tu ne fais pas partie de la brigade d'élite qui a été rassemblée pour empêcher la tenue de mon spectacle ?

Les deux hommes relevèrent Therese et lui remirent la tête sous l'eau, en prenant soin de tourner son visage vers Wade. Ses yeux étaient exorbités, ses longs cheveux ondoyaient autour de son visage. Malgré sa terreur, elle parvint à retenir son souffle. Mais quand Reval claqua des doigts, Sal se fendit d'un sourire cruel et appuya encore plus fort sur sa tête, à tel point que ses pieds décollèrent de la moquette trempée. Sa tête touchait presque le fond de l'aquarium quand une nuée de bulles s'échappa de sa bouche.

Wade n'allait pas la laisser mourir, pas comme ça. Pas à cause de lui.

— D'accord ! Arrêtez ça !

— Et ?

— Je vous dirai tout ce que je sais. Mais laissez-la respirer.

Reval attendit encore une longue seconde avant de faire signe à ses hommes de ressortir la tête de Therese de l'eau. Wade se leva d'un bond, bouscula les deux bandits et allongea Therese sur le sol pour lui presser le ventre.

— Mon Dieu, elle ne respire pas.

Il fallait qu'il lui fasse recracher l'eau qu'elle avait dans les poumons.

Il s'apprêtait à commencer un massage cardiaque quand les deux hommes s'emparèrent de lui. Il parvint à se libérer et pressa la poitrine de Therese, une fois, deux fois, avant que les deux hommes l'en empêchent.

— Assez ! cria Reval en dégainant son arme et en tirant dans le plafond.

Ses hommes s'arrêtèrent net et Wade put enfin s'occuper de Therese.

Elle se mit à tousser et tourna la tête sur le côté en vomissant de l'eau. Quand les deux hommes empoignèrent Wade de nouveau, il se dégagea et écarta doucement les cheveux collés sur le visage de Therese en essayant de la convaincre que tout irait bien.

Il l'aimait tant qu'il était prêt à tout pour qu'elle reste en vie. Il avait sa réponse : quoi qu'il arrive, c'était toujours elle qu'il choisirait.

— Son... son téléphone, parvint-elle à murmurer.

Elle n'eut pas besoin d'en dire plus. Les renseignements

dont ils avaient besoin se trouvaient sur le téléphone que Rushdan Reval avait dans la poche. Wade l'aida à s'asseoir et posa les yeux sur les pièces éparses du téléphone prépayé. Les hommes de la compagnie B n'auraient aucun moyen de savoir ce qui allait se passer.

Quoi qu'il arrive, seuls Therese et lui pouvaient arrêter cet homme et les terroristes qui voulaient l'algorithme.

Quand elle lui avait dit de quoi il avait besoin pour y parvenir, il avait bien cru que c'étaient les dernières paroles qu'elle prononcerait jamais. Et il avait compris qu'il aurait tout avoué à Reval pour empêcher cela.

— Et maintenant, ranger Wade, dis-nous tout sur la brigade d'intervention que le gouvernement a envoyée pour gâcher mon petit spectacle.

22

Cela faisait une demi-heure qu'ils attendaient, ou peut-être plus. Therese avait perdu la notion du temps.

Les hommes de Rushdan leur avaient confisqué montres et téléphones avant de les enfermer dans ce faux bureau. Au moins, il y avait un cabinet de toilette. Wade l'avait aidée à se rincer les cheveux dans le lavabo pour les débarrasser des odeurs de whiskey et de poisson.

— À quelle heure es-tu arrivé ?

— Après 22 heures.

Il était confortablement installé dans le coin du canapé, les yeux fermés.

— Je ne comprends pas comment tu peux dormir.

— Je ne dors pas. Tu arrives très bien à m'en empêcher.

— Comment peux-tu te détendre ainsi ?

Il se redressa, cligna vivement des yeux et se passa les doigts dans les cheveux. Il était tout ébouriffé. Dans d'autres circonstances, elle aurait trouvé que c'était mignon.

— D'accord. Je vais m'asseoir pour que tu penses que je suis bien réveillé.

Zut… *C'était* mignon. Elle cessa de faire les cent pas et se planta devant lui.

— Il faut que tu arranges tes cheveux.

— Qu'est-ce qui ne va pas ?

— Ils sont tout ébouriffés.

Il lui saisit la main et l'attira sur ses genoux.

— Maintenant, tu peux les arranger comme tu veux.

— Ce n'est pas le moment, Wade.

— Bien sûr que si. Je ne veux pas me disputer avec toi, Therese. Même si tu es folle de rage contre moi, je ne céderai pas.

— Je ne suis pas folle de rage. Je...

Elle couvrit ses joues meurtries de ses doigts et chuchota :

— Pourquoi n'essayons-nous pas de sortir d'ici ?

— J'ai vu l'extérieur de cette bâtisse. Elle est cernée par des hommes armés et même si nous parvenions à abattre l'un des murs, nous n'aurions aucun endroit où nous cacher.

Il écarta ses doigts de son visage.

— Mais...

— Tu as failli mourir ce soir, mon cœur. Je n'aurais pas... Je veux dire...

Il toussota deux fois et la serra contre lui.

— Je ne suis pas morte, chuchota-t-elle en posant la tête sur son épaule. Dans combien de temps tes collègues vont-ils venir défoncer cette porte ?

— Quand ils péteront les plombs parce que je ne suis pas là pour les calmer, répondit-il tout bas. Ils vont trouver un moyen de découvrir ce qu'il se passe. Et ensuite, ils attendront les ordres de ton patron.

— Ils veulent prendre le programmeur.

— Et aucun d'entre eux ne sait qu'ils pourraient trouver son nom dans le téléphone de Reval.

— C'est vrai.

Elle se recula à contrecœur pour le regarder droit dans les yeux, en cherchant à décrypter ses pensées. Mais après ses trois années de travail solitaire, elle n'y parvenait pas. Cependant, et même s'ils avaient du temps devant eux, elle ne pouvait pas revenir sur leurs divergences d'opinions. C'était trop dangereux.

— Je devrais sans doute..., dit-elle en se levant. Tu comprends, s'ils entrent... Oh attends, tes cheveux.

Wade se recoiffa des deux mains, au moment où la porte s'ouvrait.

— C'est l'heure, grogna Sal. Les mains derrière le dos.

Ils furent tous deux menottés et conduits à l'extérieur, par la porte de derrière. Wade lui avait dit où ils se trouvaient, en soulignant qu'il ne comprenait pas le choix de cet endroit. Quand ils sortirent, ils eurent l'explication : un hélicoptère.

— Nous allons faire un atterrissage d'urgence à l'aéroport de Dallas-Fort Worth. Grâce à ta plaque, mes hommes pourront avoir accès aux programmes dont ils ont besoin. Quand nous aurons fini, nous décollerons et vous laisserons faire ce que vous voudrez.

— C'est tout ? Vous pensez qu'il suffira que je montre ma plaque et que personne n'appellera mes supérieurs pour avoir une confirmation ?

— À toi de les en empêcher, répondit Reval.

Il monta dans l'hélicoptère et s'installa à côté du pilote.

— Parlons franchement. Si je n'ai pas ce que je veux, Hamilton, toi non plus.

— Vous la tueriez ?

— Tu sais très bien que oui.

Sal leur mit du scotch sur la bouche avant de les faire monter à leur tour et de les sangler étroitement dans leurs sièges.

Dans la faible lueur dispensée par les instruments, Therese regarda Wade. Il balayait des yeux la petite bulle dans laquelle ils étaient assis. Elle était coincée entre lui et le type aux lunettes. Sal se trouvait de l'autre côté de Wade.

Quand l'hélicoptère décolla et se mit à tanguer, une vague nausée la gagna. C'était la première fois que cela lui arrivait, sans doute à cause de la drogue que lui avait administrée Rushdan – et du désespoir qui la consumait.

Mais quand Wade tapota son pied nu pour attirer son attention, elle le regarda dans les yeux et retrouva un peu de courage. Il baissa les yeux vers son harnais avant de les poser sur le pilote, en faisant légèrement jouer ses épaules. Cette fois, elle n'eut aucun mal à lire dans ses pensées : il voulait faire s'écraser l'hélicoptère.

Un crash empêcherait l'attentat, et tuerait sans doute tous les occupants de l'hélicoptère. Elle secoua la tête. Non. Il leur fallait le programmeur. Bien sûr, l'un des membres de leur équipe retrouverait peut-être le téléphone sur le corps de Rushdan mais en l'absence d'instructions, le programmeur aurait sans doute déjà disparu dans la nature.

Wade inclina la tête et elle lui dit à l'oreille :

— Trop risqué. Non.

Malgré le scotch et le vacarme produit par l'hélicoptère, il comprit le « non ». Elle l'espéra, du moins.

Elle ouvrit grand la bouche pour décoller le scotch sur sa lèvre inférieure et son menton avant de frotter son visage contre l'épaule de Wade pour en soulever le coin. Il fit de même, jusqu'à ce que le scotch soit suffisamment décollé pour lui permettre de parler. Comme sa partie supérieure n'avait pas bougé, personne ne pourrait le remarquer.

— Est-ce que tu m'entends ? lui demanda-t-elle à l'oreille.

Il acquiesça et tourna la tête vers elle.

— Nous n'allons donc pas nous écraser dans une glorieuse explosion ?

Elle secoua la tête. Elle avait été prête à mourir dans cet aquarium mais tomber du ciel comme une pierre, pleinement consciente de ce qu'il se passait… Peut-être que la drogue lui avait suffisamment obscurci l'esprit tout à l'heure pour qu'elle abandonne tout espoir, mais maintenant que Wade était auprès d'elle, c'était différent.

— Nous allons trouver un moyen de nous tirer de là sans nous tuer, dit-elle, et elle en était convaincue.

Wade haussa un sourcil et jeta un regard vers le pilote. D'un signe de la tête, elle attira son attention.

— Je sais à quoi tu penses, dit-elle. Mais il faut s'adapter aux circonstances.

Il fronça les sourcils d'un air interrogateur avant de se pencher vers elle.

— Ton petit numéro de télépathie ne marche pas. J'attends.

Il approcha l'oreille de ses lèvres.

Le vol jusqu'à DFW était trop court pour qu'elle ait le temps de lui expliquer les pensées qui avaient traversé son esprit tandis qu'elle luttait pour retrouver son souffle. Et ils étaient un peu trop attachés. Elle aurait aimé l'embrasser et lui dire combien elle était heureuse d'être encore en vie.

Mais il était inutile d'aborder ce sujet, de lui dire ce qu'elle ressentait – surtout pour lui. À moins que… Aurait-elle une autre occasion de le faire ?

— D'accord, je ne lis pas dans les esprits. Je voulais seulement te dire combien j'étais heureuse de t'avoir trouvé hier soir. Je suis désolée de t'avoir embarqué dans cette histoire, mais tu ne peux pas savoir à quel point je suis soulagée de ne pas être seule.

Il acquiesça, mais ne fit pas mine de vouloir répondre.

— Tu sais, en réalité, notre première rencontre remonte à très longtemps, poursuivit-elle.

Le jeune homme qui était assis à côté d'elle sortit un stetson blanc du sac de sport posé à ses pieds.

— Nom de Dieu ! s'exclama Wade, assez fort pour que les autres l'entendent.

D'un geste brusque, le binoclard recolla le scotch qui leur couvrait la bouche. Pour la première fois, Therese vit qu'il portait une chemise blanche, un pantalon et des bottes de style western. Une étoile argentée était épinglée sur son torse. La plaque de Texas Ranger de Wade.

Une fois qu'il aurait mis le stetson, les gens croiraient…

Alors, pourquoi Reval ne les avait-il pas tués à l'entrepôt ? S'il les gardait en vie, c'était parce qu'il comptait encore se servir d'eux… Mais de quelle façon ?

L'hélicoptère changea brusquement de direction avant de commencer à descendre en décrivant une spirale. Bien qu'il fasse nuit noire, elle devina qu'ils étaient tout près de DFW. Le pilote feignait un problème nécessitant un atterrissage d'urgence, qui leur permettrait d'introduire leurs armes dans le périmètre de l'aéroport.

Qu'il s'agisse d'une mise en scène ou non, elle avait l'impression d'être dans un wagon de montagnes russes pris de folie.

L'homme assis à côté d'elle ôta son casque, se coiffa du stetson et arma son revolver.

Après quelques secondes interminables, l'hélicoptère se posa rudement sur le tarmac. Rushdan descendit le premier et ouvrit la portière, du côté de Sal. L'homme habillé en Texas Ranger arracha le scotch qui couvrait leurs bouches et défit la ceinture de Therese avant de la tirer hors de l'hélicoptère. Elle s'étala par terre, à plat ventre. Sal fit subir le même sort à Wade qui tomba à côté d'elle.

Le pilote avait coupé le moteur de l'hélicoptère, autour duquel flottait une odeur de brûlé. Là encore, ce n'était qu'un faux-semblant.

— Si l'un de vous dit un mot, l'autre sera abattu, lança Rushdan.

Mais Wade, qui était tout près d'elle, chuchota :

— Si nous nous étions rencontrés, Therese, je m'en souviendrais. Alors, qu'est-ce que tu as voulu dire ?

Elle faillit éclater de rire devant l'incongruité de la question, mais elle garda le silence. Un pied botté posé dans son dos la clouait au sol – et elle savait que s'il l'entendait, Rushdan tuerait Wade sans une once de remords.

Quand les pompiers arrivèrent, le faux Wade lança :

— Salut, la compagnie ! Désolé pour cette agitation.

Wade poussa la jambe de Therese.

— « Salut, la compagnie » ? C'est bien le genre de chose que je ne dis jamais.

23

Wade avait été mis en position agenouillée. S'il avait voulu informer quelqu'un de ce qu'il se passait, il ne l'aurait pas pu. Mais il n'y avait personne à informer. Puisque l'hélicoptère n'était pas en flammes, les pompiers de l'aéroport étaient repartis. Il y avait bien des agents, mais il était séparé d'eux par deux voitures de patrouille.

Reval était parvenu à s'introduire dans l'aéroport comme il le voulait. Pendant que le pilote restait près de l'hélicoptère, l'informaticien qui se faisait passer pour Wade – ce dont il aurait à répondre – montait la garde, armé d'un revolver et d'un fusil. Ils avaient réussi à le séparer de Therese, qui était maintenant assise à l'arrière d'une voiture de patrouille.

— Je regrette de vous accaparer ainsi, mais notre transport n'arrivera pas avant encore quinze minutes, expliqua Reval.

— Aucun problème, monsieur l'adjoint, répondit l'agent.

Le reste de leur conversation fut noyé par le vacarme produit par des avions-cargos qui roulaient sur une piste toute proche. Reval serra la main de l'agent et rejoignit l'informaticien.

— Quand partent-ils ? demanda le binoclard. Nous n'avons plus beaucoup de temps.

Reval lui prit le fusil et l'appuya sur sa hanche.

— La voiture dans laquelle se trouve Therese va rester ici. Dès que l'autre s'en va, tu passes à l'action.

— Compris.

Wade tira sur ses menottes. Il ne savait pas quel scénariste avait inventé qu'on pouvait facilement se libérer d'une paire de menottes en se luxant le pouce, mais ce devait être un fou. Il avait beau essayer, rien n'y faisait.

Quand la seconde voiture démarra, l'informaticien dégaina son revolver et s'apprêta à mettre sa cible en joue. Il semblait tellement calme que Wade devina qu'il avait suivi une formation militaire. Aussi discrètement que possible, il ramena l'un de ses pieds vers l'avant, prêt à bondir.

Le dernier agent de police se tourna vers l'informaticien, qui pointa aussitôt son arme vers lui.

— À couvert ! hurla Wade.

Mais il était trop tard. L'agent s'effondra alors que Wade se jetait sur le bandit. Ce dernier tituba mais parvint à reprendre son équilibre avant que Wade ait pu l'envoyer au sol.

Ce fut lui qui se retrouva couché sur le dos, le canon du fusil enfoncé sous le menton.

— Range ça et relève-le, Andrew, dit Reval.

Il enfonça encore un peu plus le canon dans sa chair, le forçant à étirer le cou.

Le binoclard, qui s'appelait donc Andrew, releva Wade et lui décocha un bon coup de poing dans les reins.

— Tu ne peux sauver personne, Hamilton.

— Allons, Andrew… S'il fait ce qu'on lui dit, il pourrait sauver Therese, répondit Reval en désignant la voiture de patrouille de son fusil.

Pour ramener l'attention des deux hommes sur lui, Wade demanda :

— Pourquoi avez-vous besoin de moi ? Je ne suis pas spécialement pressé de quitter ce monde, mais Andrew semble penser que ce chapeau lui va très bien.

— Fais en sorte qu'il ait ce dont il a besoin, et il y a une chance pour que je vous laisse partir tous les deux.

— Vous pensez vraiment que je vais croire ça ?

— En tout cas, elle a l'air de le croire. Je ne comprends pas comment tu as pu la convaincre de me trahir, après ce qu'il s'est passé l'an dernier. Elle a toujours été tellement loyale.

Il devait laisser Reval penser que c'était effectivement ce qui s'était produit. Si le criminel apprenait que Therese était en mission d'infiltration depuis trois ans, le sang coulerait encore plus tôt.

— Laissez-la partir et je vous donne ma parole que je ferai tout ce que vous voudrez.

— Ta parole n'a aucune valeur pour moi. Et je ne veux pas la laisser partir, répondit Reval en coinçant le fusil sous son bras pour se curer les dents de l'ongle de son petit doigt. Soit tu gagnes sa liberté, soit elle vient avec moi. Penses-y pendant que tu aideras Andrew.

— Au moins, laissez-moi lui dire au revoir.

— Pas question, intervint Sal, derrière eux. Nous devons en finir. Nous avons perdu trop de temps en discussions.

Mais Reval agita la main vers la voiture de patrouille.

— On dirait que tu tiens vraiment à notre Therese… Vas-y, mais fais vite.

En protestant assez bruyamment pour que Wade l'entende malgré le vacarme produit par un avion de fret, Andrew déverrouilla la portière arrière. Therese voulut descendre, mais il l'en empêcha en posant une main sur son épaule.

— C'est donc le moment de nous dire au revoir ?

— Je continue à croire que cette histoire de première rencontre n'est qu'un bobard.

— Vraiment ? C'est tout ce que tu as à me dire ?

Elle partit d'un petit rire, malgré le fait qu'Andrew la repoussait dans la voiture.

— Toi d'abord, encouragea-t-il.

— D'accord… Je t'aime. Reste en vie.

— Tu me dois une explication, cria-t-il quand Andrew claqua la portière.

Il aurait pu déclarer qu'il l'aimait, lui aussi. Les mots frémissaient dans son cœur et sur le bout de sa langue. Mais il n'avait pas voulu le lui dire ainsi, en un tel moment. Peut-être qu'il l'aurait dû, parce que, en lui disant qu'elle l'aimait, Therese lui avait rendu tout son courage – celui qu'il avait perdu sans s'en apercevoir.

Elle appuya le front contre la vitre et ses longs cheveux retombèrent de part et d'autre de son visage. Si seulement elle avait relevé la tête, établi un contact visuel avec lui… Mais elle se détourna et appuya la tête sur le dossier de la banquette.

Le sang de Therese se ruait dans ses veines et lui faisait tourner la tête. Elle l'avait dit. Elle avait avoué son amour dans les circonstances les moins romantiques qui soient, alors qu'elle était prisonnière.

Elle cligna rapidement des yeux pour repousser ses larmes. Non, elle n'allait pas pleurer, même si l'amour de sa vie ne lui avait pas répondu qu'il l'aimait aussi. *Cligne. Cligne. Cligne.*

En outre, ils avaient des choses bien plus importantes à régler. Comme se libérer et empêcher un groupuscule terroriste de commettre un attentat, par exemple.

Rushdan Reval ouvrit la portière conducteur et lança, à l'adresse de Sal et du jeune :

— Vous avez vingt minutes, tous les deux. Déployez et retournez au hangar 4. Andrew, tu sais que nous ne t'attendrons pas.

Déployer quoi ?

— Ne t'inquiète pas, répondit Andrew. C'est tellement facile que je pourrais le faire les yeux fermés.

Déployer quoi ?

L'algorithme, bien sûr ! Andrew devait être le programmeur. Comme elle avait déjà cherché à se libérer en tirant sur ses menottes, ne parvenant qu'à se blesser les poignets, elle regarda tout autour d'elle. Mais elle ne vit aucun objet susceptible de lui être utile, que ce soit dans la voiture ou sur elle. Elle n'avait même pas de chaussures !

Andrew poussa Wade, mais vers où ? Il restait beaucoup trop de questions sans réponse. Et elle ne se faisait guère d'illusions : il y avait peu de chances pour que Rushdan la laisse partir après l'avoir entendue avouer qu'elle travaillait avec Wade... et qu'elle l'aimait.

Il lui fallait la clé des menottes, mais elle ne savait même pas où la chercher. C'était le jeune – Andrew – qui les lui avait passées. Mais peut-être Rushdan avait-il gardé la clé.

Il s'installa au volant et le pilote monta à côté de lui. Bizarre. Quant à Andrew et Wade, ils coururent jusqu'à un groupe de bâtiments.

— Où allons-nous ? demanda-t-elle à travers le grillage qui séparait la banquette des sièges avant.

— Nous partons. Pour de bon. Après ce *spectacle*, nous n'aurons plus besoin de monter des combines minables pour gagner de l'argent. Mes clients sauront ce que nous pouvons faire et verseront la somme que je leur demanderai.

— Nous ne repartons pas dans l'hélicoptère ?

— Pourquoi, ma chère ? C'est tellement plus agréable de voler dans un jet privé. Surtout vers l'Amérique du Sud. Tu t'y plairas beaucoup.

— Tu ne vas pas me tuer ?

Ils n'allèrent pas bien loin. Ils traversèrent seulement un grand parking, qui longeait le bâtiment dans lequel Wade et le jeune homme étaient entrés. Il faisait trop sombre pour qu'elle puisse lire ce qui était inscrit sur ce bâtiment mais, quand Reval la fit descendre de voiture, elle leva la tête et vit une tour.

Il s'agissait sans doute d'une tour de contrôle réservée au guidage des avions privés et de fret. En pénétrant dans ce système, Rushdan pourrait accéder au réseau de contrôle du trafic aérien principal de DFW.

— Tu vas faire s'écraser des avions ? Est-ce que tu es fou ?

— Selon tes critères, sans doute.

Il l'entraîna vers une petite porte que le pilote venait de déverrouiller.

— S'il te plaît, Rushdan, ne fais pas ça. Tellement de gens pourraient mourir.

— Moi ? Mais je ne vais rien faire, sinon vivre une vie de rêve au Costa Rica, ou à Buenos Aires… Ou peut-être au bord de la Méditerranée. Je ne suis pas encore fixé.

Il se suçota les dents, produisant le son répugnant qu'elle connaissait bien, et un large sourire s'épanouit sur son visage.

Andrew n'était pas en forme. Quand il défit les menottes de Wade, ce fut en soufflant, en haletant et en jurant. Il attendit qu'un vigile ouvre la porte pour lui poser le stetson blanc sur la tête.

— Il n'est pas vraiment à ma taille, commenta Wade.

— On s'en fiche. Dis au vigile que nous sommes ici pour remettre un mandat.

Le gamin sortit une feuille de papier de sa poche arrière.

— Ne t'inquiète pas. Il a l'air vrai, et il est destiné à l'un des hommes qui sont de service ce soir.

— Et s'il refuse de nous laisser entrer ?

Andrew tapota le revolver qu'il portait à la hanche.

— Il faudra que tu le convainques, ou il mourra. Et ensuite, bien sûr, ce sera le tour de ta petite amie.

— Tu te prends pour un dur ? lança-t-il. Abattre un flic comme tu l'as fait tout à l'heure est l'acte d'un lâche.

Le gamin prit la mouche comme Wade s'y attendait, mais la porte s'ouvrit avant qu'il ait pu dégainer son arme. Andrew montra le faux mandat au vigile, mais sans mot dire.

— Je suis le Texas Ranger Wade Hamilton et voici mon équipier, dit Wade. Nous sommes ici pour remettre un mandat à…

— David Liteman, compléta Andrew en agitant le papier.

— Avant que vous éleviez une quelconque objection…

Wade avança d'un pas en ôtant son chapeau trop petit.

— Nous savons qu'il s'agit d'une situation très inhabituelle.

Mais nous n'aurions pas eu l'autorisation de pénétrer sur les lieux si tout n'avait pas été réglé. D'accord ?

— Quelqu'un aurait dû me prévenir. Personne ne me dit jamais rien, maugréa le vigile. Mais après tout, qu'est-ce que je sais du protocole ?

Wade entra dans la pièce, suivi d'Andrew. Il pouvait neutraliser le gamin à tout moment. Ce n'était pas seulement une question de force, mais aussi d'expérience. Contrairement à Andrew, il saurait quelle occasion saisir.

Pour tout dire, il aurait même pu le désarmer au moment où ils passaient la porte.

— Est-ce qu'il est en haut ? demanda Andrew.

— Oui. Où croyez-vous qu'il travaille ? Ici, à mon bureau ? L'ascenseur est là-bas, au coin, mais si vous préférez qu'il ne vous voie pas arriver, prenez l'escalier.

Le vigile tendit le doigt par-dessus son épaule et Andrew heurta le dos de Wade. Encore une occasion de le désarmer. Un seul coup de poing, et le gamin serait dans les pommes. Mais il se borna à attendre qu'il se retourne et le suivit jusqu'à l'escalier.

Oui, gamin. C'est moi qui te suis, pas le contraire.

Une fois dans l'escalier, Andrew sembla se rendre compte qu'il faisait une cible facile. Il attendit que Wade le dépasse et laissa ensuite deux marches entre eux.

— À quoi as-tu besoin d'avoir accès ? demanda Wade. Devons-nous aller jusqu'à la salle de contrôle ?

— Il me suffit d'un accès informatique, dans n'importe quelle pièce.

— Comme dans le bureau du superviseur ?

Il désigna l'écriteau accroché juste en dessous de celui qui annonçait le premier étage.

— Ça devrait marcher.

— Au fait, où as-tu eu cette idée de malware ? demanda-t-il en ouvrant la porte qui donnait sur le palier. Tu es vraiment futé à ce point, Andrew ? Je ne dis pas que tu n'as pas l'air intelligent. Mais ce n'est pas le genre de chose qu'on fait seul, est-ce que je me trompe ?

— Intelligent ? répéta le gamin en s'arrêtant sur l'avant-dernière marche. Je suis offusqué par cette description. Il m'a fallu moins d'une minute pour accéder à ton casier judiciaire, bien qu'il soit confidentiel. Par contre, développer cet algorithme a réclamé des années. La complexité de son potentiel de décryptage dépasse l'entendement. C'est dingue.

— Tu l'as développé tout seul ? C'est difficile à croire.

Andrew dégaina son arme et fit signe à Wade d'avancer.

— Ne rêve pas... Pourquoi toutes ces questions ?

— Hé, petit, je ne connais rien aux virus informatiques et à tous ces trucs-là. Ce n'est pas ma tasse de café.

Il haussa les épaules et posa le pied dans le couloir du premier étage.

— Café ? On dit « ma tasse de thé », espèce de cow-boy ignorant.

Andrew abaissa son arme. Pour un homme avec autant d'expérience que Wade, c'était une occasion de plus. Et comme il savait maintenant qu'Andrew était l'unique programmeur...

Il lança le stetson vers le gamin, dont le réflexe naturel fut de l'attraper. Il se saisit aussitôt de son bras et tourna le canon du revolver vers l'arrière. Il le plaqua ensuite contre la porte demeurée ouverte, lui donna un violent coup de coude sous le menton et entendit le revolver tomber au sol.

Ensuite, pour faire bonne mesure, il lui décocha deux coups de poing au plexus solaire et le gamin s'effondra face contre terre, évanoui. Il le retourna, le saisit par le col et le traîna sur le lino pour le mettre dans l'ascenseur.

— Peut-être, mais je ne bois jamais de thé, déclara-t-il.

Il le fouilla rapidement mais ne trouva qu'une clé USB, qu'il mit dans sa poche. Quoi qu'il lui en coûte, sa dernière chance de sauver Therese était de laisser ce type sous la garde du vigile, malgré son incompétence.

Quand il sortit le gamin de l'ascenseur, le vigile se leva.

— Bon sang, qu'est-ce qu'il s'est passé ? Est-ce qu'il est tombé ?

Il y avait un bureau vide, juste avant l'escalier. Un endroit parfait pour enfermer ce terroriste.

— Écoutez, je n'ai pas le temps de vous expliquer. Appelez le 911 et mettez cet homme dans une...

— Aidez-moi, geignit Andrew.

Avant que Wade ait pu terminer sa phrase, un coup vint frapper sa tempe, chassant toute parole, toute pensée cohérente. Il n'avait rien vu venir. Rien.

24

Fichu point aveugle… Wade se tordait de douleur sur le sol glacial. Sa vision était trouble. Et il avait mal.

— Ici Randy Allister, de la tour nord-ouest. J'ai besoin d'aide. Je ne plaisante pas. J'ai un vrai problème.

Wade voulut se redresser, mais ses bras refusaient de lui obéir.

— Demandez-leur d'être discrets, dit-il. La vie d'une femme en dépend.

Mais il ne savait pas si le vigile l'écoutait.

Randy Allister arpentait la pièce d'un pas vif, l'arme dans une main, sa radio dans l'autre. Wade parvint à se mettre sur le dos et le vigile sembla se déplacer plus rapidement – à moins qu'ils ne soient deux. Il leva les mains dans l'espoir de l'apaiser.

— Écoutez-moi, s'il vous plaît.

Il couvrit son œil gauche de la main, et il n'y eut plus qu'un vigile.

— Randy, il faut que j'aille au hangar 4.

— Vous n'irez nulle part, mon vieux. Je vous ai neutralisé.

— Vous avez neutralisé un authentique Texas Ranger. Mais j'oublierai tout si vous me laissez aller au hangar 4.

— Pas question. En vous attrapant, j'ai peut-être sauvé ma place.

— Parce que vous n'auriez jamais dû nous laisser entrer ?

— Oui, c'est ça. Ils l'oublieront quand ils verront que je vous ai attrapé.

Wade se frotta la tempe. Sa vision commençait à s'éclaircir.

— J'en doute, dit-il. Je ne fais pas partie des méchants.

— Ne l'écoutez pas ! cria Andrew en essayant de se lever pour s'éloigner de lui.

— Je vais vous dire ce que nous allons faire, Randy. Nous allons rester tous les deux ici, sous votre garde, pendant que vous décrochez le téléphone et que vous demandez aux flics d'aller inspecter le hangar 4.

S'il ne pouvait pas arriver jusqu'à Therese, d'autres policiers y parviendraient peut-être.

— Non ! cria Andrew. Ne faites pas ça ! Il... Il essaie de vous piéger. Il a abattu l'un de vos collègues, de sang-froid. Je l'ai vu. Le corps est toujours par terre, dehors.

Pendant la diatribe d'Andrew, Wade s'était lentement rapproché du mur – et du bureau. Il ne voulait pas blesser le vigile, mais il fallait qu'il rejoigne Therese.

— Vous allez rester ici tous les deux jusqu'à ce que les policiers du DFW arrivent, décréta le vigile. Ils verront bien lequel de vous deux ment et lequel dit la vérité.

— Écoutez, Randy... Je veux seulement que vous demandiez à vos collègues de ne pas utiliser le gyrophare. Je ne vous causerai aucun ennui, c'est promis.

Il coinça ses mains derrière sa tête et Andrew fit de même.

— Il a raison, Randy, dit-il. Si vous sauvez la vie de cette femme, vous serez un héros. Si les terroristes voient des policiers, elle mourra.

— Des terroristes ? répéta Randy. Quel genre de terroristes ? Quelque chose va sauter ?

Il se mit à arpenter nerveusement la pièce en marmonnant le mot « terroriste » à chaque pas. La migraine de Wade commença à croître de façon exponentielle.

— Prévenez-les par radio.

— Non ! cria Andrew. Ne l'écoutez pas. Ils vont la tuer.

Wade profita de ce que le vigile regardait Andrew pour retrousser la jambe de son jean. Il avait glissé l'arme du vigile de Love Field dans sa botte. Il s'était tellement habitué à sa présence qu'il avait fini par l'oublier, jusqu'au moment où il s'était retrouvé allongé près de Therese, sur le tarmac.

Avec un peu de chance, aucun des deux hommes ne le verrait sortir le revolver. Mais ces deux derniers jours, la chance n'avait pas vraiment été de son côté.

La radio grésilla dans la main du vigile, qui baissa les yeux. Wade profita de cette diversion pour sortir l'arme. Quant à Andrew, il se leva d'un bond et se jeta vers les chevilles du garde, pieds en avant. Quand il se redressa, il tenait un revolver à la main.

Wade se leva et, masquant son mauvais œil d'une main, chercha la radio du regard. Andrew émit un grondement, baissa la tête et chargea. Sous la force de l'impact, ils furent projetés contre une fontaine à eau, mais parvinrent tous deux à ne pas lâcher leur revolver.

Ils étaient de nouveau par terre, et se tenaient mutuellement en respect. Autrement dit, ils se trouvaient dans une impasse.

— Trouvez votre radio, Randy ! cria Wade sans cesser de pointer son arme sur Andrew.

Comme le gamin braquait la sienne sur le vigile, il ajouta :

— Ne fais pas ça. Pose ce revolver.

Le garde commença à avancer, à quatre pattes. Andrew pointa son arme vers son dos, puis vers la tête de Wade.

— Je l'ai !

Une détonation résonna dans les oreilles de Wade. Sous la force de l'impact, le pauvre vigile fut projeté de côté. Il ne fallait surtout pas qu'Andrew tire de nouveau.

Wade pressa la détente de son arme… et fit mouche.

Andrew s'effondra. Ses yeux sans vie, écarquillés, fixaient Wade comme s'il ne comprenait pas ce qu'il s'était passé.

— J'ai été touché, psalmodiait Randy. Oh mon Dieu, j'ai été touché.

Wade se leva, arracha le revolver aux doigts crispés d'Andrew et s'approcha du vigile. Il lui prit la main et la posa sur la blessure.

— Appuyez comme ceci. Bien. Quelqu'un a sans doute entendu les coups de feu et va descendre vous aider.

— Est-ce que vous êtes vraiment des terroristes ?

Wade se saisit de la radio et se pencha pour récupérer sa plaque, qui était accrochée à la ceinture d'Andrew.

— Cet homme était un terroriste, oui. Et ceci m'appartient.

Il ouvrit la porte de l'épaule en parlant dans la radio.

— Ici le Texas Ranger Wade Hamilton. À toutes les voitures qui se dirigent vers DFW nord-ouest : coupez les gyrophares et les sirènes. Terroriste présumé dans le hangar 4, avec un otage. Je suis à pied et armé. Envoyez une ambulance à la tour. Agent à terre. Je répète, agent à terre.

— Abandonnez la mission, Hamilton, répondit une voix qu'il reconnut. L'unité arrive.

Mais même si Steve Woods faisait partie des décisionnaires, il n'avait aucune idée de ce qu'il se passait réellement.

Wade laissa tomber la radio et masqua son mauvais œil. Il ne savait pas quel hangar était le 4 mais, juste de l'autre côté du parking – qui était assez large pour que deux 747 s'y croisent —, il aperçut une voiture de patrouille vide.

Il fallait qu'il rejoigne Therese. Alors, il se mit à courir.

Therese s'appuya sur le vieux bureau relégué dans un coin du hangar exigu, dont l'avion occupait la quasi-totalité. Depuis qu'ils y étaient entrés, Rushdan et le pilote ne l'avaient pas menacée.

Et ils ne l'avaient pas vue attraper un trombone, avec lequel elle essayait maintenant de crocheter ses menottes, dans son dos. Sur l'horloge accrochée au-dessus de la porte, les secondes s'égrenaient. Quand vingt minutes se furent écoulées, elle se demanda si les deux hommes avaient oublié sa présence. Elle l'espérait, en tout cas.

— Qu'est-ce qu'il va se passer si le gamin ne réussit pas ?

demanda le pilote en ôtant les cales qui bloquaient les roues de l'avion.

— Il réussira. Cet algorithme est son chef-d'œuvre. Et s'il ne réussit pas, c'est qu'il sera mort en tentant sa chance.

Rushdan s'appuya contre les marches de l'avion.

— C'est bien ce qui me fait peur, commenta le pilote. Il a la gâchette facile.

— Il lui arrive de… s'enflammer, c'est vrai.

— Il est presque 9 heures. Est-ce qu'on va attendre ?

— Non. J'ai tout ce qu'il me faut. Testée ou non, ma copie de l'algorithme va me rapporter des millions.

Il éclata de rire.

— D'ailleurs, je lui ai dit qu'il avait vingt minutes. Si nous attendons plus longtemps, les autorités risquent de découvrir l'erreur qu'il a commise, à côté de l'hélicoptère. Vas-y. Ouvre les portes et filons d'ici.

Le pilote pressa un bouton et les portes commencèrent à s'ouvrir lentement.

— Et n'oublie pas Therese, ajouta-t-il avant de gravir les marches.

D'un geste de la main, le pilote lui fit signe d'approcher. Comme elle le dévisageait sans bouger, il ordonna :

— Avancez.

— Ne faites pas ça. Rien ne vous oblige à m'emmener.

— Le patron veut que vous l'accompagniez. Maintenant, montez et attachez votre ceinture.

— Ça ne va pas être facile, avec ces menottes.

— Bien tenté, répliqua l'homme. Le patron s'en chargera. Ça lui donnera un prétexte pour s'approcher de vous. Allons, venez.

Il la poussa rudement vers l'avion et elle monta l'escalier. Les marches métalliques lui blessaient les pieds et elle avait bien du mal à conserver son équilibre, entravée comme elle l'était, mais elle parvint à embarquer et s'installa dans le siège le plus proche de la porte.

Mon Dieu, comme elle détestait se sentir aussi impuissante… ou désespérée. Il n'était pas dans ses habitudes de s'apitoyer sur son sort, mais jamais elle ne s'était sentie aussi seule et perdue qu'en ce moment. S'ils décollaient…

Le pilote monta à son tour et s'assit dans le cockpit.

— C'est tout ?

— Qu'est-ce que tu veux dire, ma chère ? répondit Rushdan, avec autant de désinvolture que s'ils parlaient de la pluie et du beau temps.

Il rejoignit le pilote à l'avant.

— Tu vas partir et m'emmener ? Pourquoi ?

— J'ai attendu patiemment que tu reprennes tes esprits, Therese, mais ce ranger t'a complètement embobinée. Il doit être l'incarnation de l'homme parfait, tel que toute fille le voit dans ses rêves… Je comprends pourquoi il te plaisait. Je peux te pardonner.

— Me pardonner ?

— Tu es à moi, maintenant. Tu m'appartiens. Où que j'aille, tu me suivras.

Il revint à l'arrière et s'assit face à elle.

— Tu es fou, chuchota-t-elle. Je n'appartiens à personne, et surtout pas à toi.

— Je ne suis pas d'accord. Quand nous serons en Amérique du Sud, tu dépendras de moi pour tout : eau, nourriture, vêtements, protection. Et là, tu me remercieras.

— Je ne te remercierai jamais, espèce de malade. Qui remercierait son ravisseur ?

Un bruit retentissant, à l'extérieur de l'avion, attira leur attention.

— Ce doit être Sal ou Andrew. En fin de compte, tu ne voyageras pas seule en cabine.

Il y eut d'autres bruits… C'était des bruits de lutte. Wade devait les avoir retrouvés. Elle se pencha vers le hublot dans l'espoir de voir ce qu'il se passait. Un bruit métallique résonna : quelqu'un venait d'être projeté contre la porte du hangar.

— Sal ? Andrew ? hurla Rushdan. Qu'est-ce qu'il se passe ?

— Remontez l'échelle, patron, hurla le pilote depuis le cockpit. Il faut qu'on file d'ici.

La famille de Therese Ortis lui avait appris, depuis son plus jeune âge, à se débrouiller seule. Jamais elle ne dépendrait des lubies d'un homme, surtout d'un homme aussi malsain, aussi atroce que celui-ci. Son regard croisa celui de Rushdan avant de se poser sur l'escalier, qui n'avait pas été remonté.

L'avion sortit lentement du hangar, et la cabine ne fut plus éclairée que par la faible lueur des instruments. Rushdan voulut attraper sa ceinture pour la sangler à son siège, mais elle s'avança vivement et immobilisa ses mains.

Ça va faire mal.

25

L'avion avait quitté le hangar et traversait maintenant l'immense parking. Wade s'apprêtait à bondir sur l'escalier quand quelqu'un lui fonça dedans. Cette fois encore, il n'avait rien vu venir.

Sal s'était jeté sur lui. D'un coup de pied, Wade le repoussa. L'homme revint aussitôt à la charge, et le revolver lui échappa. Ils tombèrent sur le sol en ciment et roulèrent jusqu'à ce que la paroi métallique les arrête.

Wade se retrouva au-dessus de Sal, ce qui lui permit de décocher le premier coup de poing. Le petit sourire narquois de l'homme avait disparu. Il repoussa Wade des deux mains, projetant sa tête contre le mur. En faisant abstraction de la douleur, Wade se jeta sur lui pour le plaquer au sol.

L'avion roulait toujours. Quand il passa devant eux, Wade vit Reval par la porte – et Therese par le hublot.

Sal roula sur le sol pour se dégager. Wade comprit qu'il voulait monter dans l'avion.

— Pas si vite !

Il le tira par les jambes, mais l'homme se mit à donner des coups de pied pour le garder à bonne distance. Ensuite, il parvint à se relever et, les yeux plissés par la colère, essuya du dos de la main le sang qui gouttait de sa bouche. Son sourire narquois était de retour.

— Tu veux une revanche ? le nargua-t-il. Approche. Je vais t'apprendre une chose ou deux.

Wade s'abstint de répondre à la provocation. Il fallait qu'il empêche cet avion de décoller, et qu'il sauve la vie de Therese. Mais cet homme lui barrait la route.

Il serra les poings avant de se détendre et de réguler sa respiration. Quand il eut retrouvé toute sa concentration, il attendit que Sal fasse un pas vers lui.

— Tu crois pouvoir me battre ? reprit l'homme en sautillant devant lui, comme s'ils avaient tout leur temps.

Wade ne quittait pas son adversaire des yeux. Il contra son premier coup de pied et lui en décocha un à son tour, suivi de deux coups de poing qui atteignirent Sal en plein plexus solaire. L'homme recula, ce qui lui permit d'amortir les coups en partie, et chargea aussitôt.

Wade ne vit pas venir le crochet du droit qui le sonna juste assez pour le faire tituber, ce qui laissa à Sal le temps de s'élancer vers l'avion.

Rushdan devait avoir vu dans quelle direction Therese portait son regard parce qu'il esquissa un geste pour la retenir. Elle se leva à demi et enfonça l'épaule dans son torse adipeux jusqu'à ce qu'il soit retombé dans son siège, les jambes écartées.

Elle les enjamba et s'appuya contre la porte. Déjà qu'elle avait failli tomber en montant… Comment allait-elle descendre maintenant que l'avion roulait ? Comme ses mains étaient menottées derrière elle, elle ne pouvait s'agripper à rien. Et pourtant, l'avion allait continuer à prendre de la vitesse. C'était tout de suite qu'elle devait descendre.

Deux hommes luttaient à l'extérieur du hangar. Elle reconnut Wade quand il décocha un coup qui atteignit son adversaire dans les côtes. Mais l'autre riposta d'un coup de pied sur l'arrière de la cuisse de Wade, qui dut poser un genou à terre.

— Therese ! cria-t-il entre deux grognements. Descends de l'avion ! Tout de suite !

L'autre homme – elle avait reconnu Sal – prit quelque chose de brillant à sa ceinture.

— Il a un couteau ! hurla-t-elle.

Elle ne pouvait pas attendre qu'une meilleure occasion se présente : il n'y en aurait pas. Elle entendit Rushdan souffler derrière elle, et comprit qu'il s'était relevé. Elle descendit les deux premières marches, jeta un regard par-dessus son épaule et vit qu'il tendait une main vers elle.

Abandonnant le combat, Sal s'élança vers l'avion. Therese descendit une marche supplémentaire… et Sal tendit le bras vers la rampe.

Encore une marche. Juste une. Ensuite, elle devrait sauter. Mais soudain, elle bascula en arrière et se retrouva allongée sur les marches. Rushdan avait empoigné ses cheveux et la tirait vers lui. Elle se mit à crier.

L'avion avait fini de négocier son virage et accéléra. Les menottes s'étaient coincées entre deux des marches mais, à force de tirer et de se tortiller, elle parvint à les dégager – et à arracher ses cheveux des mains de Rushdan.

Elle se redressa, glissa et s'écrasa sur le ciment, entraînant Sal dans sa chute. Le temps qu'elle ait repris ses esprits, il était à califourchon au-dessus d'elle et brandissait son couteau.

Elle roula sur le côté, dans l'espoir de protéger sa poitrine autant que possible. Une douleur intolérable la transperça. Son hurlement oblitéra tous les autres sons.

Ensuite, un rugissement de colère pure résonna auprès d'elle. Sal se releva d'un bond en arrachant le couteau à la plaie. Cette fois, la douleur fut encore plus atroce. Elle hurla de nouveau et se tordit en clignant des yeux pour contenir ses larmes.

— Ça va ? demanda Wade en encadrant son visage de ses mains. Tu es en train de perdre beaucoup de sang.

— Attrape-le, dit-elle entre ses dents serrées.

— Les renforts s'occuperont de lui.

Il s'agenouilla auprès d'elle.

— Il me faut quelque chose pour comprimer la blessure.

Il ôta sa chemise, la roula en boule et la coinça sous le bras de Therese en ajoutant, d'un ton léger :

— Mais ne va pas t'imaginer que je te fais des avances.

Chaque fois qu'elle ouvrait les yeux, elle voyait les flashs lumineux produits par les gyrophares des véhicules d'urgence. Il fallait à tout prix que Wade se lance à la poursuite de Rushdan.

— Ça va aller, dit-elle.

Elle ne put retenir un gémissement avant d'ajouter :

— Vas-y. Ils ne le connaissent pas. Il est complètement fou.

— Il n'ira nulle part, ma chérie. L'avion est encerclé. Zut, personne ne peut nous voir. Il me faut pourtant de l'aide pour t'enlever ces menottes.

— Il a une copie de l'algorithme, dit-elle en serrant les poings pour essayer de canaliser la douleur. Il faut que tu la trouves.

— Reste avec moi, Therese. Tu prétends que nous nous sommes déjà rencontrés, mais tu ne m'as toujours pas dit où.

Si Therese n'avait pas eu besoin d'aide, jamais Wade ne l'aurait laissée seule, gisant devant le hangar. Il courut jusqu'à l'avion et, appuyé sur le capot de l'une des voitures qui l'avaient intercepté, reprit son souffle pour dire :

— Mon équipière est blessée. Appelez une ambulance. Il y a un homme armé d'un couteau, aux alentours de ce hangar.

— Vous êtes Hamilton, des rangers ?

— Oui. Est-ce que vous pouvez me ramener jusqu'à elle ? Vous avez une clé de menottes et une trousse de premiers soins ?

— Votre équipe est presque arrivée.

— Je ne peux pas attendre, mon vieux.

Ce fut le moment que Rushdan choisit pour lancer, depuis l'avion :

— Salut ! Nous sommes prêts à nous rendre, mais uniquement au ranger Hamilton.

— Et merde...

Therese avait besoin de lui. Quant à Rushdan Reval, il était fou, comme elle l'avait dit. À quoi servirait-il qu'il monte dans cet avion et le mette en garde à vue ?

À sauver des vies, peut-être. Et s'il ne tentait pas sa chance, jamais Therese ne le lui pardonnerait. Il le savait.

Il entraîna le policier de DFW à l'écart.

— Prenez cette voiture, allez chercher mon équipière et emmenez-la à l'hôpital, quoi qu'elle dise. Compris ?

— Oui, monsieur.

— Il me faut vos menottes et votre arme.

— Ranger Hamilton ? cria Reval.

— Je ne peux pas...

— Si ! coupa Wade.

Il dut prendre sur lui pour ne pas empoigner l'agent par le devant de sa chemise.

— S'il vous plaît, reprit-il, d'un ton plus calme. Je remets la vie de mon équipière entre vos mains.

L'officier tendit à Wade ce qu'il avait demandé, se hâta de monter dans la voiture et démarra comme si l'avion était sur le point d'exploser.

Oh ! bon sang... Et si l'appareil était piégé ?

26

Wade glissa le revolver à l'arrière de son pantalon et enfila le gilet pare-balles que l'agent lui avait lancé avant d'avancer, les mains levées, vers la porte de l'avion.

— Je suis là, lança-t-il. Vous pouvez sortir et vous rendre. Ôtez votre veston et mettez les mains sur la tête pour nous montrer que vous n'êtes pas armé.

— Wade, dit Reval. Je n'irai pas jusqu'à dire que ça fait plaisir de te voir vivant, mais entre donc.

— Certainement pas, rétorqua Jack, qui se tenait à la droite de Wade.

— Je confirme, certainement pas, renchérit Slate, à sa gauche.

Quant à Heath, il pointait un fusil vers le nez de l'avion. Il fit un signe de la tête et le pilote coupa le moteur avant de poser les mains sur la tête.

— C'est le moment de te joindre à la fête, Reval, lança Wade.

Il fallait qu'il parvienne à le faire descendre et qu'il trouve la seconde copie de l'algorithme. Mais il était moins concentré sur cette mission que sur l'ambulance qui s'était garée à côté de la voiture de patrouille, près du hangar 4. Il devait en finir au plus vite afin de pouvoir s'occuper seulement de Therese.

— Vous êtes cernés, dit une voix dans un mégaphone. Avancez jusqu'à la porte avec les mains sur la tête.

Wade fit un pas, mais Jack et Slate le tirèrent en arrière.

— Non, Wade, dit l'un d'eux.

En esprit, il était auprès de Therese. Il posa les yeux sur

ses mains ensanglantées. L'unique responsable de toute cette histoire était cet homme.

— Si elle meurt..., gronda-t-il d'une voix vibrante de colère.

Cette fois, il avança avant que ses collègues aient pu le retenir.

— Descends de là, sale lâche !

Il s'arrêta au pied de l'escalier, une main sur la corde qui servait à le remonter, un pied sur la première marche. Rushdan Reval apparut, les mains levées. Il ne souriait plus.

— Descends, ordonna Wade.

— Je viens. Ne les laisse pas m'abattre.

Reval prit tout le temps de négocier prudemment les marches, beaucoup plus prudemment que Therese avait pu le faire. Si son chemin n'avait pas croisé celui de Sal, elle s'en serait peut-être sortie avec quelques plaies et bosses, au lieu d'une blessure à l'arme blanche.

Quand Reval atteignit la dernière marche, Wade le fit se tourner vers lui et leva le poing.

— Si quelqu'un avait dû t'abattre, cela aurait été moi.

— Du calme, mon pote, dit Jack en immobilisant sa main droite. Je m'en charge maintenant. Toi, va voir ta copine.

Jack menotta Reval avant de le fouiller et, d'un geste sec, de tirer sur le col de son veston pour restreindre encore plus ses mouvements.

— Où est-il ? cria Wade.

Tout le monde, y compris Reval, demanda à l'unisson :

— Quoi ?

— Il a une copie de l'algorithme, expliqua-t-il. Therese m'a dit qu'elle était dans l'avion. Et il a un autre téléphone sur lui, où sont enregistrés les numéros de tous ses contacts dans le milieu terroriste.

Il se tourna vers Reval :

— Alors, où est-il ?

Bon sang, il avait hâte de pouvoir partir d'ici.

Jack ne trouva qu'un téléphone. Mais Therese avait été formelle : il leur fallait le « téléphone spécial » de Reval.

Steve Woods, le supérieur de Therese, avança.

— On va s'en occuper, dit-il.

— Son autre téléphone est sans doute caché quelque part dans cet avion, dit Wade. À votre place, je le chercherais moi-même.

— Vous avez raison, répondit Steve en confiant leur prisonnier à un autre ranger.

Ensuite, il frappa Wade dans le dos.

— Bon boulot. On se voit à l'hôpital.

— Elle a perdu beaucoup de sang, intervint Heath. L'agent dit qu'ils vont la transférer à Baylor Grapevine. On y va ?

À l'autre bout du parking, les urgentistes étaient en train de sangler Therese sur un brancard. Wade sentit une main se poser sur chacune de ses épaules : celle de Heath, et celle de Jack.

— Elle va s'en sortir, dit l'un d'eux.

Wade fut incapable de répondre. La blessure était grave, mais il fallait qu'elle survive, parce qu'ils formaient une bonne équipe. Il le savait, et elle semblait le penser elle aussi.

Les portes de l'ambulance se refermèrent et l'ambulance s'éloigna à toute vitesse, gyrophare et sirène en marche. Il ne pouvait qu'espérer qu'elle était encore en vie...

Soudain, la pensée qu'elle pouvait mourir le frappa de plein fouet. Ses genoux fléchirent. Si ses amis n'avaient pas été là pour le soutenir, il se serait effondré sur le sol.

En faisant de son mieux pour masquer son émotion, il dit :

— Emmenez-moi loin d'ici.

— Bien sûr, vieux. On a une voiture qui nous attend.

Ses amis l'escortèrent jusqu'à un véhicule. Pendant le trajet jusqu'à l'hôpital, l'un d'eux lui ôta son gilet pare-balles et lui tendit un T-shirt. Le major Clements, qui les attendait à l'entrée des urgences, l'informa que le vigile de la tour allait bien. Il recevrait un blâme, mais il survivrait.

— Elle va s'en sortir, Wade, ajouta Clements.

Dans le brouillard d'hébétude qui le cernait, il commença à croire lui aussi qu'ils s'en sortiraient tous les deux. Et si sa blessure à l'œil l'empêchait de travailler sur le terrain, tant pis. Aussi longtemps que Therese serait auprès de lui, la vie serait merveilleuse.

Mon Dieu, il était vraiment amoureux de cette femme… Ils se connaissaient à peine, mais il en savait assez sur elle pour être certain que c'était la femme qu'il lui fallait.

Therese allait survivre. Il méritait bien d'avoir un peu de chance. Ils le méritaient tous les deux.

— Il était temps que tu te réveilles, paresseuse.

Le visage de Wade emplit le champ de vision de Therese.

— Cela faisait des années que je n'avais pas dormi aussi profondément, malgré la douleur, répondit-elle. Quelle heure est-il ?

Ils étaient tous deux en vie. Wade approcha une paille de ses lèvres et elle prit une grande gorgée d'eau fraîche qui lui sembla presque aussi délicieuse que le contact du bras nu de Wade contre sa peau. Elle le frotta de la main, en un geste de réconfort.

— Tu ferais mieux de me demander quel jour nous sommes, dit-il. Tu as dormi pendant deux jours.

Il gratta son menton, qui était hérissé de barbe naissante.

— Tu vas guérir, reprit-il. Le couteau de Sal a évité tous tes organes vitaux.

— Ce n'est pas l'impression que j'ai.

Elle avait voulu plaisanter, mais sa voix était rude.

— Je m'en doute. Mais avant que tu me persuades de reprendre notre petit jeu de questions-réponses… ou avant que l'infirmière arrive et me mette à la porte… tu aimerais sans doute savoir ce qu'il s'est passé après que tu as perdu connaissance.

— Je n'ai pas perdu connaissance.

— Je te promets que si.

Il l'embrassa rapidement sur les lèvres et se redressa en prenant sa main dans la sienne.

— Reval s'est rendu et ils ont attrapé Sal alors qu'il essayait d'escalader la clôture en barbelés de l'aéroport. Steve a fouillé l'avion et y a trouvé le téléphone où figurent tous les contacts ainsi que l'algorithme. J'avais la copie d'Andrew, et Reval jure qu'il n'y en a pas d'autre. Bien sûr, la priorité de la Sécurité intérieure est de s'en assurer.

— C'est bien, mais...

— Andrew m'a dit lui-même qu'il était l'unique programmeur, ce que la Sécurité intérieure vérifie également. Apparemment, cet algorithme n'était rien de plus qu'un code de décryptage hautement perfectionné, conçu dans le but de prendre la main sur les stations de contrôle du trafic aérien. Si des terroristes s'en étaient emparés, ils auraient pu faire s'écraser plusieurs avions, ou pire encore. Mais Andrew a échoué. Il a tiré sur le vigile de la tour et j'ai dû l'abattre.

— Pouvons-nous revenir à ce qui est important ?

— Je te donnerai tous les détails plus tard. Tout ce que tu as besoin de savoir pour le moment, c'est que Reval va passer beaucoup de temps derrière les barreaux. Cette fois, il n'y aura pas d'accord.

— Je suis heureuse que nous ayons réussi à atteindre nos deux objectifs. Maintenant, tu es mon débiteur...

Elle s'interrompit devant son regard perplexe.

— Tu ne te souviens pas de notre première dispute ? demanda-t-elle, étonnée qu'il ne comprenne pas. Allons... Tu voulais qu'il aille en prison et moi, je voulais le programmeur.

— Oh oui. J'ai l'impression que cela fait toute une vie que nous avons eu cette discussion. Toute ta vie, plus précisément.

— Je n'allais pas mourir, chuchota-t-elle, pas au moment où j'avais enfin l'occasion de vivre. Et en parlant de ça... C'est ton tour.

Le visage de Wade se fendit d'un grand sourire. Il savait exactement de quoi elle parlait.

— Et toi, tu as une histoire à terminer. Tu parles d'un mélo ! Juste au moment où tu me dis que nous nous sommes rencontrés il y a des années, tu te fais enlever.

Il prit sa main et y déposa un baiser.

— Toi d'abord, ordonna-t-elle.

— Pardon. Voyons… Quand nous sommes-nous rencontrés ? À l'époque où je faisais partie de la police de la route, peut-être ? Est-ce que je t'ai donné une contravention ?

— Non. Tu m'as sortie d'une voiture accidentée, près de San Antonio. C'était il y a neuf ans. Le 31 mai, pour être précise.

— Bon sang… Ça fait longtemps. Tu n'étais encore qu'une gamine. Et c'est parce que tu t'étais renseignée sur moi que tu savais où j'habitais ?

— Jamais je n'aurais fait ça, mentit-elle.

— Je parie que si, Therese Ortis. Je parie que si.

Il l'embrassa sur les lèvres et se redressa pour dire :

— Je regrette d'avoir oublié cette rencontre. Pourquoi ne m'as-tu rien dit ? Est-ce que tu avais peur que je me souvienne que… je ne sais pas, moi, que tu avais des bagues orthodontiques, par exemple ?

Une infirmière entra dans la chambre et se mit à écrire sur un tableau blanc avant de dire :

— Je pensais bien vous trouver ici, ranger Hamilton. Il faudrait que vous soyez dans votre chambre de temps en temps pour qu'on puisse vous examiner.

— Mais, Debbie, elle vient tout juste de se réveiller ! geignit-il théâtralement en clignant de l'œil à l'adresse de Therese.

— Oh mon Dieu, vous êtes réveillée ! C'est fantastique. Je biperai votre médecin dès que j'aurai pris vos constantes.

L'infirmière passa le brassard du tensiomètre autour du bras de Therese, mais sans cesser de regarder Wade.

— Je suis sérieuse, ranger Hamilton. Les médecins commencent à envisager de vous sangler sur votre lit. Il faut que vous retourniez dans votre chambre, maintenant.

Elle posa les mains sur les hanches, mais sans paraître plus autoritaire pour autant.

— Sa chambre ? demanda Therese.

— Nous le gardons en observation, expliqua l'infirmière.

— J'ai une petite commotion cérébrale. Rien de grave.

Debbie sourit à Therese et compléta :

— Et pourtant, il est ici depuis deux jours.

— Vraiment ?

— Oui, mais il ne s'est rien passé d'intéressant pendant que tu te reposais. Et puisqu'on me met à la porte aujourd'hui, je pourrai officiellement venir dormir dans le fauteuil de ta chambre.

Pensait-il vraiment qu'elle s'inquiétait plus pour la façon dont s'était déroulée l'opération que pour lui ?

— Je reviendrai dès que l'équipe de jour m'aura examiné sous toutes les coutures.

Il se leva et l'embrassa tendrement sur le front, puis sur les lèvres.

— Et cette fois, ne va nulle part sans moi.

Il sourit et sortit de la chambre avant qu'elle ait pu ajouter un mot.

L'infirmière gonfla le brassard en secouant la tête.

— Cet homme est bien trop têtu pour...

— Au fait, dit-il en passant la tête par l'entrebâillement de la porte. Je t'aime, moi aussi. Je suis même prêt à acheter un canapé.

Fidèle à sa parole, Wade retourna dès qu'il le put dans la chambre de Therese, avec son téléphone portable. Elle ne se rendait pas compte qu'elle était arrivée à l'hôpital dans un état critique. Un jour, il le lui dirait. Mais aujourd'hui, ils allaient se contenter de savourer le fait qu'ils étaient tous deux en vie.

Quand elle se réveilla de nouveau, elle dit, d'une voix pâteuse :

— Tu as l'air différent.

— Oui. Les infirmières ont pensé que je te plairais plus si je me lavais. J'ai eu beau leur dire qu'il était impossible que je te plaise plus, elles ont insisté.

— Un brin de toilette ne me ferait sans doute pas de mal, à moi non plus. Je dois être affreuse.

— Comme j'ai décidé de ne jamais te mentir, ma chérie, je dirais que tes bleus sont plutôt moches. Mais ça ne me dérange pas.

Il passa le pouce sur son épaule, qui était recouverte par une ecchymose violet foncé.

— Mais les infirmières ont peut-être eu raison de me convaincre de faire ma toilette. Alors, j'ai demandé à mes hommes de passer prendre quelques affaires chez toi.

— Je ne sais pas si je suis prête pour ça.

— Allons, ma chérie. Deux belles surprises t'attendent. Tu voudras être coiffée pour les voir.

— Ça ne peut pas attendre ?

— Tu as environ une heure.

— Wade ? Qu'est-ce qu'il se passe ?

— J'ai eu une longue conversation avec l'agent Woods. Il a convenu que ta carrière d'agent infiltré était terminée maintenant que nos photos sont passées à la télé et dans les journaux.

— Et... ?

— Et certaines personnes qui te sont chères ne vont pas tarder à te rendre visite.

Les yeux de Therese s'emplirent de larmes.

— Tu as appelé ma famille ?

— Pas moi, non, mais je m'attribue une partie du mérite.

— Il a menacé beaucoup de gens pour parvenir à ses fins, intervint Steve, qui se tenait à la porte. Si tu ne veux pas les voir, c'est à lui que tu dois t'en prendre.

— Oh ! mais je veux les voir, chuchota-t-elle. Merci, Wade.

— Venez, Wade, reprit Woods. Les infirmières attendent.

Wade embrassa tendrement une Therese rayonnante et quitta sa chambre à contrecœur. Une fois dans le couloir, il fourra les mains dans les poches de son jean et s'adossa à un pilier. Steve le rejoignit.

— Merci d'avoir fait venir la famille Ortis, lui dit Wade. Vous n'auriez pu trouver meilleure façon de la remercier pour tous les sacrifices qu'elle a consentis pour son pays.

Il tendit la main à Steve, qui la serra avant de répondre :

— C'était le moins que nous puissions faire. Au fait, j'ai entendu dire que vous n'étiez pas au mieux, physiquement ?

Wade baissa la tête et fixa le sol.

— En effet. J'ai subi des dommages permanents à l'œil gauche. Un poste va se libérer à la compagnie B.

— Ils vont vous transférer ?

— Non, j'ai démissionné.

— Vous avez quelque chose en vue ?

Wade releva la tête.

— Est-ce que c'est une proposition ?

— Pour tout dire, la Sécurité intérieure pensait vous en faire une, ainsi qu'à Therese.

— Je ne sais pas. Je viens juste d'acheter un canapé.

Steve sembla perplexe.

— Vous pourrez l'emporter quand vous déménagerez.

— Sincèrement, j'aimerais rester assis au bord d'une piscine pendant un moment, si c'est ce que Therese veut elle aussi. Vous voyez, je n'ai aucune envie de renoncer à elle.

— Et je vous comprends. J'ai fait cette erreur il y a longtemps. Je l'ai laissée partir... Le pire jour de ma vie.

— Mais vous êtes marié maintenant, n'est-ce pas ?

— En effet. Mais c'est votre histoire, et vous avez le temps d'y réfléchir.

Steve lui serra de nouveau la main et s'éloigna dans le couloir.

Les infirmières ressortirent enfin de la chambre de Therese en laissant la porte ouverte. Le téléphone de Wade vibra au même moment : sa famille venait d'arriver. Il ne lui restait plus beaucoup de temps.

Il frappa, et Therese s'assit dans son lit.

— Ils montent, lui annonça Wade. Ils auraient dû arriver hier, mais il leur a fallu une journée de plus. D'après ce que m'a dit Heath, l'un de tes frères cadets fréquente Washington State.

— Je sais, dit-elle en souriant. J'ai suivi le parcours de toutes les personnes que j'aimais.

— Tu es donc une harceleuse.

Il grimpa sur le lit à côté d'elle.

— Tu as oublié ce que je t'ai dit ? Toi, tu étais le héros pour lequel j'avais le béguin.

Elle agita les doigts pour lui demander de lui prendre la main, ce qu'il fit.

— Je préfère ça, taquina-t-il.

— Et si nous décidions que c'est notre petit secret ?

Elle posa un doigt sur ses lèvres.

— Je ne dirai jamais rien à personne. Mais je me livrerai au chantage de façon régulière.

Il se pencha pour l'embrasser longuement, comme il rêvait de le faire depuis des jours. Elle l'enveloppa de ses bras pour l'attirer vers elle et quand leur baiser prit fin, ils étaient dans les bras l'un de l'autre. Il aurait pu rester ainsi pendant des heures pour se reposer enfin, maintenant qu'elle était réveillée et hors de danger.

Mais sa famille, que Jack était lui-même allé chercher à l'aéroport, allait arriver. Il s'assit et se demanda comment lui annoncer qu'il avait dû démissionner. Pourtant, il avait l'impression qu'elle ne lui en tiendrait pas rigueur et qu'elle le soutiendrait, quoi qu'il décide de faire du reste de sa vie.

— Au fait, j'ai commandé un canapé.

— Vraiment ? C'est ce qui est le plus important pour toi, en ce moment ?

Il abandonna ses manières charmeuses et la regarda droit dans les yeux. Pour une fois dans sa vie, il essaya d'être vraiment sérieux.

— Je n'avais jamais eu de raison d'en acheter un avant. Alors oui, c'est plutôt important.

— Dis-moi, Wade Hamilton, est-ce que tu es en train de me demander de sortir avec toi ?

— Eh bien… Maintenant, j'ai un canapé sur lequel nous pourrons nous peloter.

Elle noua les bras autour de son cou, l'attira contre elle et l'embrassa de nouveau.

— Il ne nous reste plus qu'à adopter un chien.

— Certainement pas. C'est un canapé en cuir véritable. Pas question d'avoir un animal.

Épilogue

Six semaines plus tard

Le cœur de Wade battait tellement fort qu'il était certain que les gens assis à la table voisine pouvaient l'entendre. Jamais il n'avait été aussi nerveux. Bientôt, il serait trop tard pour changer d'avis – mais de toute façon, il ne voulait pas changer d'avis.

Pourtant, il était terrifié par ce qui l'attendait. Dans quoi diable s'était-il laissé embarquer ?

— Ça va ? demanda Therese en lui prenant la main par-dessus la table. Est-ce que tu préfères rentrer à l'hôtel plutôt qu'aller au cinéma ?

— Non. Ça va. Désolé. J'étais juste en train de réfléchir.

— Ça se voit. Tu sais, si tu es fatigué, ça ne me dérange pas de rentrer. Tu m'as amenée à Fort Worth pour un week-end merveilleux et invitée ici pour un dîner sophistiqué…

Elle pressa sa main plus fort.

— Est-ce que tu as de quoi payer la note ? Tu n'as pas oublié ton portefeuille, au moins ?

Il dégagea sa main, sortit sa carte de crédit de son portefeuille et la tendit en l'air pour attirer l'attention du serveur. Therese se renfonça dans sa chaise et essuya une dernière fois ses lèvres sensuelles avec sa serviette.

— De toute façon, je n'ai pas besoin d'un dessert.

— Est-ce que tu as vu quelque chose qui te plaisait ?

Il avait à peine fini de parler quand le pied de Therese heurta le sien. Il articula « Aïe », mais il n'avait pas eu mal.

— Non, idiot. J'ai envie de rentrer, moi aussi.

Elle cligna de l'œil.

Le serveur arriva et repartit, muni de sa carte, et Wade reprit la main de Therese dans la sienne. Tout allait bien. Très bien, même. Ils avaient eu bien besoin de ce week-end avant de commencer la formation de la Sécurité intérieure.

Ils avaient passé tout leur temps libre ensemble, mais entre la clôture de l'affaire, les témoignages devant le grand jury, les paperasses, les lettres de candidature et les entretiens, ils s'étaient à peine vus. Il comprenait qu'elle ait envie de rentrer à l'hôtel.

Mais d'abord...

Ils sortirent du restaurant et prirent le chemin de l'hôtel, main dans la main.

— Mais qu'est-ce que tu as ?

Elle lâcha sa main pour s'accrocher à son bras.

— Est-ce que tu t'inquiètes pour la formation ? Ils ont dit eux-mêmes que ton problème de vue ne serait pas un handicap pour un travail d'analyste.

Il haussa les épaules et marmonna un « oui ». Elle relâcha son bras. Sa déception était palpable.

Bon sang... Il avait la gorge nouée et ses genoux menaçaient de se dérober sous lui. Il était incapable de maîtriser sa nervosité. S'il ne procédait pas avec la plus grande prudence, il allait faire capoter le plan qu'il avait si soigneusement élaboré.

Il ferait peut-être mieux de lui parler, tout simplement. Les petites amies de ses meilleurs amis – Vivian, Kendall et Megan – lui avaient juré que toutes les femmes aimaient le genre de surprise qu'il lui réservait, mais... si elles s'étaient trompées ?

Il saisit la main de Therese, lui leva le bras et la fit tourner au milieu du trottoir. Elle éclata de rire. Il recommença, encore et encore, jusqu'à ce que son angoisse se dissipe.

Une minute plus tard, ils arrivèrent sur Sundance Square, au milieu des fontaines qui étincelaient d'un éclat doré. Megan, Vivian et Kendall lui avaient dit que c'était le cadre idéal pour prendre des photos. Parce qu'il était essentiel d'immortaliser cet instant. C'était ce que voulaient les traditions modernes.

Les traditions ?

Il n'avait jamais eu pour habitude d'en suivre, mais il le voulait maintenant, même si Therese n'avait jamais dit un seul mot à ce sujet – ce qui avait amené le major et Fred à le mettre en garde.

Il repéra leurs amis, qui étaient tous là – les femmes se cachant derrière leurs compagnons respectifs. Mais la femme qu'il aimait ne semblait rien avoir remarqué. Elle était bien trop fascinée par le spectacle des enfants qui couraient sur la place en slalomant entre les jets d'eau. Elle ne pensait qu'à son bonheur – que ce soit à l'idée de voir le film dont elle avait parlé, ou de retourner à l'hôtel.

Il eut envie de la soulever de terre et de la jeter sur son épaule pour courir jusqu'au camion. Si elle disait non ? Mon Dieu… Et si elle disait oui ?

Avant d'avoir eu le temps de s'embrouiller encore un peu plus les idées, il mit un genou à terre. Des passants le montrèrent du doigt. Des mères éloignèrent leurs enfants qui pataugeaient dans la fontaine. Et Therese se retourna pour le dévisager, une main plaquée sur la bouche.

— Wade ? Est-ce que tu…

— Pourquoi est-ce que tout le monde me regarde ? On ne peut plus se gratter la jambe ?

Il retroussa la jambe de son jean et plongea la main dans sa botte pour indiquer à leurs amis que le moment était venu pour eux d'approcher. Therese n'avait toujours pas remarqué les membres de sa famille, qui étaient assis un peu en retrait.

Elle se détourna en soufflant longuement, et il en profita pour attraper la bague qu'il avait glissée dans sa chaussette. Il la passa à son petit doigt avant de remettre en place la jambe de son pantalon.

— Oh ! mon Dieu, dit-elle par-dessus son épaule. J'ai bien cru que tu allais me demander...

Il ne se releva pas. Le bras tendu, il exhibait une bague de fiançailles que tout le monde voyait, sauf la femme à laquelle elle était destinée. Ce ne fut que quand une mère qui portait un enfant dans ses bras tendit le doigt que Therese s'arrêta et se retourna lentement.

Ses yeux magnifiques étaient écarquillés et le bout de ses doigts effleurait ses lèvres, qui dessinaient un O parfait. Son regard rencontra celui de Wade avant de se poser sur la bague, puis de remonter vers son visage. Ses yeux s'emplirent de larmes.

— Est-ce que c'est une mauvaise idée ? demanda-t-il à mi-voix. Est-ce que tu préfères que je la remette dans ma botte ?

Si elle devait lui dire non, ce n'était pas la peine que tout Fort Worth l'entende, en plus de leurs familles et de leurs amis.

— Therese ?

Elle cligna des yeux et les larmes dévalèrent son visage.

Il avait envisagé beaucoup de scénarios, mais jamais il n'aurait cru qu'elle pleurerait. Il voulut se relever pour sécher ses larmes, mais il resta comme paralysé, un genou en terre, en se faisant l'effet d'être un parfait imbécile. Tous les doutes que ses amis avaient chassés après qu'il avait acheté cette bague revenaient le hanter.

— Attends !

Elle tendit les mains pour l'empêcher de bouger.

— Si tu as une question à me poser... j'ai peut-être une réponse.

N'avait-il vraiment rien demandé ?

— Bon sang... Therese Ortis, veux-tu m'épouser ?

— C'est demandé si gentiment... Comment pourrais-je refuser ?

Elle sourit et tendit la main vers lui. Il glissa la bague à son doigt, se releva pour l'embrasser, et ses amis les entourèrent aussitôt, lui donnant des tapes dans le dos et accueillant Therese dans leur cercle.

Elle recommença à pleurer quand elle vit sa famille, accompagnée de Fred et de sa femme. Tout le monde était présent pour ce moment tellement important. Pour la première fois de sa vie, Wade se sentit réellement béni.

— Tu nous as fait peur pendant une minute, dit Jack.

— J'ai été complètement prise de court.

Elle sourit de nouveau, mais Wade cherchait encore à se remettre du choc provoqué par sa réponse et ses pensées étaient trop embrouillées pour qu'il puisse dire quoi que ce soit. Il ne pouvait que ressentir la perfection du moment.

Il serra Therese dans ses bras et la fit tournoyer.

— Je t'aime, lui chuchota-t-il à l'oreille. Tu n'es pas seule dans la vie. Je surveillerai toujours tes arrières.

— Je t'aime moi aussi. Tu es le meilleur équipier que j'aie jamais eu.

— Le seul que tu aies jamais eu, corrigea-t-il. Et pour ceci...

Il embrassa le doigt où étincelait le diamant.

— Le seul dont tu auras jamais besoin.

NICOLE HELM

Pour protéger sa fille

Traduction française de
PASCALE DOMÉJEAN

BLACK ROSE

HARLEQUIN

Titre original :
COVERT COMPLICATION

Ce roman a déjà été publié en 2021.

1

Lorsque, enfant, il rêvait à sa vie d'adulte, Cody Wyatt n'imaginait pas qu'il reviendrait un jour travailler au ranch de sa grand-mère.

Même s'il était le plus jeune de six frères au caractère bien trempé, il n'avait jamais aimé qu'on lui dise ce qu'il avait à faire. Il l'acceptait de sa grand-mère – après tout, c'était elle qui les avait élevés, lui et ses frères, et refuser de lui obéir n'était même pas envisageable.

Mais il n'allait pas tarder à envoyer son poing dans la figure de Dev si ce dernier continuait à critiquer sa façon de monter à cheval.

Ça ne serait pas la première fois qu'il en viendrait aux mains avec un de ses frères, mais il se mettait rarement en colère contre Dev : c'était celui dont il se sentait le plus proche.

L'aîné, Jamison, était parvenu à les faire tous sortir du gang que dirigeait leur père, et les avait confiés à grandma Pauline, leur grand-mère maternelle. Elle avait tout fait pour qu'ils souffrent le moins possible de l'absence de leur mère, prématurément décédée. Jamison avait alors endossé le rôle de chef de famille, et Cody avait parfois eu du mal à l'accepter. Il avait beaucoup d'affection et de respect pour son frère aîné, mais il y avait entre eux une grande différence d'âge et, lorsqu'il était jeune, Cody n'avait pas toujours réalisé combien les responsabilités assumées par Jamison pouvaient parfois être lourdes à porter.

Venaient ensuite les jumeaux Brady et Gage. Ils étaient inséparables, et n'avaient pas besoin de se parler pour se comprendre. Cody les aimait mais, lorsqu'il était en leur compagnie, il lui était difficile de trouver sa place.

Tucker, qui avait presque le même âge que Cody, idolâtrait Jamison. Comme lui, il avait cette honnêteté et cette droiture chevillées au corps, mais avec un peu plus de légèreté.

Dev, quant à lui, partageait avec Cody une colère qu'il arrivait à faire taire, mais qui était toujours présente au fond de lui. Il y avait en eux une part d'obscurité qui avait failli mener Dev à sa perte quelques années auparavant, et que Cody s'était juré de canaliser pour en faire un atout.

C'était ce que son travail au sein de l'agence North Star lui avait permis d'accomplir.

Et maintenant qu'il était revenu au ranch après sa dernière mission pour le compte de cette organisation, ce travail lui manquait.

North Star lui avait fourni un cadre dans lequel il avait pu s'épanouir, et devenir l'homme qu'il était aujourd'hui. Mais il avait toujours su que son rôle au sein de l'organisation ne serait que temporaire. C'était la clé de l'efficacité de cette agence qui œuvrait dans l'ombre, et dont l'activité consistait à démanteler des groupes mafieux.

Comme celui de son père, chef des Fils des Badlands.

Depuis son arrestation, le mois dernier, et la mort de son second, le groupe était affaibli… mais il existait encore.

C'était à d'autres que reviendrait la tâche de le dissoudre complètement pendant que Cody était là à rassembler le bétail avec un de ses frères.

Et il avait bien du mal à l'accepter.

Il jeta un coup d'œil à Dev, qui bouchonnait son cheval après un après-midi passé à conduire le troupeau sur un nouveau lieu de pâture. Ses deux chiens étaient assis à ses pieds. Dev semblait impassible mais, même si Cody n'avait pas souvent été là au cours des dernières années, il le connaissait assez pour savoir qu'il luttait contre la douleur.

— Tu es sûr qu'il ne va pas sortir ? demanda soudain Dev.

Cody ne lui demanda pas de qui il parlait. Depuis que leur père – Ace Wyatt – avait été incarcéré, ils craignaient tous qu'il ne réussisse à négocier sa libération et n'échappe à un procès.

— Pas dans l'immédiat.

Dev poussa un soupir. Ses chiens pointèrent le museau et reniflèrent l'air, puis se levèrent et s'éloignèrent ensemble. Grandma avait dû mettre à manger dans leur gamelle, se dit Cody.

Dev regarda l'horizon en clignant des paupières. Trois silhouettes à cheval s'approchaient. C'était Duke Knight avec deux de ses filles. Enfin, seule Rachel était sa fille biologique. Sarah était l'une des enfants qu'il avait recueillies… la seule que sa femme, Eva – maintenant décédée –, et lui avaient réussi à adopter légalement.

Parfois, Cody songeait que la mort d'Eva Knight coïncidait avec le moment où tous leurs problèmes avaient commencé… Même si, à vrai dire, leur origine était beaucoup plus lointaine : comment les choses auraient-elles pu être simples lorsque l'on naissait dans la famille du leader des Fils des Badlands ?

Grâce à Jamison, Cody était sorti du gang juste avant son septième anniversaire, et avait connu une enfance normale, contrairement à ses frères. Les Knight exploitaient le ranch voisin et les considéraient comme faisant partie de la famille. Toutes leurs filles avaient été les camarades de jeu des frères Wyatt.

Et parfois plus comme, par exemple, Liza et Jamison… Avant que Liza tombe à nouveau sous l'emprise des Fils des Badlands.

Et comme, plus tard, Cody et Nina.

Cody avait tout fait pour chasser Nina de son esprit… Mais ici, au ranch, toutes les questions qui l'avaient hanté lui revenaient à l'esprit : pourquoi était-elle partie ? Et si elle n'avait pas pris cette décision, seraient-ils encore ensemble ?

Mais tout cela n'avait plus d'importance. Elle avait choisi de le quitter. Du jour au lendemain, elle avait disparu sans la moindre explication, en le suppliant de ne pas chercher à la contacter.

Alors, il avait fait ce qu'elle lui demandait.

— Je suppose qu'ils viennent dîner ici.

Cody s'était efforcé de parler d'une voix enjouée. Il ne lui était pas facile de se retrouver assis à la même table que Duke Knight, qui le rendait toujours responsable de la fuite de Nina.

Mais, pour ne pas contrarier grandma, ils évitaient tous les deux soigneusement le sujet.

C'est le moment que choisit grandma pour entrer dans l'écurie. Elle ne portait pas ses habits de travail, et elle était très pâle.

— Viens avec moi, Cody.

Il croisa le regard de Dev, qui haussa les épaules. Grandma avait un air inhabituellement grave. D'ordinaire, elle menait son monde avec une étincelle joyeuse dans les yeux. Aujourd'hui, cette lumière était éteinte.

Cody avait appris à garder son sang-froid en toutes circonstances. Il avait en cela suivi l'exemple fourni par son frère Jamison qui, bien qu'ayant libéré ses cadets de l'emprise des Fils des Badlands, avait été obligé d'y rester lui-même contre son gré jusqu'à ses dix-huit ans. La formation dispensée par la CIA et les missions menées pour le compte de l'agence North Star n'avaient fait que renforcer la maîtrise que Cody avait de lui-même.

Mais toutes ces années d'entraînement ne servirent à rien lorsqu'il vit l'air grave de sa grand-mère. Il se raidit, et sentit son cœur se mettre à battre plus fort.

Il la suivit jusqu'à la maison. Lorsqu'il vit une ambulance surmontée d'un gyrophare garée devant, il se mit à courir, dépassant sa grand-mère qui marchait plus lentement. Des urgentistes étaient en train de mettre à l'intérieur du véhicule un brancard sur lequel une femme était allongée.

Il s'immobilisa en reconnaissant son visage.

Grandma le rattrapa, un peu essoufflée.

— Pourquoi Nin...

Avant qu'il puisse prononcer son nom, sa grand-mère lui donna un coup sur le bras. Fort.

Les secouristes refermèrent les portes du véhicule, et Cody se tourna vers sa grand-mère, stupéfait.

— Je vais t'expliquer. Mais ce n'est pas elle qui a besoin de toi en ce moment, déclara-t-elle, l'air encore plus grave.

Cody ne comprenait peut-être pas ce qui se passait, mais le message de sa grand-mère était clair.

Il s'agissait bien de Nina, et elle était en danger... Et moins ils en diraient pour l'instant, mieux ils pourraient la protéger.

— J'ai déjà appelé Gage, reprit grandma. Il va s'occuper de tout à l'hôpital. La blessure était trop profonde pour que je puisse m'en charger toute seule.

Cody demeura immobile, regardant l'ambulance qui commençait à s'éloigner. Peut-être avait-il rêvé... Peut-être n'était-ce pas Nina...

— Suis-moi.

Grandma entra dans la maison, et Cody lui emboîta le pas. L'image de Nina, livide, ensanglantée, le hantait... Il ne comprenait rien à la scène dont il venait d'être témoin.

Il traversa la cuisine, monta l'escalier, et suivit sa grand-mère jusqu'à la chambre qu'occupaient Liza et sa demi-sœur, Gigi, lorsqu'elles étaient au ranch.

Liza et Gigi se trouvaient en ce moment dans la maison de Bonesteel où elles avaient emménagé avec Jamison, mais une autre petite fille était là. Elle était blottie dans un coin, et serrait une poupée dans ses bras. Une poupée tachée de sang... comme ses vêtements.

— Elle n'est pas blessée, déclara grandma.

Comme lui, elle était restée dans l'embrasure de la porte.

— Qui est-ce ? demanda-t-il avec la sensation dérangeante que quelque chose n'allait pas.

Il avait l'impression qu'un poids s'était abattu sur lui.

— Nina est arrivée à l'improviste. Elle était blessée. J'ai essayé de l'aider, mais il y avait tant de sang que j'ai immédiatement appelé les secours. Je ne pouvais rien faire toute seule.

— Qui est-ce, grandma ? répéta Cody, même si l'idée que Nina était grièvement blessée le bouleversait.

— Nina m'a demandé de la cacher, répondit grandma en désignant la petite fille du menton. Elle n'arrêtait pas de répéter que je ne devais révéler son existence à personne.

— Je ne comprends pas...

— Je pense que si, Cody. La dernière chose que Nina m'a dite avant de perdre connaissance, c'est qu'elle s'appelle Brianna. Et que maintenant, c'est *toi* qui dois la protéger.

La petite fille leva vers lui de grands yeux effrayés. Son visage était taché de sang. Elle avait un air vaguement familier, mais Cody ne savait pas où il l'avait déjà vue. Il n'arrivait pas à réfléchir alors que le sang tambourinait à ses oreilles et que tous ses membres étaient comme engourdis.

— Elle refuse que je m'approche d'elle, déclara grandma avec tristesse.

— Et pourquoi penses-tu qu'elle va me laisser faire ? répliqua Cody d'une voix rauque.

Même s'il savait déjà ce que sa grand-mère allait dire, il lui était impossible de le formuler clairement dans son esprit.

Grandma secoua la tête.

— Parce que tu es son père, Cody.

Nina Oaks tentait de sortir des ténèbres qui la retenaient. Elle entendait quelque chose biper, et sa fille n'était pas avec elle.

Brianna. Brianna.

Il devait la protéger !

Lorsqu'elle ouvrit les yeux, ce fut sur un visage familier.

Mais pas celui qu'elle s'attendait à voir. Ou plutôt, qu'elle avait espéré voir.

Soudain, elle se souvint de tout. Un homme était entré chez elle. Il était masqué. Et Brianna...

— Gage..., souffla-t-elle.

Tous les frères Wyatt étaient les bienvenus, même si ce n'était pas celui auquel elle devait parler de toute urgence. Ils la connaissaient. Ils la protégeraient. Eux seuls pouvaient l'aider.

— Bonjour, Malory.

Elle grimaça sous l'effet conjugué de la douleur et de la perplexité.

— Mais Gage, je ne m'appelle pas Malory ! Tu connais mon...

Il posa délicatement sa main sur le bras où on lui avait installé une intraveineuse.

— Bien sûr que je connais ton nom, Malory Jones, déclara-t-il en la regardant avec intensité.

Sa voix, elle, était demeurée calme, neutre.

— Je t'ai porté secours après t'avoir trouvée sur le bord de la chaussée. Tu es à l'hôpital maintenant. Ils vont te soigner. Tout ira bien, ne t'inquiète pas.

Ce n'était pas ainsi que les choses s'étaient déroulées mais, même si tout était encore très confus dans son esprit, Nina savait qu'elle ne devait pas le contredire. Gage lui paraissait plus grand que dans son souvenir, mais c'était certainement à cause de son uniforme... Et elle avait l'habitude de le voir au ranch de grandma Pauline, pas dans une petite chambre d'hôpital...

« Malory Jones. »

Gage savait parfaitement qui elle était. Même si cela faisait sept ans qu'ils ne s'étaient pas revus, elle n'avait pas changé. Pas vraiment... en tout cas, pas physiquement.

— Je ne me souviens plus...

Il fallait qu'elle se rappelle ce qui s'était passé... Qu'elle ait les idées claires, afin de pouvoir déterminer ce qu'elle allait faire.

Brianna. Il devait la mettre en sécurité.

— Ne t'inquiète pas. Ça doit être à cause de tous ces

médicaments. Pour le moment, tu dois te reposer et reprendre des forces. Ne parle pas, Malory.

Il ne voulait pas qu'on sache qui elle était...

— Gage, il faut que je sache...

Même si elle ne comprenait pas tout, elle savait qu'elle ne devait pas prononcer le nom de Brianna. L'existence de sa fille devait demeurer secrète.

Mais il fallait qu'elle sache si Brianna allait bien. Elle se rappelait qu'elle avait été blessée par balle... Qu'elle avait ensuite attrapé un tesson d'une lampe en verre qui s'était cassée et qu'elle l'avait enfoncé dans la gorge de son assaillant.

Elle se souvenait du sang qui avait coulé, des cris... D'avoir rassemblé les forces qui lui restaient pour sortir de la maison avec Brianna.

Alors, elle avait dû y mettre le feu. Réduire tout en cendres était le seul moyen de continuer à cacher l'existence de Brianna au monde entier, et aux Fils des Badlands en particulier.

— Gage... Gage... Je t'en supplie !

Elle sentit une larme couler sur sa joue. Elle ne se rappelait plus ce qui s'était passé après l'incendie. Elle ne savait pas où était Brianna.

Gage s'accroupit pour être à sa hauteur.

— Écoute : tout le monde va bien et est en sécurité. Ils vont te soigner.

Il essuya sa larme.

— Tout le monde va bien. *Tout le monde*. C'est bon ?

Il devait faire allusion à Brianna. Il fallait que ce soit ça ! Elle hocha la tête. Ainsi, elle avait réussi à mettre Brianna à l'abri... chez les Wyatt.

Cody...

Il ne comprendrait pas. Il était trop orgueilleux, trop déterminé pour cela. Il allait croire qu'elle aurait dû le mettre au courant et qu'il aurait pu tout arrêter.

Aujourd'hui encore, Nina était persuadée du contraire...

Alors même qu'elle était venue trouver refuge auprès de lui et de sa famille, et leur avait confié sa fille.

Si elle n'avait pas agi ainsi sept ans plus tôt, Cody serait mort. Brianna aussi.

Mais Cody ne le lui pardonnerait jamais...

La porte s'ouvrit, et Gage et elle levèrent les yeux vers l'homme qui entrait dans la pièce.

Il était grand, athlétique et élancé, et dégageait une énergie pleine de fureur. Elle aurait dû avoir peur.

Mais cet aspect de sa personnalité lui était familier. Elle avait appris à le connaître par le passé, et s'était réjouie de savoir qu'elle était la seule à pouvoir éclairer son côté sombre.

Mais pas aujourd'hui.

— Il faut que je lui parle, déclara Cody d'un ton sec alors que Gage se relevait lentement.

Gage s'avança vers Cody, essayant de l'empêcher de s'approcher du lit.

— Pas ici, dit-il en posant la main sur le torse de Cody. Pas maintenant.

Les yeux noisette de Cody brillèrent d'une colère qu'elle ne comprenait que trop. Elle n'en attendait pas moins.

Mais elle préféra se laisser à nouveau absorber par les ténèbres plutôt que de l'affronter...

2

Grandma lui avait vivement recommandé de ne pas se rendre à l'hôpital mais, après avoir passé des heures à tenter vainement d'apprivoiser la petite fille, Cody n'avait pas pu résister : il fallait qu'il ait des explications.

Ce n'était pas possible...

Mais l'expression du visage de Nina lorsqu'elle le vit pénétrer dans sa chambre d'hôpital laissa peu de place au doute : dans ses yeux il lut qu'elle implorait son pardon.

Cette petite fille qui ne voulait laisser personne essuyer le sang sur son visage était bien la sienne.

La sienne.

Et Nina lui avait caché son existence. Pendant sept ans.

Gage le conduisit hors de la pièce, et Cody se laissa faire parce que Nina avait fermé les yeux. Elle ne semblait pas en état de parler.

— Rentre à la maison, Cody. Je gère la situation.

Cody souffla avec mépris. Gage gérait la situation ! Qu'y avait-il à gérer ? Cela ne voulait rien dire !

— Plus longtemps tu resteras ici, plus tu la mettras en danger, souffla Gage avec force. Et je sais que tu ne le veux pas.

— Tu ne sais pas ce que je veux !

— Dès qu'elle sera en état de sortir, nous l'emmènerons. Mais pars. Il faut que nous soyons très prudents !

— Pourquoi agis-tu comme si...

— D'après toi, pourquoi une femme – ton ex-petite amie – surgirait-elle au ranch avec une balle dans le ventre, Cody ?

— Il est en prison, répliqua Cody en baissant lui aussi la voix. Et nous sommes dans un hôpital. Alors, je ne vois pas...

— *Il* est en prison. Pas les autres. Quelqu'un a tiré sur elle. Quelqu'un qui est certainement encore à ses trousses. Les secrets qu'elle...

— Effectivement : elle a des secrets, l'interrompit Cody.

— Écoute : je ne sais rien de plus que ce que m'a raconté grandma. Je me mets à ta place... je comprends tout à fait que tu sois en colère et que tu aies des questions à lui poser. Mais fais attention : la situation n'est pas seulement délicate, elle est dangereuse.

Gage posa la main sur son épaule, comme s'il essayait de le stabiliser.

— Et pas seulement pour toi. Pour nous tous.

— Et d'après toi, je dois faire quoi ? grommela Cody.

— Retourne au ranch. Assure-toi que tout va bien là-bas. Je m'occupe d'elle et, quand elle aura le droit de sortir de l'hôpital, nous verrons ensemble ce que nous pouvons faire.

Même si Cody avait bien du mal à l'admettre, Gage avait raison.

— Rentre à la maison, Cody.

C'est ce qu'il fit. Toute la rage qu'il avait en lui s'était évanouie lorsqu'il avait posé les yeux sur Nina, livide sur ce lit d'hôpital, le regardant comme si elle s'apprêtait à affronter la pire épreuve qui soit.

Mais aussi comme si elle plaçait tous ses espoirs en lui.

Il fit le trajet dans un état second. *Brianna. Brianna.* Ce nom se répétait en boucle dans son esprit, occupant toutes ses pensées.

Lorsqu'il entra dans la cuisine, grandma était penchée au-dessus de l'évier, en train de faire la vaisselle.

— Tu devrais être au lit, lui dit Cody, remarquant l'heure tardive.

Il était presque minuit. Sa grand-mère devait apprendre à se ménager...

— Elle court se cacher sous le lit dès qu'elle entend la porte s'ouvrir, déclara grandma avec un soupir. J'étais tellement désespérée que j'ai appelé les filles.

Elle tourna le robinet pour arrêter l'eau et s'essuya les mains sur un torchon.

— Elles sont en haut avec elle, en train d'essayer de l'amadouer.

« Les filles »... Celles de Duke et Eva Knight. Là-haut avec... Avec...

— Écoute, Cody... Pour le moment, il faut que tu mettes ta colère de côté. La seule chose qui importe est de mettre cette enfant à l'abri.

— Cette enfant...

Cody ferma les yeux. Il avait toujours du mal à croire que c'était la sienne... Que Nina avait pu lui faire ça... Elle avait mis fin à leur relation des années plus tôt, mais il n'avait pas été surpris. Nina était douce et aimante : tout le contraire de ce qu'il était lui-même. Elle était trop bien pour lui – et Duke Knight n'avait pas manqué de le lui dire.

Il était en train de suivre sa formation à la CIA lorsqu'elle lui avait envoyé un message pour lui signifier que tout était fini entre eux. Il avait eu mal, très mal. Il n'avait rien vu venir mais, en fin de compte, la décision de Nina était compréhensible. Elle méritait mieux que lui.

Il avait accepté cette rupture avec fatalisme. Mais cela...

Il n'arrivait même pas à l'envisager.

Il avait une fille... *lui*...

Ce n'était tout simplement pas possible !

— Va lui parler. Essaie de lui poser quelques questions sans l'effrayer, pour savoir ce qui s'est passé.

Cody aurait pu refuser. Il fut tenté un instant de le faire. Mais ils devaient essayer d'en savoir plus, et Brianna était pour le moment la seule capable de leur fournir quelques informations.

— Et ne fais pas de bruit, ajouta grandma d'un ton autoritaire. Gigi dort dans ma chambre.

Cody hocha la tête et monta l'escalier. Lorsqu'il arriva devant la chambre qu'occupaient habituellement Liza et Gigi, il vit que la lumière était allumée. Toutes les filles Knight s'étaient rassemblées autour de Brianna.

Le visage et les mains de la petite fille n'étaient plus tachés de sang et ses cheveux étaient humides, comme si elle sortait du bain. Elle portait des vêtements trop grands, et semblait fatiguée mais calme.

— Vous avez réussi à lui donner un bain !

Tous les visages se tournèrent vers lui, même celui de Brianna. Elle avait les yeux bleus, comme sa mère. Mais alors que Nina avait des cheveux d'un blond doré, les siens étaient bruns. Comme lui.

Elle n'était le portrait craché d'aucun d'eux, et pourtant il suffisait de la voir pour comprendre.

— Elle sait qu'elle n'a rien à craindre avec nous, déclara Liza avec un petit sourire triste.

— Parce que ce sont des princesses, murmura Brianna. Je sais que les princesses ne peuvent pas me faire de mal. Et elles m'ont dit qu'on soignait maman et qu'elle allait mieux.

Cody jeta un coup d'œil interrogateur à Sarah, qui demeura silencieuse. Brianna était assise sur les genoux de Rachel, et Liza lui tressait les cheveux.

— Des princesses ? répéta Cody, toujours debout dans l'embrasure de la porte.

— Ma maman m'a parlé des princesses. Je sais que princesse Rachel a mal à un œil, dit-elle en portant la main à la fine cicatrice que Rachel avait sur la paupière, souvenir de l'attaque d'un cougar lorsqu'elle était petite.

Brianna la suivit du doigt doucement, avec révérence, avant de se tourner vers les autres filles qui l'entouraient.

— Princesse Sarah ne veut pas être une princesse. Elle voudrait être un chevalier, un guerrier.

Brianna sourit à Sarah, qui portait un jean évoquant fort peu un chevalier ou un guerrier… Mais cela ne semblait pas troubler la petite fille.

— Princesse Cecilia a toujours voulu avoir une médaille, poursuivit Brianna en désignant le badge de la police de la réserve tribale qu'arborait Cecilia sur son uniforme. Et princesse Felicity protège les animaux et la forêt.

Felicity ne portait pas son uniforme de garde du parc national des Badlands mais, visiblement, Brianna avait entendu parler de son métier.

Soudain, Cody s'entendit demander :

— Et Liza ?

Il était comme rivé à ses yeux bleus.

— Elle n'est pas une princesse, répondit Brianna avec un large sourire. Elle est la reine qui protège tout le monde.

Liza finit de tresser les cheveux de la petite fille, et leva les yeux sur lui. Il vit qu'ils étaient pleins de larmes.

— Et moi ? Je suis qui ? demanda Cody.

Sa voix se cassa alors qu'il posait la question, mais il le remarqua à peine. Il avait l'impression d'être dans un rêve.

Brianna pencha la tête de côté et l'étudia.

— Tu es mon papa. Mais tu ne sais pas que je suis ta fille, parce que des méchants nous ont obligées à partir, maman et moi.

— Qui sont ces méchants ? Où sont-ils ?

Brianna soutint son regard, mais son sourire avait disparu.

— Presque partout.

— Tu dois me faire sortir d'ici !

Gage, qui n'avait pratiquement pas quitté sa chambre d'hôpital ces derniers jours, lui lança un regard contrit.

Nina s'assit dans son lit, sans prêter attention aux douleurs qui se réveillaient dans son corps.

— Je t'assure que je vais bien. Je sais que je ne suis pas

complètement remise, mais je le suis assez pour sortir d'ici. Je dois sortir. *Il le faut !*

— Tu as reçu une balle dans le ventre.

— Et ils ont suturé la plaie. Gage, je ne peux pas rester ici plus longtemps. Il faut que je...

Nina ne voulait pas prononcer le nom de Brianna. Elle savait que sa fille était en sécurité avec les Wyatt, mais c'était tout. Elle n'avait aucune autre information...

Pendant sept ans – depuis qu'elle avait appris qu'elle était enceinte – son seul souci avait été de mettre Brianna à l'abri des Fils des Badlands... de faire en sorte qu'ils ignorent son existence.

J'ai besoin de Brianna, et elle a besoin de moi.

Même si Brianna était en ce moment sous la protection de grandma Pauline et des frères Wyatt... et probablement de Duke et de toutes ses sœurs.

Nina avait mal en pensant que Brianna faisait leur connaissance, et qu'elle n'était pas là.

Pourtant, Brianna savait déjà beaucoup de choses sur eux. Nina lui avait parlé de ses parents adoptifs qui lui avaient donné le gîte et le couvert, mais surtout de l'amour, un sentiment de sécurité, et un cadre de vie rassurant rythmé par l'école, les tâches ménagères, les moments de loisir... Une vraie vie.

Quant à ses sœurs... Nina avait toujours évoqué les membres de sa famille comme s'ils étaient des héros de conte de fées. Ainsi, si d'aventure Brianna parlait d'eux à des étrangers, ils penseraient qu'ils étaient des personnages imaginaires. Mais Nina avait tenu à faire connaître à sa fille tous ceux qui lui avaient donné une existence décente. Une vie dont elle n'aurait même pas osé rêver lorsqu'elle passait ses journées dans un mobil-home, le ventre tenaillé par la faim, avec des parents biologiques que la drogue plongeait presque constamment dans un état semi-comateux.

Ses sœurs, des princesses... Et les courageux frères Wyatt, des chevaliers...

— Tu dois me faire sortir d'ici, répéta-t-elle à Gage.

— Je vais voir ce que je peux faire, mais sois rassurée : tout va bien.

Elle aurait voulu lui rétorquer que non, mais il ne pouvait pas comprendre. Il n'avait pas d'enfant. Il ne savait pas ce que c'était…

Plus les jours passaient, plus les souvenirs revenaient.

Elle avait tué l'homme qui l'avait attaquée. Elle s'était fait un garrot en se nouant une serviette autour de l'abdomen, et était partie en voiture avec Brianna vers le seul endroit où elle était sûre de trouver de l'aide.

Elle ne se souvenait pas de grandma Pauline ni du trajet en ambulance…

Cela n'avait pas d'importance.

Elle avait mis sa fille à l'abri, et Gage semblait comprendre à quel point il était important de tenir l'existence de Brianna secrète… de même que sa propre identité.

Plus longtemps elle resterait à l'hôpital, plus elle courrait le risque que quelqu'un devine qui elle était. Vraisemblablement, les personnes qui avaient voulu sa mort savaient qu'elle était blessée et, s'il s'agissait véritablement de ceux qu'elle soupçonnait, ils commenceraient par la chercher chez les Wyatt. Ils l'avaient probablement déjà fait.

— Nous ne sommes pas en sécurité. Plus cette situation s'éternise, plus c'est dangereux. Je dois aller…

Gage lui jeta un coup d'œil pénétrant.

— Tout est sous contrôle. Crois-moi.

— Je t'en prie…

Elle ne voulait pas pleurer. D'ailleurs, elle savait que les frères Wyatt se sentaient toujours démunis et mal à l'aise devant les larmes d'une femme.

Gage se pencha vers elle.

— Tu crois que je ne comprends pas ? Que je ne sais pas ce dont ils sont capables ? J'ignore pourquoi ils ont décidé de s'en prendre à toi après tout ce temps, mais je suis parfaitement conscient du danger. J'ai fait mon possible pour mettre tout le monde à l'abri.

Elle aurait voulu lui expliquer qu'elle avait confiance en lui. C'était seulement qu'elle avait *besoin* de voir sa fille... Besoin de la prendre dans ses bras et de lui dire que tout irait bien.

Mais Nina n'avait plus la force de parler et, lorsqu'une infirmière ouvrit la porte et passa la tête, elle ferma les yeux pour ne pas avoir à répondre.

— Madame Jones ? Votre mari et votre fille sont ici.

Nina se redressa et fit la grimace en sentant la douleur de sa blessure se réveiller.

— Mon...

Cody entra. Il avait son chapeau tiré sur les yeux et ne semblait plus être le même homme que celui qui avait fait irruption dans sa chambre la dernière fois, plein de fureur. Mais elle ne s'attarda pas sur cette impression, car il portait une petite fille... une petite fille aux cheveux roux.

— Vous avez besoin de cachets contre la douleur ? demanda l'infirmière.

— Non, répliqua Nina d'une voix étranglée.

Elle dut faire appel à toute sa volonté pour ne pas éclater en sanglots et bondir hors du lit. Même si Brianna était affublée d'une perruque et vêtue de vêtements trop grands pour elle, elle reconnaissait sa fille.

— Je vais bien.

L'infirmière hocha la tête et sortit de la chambre. Avant même que Nina puisse prononcer le moindre mot, avant qu'elle puisse tendre les bras pour serrer Brianna contre elle, Cody secoua la tête, l'air sombre. Il fit un signe de tête à Gage.

— Surveille la porte.

Gage n'était visiblement pas prévenu de l'arrivée de Cody. Il se leva lentement, l'air désapprobateur.

— Cody ?

— J'ai fait très attention. Surveille la porte, s'il te plaît.

Gage lança un regard noir à son frère, mais il finit par hocher la tête et sortir de la chambre.

Cody demeura silencieux. Il commença à aller et venir dans la pièce, l'inspectant avec attention, plaçant des petits dispositifs sur les murs, tout en portant Brianna... qui ne disait rien. Et qui s'agrippait à lui comme si elle le connaissait depuis toujours.

Mais pendant tout ce temps, elle ne quitta pas sa mère du regard. Alors Nina lui sourit... d'un grand sourire où elle mit toute sa fierté et son amour pour sa petite fille.

Puis elle demanda à Cody :

— Que fais...

Il posa son doigt sur ses lèvres et continua ses mystérieux préparatifs. Puis, lorsqu'il sembla satisfait de ce qu'il avait accompli, il traversa la pièce et installa Brianna sur le lit à côté d'elle.

Nina saisit sa fille avec tant de force que la perruque tomba, mais cela n'avait pas d'importance. Brianna lui enlaça le cou et la serra dans ses bras. Nina sentit la suture de sa plaie s'étirer douloureusement, mais elle n'essaya pas de se soustraire à cette étreinte.

— Tu vas mourir ? murmura Brianna. Papa m'a promis que non, mais je voudrais que tu me le dises, toi aussi.

« Papa. » Deux émotions contradictoires la paralysèrent. La joie que Brianna connaisse enfin son père. Et une froide terreur qu'ils soient constamment en danger.

Elle desserra les bras de Brianna pour pouvoir prendre un peu de recul et la regarder dans les yeux.

— Je ne vais pas mourir. Les médecins m'ont soignée.

Puis, levant les yeux vers Cody :

— *Papa* t'a dit la vérité.

3

Cody ne cessait de s'étonner de la facilité avec laquelle Brianna s'était mise à l'appeler « papa ». Cela semblait tout naturel pour la petite fille. Mais il était vrai que Nina lui avait souvent parlé de lui, et que Brianna reconnaissait en lui le personnage des histoires que sa mère lui contait. Et elle croyait à ces récits.

Quelques jours seulement s'étaient écoulés, mais Cody aimait déjà cette petite fille de tout son cœur. Pour autant, cela ne rendait pas la situation plus facile à accepter.

Que devait-il faire ? Demander à une fillette de six ans de ne pas l'appeler papa ? Les choses étaient ainsi, et il devait l'admettre. Il s'occuperait plus tard d'analyser les émotions que cela suscitait en lui.

Mais entendre Nina parler de lui à Brianna en prononçant le mot « papa » brisa quelque chose en lui. Il n'aurait su dire quoi, ni comment y remédier. Il ne put que la regarder, la tête vide.

Il aurait voulu venir seul, mais Brianna avait besoin d'être rassurée. Certes, les « princesses » – c'était ainsi qu'elle appelait les filles de Duke et Eva Knight – avaient réussi à l'amadouer et à la faire sortir de son silence, mais il était évident qu'à chaque heure passée loin de sa maman son angoisse s'intensifiait.

Alors, il l'avait emmenée. Et maintenant, il ne savait que faire. C'était une sensation nouvelle pour lui.

Du coup, il s'était concentré sur des gestes qu'il maîtrisait : vérifier qu'il n'y avait aucun dispositif d'écoute dans la chambre, et installer un brouilleur. Et maintenant que plus personne ne pouvait surprendre leur conversation, ils allaient pouvoir parler.

Avant qu'il puisse formuler sa première question, Nina lui lança un regard si désespéré qu'il en fut réduit au silence.

— Cody, il faut que je parte d'ici ! C'est trop dangereux ! Ils me cherchent !

— Qui te cherche ? demanda-t-il, tentant de retrouver son sang-froid habituel.

Il n'était plus cet homme qui effectuait des missions périlleuses méthodiquement, sans s'impliquer émotionnellement, alors même qu'il s'agissait de combattre le gang de son père.

— À ton avis ? répliqua Nina qui serrait toujours Brianna contre elle.

— Pourquoi les Fils des Badlands chercheraient-ils à s'en prendre à toi après si longtemps ?

— Cody...

Elle le considérait d'un air perplexe, comme s'il ne comprenait à quel point c'était évident.

— Ils n'ont jamais cessé de me poursuivre.

— Mais pourquoi ?

Elle poussa un soupir étranglé, et poursuivit en détournant le regard.

— Je... À l'époque...

— Nous en parlerons plus tard.

Il redoutait que Brianna n'entende des choses qui pourraient la blesser ou l'effrayer, mais surtout...

Il ne voulait pas évoquer leur rupture, car il craignait que lui apparaissent aujourd'hui des signes qu'il n'avait pas su voir – qu'il n'avait pas *voulu* voir – sept ans plus tôt... Des signes qui auraient pu lui montrer que leur séparation n'était pas aussi inéluctable qu'il l'avait cru.

— Il faut que tu me fasses partir d'ici, souffla Nina avec force. Il le faut !

— Mon père est en prison.

Elle eut à nouveau l'air troublée.

— Comment... Comment est-ce possible ? C'était un de ses hommes qui m'a attaquée.

— Tu en es sûre ?

— Oui.

Il soutint son regard et elle cilla.

— Je veux dire...

Elle jeta un coup d'œil à Brianna, comme si elle ne souhaitait pas en dire plus devant elle.

— Qui d'autre cela pourrait-il être, Cody ? Qui d'autre ?

La douleur qu'il lut sur son visage fut telle qu'il préféra reporter son attention sur Brianna.

— Nous devons partir, annonça-t-il à la fillette.

— Je n'ai pas envie...

— Je le sais, mais ta maman a besoin de dormir pour aller mieux.

— Je vais dormir avec elle, répliqua Brianna.

Cody se passa la main sur le visage. Dans quoi Nina l'avait-elle entraîné ? Dans quoi les avait-elle tous entraînés ?

Et si ce n'était pas Nina, mais lui, qui était à l'origine de tout cela ?

— Grandma Pauline m'a dit qu'elle allait faire un gâteau, réussit-il à dire d'une voix qu'il aurait voulu plus enthousiaste.

Nina leva les yeux au ciel en le regardant mais, lorsqu'elle se tourna vers Brianna, elle avait un large sourire.

— Vas-y. Je vais guérir très vite.

Elle prit la perruque qu'elle avait fait tomber et la rajusta sur la tête de Brianna en ajoutant :

— Et nous mangerons les gâteaux de grandma Pauline ensemble !

— Les princesses m'ont donné de nouveaux jouets.

— Les princesses...

Nina sourit d'un air mélancolique.

— Elles te protégeront, lui dit-elle.

Puis elle leva de nouveau les yeux vers lui et, avec sur le visage une expression qu'il ne sut déchiffrer, elle déclara :

— Les valeureux chevaliers aussi.

— Il te faut un chevalier, maman ! s'exclama Brianna, le front barré d'une ride soucieuse.

— J'en ai un, répondit Nina, sans cesser de sourire. Tu te souviens du monsieur qui était ici lorsque tu es entrée ? C'est le frère de ton papa. Il me protège, et il va continuer à le faire. D'accord ?

— Pourquoi ce n'est pas toi qui protèges maman ? demanda Brianna en tournant vers lui un regard noir.

Cody ne sut que répondre. Cela était très inhabituel pour lui mais, depuis quelques jours, il devenait coutumier du fait... D'autant plus que la fillette – sa fille ! – le considérait d'un air accusateur.

— Le travail de ton papa, c'est de *te* protéger, répliqua Nina.

Elle lui jeta un regard implorant.

— Et de me faire partir d'ici aussi vite que possible.

Malgré lui, Cody commençait à se ranger à l'avis de Nina. Si c'étaient les Fils des Badlands qui s'en étaient pris à elle, il ne leur faudrait pas longtemps pour s'intéresser aux Wyatt, et cela ne tarderait pas à les mener jusqu'à l'hôpital.

— Nous ferons tous de notre mieux... Tous les chevaliers !

Cody s'efforça de sourire en tendant les bras à Brianna. Elle embrassa sa mère une fois encore, et vint vers lui à contrecœur.

— Je n'ai toujours pas le droit de marcher ? demanda-t-elle d'un ton geignard.

— Nous ne voulons pas qu'ils sachent que tu es une grande fille.

Brianna soupira :

— J'en ai marre des secrets !

Cody ne dit rien, mais il croisa le regard de Nina. Il y lut du regret, de la peur, de la tristesse, de la souffrance...

Tout cela trouvait un écho en lui. Alors, il se détourna.

— Nous ferons de notre mieux, marmonna-t-il en ouvrant la porte.

En sortant, il baissa son chapeau sur les yeux et, à voix basse, interrogea Gage, qui montait la garde debout devant la porte.

— Que sais-tu ?

— Elle vivait à Dyner, répondit Gage sur le même ton, la tête penchée vers lui.

Dyner était une petite ville située aux confins du comté de Valiant. Et dire que Nina était si près d'ici ! Certes, pendant toutes ces années, Cody vivait dans le Wyoming, et les chances qu'ils avaient de se croiser étaient minces, mais...

— En se défendant, elle a tué l'homme qui l'avait attaquée. C'était un membre des Fils. Tucker va enquêter mais il vaut mieux qu'il reste tranquille pour le moment. D'une part, il ne doit pas attirer l'attention sur nous, et d'autre part, en tant que policier, il doit respecter certaines règles.

Des règles... C'était pour cela que Cody n'avait pas pu suivre les traces de ses frères. Il aurait voulu entrer dans la police, lui aussi, mais il n'arrivait pas à respecter aveuglément des directives ; trop souvent, jugeait-il, ces consignes mettaient dans l'impossibilité d'aider ceux qui en avaient besoin.

Cody baissa les yeux vers Brianna. Elle avait posé la tête sur son épaule. Elle ne pleurait pas, mais était très triste.

— Il faut la faire sortir d'ici.

Gage fit la grimace, mais ne le contredit pas.

— D'accord, mais comment ? Tu as une idée ?

— Pas encore, mais nous devons agir. Sans tarder.

Les Knight lui avaient inculqué le sens du bien et du mal. Les gens honnêtes respectaient la loi, et leur droiture était récompensée.

Nina ne croyait plus à cela. Après des années passées à dissimuler l'identité de sa fille, à déménager, à se cacher, à vivre dans la peur, elle avait perdu ses illusions.

Sortir en douce de l'hôpital sans l'accord des médecins était répréhensible et elle répugnait à agir ainsi, mais elle n'avait pas le choix. Gage avait créé une diversion, et Cody en avait profité pour lui ôter son intraveineuse et désactiver les alarmes qui auraient pu avertir les infirmières que certaines machines avaient été débranchées.

Puis Cody avait quitté les lieux avec Brianna, laissant Nina s'esquiver de son côté dès que Gage lui avait signalé que le chemin était libre.

Grâce aux deux frères Wyatt, Nina était sortie du petit hôpital aussi tranquillement que si elle avait été autorisée à le faire.

Lorsqu'elle vit Cody debout près d'un 4x4, son chapeau baissé sur les yeux, faisant semblant de consulter son téléphone, elle sentit son cœur battre dans sa poitrine, et réalisa qu'elle était en vie.

Elle avait traversé tant de moments difficiles, douloureux, dangereux qu'elle avait parfois craint de ne plus parvenir à faire face, mais, à chaque fois, elle avait tenu bon pour Brianna. Pour sa fille, elle pourrait tout endurer.

Il ouvrit la portière du passager. Elle se glissa à l'intérieur et sourit à Brianna, assise à l'arrière. Cody avait réussi à lui trouver un siège-auto.

— Comment...

Cody s'installa sur le siège du conducteur.

— C'est celui de Gigi. Oh... Gigi est la demi-sœur de Liza, expliqua-t-il. Elle n'a que quatre ans, alors nous avons dû régler le siège différemment, mais il fait l'affaire.

— Liza... Je ne l'ai pas vue depuis...

Nina vivait depuis deux ans déjà chez les Knight lorsque Liza était arrivée : elle avait seize ans, et était plus âgée que les autres filles recueillies par le couple. Avec l'aîné des fils Wyatt, elle venait de réussir à se soustraire à l'emprise du gang, non sans mal.

Nina se souvenait très bien de l'été où tout cela était arrivé. À l'époque, elle avait eu très peur, craignant que les Knight ne veuillent plus d'elle. Elle était la dernière pupille à avoir été accueillie par les Knight avant l'arrivée de Liza. Les autres vivaient ensemble depuis de nombreuses années lorsqu'elle était entrée dans la famille, et Nina avait eu peur... Peur de s'attacher à eux... Peur de se sentir membre d'une famille.

Alors, Liza était apparue dans leur vie, et cela n'avait fait que renforcer son sentiment d'insécurité. Mais au lieu de la rejeter dans l'ombre, d'empiéter sur la place que Nina s'était faite au sein du groupe, la présence de Liza les avait soudés plus encore, et avait fait d'eux une vraie famille.

Puis, trois ans plus tard, Liza avait disparu. Tout le monde avait cru qu'elle était retombée sous l'emprise des Fils. Mais Nina savait qu'elle n'était retournée dans le gang que pour sauver sa sœur Marci... Quoi que les frères Wyatt aient pu croire.

— Donc, Liza est revenue.

— Plus ou moins. Elle vit à Bonesteel avec sa petite sœur et Jamison.

— Jamison... Mais...

De tous, Jamison avait été celui qui avait été le plus touché par la disparition de Liza... et le plus en colère. Mais tout cela s'était passé quinze ans auparavant

Cody haussa les épaules.

— Ils ont repris leur relation le mois dernier, lorsqu'elle a quitté le gang.

Les mots « ils ont repris leur relation » continuaient à résonner inconfortablement entre eux alors que Cody sortait du parking de l'hôpital.

— Gage va rester quelque temps dans ta chambre, déclara Cody d'une voix neutre. Puis il en sortira en recommandant qu'on ne te dérange pas. Cela va nous laisser un peu de temps avant que ta fuite soit découverte.

— Mais ils connaissent Gage ! Et ils te connaissent...

— Si ce sont les Fils des Badlands qui s'en prennent à toi, ils sauront de toute façon où te trouver. Sinon, cela prendra un peu plus de temps.

— Ce sont eux, répliqua Nina d'un ton sans appel.

Il jeta un coup d'œil dans le rétroviseur, et Nina l'imita. Dans son siège, Brianna dormait à poings fermés.

— Elle doit être très fatiguée, déclara Cody. Le jour de son arrivée au ranch, elle est restée blottie dans un coin, sans dire un mot, jusqu'à ce que les filles – les princesses – rappliquent. Elles lui ont donné un bain et l'ont fait manger. Ensuite, elle a beaucoup parlé. Elle a l'air d'aller, mais elle dort très peu et n'a pas beaucoup d'appétit. Elle est trop inquiète pour cela.

Nina hocha la tête, la gorge nouée.

— Nous ne pouvons pas rester au ranch.

— Si. Il le faut.

— Cody...

— Nina, tu es venue chez nous pour une raison : tu savais que nous allions tout faire pour vous protéger, Brianna et toi. Et j'ai bien conscience que si les Fils des Badlands s'en prennent à toi, c'est à cause de moi. Tu dois rester au ranch pour le moment.

— Tu penses toujours que tu es invincible, lâcha-t-elle malgré elle.

Elle regretta l'amertume de sa voix.

Il lui lança un regard énigmatique avant de reporter son attention sur la route.

— Personne n'est invincible. Mais certaines personnes feront tout pour résoudre les problèmes. Tout.

4

Jusque-là, Nina avait réussi à garder son sang-froid. Pour Brianna. Pour elle-même... Elle ne pouvait pas se permettre de perdre la face devant Cody.

Mais lorsqu'il s'arrêta devant le ranch de grandma Pauline et qu'elle vit Duke Knight qui les attendait, elle ne put contenir ses émotions.

Duke était la seule figure paternelle qu'elle ait jamais connue, et ce ne fut qu'à cet instant qu'elle comprit à quel point elle aurait eu besoin d'avoir quelqu'un sur qui se reposer. Quelqu'un qui l'aime envers et contre tout. Une présence solide, rassurante... constante.

Brianna était toujours endormie, alors Nina laissa couler ses larmes en se précipitant vers lui. Il vint à sa rencontre et la prit dans ses bras. Elle ne prêta pas attention à la douleur que cette étreinte réveilla en elle, emplissant ses poumons de cette odeur familière de cuir et de grand air.

Lorsqu'il se pencha en arrière, elle vit qu'il avait les yeux pleins de larmes.

— Heureusement que tu es en convalescence, ma petite, car tu aurais droit à quelques leçons, sinon !

Sa voix était un peu plus grave, et ses tempes plus grises qu'auparavant. Pour elle, c'était le meilleur homme de la terre. Il l'avait recueillie lorsqu'elle n'était qu'une adolescente écorchée vive, il l'avait soutenue, comme toutes ses autres filles – qu'elles soient biologiques ou adoptées – lorsque Liza était partie et que sa femme bien-aimée était morte peu après.

Rompre avec Cody avait été difficile pour elle, et laisser derrière elle sa famille avait été un sacrifice qu'elle n'aurait pas pu supporter si elle n'avait pas été enceinte. Mais pour Brianna, elle était capable de tout.

— Il a fallu que nous nous y mettions à trois pour l'empêcher de se précipiter à l'hôpital !

Nina se retourna et vit Dev. Il avait beaucoup changé en sept ans… Il semblait plus maigre, plus nerveux. Dix ans plus tôt, il avait frôlé la mort, et elle avait été témoin de sa lente convalescence. Mais ce traumatisme semblait avoir laissé des traces…

— Bonjour, Dev.

— Allons à l'intérieur, déclara Cody. Nous ne prendrons jamais assez de précautions.

Nina réussit à le regarder. Brianna était blottie contre lui, et semblait légère comme une plume dans ses bras, alors qu'elle-même avait de plus en plus de mal à la porter.

Nina doutait qu'ils soient plus en sécurité dans la maison qu'à l'extérieur. Si, ainsi qu'elle le pensait, c'étaient les Fils des Badlands qui la poursuivaient, le ranch de grandma Pauline était probablement le premier endroit où ils viendraient la chercher.

Elle laissa Cody les guider à l'intérieur alors que Brianna se réveillait et bâillait. La fillette était pâle, mais sa sieste dans la voiture semblait lui avoir fait du bien.

— Viens, mon bébé, dit Nina en lui tendant les bras.

Cody secoua la tête.

— Tu ne dois rien porter pour le moment.

Elle ouvrit la bouche pour protester, mais se ravisa : tous autour d'elle la regardaient comme si elle allait se briser.

Grandma Pauline entra dans la cuisine.

— Et maintenant, tu vas t'asseoir et manger, annonça-t-elle en guise de salut, tout en se dirigeant droit vers ses fourneaux.

Elle lui fit une petite tape sur l'épaule en passant : les démonstrations d'affection n'étaient pas son genre.

Lentement, Nina s'assit sur une chaise devant la table de la cuisine, et étendit la paume de ses mains sur le bois griffé. Cette table était comme une seconde maison pour elle : assise à cette place, elle s'était toujours sentie entourée d'affection. Elle avait parfaitement conscience de la chance qui était la sienne : elle avait deux endroits où elle pouvait se réfugier si elle avait peur, si elle se sentait seule ou malheureuse.

Mais elle avait dû quitter tout cela... Elle y avait été obligée parce qu'elle était tombée amoureuse. Et même après avoir dû passer sept longues années loin d'ici, elle n'arrivait pas à penser que cela avait été une erreur, ni qu'elle était tombée amoureuse de la mauvaise personne. À l'époque, Cody était le seul à vraiment la comprendre. Et il lui avait donné Brianna.

Cette petite fille qu'il était en train de poser doucement par terre, comme si être père était tout naturel pour lui.

Brianna traversa la pièce et vint s'asseoir sur ses genoux. Nina la serra dans ses bras, essayant de ne pas montrer que le poids de sa fille contre son ventre lui faisait mal.

— Tu as rencontré Duke ? demanda Nina à Brianna d'une voix étranglée.

Ce disant, elle se tourna vers son père adoptif, qui s'était assis à côté d'elle.

Duke hocha lentement la tête, et Brianna remua sur ses genoux, la faisant cette fois grimacer de douleur.

— Grand-père Duke m'a offert un cadeau, lança-t-elle d'une voix joyeuse tout en mordant dans un cookie que grandma Pauline avait réussi à lui donner en douce.

— Grand-père..., répéta Nina, touchée aux larmes.

Duke était le grand-père de sa fille... À cette pensée, elle sentit la morsure du regret.

La douleur d'avoir dû quitter sa famille sept ans plus tôt la rongeait, mais elle devait se rappeler pourquoi elle avait pris cette décision : pour sauver Cody... Pour sauver Brianna. Elle ne pouvait pas se laisser dévorer par le regret : elle devait se concentrer sur le présent.

S'enfuir de l'hôpital était un début mais, si les Fils des Badlands voulaient sa mort – que ce soit parce qu'ils avaient enfin retrouvé sa trace ou pour une autre raison –, ils n'allaient pas en rester là.

À moins qu'ils ne pensent qu'elle était morte dans l'incendie qu'elle avait allumé…

Mais elle ne voulait pas parler de tout cela devant Brianna, même si, depuis son plus jeune âge, la petite fille savait que des hommes méchants cherchaient à s'en prendre à sa maman.

En entendant le bruit de pas légers, Nina se retourna et vit une fillette entrer dans la cuisine, un large sourire aux lèvres.

Une jeune femme brune la suivait.

— Mon Dieu ! souffla Nina.

Cody lui avait appris le retour de Liza, mais Nina ne savait comment gérer toutes les émotions qui l'assaillaient.

Brianna glissa à terre et courut vers la petite fille qui se tenait près de Liza. Elles se serrèrent dans les bras comme si elles étaient les meilleures amies du monde, et Nina ne put que regarder Liza fixement. Elles avaient passé peu de temps sous le même toit, dans la même famille, mais cela n'avait pas d'importance : toutes deux avaient tant manqué d'amour dans leur enfance qu'elles en connaissaient toute la valeur.

Nina se leva lentement. Elle avait l'impression d'être dans un rêve.

— Tu n'as pas très bonne mine, déclara Liza d'une voix rauque.

Tout comme avec Duke plus tôt, Nina n'essaya pas de contenir son émotion. Elle prit Liza dans ses bras, la serrant aussi fort que possible. Elle s'autorisa enfin à se laisser aller à la douceur d'avoir une famille, de pouvoir compter sur d'autres que soi.

Liza la serra doucement, certainement de peur de lui faire mal. Elle était plus âgée, et Nina avait toujours eu l'impression qu'elle possédait toute la sagesse du monde.

Liza s'éclaircit la gorge et s'écarta.

— Je vais surveiller les filles. Vous pouvez tenir votre conseil de guerre. Ensuite, nous pourrons parler toutes les deux.

Nina considéra Duke, Dev, Cody et grandma Pauline assis autour de la table. Liza avait raison : l'ambiance était bien celle d'un conseil de guerre. Elle poussa un soupir tremblant.

Pendant sept ans, elle avait fui. Elle savait que revenir chez les Wyatt ne pouvait signifier qu'une chose : maintenant, il allait falloir se battre.

Cody avait remarqué combien Nina avait été bouleversée en retrouvant Duke puis Liza.

Mais son visage n'avait trahi aucune émotion lorsqu'elle l'avait revu dans cette chambre d'hôpital. Lui, à qui elle avait caché l'existence de leur fille pendant si longtemps...

Cela lui faisait mal. Il avait le sentiment que Nina l'avait trahi.

À moins qu'elle n'ait agi ainsi pour sauver leur fille...

Alors, non : pour le moment, il n'allait pas nourrir son ressentiment. Il fallait d'abord les protéger. Pour lui, les priorités étaient claires.

Nina retourna s'asseoir à table, et fit la grimace en s'installant sur sa chaise pendant que Liza sortait de la pièce avec les deux fillettes, en leur proposant de jouer à la dînette.

Nina poussa un long soupir. Cody savait que c'était à lui de parler maintenant, d'exposer les faits, mais il se sentait incapable de détacher le regard de son visage. Elle n'avait pas changé : elle avait les mêmes taches de rousseur, les mêmes yeux bleu foncé...

Mais la femme qu'il avait connue ne lui aurait jamais caché qu'elle était enceinte de lui.

À moins qu'elle n'ait enfin compris ce que cela signifiait d'être un Wyatt, et qu'elle veuille faire échapper leur fille à cette malédiction.

Il fallait qu'il se ressaisisse : quelle que soit sa situation personnelle, il y avait des vies en jeu.

— Nous ne pouvons pas rester ici, déclara finalement Nina. Les Fils des Badlands sont sûrement déjà sur mes traces. Gage se trouvait dans ma chambre d'hôpital : pour eux, cela ne sera pas une coïncidence.

Cody baissa les yeux sur ses poings serrés. Lentement, il décrispa ses mains et les posa sur la table.

— C'est vrai, répondit-il d'un ton égal. Mais c'est dans l'hypothèse où les Fils t'auraient suivie jusqu'à l'hôpital. Et je ne suis pas certain que ce soit le cas.

— D'accord. Mais ils viendront vérifier ici. Tu le sais bien.

Elle avait raison, mais il avait pris ses précautions… Et bien avant qu'il sache qu'il avait une fille.

Tu as une fille. Tu as une fille…

L'un après l'autre, il pressa les doigts sur la table, attentif à la sensation du bois sous sa peau, à l'odeur du chili de grandma Pauline qui mijotait sur le feu.

— Pourquoi ne commencerais-tu pas par le début ? déclara Duke avec douceur, tout en lui lançant un regard d'avertissement.

Cody pouvait soutenir le regard de n'importe qui, même de sa grand-mère, mais il fut incapable d'endurer le reproche qu'il lut dans les yeux sombres de Duke.

— De quel début parles-tu ? répliqua Nina.

Elle parlait d'un ton vif, avec un air de défi, et Cody sut sans même la regarder qu'elle s'adressait à lui.

— Quelqu'un t'a attaquée. Tu peux commencer là, répondit Cody, tâchant de la regarder d'un air impassible.

Tu as une fille. Tu as une fille…

— J'habitais à Dyner.

Il y eut des exclamations presque douloureuses autour de la table. Duke et grandma étaient horrifiés que Nina ait vécu si près d'eux et qu'ils n'en aient rien su.

— Nous étions là depuis environ six mois, poursuivit Nina. Brianna devait entrer à l'école primaire, et je ne savais pas où aller pour qu'elle puisse le faire en sécurité. Je me suis dit que le mieux était de ne pas être loin de vous. Les Fils ne penseraient jamais que j'étais revenue dans la région.

C'était certes un pari, mais un pari sensé... Même s'il fallait surtout beaucoup de chance pour pouvoir échapper aux Fils des Badlands.

— Deux ans plus tôt, j'avais déjà eu... appelons ça un avertissement. Je vivais dans l'Oklahoma à l'époque. Quelqu'un avait pénétré dans mon appartement alors que nous étions absentes. Heureusement, j'avais...

Elle laissa sa phrase en suspens et porta sa main à sa poitrine.

Grandma se leva d'un bond, et s'affaira à servir le chili. Pour elle, réconforter quelqu'un commençait toujours par le nourrir... Ensuite seulement, on pouvait discuter.

— Si j'ai fui il y a sept ans, reprit Nina, c'est parce que je savais qu'il fallait que je garde l'existence de Brianna secrète. Les Fils ne devaient pas savoir que j'avais un enfant. Alors, j'ai été très prudente. Jamais je n'ai laissé traîner les affaires de Brianna. Puis, quand elle a grandi, Brianna a appris à ranger ses jouets dans des cachettes... Il faut dire qu'elle n'en avait pas beaucoup... Mais j'avais la certitude qu'il fallait que j'agisse ainsi.

Cody avait du mal à rester assis. Il aurait voulu se lever, marcher, bouger pour laisser s'exprimer toute la violence qu'il sentait en lui.

Au lieu de cela, il se laissa aller contre le dossier de sa chaise, affectant la nonchalance.

— Tu es en train de me dire que personne ne connaissait l'existence de Brianna... ? que je n'étais pas le seul... ?

Il n'aurait pas dû terminer sa phrase ainsi. Pas en ce moment.

— Oui, c'est bien ça, répliqua-t-elle sèchement. Nous vivions sous un nom d'emprunt. Je travaillais dans une station-service pendant que Brianna était à l'école. C'était une petite entreprise familiale. Les patrons me payaient au noir. Ils étaient très gentils avec moi. Ils avaient même proposé de me louer une petite maison qu'ils possédaient pour un loyer modique...

Nina sembla un instant se perdre dans ses souvenirs, et Cody dut refréner son impatience.

— Je suis heureux de savoir qu'il y a gens bienveillants qui ont pris soin de toi, déclara Duke en tendant le bras pour tapoter la main de Nina – tout en lançant un regard accusateur en sa direction à lui.

Elle sourit.

— Nous avons eu de la chance. Vraiment. Jusqu'à ce que...

Elle poussa un soupir et baissa les yeux sur l'assiette de chili que grandma venait de poser devant elle.

— Jusqu'à ce fameux soir... Enfin, c'était un matin, mais il faisait encore nuit. J'ai entendu un bruit. J'ai pensé que c'était Brianna. Il lui arrive de faire des crises de somnambulisme.

Sa fille faisait des crises de somnambulisme, se répéta Cody. *Sa fille.*

— Mais ce n'était pas Brianna. Je me suis retrouvée nez à nez avec un homme armé, raconta Nina en frissonnant. J'ai attrapé la première chose qui m'est tombée sous la main – mon téléphone – et je l'ai lancé sur lui. Cela a dû le surprendre, car il a raté son tir et a touché une lampe. Elle s'est brisée en mille morceaux. J'ai attrapé un éclat de verre, et je me suis cachée derrière le canapé.

Cody se leva d'un bond, sa chaise raclant bruyamment le plancher. Il ne pouvait plus supporter d'écouter Nina sans rien faire.

— Assieds-toi et mange, mon garçon, lui ordonna grandma d'une voix sèche.

— Je ne peux pas.

Il se dirigea vers la porte. Il fallait qu'il aille prendre l'air un instant, qu'il fasse quelque chose pour extérioriser sa colère. Ensuite seulement il pourrait réfléchir et agir.

— ... et c'est à ce moment-là qu'il a tiré sur moi, entendit-il encore. Mais je lui ai enfoncé dans le cou le morceau de verre que j'avais à la main. Je suis presque certaine qu'il est mort, ajouta-t-elle précipitamment comme si elle voulait terminer son récit avant qu'il sorte de la pièce. Puis j'ai attrapé Brianna, j'ai mis le feu à la maison et...

— Tu as mis le feu à la maison ? répéta Dev d'un air incrédule.

— Il fallait que je détruise tout ce qui aurait pu révéler l'existence de Brianna, répliqua Nina. Nous avons été prudentes, mais cela ne suffisait pas. Si les Fils des Badlands étaient à l'origine de cette attaque et s'ils découvraient qu'un enfant vivait avec moi... je devais agir rapidement. Alors, j'ai mis le feu à la maison.

Lorsque Cody se retourna pour la regarder, sa colère momentanément étouffée par le choc et l'horreur. Nina le fixait avec des yeux inquiets.

Mais elle ne le suppliait pas. Elle se contentait de raconter ce qu'elle avait dû accomplir pour protéger leur fille, et faire en sorte que le gang dirigé par son père ignore son existence.

— Alors, ils ne savent pas que tu as une fille...

— Je ne le pense pas. J'espère de tout mon cœur que non !

Elle ne le quittait pas des yeux.

— C'est pour cela que nous ne pouvons pas rester ici, dit-elle. Ils vont me chercher, et ils vont la trouver.

5

Contrairement à ce que Nina pensait, Cody ne sortit pas de la pièce. Sa colère avait dû se calmer un peu lorsqu'elle leur avait raconté jusqu'où elle avait dû aller pour garder secrète l'existence de leur fille.

Mais elle n'était pas certaine que ce soit préférable. Elle ne parvenait pas à déterminer la nature des émotions qui obscurcissaient son regard. Elle y lisait de la colère, du reproche, mais surtout une douleur incommensurable, et elle ne savait comment l'aider.

— Il faut que je parle à Nina seul à seul, déclara-t-il soudain d'une voix qui résonna étrangement dans le silence.

— Certainement pas ! s'exclama Duke.

Nina lui prit la main et la serra.

— Cody a raison. Il y a des choses dont nous avons besoin de parler en privé.

— Pas maintenant ! s'écria Duke en retirant sa main et en se levant.

Il pointa le doigt en direction de Cody, et ce fut à cet instant seulement que Nina comprit combien son père adoptif devait lutter pour ne pas laisser éclater sa colère.

— Tout est ta faute !

Nina tenta de protester, mais personne ne l'écoutait – Duke et Cody encore moins que les autres.

— Tu dois d'abord réparer le mal que tu as fait à ma fille !

Alors seulement tu pourras avoir des exigences ! Tu as entendu tout ce qu'elle a dû endurer pendant sept ans à cause de toi !

— Duke...

Duke se tourna brusquement vers elle. Il tremblait de colère.

— Non, Nina ! Je me suis retenu jusqu'à présent, mais j'ai appris de mes erreurs, et aujourd'hui je sais au moins une chose : je ne laisserai plus jamais un des fils Wyatt s'approcher de mes filles !

— Duke, attends ! s'exclama grandma Pauline en se levant.

— J'ai réussi à me taire jusque-là, Pauline, mais Cody va trop loin !

— Nina a été blessée, répliqua grandma Pauline. Au prix d'efforts surhumains, elle a réussi à emmener son enfant jusqu'ici pour la mettre à l'abri. Ce n'est vraiment pas le moment de chercher qui a tort ou raison !

— Tu n'as pas à me dire ce que j'ai à faire, Pauline !

Nina sembla être la seule à remarquer que Cody s'était éclipsé.

Elle avait l'impression d'être ramenée des années en arrière, lorsque Cody et elle étaient au lycée. À l'époque, Jamison, l'aîné des Wyatt, tentait de tenir le rôle de père et de garder ses frères indisciplinés dans le droit chemin, et les disputes étaient fréquentes. Grandma Pauline devait souvent intervenir pour mettre tout le monde d'accord.

Cody n'avait jamais aimé s'imposer en criant. Nina avait toujours pensé qu'il était introverti. Il préférait régler les problèmes par lui-même, sans bruit.

C'était sans doute un des aspects de sa personnalité qui l'avait le plus attirée. Les souvenirs qu'elle avait de ses parents biologiques étaient toujours accompagnés de cris, de querelles et de reproches.

La maison des Knight était bruyante elle aussi, mais Nina avait appris à s'en accommoder car les différends se terminaient toujours par d'affectueuses réconciliations. Quant à celle des Wyatt, si elle était emplie d'énergie et de chaos, on sentait que le même amour y régnait.

Même lorsqu'ils étaient adolescents, Cody se tenait sur la réserve la plupart du temps. Elle savait qu'il était particulièrement sensible, mais qu'il exerçait un contrôle très sévère sur ses émotions.

Son cœur se serra lorsqu'elle vit que le ton montait entre Duke et grandma Pauline. Elle lança un regard suppliant à Dev.

Dev désigna la porte d'un coup de menton, lui indiquant qu'elle pouvait sortir : il allait rester et tenter d'apaiser les protagonistes.

Ce n'était pas la première fois que Duke et grandma Pauline se querellaient. Nina avait été le témoin d'altercations plus violentes encore, mais l'idée qu'elle soit à l'origine de cette dispute la mettait très mal à l'aise.

Elle se leva et sortit discrètement, comme Cody avant elle. Maintenant, ils allaient enfin pouvoir parler en tête à tête pendant que Duke et grandma Pauline continueraient à discuter pour déterminer s'ils devaient le faire ou non.

Cody se trouvait près de l'écurie, appuyé contre une clôture. Il ne portait pas son chapeau, et la brise légère soulevait ses cheveux bruns.

Même s'il ne broncha pas, Nina était certaine qu'il aurait pu dire exactement où elle se trouvait. Elle le connaissait assez pour savoir ce que cachait cette apparente décontraction.

Une attention pleine et entière sur ce qui l'entourait.

Alors, elle décida de parler la première, bien que ne sachant pas trop comment aborder le sujet qu'ils avaient besoin d'évoquer.

— Je suppose que, pour eux, nous serons toujours des adolescents.

Il ne répondit pas. S'ils avaient vraiment été des adolescents, elle aurait tendu la main vers lui, et aurait eu des mots tendres pour le réconforter.

Mais ce temps-là était révolu, et c'était par sa faute que Cody était malheureux. Elle savait qu'elle ne pourrait jamais lui donner une explication satisfaisante.

— Je n'ai pas eu le choix, fit-elle.

Il lui lança un regard si cinglant qu'elle en eut le souffle coupé. Puis elle tenta de se ressaisir : jamais elle ne parviendrait à lui faire voir les choses comme elle. Aussi devait-elle être aussi honnête que possible, et le laisser libre de réagir comme il l'entendait.

— Je sais que tu ne voudras jamais me croire. Tu vas penser que tu aurais pu faire quelque chose, mais c'est faux ! C'était beaucoup mieux pour toi – pour tous les gens que j'aime – que je ne dise rien.

— C'est ma fille !

— Et elle te connaît. Elle connaissait tout le monde... d'une certaine manière...

— Mais moi, je ne la connaissais pas.

Il se tourna vers elle. Tout dans son attitude semblait délibéré et sous contrôle... à l'exception de son regard, où brillait une lueur de fureur.

— Je n'aurais jamais laissé Ace te faire du mal !

— Je ne pouvais pas courir le risque qu'il apprenne l'existence de Brianna, répliqua-t-elle.

Il avait certes le droit d'être en colère, mais c'était le besoin désespéré de protéger son enfant qui l'avait poussée à agir ainsi. *Leur* enfant.

— Je sais que je t'ai fait du mal. Je suis désolée d'avoir été obligée d'agir ainsi, mais je devais mettre Brianna à l'abri.

Elle aurait pu lui parler des menaces qu'elle avait reçues, mais cela n'aurait rien changé en cet instant. Elle ne lui en voulait pas. Comment l'aurait-elle pu ?

Elle lui avait caché l'existence de Brianna pendant près de sept ans... Pendant sept ans elle l'avait privé de cette joie immense...

— Elle a le même épi que toi, remarqua-t-elle malgré elle en désignant ses cheveux. C'est plus ennuyeux pour une fille.

— Et c'est censé m'aider, de savoir ça ? demanda-t-il d'une voix emplie d'une telle douleur qu'elle en fut saisie.

Elle aurait voulu tendre la main vers lui, la poser sur son épaule, mais elle ne s'en sentait plus le droit.

— Ça te blesse que je dise cela ? demanda-t-elle avec douceur.

Il se détourna.

— Tout me blesse.

— Je suis désolée. Je ne voulais pas venir ici.

Il se tourna brusquement vers elle.

— Et tu crois que je suis heureux d'entendre cela ? Que tu ne voulais pas de notre aide ? Tu te vidais de ton sang, et notre fille aurait pu être...

— Il ne lui est rien arrivé, l'interrompit Nina avant qu'il puisse terminer sa phrase et exprimer les pensées horribles qui lui étaient également venues à l'esprit alors qu'elle était à l'hôpital. Parce que, pendant sept ans, je n'ai pensé qu'à la protéger, et que je suis allée jusqu'à prendre une balle dans le ventre pour elle ! s'exclama-t-elle en montrant sa blessure. Et j'irai encore plus loin s'il le faut.

Un éclair de colère traversa les yeux de Cody. Il leva le menton et la regarda avec un mépris qui la fit frissonner.

— Il faut que tu comprennes ce que cela signifie, reprit-elle comme il demeurait silencieux. Il faut que tu comprennes que Brianna et moi ne pouvons pas rester ici.

— Pour le moment, tu ne peux rien faire d'autre.

Et il s'éloigna.

Nina le regarda partir avec une douleur qui était au moins aussi intense que celle causée par sa blessure par balle.

Cody n'avait pas de plan d'action précis pour l'instant, mais il avait des choses à faire... dans un endroit où personne ne pourrait l'entendre.

Il entra dans l'écurie, en ressortit par une autre porte et poursuivit son chemin. Il se dirigea vers la clôture qui délimitait le nord du ranch. C'était une belle journée de printemps, mais il le remarqua à peine. Il pensait bien se connaître, mais il se sentait perdu aujourd'hui, comme submergé par ses émotions... Il avait l'impression que, malgré tous ses efforts, il ne parvenait pas à se ressaisir.

« Tu vas penser que tu aurais pu faire quelque chose, mais c'est faux. »

Il était certain qu'elle se trompait. Le fait que Nina ne le croie pas... après tout, cela n'aurait pas dû le toucher. Ils s'étaient séparés il y avait bien longtemps.

Mais il se retrouva soudain à se demander dans quelle mesure Nina avait pris la décision de rompre librement.

Visiblement, dès qu'elle avait découvert qu'elle était enceinte, sa première préoccupation avait été de s'assurer qu'Ace Wyatt ne s'approcherait jamais de son enfant. Elle y était parvenue pendant plusieurs années jusqu'à ce que son père trouve un moyen de...

Non, cela n'avait aucun sens. Pourquoi les Fils s'en seraient-ils pris à Nina s'ils ignoraient l'existence de Brianna ?

Cody ne comprenait pas.

Lorsqu'il se fut assez éloigné de la maison et des dépendances pour être certain que personne ne l'entendrait, il sortit son téléphone de sa poche et composa un numéro.

— Encore toi ! déclara une voix de femme en guise d'accueil.

— Je voulais seulement savoir s'il y avait du nouveau.

Shay éclata de rire, et soudain Cody eut un pincement au cœur. Ce n'était pas seulement son rire qui lui manquait, mais tout ce qui allait avec : le travail d'équipe, les collègues... Au cours des dernières années, il ne s'était vu que comme un membre du groupe North Star, pas comme le plus jeune des frères Wyatt.

Et pendant toutes ces années, Nina avait fui avec *leur fille.*

— Cody, si tu me demandes des nouvelles toutes les cinq minutes, je ne vais pas arriver à travailler !

— Alors, il n'y a rien de nouveau ?

Shay poussa un soupir.

— Ace n'a eu aucune visite en prison. Et apparemment, il

n'a été en contact avec personne, à part ses avocats. Nous les surveillons eux aussi mais, pour le moment, nous n'avons rien remarqué d'anormal. Nous avons fait des recherches sur l'attaque dont Nina Oaks a été victime, mais l'incendie a effacé toutes les traces.

— Vous avez des pistes ?

— Non. Et rien n'indique que ce soit l'œuvre des Fils des Badlands ou d'Ace...

— Je suis sûr que c'est lui.

Cody avait la certitude que son père était derrière tout cela. C'était la seule possibilité. Mais sans preuves...

— C'est peut-être vrai, Cody, mais nous devons nous appuyer sur des faits, tu le sais bien.

— Vous allez continuer à chercher ?

Il y eut une pause à l'autre bout de la ligne, et c'était ce qu'il craignait : maintenant qu'Ace était en prison, North Star avait d'autres priorités.

Pourtant, Cody avait une certitude : si quelqu'un – qui que ce soit – cherchait à s'en prendre à Nina, Ace était impliqué.

— Je peux te tenir au courant, Cody, mais rien de plus.

Il aurait voulu insister, mais c'était inutile. Il ne connaissait que trop bien les rouages de North Star. Mais les choses auraient été sacrément plus faciles s'il avait eu leur aide !

— Merci, Shay.

— Au revoir, Cody.

Il raccrocha et poussa un soupir. Il comprenait la réticence de Nina à rester ici, mais jusqu'à ce qu'il sache exactement d'où venait la menace – et jusqu'à ce que Nina soit rétablie –, c'était la meilleure solution.

D'ailleurs, l'endroit était protégé. Personne ne le savait, sinon sa grand-mère en aurait fait une attaque et ses frères auraient voulu qu'il leur donne des détails qu'il n'était pas autorisé à partager. Mais, au cours de ces années au sein de North Star, il n'avait pas seulement eu la satisfaction de jouer un rôle actif dans l'arrestation d'Ace, il avait aussi beaucoup appris.

Cody se retourna en entendant le ronronnement d'un moteur. Une voiture de police s'arrêta sur le chemin. Son frère aîné en sortit, son chapeau baissé sur les yeux, et se dirigea vers lui.

— Jamison...

C'était étrange, songea-t-il. Il avait passé les quatre dernières années loin de sa famille, à être entièrement absorbé par sa mission au sein de North Star. Le mois dernier, lorsqu'il avait rencontré Jamison, il travaillait encore pour eux. Mais, à présent, il était rentré à la maison et avait repris son rôle de frère cadet. C'était difficile.

Pourtant, Cody ressentit soudain une sorte de soulagement l'envahir : il avait devant lui quelqu'un qui saurait l'aider – non pas pour résoudre cette affaire, mais pour contrôler ce sentiment horrible qui le rongeait.

Jamison le dévisagea, comme s'il pouvait tout comprendre d'un seul regard.

— Alors...

— J'ai une fille.

C'était une remarque parfaitement inutile, puisque son frère était déjà au courant, mais Cody n'avait jamais encore prononcé ces mots. Il avait fallu qu'il soit en face de Jamison pour pouvoir le faire.

— C'est ce que j'ai entendu dire. C'est une grande nouvelle.

— Oui...

— Liza m'a dit que Nina allait mieux.

Cody acquiesça.

— Écoute...

Jamison s'éclaircit la voix et ôta son chapeau.

— J'ai une petite idée de ce que tu dois ressentir en ce moment.

— Tu n'as pas vu Liza débarquer chez toi avec ton enfant derrière elle !

— Non, admit Jamison. Mais nous avions beaucoup de choses à régler. Alors je me suis dit : occupons-nous d'abord de la protéger, nous verrons le reste ensuite. Mais je reconnais qu'avec un enfant la situation est plus compliquée.

— Elle m'appelle papa.

Jamison fit la grimace, comme s'il comprenait. Cody se sentit soudain traversé par une multitude d'émotions contradictoires. Parviendrait-il à mettre ses sentiments de côté jusqu'à ce que sa fille soit à l'abri du danger ?

— Je pense que tu devrais aller voir Ace, déclara Jamison.

Cody regarda son frère, bouche bée. Des rides s'étaient creusées sur son visage, mais il n'avait pas changé : son expression était seulement un peu plus dure, un peu plus déterminée, comme s'il portait le poids de beaucoup trop de responsabilités pour un seul homme. Mais Jamison avait toujours réussi à faire face.

— Je ne pense pas que ça soit une bonne idée, que je me retrouve de nouveau face à lui, répliqua Cody.

— Je le sais... Mais tu t'es maîtrisé ce jour-là. Tu aurais pu le tuer, et tu as choisi de ne pas le faire.

Il aurait dû le faire...

— Si tu vas le voir, si tu vas lui parler, nous pourrions peut-être comprendre ce qu'il sait réellement de ce qui est arrivé à Nina, expliqua Jamison de sa voix posée et raisonnable de policier.

— Je n'en suis pas capable pour le moment, Jamison. Je...

Il avait du mal à admettre sa faiblesse.

— Je ne suis pas sûr d'arriver à me contrôler.

— D'accord. Dans ce cas, pourquoi Nina n'irait-elle pas elle-même ?

6

Nina était assise dans le salon des Wyatt en compagnie de Liza. Toutes deux surveillaient Brianna et Gigi qui jouaient avec des figurines en plastique sur le tapis. Grandma Pauline et Dev s'étaient remis au travail, et Duke était retourné chez lui.

Auparavant, Duke avait eu une discussion très animée avec grandma Pauline pour savoir si Brianna devait rester au ranch des Wyatt. Mais grandma Pauline avait un argument imparable : ses six petits-fils avaient tous fait partie à un moment ou à un autre de la police ou d'une organisation similaire. De plus, Sarah et Rachel vivaient toujours sous le toit de Duke, et il fallait éviter de leur faire courir des risques.

Cela lui rappela soudain qu'à part Liza elle n'avait revu aucune de ses sœurs…

Elle n'aurait pas dû en être surprise, et elle n'avait pas le droit d'en être blessée, mais elle le fut malgré tout. La tristesse intensifiait la douleur lancinante de sa blessure. Elle savait qu'elle aurait pu prendre plus d'antalgiques, mais elle préférait l'éviter pour garder tous ses sens en alerte.

— Tu peux aller t'allonger si tu veux, lui proposa Liza avec douceur.

— Non. Ce qui me fatigue, c'est d'avoir dû mentir pendant des années… C'est de réfléchir…

Elle crispa sa main sur l'accoudoir du canapé.

— Et de ne pas avoir vu les autres filles.

Liza eut une petite grimace.

— Cecilia est au travail… Et Felicity aussi, bien sûr. Elles ne vivent plus au ranch.

— Mais Rachel et Sarah, si.

— Je suis sûre que Rachel va finir par venir, murmura Liza. À vrai dire, elle m'en veut encore un peu, et pourtant cela fait deux mois que je suis revenue. Nous avions peut-être de bonnes raisons de partir, Nina, mais…

— Je sais.

À part Rachel, qui était le seul enfant biologique de Duke et Eva, elles avaient toutes eu une enfance malheureuse avant d'être recueillies par les Knight, et en portaient encore les stigmates. Mais être abandonnée par les sœurs qu'elle avait appris à aimer serait pour elle un coup particulièrement difficile à encaisser, pensa Nina.

— Je ne pouvais pas faire autrement, Liza.

— Je le sais bien, répondit Liza en souriant avec tristesse. Le problème, c'est que les autres ne le comprennent pas toujours.

Liza baissa les yeux sur Gigi. Elle veillait sur elle comme s'il s'agissait de sa propre fille.

— C'est vraiment difficile à comprendre lorsque tu n'as pas la responsabilité d'un enfant. Alors, nos sœurs ont du mal à le faire. Mais je te crois, Nina. Vraiment.

Nina hocha la tête. Elle savait que Liza avait raison. Mais cela n'adoucissait pas pour autant l'amertume que lui causait l'attitude de ses sœurs. Peut-être devrait-elle suivre le conseil de Liza et aller s'allonger.

Mais elle entendit la porte claquer et des voix s'élever dans la cuisine. Quelques instants plus tard, Cody et Jamison entraient dans le salon.

Nina pensait que Cody aurait retrouvé un peu de calme. Mais il dégageait toujours la même énergie pleine de colère.

Nina sourit à Jamison. C'était étrange de revoir toutes les personnes qu'elle avait aimées et dont elle avait dû se séparer brutalement. Elle ne savait comment faire face à ses émotions.

Les années avaient laissé leur trace sur le visage de Jamison.

Ou peut-être étaient-ce les responsabilités qui pesaient sur ses épaules qui lui donnaient cet air dur.

Mais tout son visage s'illumina lorsque Gigi se jeta dans ses bras avec des cris de joie. Il la souleva. Il était clair que Gigi l'adorait, et que c'était réciproque.

— Tu m'as manqué, petite, dit-il à voix basse alors que Gigi se blottissait contre lui.

Même lorsque Nina était désespérément amoureuse de Cody et certaine qu'ils passeraient ensemble le reste de leur vie, ils n'avaient jamais parlé d'enfants. Elle avait trouvé le bonheur chez Duke et Eva, mais elle était trop marquée par son passé pour vouloir fonder une famille.

Et maintenant elle était là, chez les Wyatt, avec sa fille qui jouait sur le tapis et Jamison qui tenait une petite fille dans ses bras ! Tout cela semblait irréel...

Pourtant, lorsque Jamison prit la parole, ce fut de cette voix calme et mesurée qu'elle lui connaissait.

— Bonjour, Nina ! Comment te sens-tu ?

— Ça va.

Elle était exténuée, il fallait faire face à tant de choses...

Jamison et Liza échangèrent un regard, et Liza se leva.

— Les filles, demanda-t-elle, que diriez-vous d'aller voir les chevaux ?

Brianna se leva d'un bond.

— Nous pourrons les nourrir ?

— Eh bien, nous demanderons à oncle Dev.

Comme Jamison tendait Gigi à Liza, ils se donnèrent un léger baiser. Malgré elle, Nina chercha Cody du regard.

Il avait les yeux vissés sur le sol.

— Allez mettre vos chaussures ! ordonna Liza tout en poussant les fillettes vers la cuisine.

— Cody, tu es certain que Brianna est en sécurité au ranch ? Qu'elle peut sortir de la maison ? l'interpella Nina.

— Oui, répliqua Cody d'une voix tranchante.

Cela la tranquillisa quelque peu : Cody ne répondrait pas ainsi s'il n'en était pas certain.

— Que se passe-t-il ? demanda Liza à Jamison.

— Nous devons parler à Nina.

— De quoi ? répliqua immédiatement Liza.

Nina sourit en reconnaissant les accents protecteurs dans la voix de sa sœur. Sarah avait peut-être du mal à vaincre son ressentiment à son égard – et ses autres sœurs aussi peut-être –, mais Liza, elle, la comprenait. Elle était à ses côtés.

— Nina, te sens-tu capable d'aller rendre visite à Ace en prison ? reprit Jamison en se tournant vers elle.

Nina chercha instantanément le regard de Cody. Elle remarqua la colère de ses yeux et sa mâchoire serrée, mais elle ne parvint pas à déterminer ce qu'il en pensait.

Après tout, cela n'avait pas d'importance.

— Pourquoi ?

— Pour voir s'il a une réaction… S'il laisse échapper quelque chose malgré lui.

— Ace n'est pas stupide ! lâcha Liza d'un air désabusé.

— Non, mais son arrogance peut le pousser à en dire plus qu'il ne le souhaite. C'est ce qui s'est passé lorsqu'il vous retenait, Gigi et toi.

— Quoi ? s'exclama Nina en se tournant brusquement vers sa sœur.

Liza haussa les épaules.

— J'ai dû soustraire Gigi à l'emprise des Fils, et Jamison m'a aidée. Puis Cody nous a fait sortir du gang.

— Ce n'était pas moi, répliqua Cody d'un ton bourru.

Liza leva les yeux au ciel.

— Bon, j'éloigne les filles, mais n'accepte rien à contrecœur, Nina. Ne les laisse pas te forcer à faire quelque chose que tu ne sens pas.

Elle déposa un baiser sur la joue de Jamison.

— Et toi, ne sois pas trop directif.

Liza partie du salon, Nina remarqua que Jamison et Cody

attendirent tous deux que la porte soit refermée et que les voix des fillettes s'évanouissent pour parler.

— Tu es entièrement libre de ton choix, Nina, déclara Jamison. La question que nous nous posons est de savoir pourquoi les Fils s'en sont pris à toi aussi violemment au bout de plusieurs années.

— Il est possible qu'ils aient mis tout ce temps à me retrouver.

— À Dyner ? demanda Jamison d'un air dubitatif.

— Oui.

— D'accord, c'est possible, finit-il par admettre. Mais cet homme t'a tiré une balle dans le ventre. Peut-être qu'il a agi ainsi parce qu'il a été pris au dépourvu, même si j'en doute. Il y a une autre raison.

— Brianna ? demanda-t-elle, sentant son ventre se serrer.

Jamison secoua la tête.

— Rien n'indique que les Fils ou Ace connaissent son existence.

Cody n'avait toujours pas parlé, et cela la contrariait.

— Et toi, tu n'as rien à dire ? lui demanda-t-elle avec agacement.

Il croisa son regard, mais se contenta de secouer la tête.

Elle avait envie de le frapper.

— Non, lança-t-il d'une voix basse, métallique.

Nina se rendit compte qu'elle avait les poings serrés et que l'expression de son visage devait exactement refléter ses pensées. Elle leva le menton et décrispa lentement ses mains. Puis elle tourna le regard vers Jamison, et tenta d'afficher un air impassible.

— Alors, que voudrais-tu que je fasse ?

— Nous allons voir si tu peux rendre visite à Ace en prison. Je serai avec toi. Nous laisserons Ace mener la conversation, pour voir s'il te menace ou s'il nous donne des indications sur l'étendue de ce qu'il sait véritablement. Il va essayer de te faire peur, mais cela peut nous aider à comprendre ce qui se passe, ou à découvrir des pistes à explorer.

— Et dans ce cas ?

— Nous verrons si nous pouvons prouver qu'il est à l'origine de l'attaque que tu as subie, et nous l'ajouterons à la liste des forfaits pour lesquels il sera jugé... Et dans le meilleur des cas, nous pourrons également comprendre comment il arrive à diriger le gang depuis la prison.

— Et si les choses se passent moins bien, nous rentrerons sans en savoir plus, remarqua Nina.

— C'est possible. Liza a raison : Ace n'est pas stupide. Il a réussi à échapper à la justice pendant longtemps. Mais maintenant, grâce à Cody, il doit rendre des comptes.

— Je n'ai pas agi tout seul, corrigea Cody.

— Mais c'est toi seul qu'il rend responsable de son incarcération, répliqua Jamison.

Les deux frères échangèrent un regard que Nina ne put déchiffrer, ce qui l'agaça. Mais le fait que Cody demeure en retrait alors que Jamison menait la conversation l'irritait plus encore.

— Alors, c'est une sorte de test ? s'enquit-elle.

— Oui, un test où le risque est minime, répliqua Jamison. Je suis presque certain qu'Ace est au courant de l'existence de Brianna, mais ni toi ni moi n'allons l'évoquer. Nous allons nous contenter de voir s'il laisse échapper quelque chose...

Nina hocha la tête. Elle ne voulait pas revoir Ace : leur dernière entrevue avait été trop menaçante. Et visiblement, Cody et Jamison ignoraient que c'était à cause de lui qu'elle avait rompu avec Cody et s'était enfuie.

Elle aurait probablement dû le leur dire, mais elle n'arrivait pas à trouver les mots.

— C'est d'accord, déclara-t-elle en levant le menton et en tentant de faire taire l'angoisse qui montait déjà en elle à l'idée de cette entrevue. Mais à une condition.

Elle tourna le regard vers Cody.

— Je veux que ce soit toi qui m'accompagnes. Pas Jamison.

Cody avait passé beaucoup de temps à apprendre à contrôler ses réactions. Sans cela, il lui aurait été impossible de travailler pour North Star. Et avant d'être embauché par l'organisation et d'entreprendre la mission qui avait abouti à l'arrestation d'Ace, il avait dû leur prouver que le fait qu'il soit personnellement impliqué n'aurait aucune incidence sur son comportement.

Il ne comprenait pas pourquoi devant Nina toutes les défenses qu'il avait patiemment construites tombaient une à une. Il essayait de se convaincre que c'était uniquement parce qu'il venait tout juste d'apprendre qu'il avait une fille de six ans, mais, au fond de lui-même, il savait qu'il y avait une autre raison qui le dérangeait profondément.

C'était elle. Nina.

Leur relation n'avait pas été un simple béguin d'adolescents, il en était sûr, et ses sentiments pour elle ne s'étaient jamais éteints.

Elle l'avait marqué... à jamais.

Cody savait que Jamison attendait sa réponse. Il était certain que, quoi qu'il dise, son frère le soutiendrait, mais cela ne faisait que rendre sa décision plus difficile. Il ne devait pas agir selon son inclination, mais déterminer en toute conscience ce qui était préférable.

— C'est d'accord, finit-il par dire quand bien même il aurait voulu refuser.

Mais cette entrevue était nécessaire. Elles ne pouvaient pas passer leur vie à se cacher. Brianna avait besoin d'une vie normale, de pouvoir aller à l'école. Il fallait trouver une solution, et il ne faisait aucun doute pour Cody qu'Ace était derrière tout cela.

— Bon. Je vais arranger cette visite, déclara Jamison en hochant la tête.

Puis, leur jetant un coup d'œil à tous deux :

— Je vais voir ce que font les filles.

Ce n'était qu'une excuse pour les laisser discuter seul à seul, comprit Cody. Ils n'avaient rien à se dire, hélas. Tout ce qu'ils avaient à faire, c'était agir... Mais il était inutile d'expliquer cela à Jamison.

— Il est venu exprès pour me proposer cette visite ? demanda Nina lorsque Jamison fut parti.

Elle avait l'air épuisée, et il se retint de lui dire d'aller se reposer.

— Je pense qu'il est venu de Bonesteel parce que Liza et Gigi sont ici et qu'elles lui manquaient.

Elle sourit.

— C'est si beau de les voir tous les trois ensemble !

Cody se contenta de répondre par un grognement. Voir son frère et Liza goûter ce bonheur domestique lui semblait étrange... Ils avaient l'air heureux, pourtant !

Il se força à regarder Nina et à se concentrer sur ce qu'ils avaient à faire. Mais la seule chose à laquelle il parvenait à penser, c'était qu'il avait fait un enfant avec cette femme.

Il ne l'aurait jamais admis, mais Nina était la seule qui ait vraiment compté.

Lorsqu'ils avaient rompu, il était en train de suivre une formation dispensée par la CIA dans l'objectif d'intégrer North Star. La vie qu'il menait alors n'était pas compatible avec une relation stable. Certes, il avait un peu flirté avec Shay, mais aucun d'eux n'était prêt à compromettre son travail en allant plus loin.

Nina, qui était assise dans le fauteuil de grandma Pauline, croisa les mains sur ses genoux. Elle était livide, et avait manifestement besoin de dormir.

— Il y a une chose que je dois te dire avant qu'on voie Ace, dit-elle soudain.

— Plus tard. Tu dois te reposer maintenant. Je ne t'ai pas aidée à sortir de l'hôpital pour que tu t'épuises et que tu sois obligée d'y retourner !

Elle le regarda, les sourcils froncés.

— Tu as changé, déclara-t-elle comme si elle était surprise.

— C'est certain.

— Tout d'abord, j'ai pensé que c'était seulement à cause de Brianna mais, finalement, je crois que non.

Le simple fait de connaître l'existence de Brianna avait remué quelque chose de profond en lui… mais il ne savait pas encore quoi.

Si seulement il pouvait mettre de l'ordre dans ses émotions !

— Tu n'as jamais été quelqu'un de doux, Cody, mais tu ne t'es jamais laissé guider par la colère.

Il tenta de rester impassible, mais son ton fut plus mordant qu'il ne l'aurait voulu :

— Ah bon ?

— Enfin, parfois peut-être, répondit-elle après réflexion. Mais jamais *seulement* par la colère.

Et que s'était-il passé ? Nina avait rompu avec lui. Elle était la seule lumière de sa vie, quand par ailleurs ses frères et lui luttaient sans relâche pour échapper à l'emprise de leur père.

Lorsqu'elle était partie, Cody avait tout perdu. Le seul but qu'il avait alors pu trouver à sa vie avait été de mettre un terme aux crimes d'Ace. Il ne lui était plus resté que le travail, et l'envie féroce de faire tomber ce père qui détruisait tout autour d'eux. D'où sa colère…

Mais apparemment, Nina ne voulait pas lui laisser le temps de retrouver un peu de sérénité, car elle lâcha soudain une autre bombe.

— Il est venu me parler. Ace. Il y a sept ans.

7

Nina savait qu'elle aurait dû poursuivre, donner des explications à Cody, mais sa gorge était trop nouée pour cela. Elle eut un instant de frayeur lorsqu'elle vit la lueur de colère qui brillait dans ses yeux s'intensifier dangereusement.

— Pardon ? demanda-t-il d'une voix tranchante.

— Lorsque tu étais en stage à la CIA, réussit-elle à prononcer. C'était l'époque où je commençais mes études supérieures et où je vivais à Sioux Falls. Je travaillais dans un salon de thé et…

Elle eut un étourdissement, et se dit qu'elle aurait dû suivre son conseil et celui de Liza : aller s'allonger. Elle avait mal partout et se sentait nauséeuse, mais elle ne pouvait s'arrêter là.

— Un jour, Ace est entré dans le salon de thé… Comme s'il était un client ordinaire. Je l'ai reconnu parce que tu m'avais montré des photos de lui.

Avant ce jour-là, elle avait toujours pensé que Cody exagérait le danger quand il lui disait et répétait qu'il fallait qu'elle soit capable de reconnaître Ace, et de se cacher si jamais elle le voyait.

Dès son apparition dans ce salon de thé, elle avait compris que Cody avait raison. Elle s'était immobilisée, mais n'avait pas pu s'enfuir. Le regard d'Ace s'était posé sur elle, et elle avait senti monter en elle une terreur qui lui avait rappelé celle qu'elle ressentait lorsque, enfant, elle ne parvenait pas à sortir ses parents de l'inconscience dans laquelle la drogue les avait plongés.

Et soudain, cette émotion endormie resurgissait.

— J'étais la seule employée derrière le comptoir, donc je ne pouvais pas suivre tes recommandations et partir. Il a commandé un café et un scone.

Elle revoyait la scène avec précision, comme un film.

Ace lui avait souri, et s'était comporté comme un client quelconque. Mais elle savait qui il était. Et plus il agissait de façon innocente – payant la note, s'asseyant à une table et faisant semblant de savourer le scone et ce moment de calme –, plus la terreur avait grandi en elle.

— Il n'a absolument rien fait. Il s'est contenté de commander, de consommer, et de partir. Mais lorsque je suis sortie du salon de thé à la fin de ma journée de travail, il était là.

Nina passa sous silence le fait qu'il avait un couteau à la main. Son attitude n'était pas exactement menaçante : il se contentait de jouer avec. Mais Nina savait pertinemment que c'était une menace voilée, au vu et au su de tous.

— Il faisait encore jour, mais le soir tombait. Les gens passaient à côté de nous. Personne n'a rien remarqué. Je pense que j'aurais pu m'enfuir ou me mettre à crier. Mais il n'a rien fait d'agressif. Il a seulement parlé.

« J'ai l'impression que mon fils cadet a un faible pour toi, Nina Oaks… Pour toi, et pour la loi… Et je n'ai pas l'intention de l'encourager. »

— Et qu'a-t-il dit ? demanda Cody.

Même sept ans plus tard, Nina le connaissait assez pour savoir qu'il luttait pour paraître dur et inflexible, alors qu'il n'était rien de cela.

Elle marqua un temps d'arrêt. Cette conversation s'était déroulée si longtemps auparavant qu'il n'avait pas besoin d'en connaître tous les détails.

— Pas grand-chose. Il a fait semblant d'être un père inquiet pour son fils. Je savais que ce n'était pas le cas, et que son seul but était de m'éloigner de toi.

— Et c'est pour cela que tu as rompu, conclut-il en haussant les épaules.

— Non, ce n'est pas la raison pour laquelle j'ai rompu, Cody.

Malgré elle, elle avait mal qu'il puisse penser qu'une simple menace ait pu la pousser à cela.

Il la regarda d'un air sceptique, ce qui ne l'étonna guère.

— De retour chez moi, j'ai fait mes bagages. Je me suis dit que je pouvais retourner chez moi ou à Bonesteel... Que si j'allais voir tes frères, ils m'aideraient... Et que si je te racontais ce qui venait d'arriver, tu viendrais.

— C'est ce que j'aurais fait, oui.

Nina hocha la tête.

— Je le sais. J'étais en train de mettre mes affaires de toilette dans un sac quand je me suis rendu compte que cela faisait un certain temps que je n'avais pas... Enfin, que j'étais peut-être enceinte.

— Et pourquoi cela a-t-il changé quelque chose ?

Cela avait *tout* changé.

— Il fallait que j'arrête de penser à moi et à ce que je voulais, pour me concentrer sur mon enfant et sur ce dont il aurait besoin.

— Et *tu* as décidé que *mon* enfant n'avait pas besoin de moi, répliqua-t-il sèchement. *Tu* as décidé que tu le protégerais seule, dit-il en pointant le doigt sur elle. Et que veux-tu que je dise maintenant ? Que penses-tu que je ressente ?

Elle secoua la tête alors que ses yeux s'emplissaient de larmes.

— Je ne sais pas... J'aimerais seulement que tu comprennes que je ne voulais pas agir ainsi. Je t'aimais plus que tout. Mais je ne voyais pas comment notre enfant pouvait être en sécurité si un Wyatt apprenait son existence.

— Je l'aurais protégé. Comme tu l'as fait. Pourquoi n'as-tu pas pensé que j'allais moi aussi tout faire pour mettre mon enfant à l'abri ?

— Réfléchis un peu, Cody : Ace avait pris la peine de venir me menacer alors que je n'étais rien pour lui... seulement parce que tu m'aimais. Qu'aurait-il fait s'il avait su que tu avais un enfant ? Qu'il avait un petit-enfant ?

— Brianna n'a rien à voir avec lui ! répliqua-t-il d'un ton si véhément qu'elle en cligna des yeux.

— C'est ce que tu penses, Cody. Mais Ace, lui, aurait considéré qu'il avait des droits sur elle.

— Si j'avais su tout cela, je l'aurais tué quand j'en ai eu l'occasion !

Nina sentit son cœur se serrer. Elle savait que Cody se trompait : jamais il n'aurait pu tuer quelqu'un de sang-froid.

Une larme roula sur sa joue, mais il fallait qu'elle parle. Sans cela, elle ne pensait pas qu'il arriverait un jour à comprendre.

— Si tu avais été au courant, Cody, tu aurais été tué avant même que Brianna voie le jour.

Elle n'avait pas l'intention de lui révéler qu'elle l'aimait toujours. C'était lâche de sa part, songeait-elle, mais elle ne supporterait pas qu'il doute de ses sentiments pour lui.

— Ce que tu n'arrives pas à comprendre, c'est que j'essayais de te protéger tout autant que notre enfant.

Il eut un instant l'air confondu, puis sembla se ressaisir, comme s'il mettait un couvercle sur toutes ses émotions... Comme s'il les enfermait et les cachait loin d'elle.

— Va te reposer, Nina. Je te préviendrai quand j'en saurai plus sur cette visite.

Puis il s'éloigna. Une fois encore.

Et elle était trop fatiguée pour courir après lui.

Cody s'abîma dans le travail physique le reste de la journée. Il téléphona à Shay pour savoir s'il y avait du nouveau, mais tomba sur sa boîte vocale. Il revérifia tous les dispositifs de sécurité qu'il avait mis en place et dont nul autre que lui ne connaissait l'existence.

Grandma pensait qu'Ace ne remettrait pas les pieds au ranch, mais Cody était loin d'en être convaincu. Alors, au fil des ans, à l'occasion de ses visites, il avait commencé à installer tout un réseau d'appareils de surveillance sur la propriété.

Il n'en avait jamais parlé à Jamison, mais il se dit que le moment était venu de le faire.

Il n'avait pas mis sa grand-mère au courant non plus. Elle l'aurait étripé vivant. Autrefois, grandma Pauline leur semblait à tous invincible. Mais, aujourd'hui, il ne comprenait que trop bien qu'elle était également une cible pour Ace.

Car Ace Wyatt était déterminé à faire payer cher aux membres de sa famille leur refus de rester dans le gang… Déterminé à se venger de ses fils qui, tous, lui avaient fait l'insulte suprême de choisir des métiers visant à faire respecter la loi.

On ne s'opposait pas à Ace sans en subir les conséquences… Et ce vieux fou pouvait attendre des années, voire des décennies, avant de décider que le temps de la vengeance était venu.

Cody repensa au jour où il avait réussi à faire échapper Jamison et Liza du gang. Il avait tenu son arme contre la tempe d'Ace. Il aurait pu appuyer sur la détente. Il aurait pu mettre un terme à tout cela.

Mais Jamison l'avait convaincu qu'en agissant ainsi il n'aurait pas été meilleur que leur père.

Alors, il avait laissé la vie sauve à Ace… Mais il craignait parfois que cette dureté et cette cruauté ne soient dans ses gènes. C'est pourquoi, jour après jour, il avait choisi de ne pas céder aux instincts qui auraient pu le faire ressembler à son père.

Il était dehors, le regard perdu dans le ciel étoilé. La fraîcheur de la nuit commençait à se faire désagréablement sentir, mais il ne parvenait pas à se décider à retourner dans la maison… Parce que, s'il voulait vraiment se ranger du côté du bien, il allait devoir trouver un moyen de communiquer avec Nina… D'être bienveillant avec elle… D'avoir des relations pacifiées.

Il ne cessait de repenser à la conversation qu'ils venaient d'avoir. À ses larmes. À tout ce qu'elle avait tu jusque-là pour ne pas le blesser.

Il se demanda soudain si elle n'avait pas raison : s'il avait appris que Nina était enceinte et qu'Ace l'avait menacée, ne se serait-il pas précipité tête baissée dans une confrontation qui se serait mal terminée pour lui ?

Nina avait-elle vraiment fait le bon choix ? Ils ne le sauraient jamais. Maintenant, il fallait accepter la situation telle qu'elle était.

Il poussa un soupir et entra dans la maison. Entendant grandma et Dev parler dans la cuisine, il préféra passer discrètement et se diriger droit vers le premier étage. La porte de la chambre de Nina était fermée, et aucune lumière ne filtrait en dessous.

Il avança doucement dans le couloir et entendit des bruits de voix. Lorsqu'il arriva devant la porte ouverte de la chambre que partageaient Brianna et Gigi, il trouva Liza assise sur un lit, entre les deux petites filles. Elle leur lisait une histoire en y mettant le ton, et les fillettes semblaient boire ses paroles.

Lorsqu'elle eut terminé l'histoire, elle leva la tête et le vit. Elle lui sourit.

— Il est tard, les puces. Viens, Gigi, il faut que tu ailles te brosser les dents.

Gigi grommela, mais elle sortit du lit et suivit Liza dans le couloir. Cody sourit à Brianna. Elle semblait si petite dans son pyjama rose !

— Tu veux que je te lise une autre histoire ?

Brianna lui tendit le livre avec un visage radieux.

— Tu vas faire les voix ?

— Euh... oui, bien sûr. Je vais essayer, mais je ne promets pas de le faire aussi bien que Liza !

— Même maman n'y arrive pas, chuchota-t-elle avec un air de conspirateur.

Cody ne put s'empêcher de sourire. Avec précaution, il s'installa sur le lit à côté d'elle, prit le livre qu'elle lui tendait et commença à lire. Il se sentait stupide, mais il essaya d'imiter des voix de dragons et de princesse. Et plus Brianna riait, plus cela lui était facile.

Lorsqu'il eut terminé l'histoire, Brianna était blottie contre lui.

— Je suis contente d'être ici, déclara-t-elle.

Cody lui pressa doucement l'épaule.

— Moi aussi, je suis content que tu sois là.

— Tu sais que, quand Liza et Jamison seront mariés, Gigi sera ma tante ? dit-elle en riant.

Puis elle leva les yeux vers lui, l'air soudain soucieuse.

— Nous pourrons vivre ensemble ? Pour toujours ? Oncle Dev va m'apprendre à monter à cheval.

Cody ne sut que répondre.

— Moi aussi, je peux t'apprendre à monter à cheval.

— Ah bon ? Oncle Dev dit que tu ne sais pas bien le faire.

— Oncle Dev est un enf...

« Oncle Dev. » Sa famille, le ranch... C'était sa vie maintenant. Et étrangement, cette vie qu'il n'avait jamais pensé avoir était exactement celle qu'il avait envie d'offrir à Brianna.

— Je ne sais pas encore ce qui va se passer, Brianna. Je sais seulement que je vais vous protéger, ta maman et toi. Que je sois avec vous ou non, je veux que tu saches que je ferai toujours tout pour que vous soyez en sécurité. Je te le promets. Et je tiens toujours mes promesses.

— Les méchants hommes reviendront, déclara Brianna, la tête baissée sur le livre.

Cody remarqua que ce n'était pas une question. Elle parlait d'un ton triste et résigné qui n'était pas du tout celui d'une petite fille de six ans.

Il ne put le supporter.

— Que t'a dit ta maman à propos des frères Wyatt ?

Brianna leva le visage vers lui, et ébaucha un sourire qui manqua de lui couper le souffle tant il ressemblait à celui de Nina. Il avait aimé Nina plus profondément qu'il ne l'aurait cru possible et, même si les années avaient passé, il savait que ça n'avait pas été un simple béguin d'adolescent.

— Elle m'a raconté des histoires où vous étiez tous des chevaliers très courageux.

Cody hocha la tête.

— Et les chevaliers courageux gagnent toujours, Brianna. À la fin, ce sont toujours les gentils qui gagnent.

Il ne l’avait pas toujours cru, mais, maintenant qu’il avait une fille, il le fallait. Pour elle.

8

Tout allait trop vite. Nina avait espéré qu'elle aurait une dizaine de jours pour se préparer à rencontrer Ace. Mais Cody était venu lui annoncer sans plus de commentaires que la visite était prévue pour le lendemain.

Depuis, elle se sentait angoissée et nerveuse, d'autant plus qu'elle était inoccupée : personne ne la laissait faire quoi que ce soit. À chaque fois qu'elle entrait dans la cuisine, grandma Pauline insistait pour qu'elle s'asseye. Liza avait refusé qu'elle l'aide à plier le linge, et même Brianna n'avait pas voulu jouer avec elle, lui recommandant de faire la sieste pendant qu'elle irait nourrir les poules avec Gigi et grandma Pauline après le déjeuner.

Elle errait de pièce en pièce, ne sachant que faire ni comment calmer son angoisse, quand soudain elle entendit des voix masculines provenant de la cuisine.

Les frères Wyatt étaient assis autour de la table. C'était un spectacle impressionnant : ils étaient tous grands, les épaules larges. Gage portait son uniforme, Tucker avait un étui de revolver attaché sur sa poitrine, Dev était en vêtements de travail, et Brady et Jamison en civil, tout comme Cody. Ils avaient tous le visage sombre.

— Il faudrait rédiger un texte, disait Tucker en étendant les mains sur la table. Nous devons être méticuleux et prudents.

Gage secoua la tête.

— Si elle le récite, elle n'aura pas l'air naturel, et Ace se doutera de quelque chose.

— Il est complètement aveuglé par son ego, marmonna Dev avec irritation.

Nina était restée sur le pas de la porte. Ils parlaient de l'entrevue qu'elle allait avoir avec Ace. *Sans elle.*

— Que se passe-t-il ? demanda-t-elle avec insistance en s'avançant dans la pièce.

Personne ne lui répondit. Cody eut un geste vague de la main. Elle sentit son sang ne faire qu'un tour.

— Si nous n'écrivons pas de texte, alors il faut l'entraîner, reprit Tucker, regardant chacun de ses frères successivement.

Tous, sauf elle.

— L'entraîner ? Comme pour un jeu de rôle ? répliqua Gage d'un air peu convaincu.

— C'est un outil efficace, répliqua Cody. Cela peut donner confiance en soi. On peut anticiper les différents tours que peut prendre la conversation…

— Personne ne peut se préparer à parler à Ace, répliqua Dev d'un ton bourru.

— J'ai déjà fait face à Ace, remarqua Nina.

— Il ne va en faire qu'une bouchée et la recracher sans que nous soyons plus avancés pour autant, poursuivit Dev avec amertume, sans même la regarder.

— Je suis là, s'écria-t-elle.

Gage lui sourit.

— Bien sûr que tu es là, ma belle.

Il ne sembla pas noter le regard assassin qu'elle lui lança. Alors, elle fit la première chose qui lui vint à l'esprit.

Se dirigeant vers la cloche dont grandma Pauline se servait autrefois pour appeler tout le monde à table, elle attrapa le petit marteau en bois suspendu au mur et en frappa le métal aussi fort qu'elle le put.

La cloche émit un tintement sonore qui résonna dans la

pièce. Alors, les six hommes se turent et regardèrent dans sa direction.

— C'était le seul moyen d'obtenir votre attention, commenta-t-elle d'un ton aigre-doux.

— Nous n'avons pas beaucoup de temps pour préparer l'entrevue, répliqua Cody.

— Non, *nous* n'avons pas beaucoup de temps. Et comme je suis la première concernée par cette visite, puis-je m'asseoir à votre table ? Ou suis-je encore trop faible pour pouvoir déterminer avec vous ce que *je* devrais dire ?

Les six hommes eurent l'air gênés. Ils se tournèrent vers Jamison comme pour lui signifier que c'était à lui de parler. Elle le regarda droit dans les yeux, le forçant à baisser le regard alors qu'elle tapotait la paume de sa main avec le marteau, comme le faisait grandma Pauline lorsqu'elle attendait des explications.

— C'est notre père, répondit Jamison avec calme. Nous le connaissons bien. C'est pour cela que c'est à nous d'élaborer ce plan, Nina.

— Mais c'est moi qui vais devoir lui parler, et j'ai le droit de participer à cette discussion.

Jamison et Cody se rembrunirent, mais Tucker se leva.

— Elle a raison.

Il lui sourit et lui fit signe de prendre sa chaise.

Elle était encore irritée et ne lui sourit pas en retour, mais s'installa à la table. Il était normal qu'elle soit présente.

Ils la regardèrent tous, attendant qu'elle prenne la parole, et elle se rendit alors compte qu'elle n'avait rien à dire.

— Alors ? demanda Cody d'une voix qui ne cachait pas son agacement.

Elle lui fit un sourire sarcastique, cherchant vainement une réplique bien sentie.

— Eh bien, comme je n'ai pas entendu ce que vous avez manigancé sans moi, vous pourriez d'abord m'expliquer où vous en êtes, non ?

— Nulle part, répondit Gage.

Il souriait à Cody comme si l'irritation manifeste de son frère l'amusait.

— Nous nous sommes querellés, ajouta-t-il.

— Cela vous ressemble bien, répliqua Nina.

Ce qui lui valut un petit rire de Gage. Les autres demeurèrent de marbre.

— Il faut que nous déterminions un plan d'action, reprit Cody d'un ton acerbe. Nous sommes en train d'essayer de nous mettre d'accord.

— La première chose à faire est de définir le but de cette visite, remarqua Nina.

— C'est de faire parler Ace sans qu'il se rende compte qu'il nous fait des révélations utiles, expliqua Jamison.

Nina hocha la tête.

— Nous voulons savoir ce qu'il sait. Donc, il faut commencer par lui donner une bonne raison pour que je vienne le voir, dit-elle. Il ne doit pas se douter que nous essayons d'en savoir plus. Au contraire, il faut lui faire croire que nous essayons de lui prouver quelque chose. Si c'est *moi* qui viens lui rendre visite, alors que je ne suis rien pour lui, il faut une très bonne raison, martela-t-elle.

— Il t'a tiré dessus. Ça ne suffit pas ? repartit Dev.

Nina secoua la tête et remarqua que Cody faisait de même. Bon, au moins, il leur arrivait parfois d'être d'accord.

— Ce n'est pas lui qui m'a blessée. En fait, j'ai tué l'homme qui l'a fait, n'est-ce pas ?

Elle regarda Tucker pour en obtenir confirmation : c'était lui qui avait été chargé d'enquêter sur cette affaire.

— Il y avait un cadavre dans les décombres, oui.

Nina hocha la tête, et s'efforça de soutenir le regard de tous les hommes assis autour de cette table. Au cours de ces sept années, elle avait appris quelque chose : ne jamais montrer sa peur. Si vous le faisiez, les gens s'en servaient contre vous. Les frères Wyatt pensaient peut-être qu'ils ne réagiraient pas ainsi, mais ils étaient tous déterminés à faire tomber leur père. Elle n'était qu'un pion dans cette histoire.

Elle n'allait pas se laisser faire.

— Nous avons besoin de plus que cette attaque, reprit-elle. Nous avons besoin qu'Ace pense que nous voulons nous venger.

— Eh bien, nous avons ce qu'il nous faut, intervint Brady, prenant enfin la parole.

Cody fronça les sourcils.

— Que veux-tu dire ?

— Il y a sept ans, Ace t'a menacée, c'est bien ça ? déclara Brady à Nina. Il ne voulait plus que tu voies Cody... Puis, sept ans plus tard, Ace, ou un autre membre du gang, te prend pour cible, et tu reviens vers Cody.

Gage hocha la tête, même si Nina ne comprenait pas où Brady voulait en venir. Elle regarda Cody, dont le visage s'était assombri.

— J'ai loupé quelque chose ? demanda-t-elle.

Gage et Brady fixèrent Cody du regard. Il poussa un soupir et déclara :

— Nous allons voir Ace pour lui prouver quelque chose...

Il demeura complètement immobile, mais l'atmosphère changea soudain comme il ajoutait :

— ... lui prouver qu'il n'a pas réussi à nous séparer.

Pendant quelques secondes, Nina resta sans voix. Puis elle éclata de rire, même si cela lui provoqua une vive douleur à l'estomac.

— Tu es...

Elle était prise d'un fou rire et ne pouvait s'arrêter. C'était d'autant plus drôle que les frères Wyatt se regardaient tous avec un air perplexe.

Il lui fallut de longues secondes avant de retrouver son calme.

— Tu penses vraiment que Cody peut réussir à faire croire à Ace que nous nous sommes retrouvés ? dit-elle à Brady en secouant la tête. Il faudrait qu'il soit un acteur exceptionnel pour y parvenir !

— Tu serais surprise de voir ce que je suis capable de faire quand la vie de ma fille est en jeu.

— Sauf que la froideur et l'animosité avec lesquelles tu prononces ces paroles prouvent le contraire, Cody.

— Nous ferions mieux de vous laisser seuls tous les deux et...

— Restez ! ordonna Nina. Nous allons terminer cette discussion avant que Brianna revienne. Elle comprend beaucoup plus de choses que je ne le voudrais... Cody, si tu penses que nous sommes capables de faire semblant de nous être réconciliés, ton idée est bonne, oui.

Elle se tut quelques instants et reprit d'un ton ferme :

— Nous allons montrer à Ace à quel point nous sommes amoureux... Et peut-être même le remercier de nous avoir réunis en orchestrant cette attaque. Plus nous semblerons amoureux, plus il va vouloir nous faire du mal. C'est le meilleur moyen que nous ayons de lui faire perdre un peu de sa maîtrise de lui-même, et d'apprendre ce que nous voulons savoir.

Pendant quelques secondes, personne ne parla ni ne réagit. Puis elle regarda Jamison. Il était leur chef, ils s'en remettaient toujours à lui pour la décision finale parce que, autrefois, il s'était sacrifié pour les faire tous sortir de l'enfer.

Finalement, il hocha la tête.

— C'est un bon plan.

— Il faudra vous entraîner, remarqua Gage.

Il essayait de retenir un sourire, mais Nina vit bien qu'il trouvait l'idée amusante.

Elle lui jeta un regard courroucé.

— Vous devrez avoir une idée de ce que vous allez lui dire, déclara Tucker avec un peu plus de tact que son frère. Si vous vous entraînez, vous aurez l'air plus naturels.

Cody fit un sourire qui ne la trompa pas un seul instant.

— Pas de problème, dit-il.

Ses frères repartirent ensuite chacun de leur côté, les laissant Nina et lui seuls dans la cuisine. C'était bien le dernier endroit où Cody aurait voulu être en ce moment.

— Tu devrais aller t'allonger, fit-il.

Elle n'était plus aussi pâle qu'hier, mais elle semblait encore très fatiguée.

— Plus tard. Nous devrions nous...

Elle s'interrompit et fit la grimace avant de poursuivre :

— Je n'emploierai pas le mot « entraîner ». Nous devrions prévoir.

— Brianna et Gigi vont revenir d'un instant à l'autre. Cela ne sert à rien de le faire maintenant si tu dois te trouver mal parce que tu ne prends pas assez soin de toi !

Elle poussa un soupir.

— Crois-moi, Cody, s'il y a bien une chose que je sais faire, c'est prendre soin de moi ! Je n'avais personne d'autre pour le faire à ma place.

— C'était ton choix.

— Oui, c'était mon choix. Ton père n'y était pour rien ! répliqua-t-elle d'un ton sarcastique.

— Hum...

Il ne trouvait aucune repartie cinglante à cela. C'était la vérité. Il pouvait être en colère, regretter d'avoir perdu sept ans, mais il ne pouvait pas contester le fait que Nina avait eu d'excellentes raisons d'agir ainsi.

— Cody...

Sa voix était si douce, si implorante ! Lorsqu'elle posa la main sur la sienne, ce fut comme si les années disparaissaient.

— Je ne te blâme pas... Pas pour Ace. Comment le pourrais-je ?

Comment ne le pourrait-elle pas ?

La porte de la cuisine s'ouvrit et Brianna entra en parlant d'une voix joyeuse. Elle vint se placer entre les chaises où ils étaient assis.

— Grand-père Duke a dit que je pourrai aller sur son ranch pour voir ses chevaux ! Et il a trois chiens et deux chats et...

— Non.

Cody sut qu'il avait parlé trop sèchement lorsqu'il vit le visage de Brianna se décomposer, mais il n'avait pas supporté de la voir se réjouir d'une visite qui était absolument inenvisageable en ce moment.

Il regarda sa grand-mère et Liza, qui se tenaient dans l'embrasure de la porte. Elles avaient toutes deux les bras croisés sur la poitrine, dans la même attitude pleine de réprobation. Puis il rencontra le regard plein de confusion et de tristesse de Nina.

— Nous devons rester ici, expliqua Cody.

— Et pourquoi donc ? répliqua sèchement grandma.

Il aurait volontiers menti si Brianna n'avait pas été là, à le regarder avec ses grands yeux bleus, comme si les paroles qu'il allait prononcer étaient décisives.

— J'ai des dispositifs de sécurité ici. Si quelqu'un vient, je le saurai. Je ne pense pas que Duke ait installé des équipements similaires sur son ranch.

Il prit Brianna sur ses genoux pour pouvoir la regarder dans les yeux.

— Je suis vraiment désolé, ma chérie, mais tu dois rester ici pour le moment.

— J'aime bien être ici. J'adore ça ! C'est l'endroit que je préfère au monde !

Elle noua les bras autour de son cou et le serra.

— Je n'ai pas besoin d'aller ailleurs !

Cody jeta un coup d'œil à Nina. Le sang semblait s'être retiré de son visage.

Il passa la main sur le dos de Brianna et tenta de trouver des paroles réconfortantes.

— Ne t'inquiète pas. Tout va bien, murmura-t-il.

Elle renifla sur son épaule.

Il n'osait pas tourner le regard vers Nina ou sa grand-mère. Il était certain que cela lui ferait perdre le peu de contrôle qu'il avait encore sur lui.

— Je peux aller regarder la télévision ? reprit Brianna.

— Oui ! J'aimerais voir un dessin animé ! s'exclama Gigi avec enthousiasme.

Brianna se glissa à terre et prit Gigi par la main. Elles s'en allèrent vers le salon, et Cody resta là, à regarder fixement ses genoux.

— Nous devons aller les surveiller, déclara Liza en lançant un regard soutenu à grandma.

— Hum..., marmonna grandma avant de suivre Liza.

Cody se tourna alors vers Nina.

— Écoute, je suis désolé. J'aurais dû le lui dire autrement. Je n'ai pas encore...

Bon sang !

— Je lui ai parlé sèchement et je n'aurais pas dû, insista-t-il.

Lorsqu'il leva les yeux sur Nina, il vit qu'elle avait du mal à retenir ses larmes, mais elle secouait la tête.

— Ce n'est pas ça, répondit-elle d'une voix tremblante. Je... je ne m'étais pas rendu compte qu'elle était si malheureuse.

— Elle n'était pas...

— Tu l'as entendue : elle t'a dit que c'était l'endroit qu'elle préférait au monde...

— Nina...

Il ne savait pas quoi lui dire. Il n'aurait pas dû ressentir ce besoin de la réconforter : elle lui avait caché qu'il avait un enfant. Si Brianna était malheureuse, c'était *sa* faute.

Mais il répondit néanmoins :

— Tu ne dois pas te sentir coupable.

— Lorsque tu vis au jour le jour dans la peur, tu ne vois rien d'autre. Je me faisais du souci pour sa sécurité. Je me faisais du souci pour tout, mais je ne me suis pas assez demandé si je lui offrais une enfance.

— Crois-moi, Nina : tu as veillé à l'essentiel. Elle sait que tu l'aimes. Si elle en doutait, elle ne nous ferait pas confiance... Et tu vois bien comment elle se comporte avec nous ! Il est certain que ces années lui laisseront quelques cicatrices, mais qui n'en a pas ? Toi et moi, nous savons malheureusement qu'elles peuvent être bien pires !

— Tu n'as pas à me réconforter, dit-elle en secouant la tête et en se levant. Je sais que je t'ai fait beaucoup de mal. Je sais...

— Tu ne sais pas tout ! répliqua-t-il, agacé qu'elle lui jette sa propre colère au visage. Si ma mère avait fait la moitié de ce que tu as accompli pour notre fille, mon enfance aurait été bien différente... Surtout quand j'avais l'âge de Brianna.

Des souvenirs douloureux et pénibles resurgirent en lui, mais il les repoussa.

— C'était différent, répliqua Nina.

— Pourquoi ?

— Parce que Ace était ton père.

— Ace *est* mon père.

— Mais tu n'es pas comme lui. Je ne voulais pas éloigner Brianna de toi : je voulais seulement que vous soyez tous les deux en sécurité... Et je savais que tu ne pourrais jamais comprendre ma décision.

— Je n'ai pas envie de la comprendre.

— Ce n'est pas vraiment la même chose...

— Je n'arrive pas à oublier tout ce que j'ai perdu, Nina. Mais je ne te blâme pas... Je ne pense même pas que tu aies eu tort : j'aurais certainement perdu la vie dans ce combat...

Elle resta sans voix, et le regarda comme s'il avait perdu l'esprit.

C'était certainement le cas ! songea-t-il.

— J'arrive à reconnaître que d'autres peuvent avoir raison.

Elle sourit.

— Eh bien, c'est nouveau.

Il en rit presque... *Presque*. Cela lui aurait fait du bien. Mais la situation ne s'y prêtait guère : demain, ils allaient rendre visite à Ace... et Nina était en danger.

— Jamison était bien plus jeune que moi maintenant lorsqu'il a réussi à me faire sortir des Fils des Badlands. Il avait beaucoup moins de soutien que moi. Sept ans plus tôt, j'aurais certainement pensé que je pouvais faire la même chose, mais je n'aurais pas pris le temps de réfléchir autant que lui. Lorsque j'y repense, je me rends compte de la difficulté de ce qu'il a réussi à accomplir. Je suis le seul qu'il a réussi à mettre à l'abri avant...

Et voilà que les souvenirs revenaient à l'assaut.

— Avant quoi ?

— Ace considérait que sept ans était l'âge d'une première épreuve initiatique... Et quand mes frères ont eu sept ans, il les a laissés dans la nature sans provisions, sans rien. À partir de cet âge, à chaque anniversaire, il fallait passer seul autant de jours que nous avions d'années dans ces conditions... pour prouver que nous étions dignes d'être des Wyatt.

— C'est horrible ! Comment peut-on attendre d'un enfant de sept ans qu'il survive ainsi ? demanda Nina en s'entourant la poitrine de ses bras.

— Pour les Fils, c'était normal. Mais Jamison a réussi à me faire sortir avant...

Cody sentit son ventre se serrer. Une idée terrible lui traversait l'esprit. Il la repoussa de toutes ses forces. Il devait se tromper...

— Quand est l'anniversaire de Brianna ?

— Quoi ?

Il saisit les mains de Nina alors qu'il sentait la panique et l'horreur l'envahir.

— Quand aura-t-elle sept ans ?

— Dans trois semaines. Je...

Il lui lâcha les mains tandis qu'un sentiment de terreur s'emparait de lui.

— Ace est au courant.

9

Nina chancela lorsque Cody lui lâcha les mains. Elle ne parvenait pas à assimiler ce qu'il avait dit, mais la panique qu'elle lisait sur son visage et entendait dans sa voix lui fit battre le cœur à tout rompre.

— Il faut que je demande à mes frères de revenir... Que nous repensions notre plan d'action...

Il se dirigea vers la porte mais s'immobilisa, comme s'il avait du mal à agir.

— Comment Ace aurait-il pu savoir que Brianna va bientôt avoir sept ans, Cody ?

Il devait se tromper. Tout portait à croire qu'Ace ignorait totalement l'existence de leur enfant.

— Je ne sais pas... Bon sang, je ne sais pas !

Le fait de le voir si troublé la pétrifia.

— Mais cela ne peut pas être une coïncidence ! reprit Cody. Jamison m'a fait sortir du gang la veille de mes sept ans. Maintenant, je comprends pourquoi Ace s'en prend à toi après toutes ces années !

— Mais il ne savait pas que j'avais un enfant ! L'homme qui m'a attaquée semblait ignorer que Brianna vivait sous le même toit que moi. Pendant toutes ces années, j'ai...

— Tu ne peux pas en être certaine, Nina.

Cody se passa la main sur le visage.

— Je pense que cet homme n'était pas venu pour enlever Brianna, dit-il. Il voulait seulement te faire peur.

— Et pourquoi Ace aurait-il commandité cette attaque ?

— Je ne comprends pas tous les motifs d'Ace mais, avec lui, la raison ultime est toujours de faire du mal. Point. Il faut que j'en parle à Jamison avant qu'il reparte. Et à Tucker. Il faut qu'ils reviennent et que nous...

— Non. Cela fait trop de voix, trop d'opinions différentes. Il s'agit de Brianna, Cody. Nous seuls devons décider de ce que nous allons faire.

— Je ne veux pas laisser mes frères en dehors de tout cela. Si nous sommes encore vivants aujourd'hui, c'est parce que...

— C'est parce que Jamison s'est sacrifié pour vous tous, oui, je sais.

Cody ouvrit la bouche, mais il n'y avait rien à ajouter. Elle connaissait l'histoire : Jamison avait patiemment, méthodiquement, fait sortir ses frères du gang un à un pour les confier à grandma Pauline, avant de réussir lui-même à échapper à l'emprise des Fils des Badlands lorsqu'il avait presque dix-huit ans. Il avait alors libéré Liza, qui en avait seize.

Nina savait également que Cody entretenait un sentiment de culpabilité : étant celui des Wyatt qui avait été soustrait le plus tôt à l'influence du gang, il n'avait pas eu à endurer les mêmes atrocités que ses frères... Comme ce rite initiatique des sept ans.

Elle s'assit à nouveau sur sa chaise. Et si Ace était finalement au courant de l'existence de Brianna... ?

— D'accord, souffla-t-elle. Mais, si ton père sait pour Brianna, pourquoi a-t-il attendu si longtemps avant d'agir ?

— Ace a toujours fait preuve de beaucoup de patience, Nina... Et il a coutume de faire des projets à long terme. Je pense qu'au fond de nous nous pensions tous qu'il n'allait pas en rester là.

Elle ne savait pas comment réagir à ce qu'il venait de dire... Comment accepter qu'elle se soit peut-être trompée sur tout ?

— Tu es en train de me dire que ces sept dernières années ont été un gâchis... ? Que tout ce que j'ai fait n'a servi à rien, et que nous aurions pu vivre ensemble ?

Il se retourna vers elle, l'air véritablement stupéfait.

— Parce que c'est ce que tu aurais voulu ?

— Bien sûr que c'est ce que j'aurais voulu ! J'étais si heureuse lorsque j'ai vu que le test de grossesse était positif !

Elle s'en souvenait encore. Elle avait déjà chargé toutes ses affaires dans sa voiture, pour rentrer chez elle, pour retrouver les Knight et les Wyatt...

— Pendant quelques secondes, j'ai pensé... Je n'avais jamais envisagé d'avoir des enfants, mais j'étais si heureuse ! Et puis, j'ai dû faire face à la réalité.

Et il le fallait maintenant encore. Elle n'avait pas le temps de ménager les sentiments de Cody : ils devaient protéger leur enfant.

— Qu'allons-nous dire à Ace ? lui demanda-t-elle. Et d'ailleurs, quel est son motif pour agir ainsi ?

— La vengeance. Ace est malade. Il considérait que mes frères et moi étions sa propriété, qu'il pouvait faire de nous ce qu'il voulait. Et nous l'avons trahi, Nina... C'est à cause de moi qu'il est maintenant en prison. Alors, je sais très bien ce qu'il veut : me faire du mal. Et il va se servir de mon enfant pour cela.

Nina refusait de céder à la panique, même si elle sentait son cœur battre de plus en plus fort et sa gorge se serrer.

— Nous devons être certains que Brianna est en sécurité avec nous, déclara-t-elle.

— Nina...

Il prononça son nom d'un air si douloureux qu'elle faillit perdre le contrôle d'elle-même.

— Je sais ce dont Ace est capable, Cody ! Crois-moi, je le sais, reprit-elle.

Mais ces années de douleur lui avaient appris à aller de l'avant. Elle savait que, lorsque la panique s'emparait d'elle, elle devait se ressaisir et agir.

Elle s'approcha de Cody et lui prit une main entre les siennes. Ce sentiment de terreur pour son enfant devait être entièrement nouveau pour lui… Elle devait lui apprendre que c'était le lot de tous les parents, et qu'il fallait le surmonter.

Lorsqu'il rencontra son regard, elle ne comprit que trop bien ce qu'il ressentait.

— Peut-être qu'Ace a toujours été au courant… et peut-être que c'est la seule raison pour laquelle Brianna et moi avons survécu. Mais cela ne signifie pas que je n'aurais pas su la protéger, murmura-t-elle. Cela veut seulement dire qu'Ace m'a laissée m'entraîner pendant six ans.

Elle lui serra la main.

— Et cette fois-ci, je ne serai pas seule. Il faut que nous travaillions ensemble.

« Je ne serai pas seule. »

Il fut étonné de sentir à quel point ces mots résonnaient en lui. Mais lui aussi avait connu la solitude depuis que Nina s'était enfuie. Il avait terminé ses études, était entré chez North Star, et avait consacré toutes les années suivantes à faire tomber les Fils des Badlands et son père. Et pendant ce temps, il n'avait eu que des contacts lointains avec ses frères. Les gens qu'il avait rencontrés à North Star étaient presque devenus des amis, mais ils n'étaient pas ses frères… ils n'étaient pas sa famille.

Et maintenant, cette femme lui tenait la main, et lui disait que travailler ensemble était la clé du succès… et elle avait raison. Il le savait, car c'était ainsi que ses frères et lui avaient réussi à échapper aux Fils des Badlands.

Il regarda Nina avec un sentiment de reconnaissance : jamais il n'aurait véritablement compris cela si elle n'avait pas tendu la main vers lui et prononcé ces mots.

— Nina…

Sa voix trahissait son émotion, mais il se força à poursuivre sans chercher à la cacher.

— Tu as dit que tu n'étais plus seule dans ce combat. C'est vrai, et cette fois nous pouvons gagner. Tu veux que nous travaillions ensemble ? C'est d'accord. Je ne fais pas uniquement allusion à mes frères, je pense à nous tous : tous les Wyatt, tous les Knight. Nous n'allons pas seulement tout faire pour mettre Brianna momentanément à l'abri. Nous allons faire en sorte qu'à l'avenir elle puisse vivre normalement, en sécurité... comme nous tous.

— Mais comment allons-nous faire ? Comment ?

Elle secoua la tête.

— Plus il y aura de personnes impliquées dans cette lutte, plus nous serons nombreux à souffrir, poursuivit-elle.

— Écoute, Nina : si Ace est en prison maintenant, c'est parce que Jamison, Liza et moi avons travaillé ensemble. Alors imagine ce que cela pourrait donner si nous sommes quatorze à le faire !

— Seize, corrigea Nina. Gigi et Brianna ont aussi leur rôle à jouer.

— C'est vrai. Seize.

Nina hocha la tête. Sa peur, ses appréhensions se reflétaient sur son visage mais elle acquiesça. Elle était d'accord.

Il ne restait plus qu'à se mettre au travail.

— Avant toute chose, il faut rassembler tout le monde ici.

— Les filles...

Nina laissa sa phrase en suspens, alors qu'une nouvelle ombre passait sur son visage. Elle reprit :

— Sarah et Rachel, surtout... elles ne veulent pas me voir.

— Nina, lorsque tu étais à l'hôpital, que Brianna était prostrée dans un coin et ne voulait laisser personne l'approcher, sais-tu qui est venu aider ? Toutes tes sœurs. Brianna les a reconnues grâce aux histoires que tu lui racontais. Elles ne veulent peut-être pas te voir, Nina, mais elles ont toutes répondu à l'appel pour aider notre fille. Et elles vont continuer à le faire. Parce que vous faites partie de la même famille.

— Mais moi, je les ai abandonnées ! répliqua-t-elle alors que ses yeux se remplissaient de larmes.

— Tu pensais que tu n'avais pas d'autre solution.

Elle poussa un soupir amer.

— Fais attention, Cody : on dirait que tu commences à me pardonner !

Il entendit un éclat de rire à l'étage. C'était Brianna. Nina l'avait privé de cela pendant six ans mais, à cet instant précis, il ne ressentait pas de colère.

— Bon, pour le moment, il faut que nous réunissions tout le monde.

Il demanda à Nina de tout expliquer à Liza, afin qu'elle aille chez Duke prévenir les Knight. Lui-même rappela ses frères qui avaient quitté le ranch pour leur dire de faire demi-tour. Puis il alla trouver grandma et Dev dans l'écurie, et les mit au courant de la situation.

Il leur fallut quelques heures pour organiser la réunion, mais ils parvinrent à se retrouver tous peu après l'heure du coucher de Brianna et Gigi. Cody avait installé une caméra et un micro dans la chambre des fillettes pour pouvoir les surveiller, et Liza s'était gentiment moquée de lui en lui faisant remarquer que c'était seulement un babyphone un peu plus sophistiqué que d'ordinaire.

Grandma avait préparé des sandwichs, des assiettes de crudités et de fruits, et des cookies étaient en train de dorer dans le four. Il avait fallu vingt-huit ans à Cody pour comprendre que nourrir son monde était le moyen que grandma avait trouvé pour lutter contre le stress et l'inquiétude. C'était très clair en ce moment où toutes les personnes qu'il considérait comme faisant partie de la famille se pressaient autour de la table de la cuisine.

— Nina et moi, nous allons rendre visite à Ace en prison, annonça Cody avant d'en expliquer les raisons. Nous devrons faire comme si nous ne soupçonnons pas qu'il est au courant de l'existence de Brianna.

— Il est hors de question que Nina aille parler à ce cinglé ! intervint Duke.

— Nina va décider elle-même ce qu'elle doit faire, répliqua Nina.

Cody avait insisté pour qu'elle aille s'allonger un moment mais, à en juger par les cernes qu'elle avait sous les yeux, elle n'avait pas beaucoup dormi.

— Vous n'arriverez pas à lui faire dire quoi que ce soit, répliqua Duke avec conviction. Cette visite ne servira à rien.

— Je n'en suis pas certain, répliqua Jamison un peu plus diplomatiquement que ne l'aurait fait Cody. La plus grosse faille d'Ace, c'est son ego. Il se croit nettement supérieur à nous tous.

— Pendant des années, cet homme vous a laissés tranquilles, reprit Duke.

Il regarda Jamison, puis Liza.

— Si vous deux n'étiez pas allés le provoquer…

— Et alors nous aurions laissé Gigi là-bas ? répliqua Liza vivement. Je ne peux pas te laisser dire ça, Duke.

Duke pinça les lèvres, et se croisa les bras sur la poitrine.

— Personnellement, je pense que si Cody et Nina vont le voir, s'ils font semblant d'être heureux et lui disent qu'il a échoué à les séparer, il ne résistera pas à la tentation de leur faire du mal, et de leur apprendre qu'ils ont perdu sept ans de vie commune, déclara Tucker d'un ton neutre.

— Et en se vantant de nous avoir volé tout ce temps, il va peut-être également nous révéler malgré lui quelles sont ses intentions, poursuivit Cody. Et si ce n'est pas le cas, eh bien, tant pis, nous en serons toujours au même point.

— J'aimerais bien en être certain, marmonna Duke sombrement.

— Le risque zéro n'existe pas, répliqua Cody en soutenant le regard rageur de Duke. Mais nous ne pouvons pas rester assis à ne rien faire, en espérant qu'il va laisser Brianna tranquille.

— Vous pourriez très bien aller vivre tous les trois loin d'ici, au Canada par exemple. Nina et Brianna y seraient en sécurité… Au lieu de cela, vous préférez vous jeter tête baissée dans la gueule du loup.

— Brianna a le droit d'avoir une famille, répliqua Nina calmement.

— Ce n'est pas ce que tu as pensé il y a sept ans, remarqua Duke.

Cody ouvrit la bouche pour répondre à Duke, mais Nina secoua la tête et leva la main pour l'en empêcher. Elle se tourna vers son père et le regarda dans les yeux.

— J'avais à peine vingt et un ans, et j'avais été menacée par un homme notoirement dangereux. J'ai voulu protéger tous ceux que j'aimais. J'ai peut-être pris une mauvaise décision, mais c'était la seule qui me semblait envisageable à l'époque.

Elle poussa un soupir et poursuivit :

— Mais j'aurais rêvé d'offrir une famille à Brianna plus tôt ! S'il s'avère qu'Ace savait depuis le début que j'attendais un enfant de Cody, je veux lui faire payer toutes ces années que nous n'avons pas passées ensemble... Pour ma fille, pour Cody, et pour moi.

Ses paroles résonnèrent dans le silence, et c'était un fait remarquable si l'on songeait qu'il y avait quatorze Wyatt et Knight dans la même pièce. On entendit soudain des pas à l'étage : c'était le dispositif qu'il avait installé qui transmettait le bruit de mouvements.

— J'y vais, murmura Cody alors que Liza et Nina s'étaient levées toutes les deux. Tu réussiras mieux à convaincre Duke si je m'absente pendant quelques minutes, murmura-t-il à l'adresse de Nina avant de quitter la pièce.

Au premier étage, il trouva Brianna dans le couloir.

— Pourquoi t'es-tu levée, Brianna ?

Elle le regarda.

— J'avais soif.

Mais il lut des questions dans son regard... et de la peur. Il s'accroupit pour être à sa hauteur.

— Tu as entendu des choses dont tu voudrais me parler ?

Elle secoua la tête mais, lorsqu'elle se rapprocha de lui et lui entoura le cou de ses petits bras, il sut qu'il ne se trompait pas. Elle avait dû surprendre des bribes de conversation qui l'avaient inquiétée...

Sans parler du fait qu'au cours des derniers jours elle avait vu sa mère blessée et que sa vie avait été bouleversée. Elle avait toutes les raisons d'avoir peur, même si elle aimait vivre au ranch.

Il la prit dans ses bras et la souleva.

— Viens, j'ai quelque chose pour toi.

— Un cadeau ?

— C'est un peu ça...

Il entra dans sa chambre, savourant la sensation de tenir Brianna dans ses bras. Il avait une fille, et elle l'aimait, cela ne faisait aucun doute.

Il installa Brianna sur son lit et se dirigea vers sa commode, où il gardait ce qu'il lui destinait depuis qu'il avait appris son existence. L'objet n'était pas magnifique, mais il pouvait parfaitement remplir son office.

— C'est un collier très spécial, lui dit-il en le lui montrant.

Le bijou n'était pas très élégant, même s'il avait essayé de faire en sorte qu'il puisse plaire à une petite fille de sept ans, pour qu'elle ait envie de le porter.

— Il est magique ?

Il voulait être honnête avec elle et n'avait pas envie de lui répondre que oui. Mais il souhaitait également qu'elle croie que ce bijou pourrait l'aider.

— En quelque sorte... Regarde, si tu l'ouvres...

Il joignit le geste à la parole, et lui montra le petit dispositif qu'il avait fixé à l'intérieur du médaillon.

— Tu vois ce bouton ?

Elle hocha la tête.

— Si tu as vraiment très peur, tu peux pousser ce bouton, et je viendrai immédiatement.

Elle se mordit la lèvre inférieure, et passa le doigt sur le médaillon maintenant refermé.

— Qui est Ace ? demanda-t-elle en continuant à fixer le bijou du regard.

Cody ferma les yeux. Cette question, à laquelle il ne s'attendait pas, lui fit mal. Il était facile d'évoquer des hommes méchants sans plus de précisions. Il était un peu plus difficile d'ajouter qu'il s'agissait de votre propre père.

— Ace est un homme très méchant, Brianna. Il veut nous faire du mal. Je sais que cela fait peur de l'entendre, et je n'aime pas te faire peur, ma chérie. Mais il faut que tu saches qu'il est très méchant.

Elle finit par lever les yeux vers lui.

— Mais je ne le connais même pas ! Pourquoi il veut me faire du mal ?

La question était pire encore. Mais elle la lui avait posée, et il devait trouver une réponse.

— Certaines personnes savent seulement être méchantes. C'est pour cela que mes frères et moi, nous avons tous souhaité les combattre.

Elle lui fit un petit sourire. Il n'avait pas voulu lui mentir et prétendre que tout allait bien : elle aurait senti qu'il ne disait pas la vérité.

Il fallait qu'il se réconforte en songeant que sa fille l'aimait et lui faisait confiance.

Ce qui signifiait que, pour la première fois, il allait devoir faire attention à *lui* dans ce combat avec Ace... car il ne voulait pas priver Brianna d'un père.

— Je sais que nous ne nous connaissons pas depuis longtemps, mais je veux que tu saches que je t'aime très fort, Brianna. Plus que tout au monde.

Elle descendit du lit et vint lui enlacer le cou, se blottissant contre lui alors qu'il la prenait dans ses bras et se relevait.

— Je t'aime aussi, papa.

Elle posa la tête sur son épaule, et il sentit tout son petit corps se détendre.

— Je sais que tu vas nous protéger, maman et moi.

10

Nina se regarda dans le miroir. Elle avait beau se maquiller, elle ne parvenait pas à cacher les marques d'épuisement sur son visage. Elle était pâle, et semblait très faible.

Cela pourrait-il jouer en leur faveur ? s'interrogea-t-elle. Ace, s'il la voyait affaiblie, baisserait-il sa garde ? serait-il alors plus enclin à leur fournir des éléments susceptibles de les aider ?

Nina ferma les yeux et agrippa le lavabo. Elle ne voulait pas prendre des médicaments trop puissants car ils lui brouillaient l'esprit, mais les antalgiques classiques ne calmaient pas sa douleur, elle ne lui laissait pas de répit.

Elle prit une inspiration lente pour tenter de trouver un peu de sérénité. Elle n'y parvint pas… De toute façon, elle n'avait plus le temps, il fallait qu'elle y aille.

Elle ne serait pas seule cependant. Elle avait à peine dormi cette nuit alors qu'elle tournait et retournait cette idée dans sa tête. Elle ne serait plus cette jeune fille apeurée qu'Ace avait menacée sur un parking. Cette fois, Cody serait à ses côtés, et tous les Wyatt et les Knight derrière elle.

Elle était plus mûre, plus expérimentée, et avait le soutien de leurs deux familles.

Hélas, elle avait tellement plus à perdre…

Ce qui n'était pas une pensée particulièrement réconfortante ! C'est pourquoi elle préféra se jeter dans l'action, et descendit au rez-de-chaussée. Jamison et Cody se trouvaient dans la cuisine, en compagnie de grandma Pauline et de Duke, qui avait l'air furieux.

Aucune de ses sœurs n'était présente. Elles avaient toutes répondu à l'appel hier soir, mais aucune ne lui avait vraiment adressé la parole. Nina avait remarqué que les relations semblaient également tendues entre elles et Liza.

Elles avaient du mal à leur pardonner d'avoir ainsi coupé les ponts... Mais cela ne signifiait pas pour autant qu'elles n'allaient pas les aider, si ?

— Tu es prête ? demanda Cody en se levant.

Prête ? Pas vraiment...

— Oui.

Il avait été décidé que les frères n'arriveraient pas ensemble à la prison. Cody et Nina seraient dans une même voiture, donnant à tous ceux qui les verraient l'image d'un couple amoureux. Jamison conduirait le van des Knight. Gage viendrait dans sa voiture de police, et Tucker s'était arrangé pour placer un autre rendez-vous à la prison juste avant le leur, afin d'être déjà sur place pour des raisons professionnelles. Quant à Brady et Dev, ils resteraient au ranch pour s'assurer que tout allait bien pendant que Liza et grandma surveilleraient les deux fillettes.

Duke la prit par les épaules.

— Souviens-toi : tu as réussi à faire face à ce monstre toute seule il y a sept ans. Nous sommes tous avec toi cette fois. Ensemble, nous allons le détruire.

C'était exactement le contraire de ce qu'il avait dit la veille, mais c'était la raison pour laquelle Duke était un excellent père : il exprimait son opinion – avec force parfois – mais, même s'il n'approuvait pas la décision finale, il vous soutenait.

Elle sourit et hocha la tête. Il lui serra l'épaule puis la lâcha, et elle suivit Jamison et Cody jusqu'à leurs véhicules.

Si le trajet lui sembla interminable, ce fut certainement dû à son angoisse et à la douleur qu'elle ressentait au ventre... Et peut-être aussi à cause du silence de Cody, et de l'expression fermée de son visage.

Même lorsqu'ils arrivèrent à la prison, Cody demeura silencieux. Il se contenta de hocher la tête en direction de Jamison sur le parking, puis de Gage dans le hall.

Lorsqu'il parla enfin, ce fut à la femme assise à l'accueil. Ils remplirent les formulaires nécessaires, et furent guidés de place en place. Puis, soudain, Cody lui prit la main et la serra fermement dans la sienne.

Elle regarda fixement leurs deux mains jointes, surprise par la chaleur de sa peau et le réconfort que lui procurait ce simple contact… Mais elle n'était pas certaine d'aimer le fait que ce bien-être soudain lui rappelle qu'elle était assez stupide pour être encore amoureuse de cet homme qui s'entêtait à ne pas lui pardonner.

Elle repensa malgré elle à la nuit dernière : Cody avait été bouleversé lorsqu'il avait réalisé qu'Ace savait probablement qu'ils avaient un enfant. Alors, il n'était pas vraiment lui-même lorsqu'il avait déclaré qu'il comprenait sa décision de s'être enfuie.

Elle aurait trop mal si elle commençait à croire qu'il pourrait un jour lui pardonner son silence, et qu'elle se mettait à espérer en vain. Alors, mieux valait se dire que c'était impossible.

On finit par les conduire le long d'un étroit couloir qui, contrairement au reste de la prison, lui rappela ce qu'elle avait vu dans les films. Puis ils arrivèrent dans une petite pièce séparée en deux par un mur de plexiglas, avec de chaque côté des petites cabines alignées.

On les mena vers une de ces alcôves et on leur demanda de s'asseoir. Ils attendirent quelques minutes avant qu'une porte s'ouvre de l'autre côté du mur transparent, et Ace apparut.

Nina frémit. Il était exactement comme dans son souvenir… Comme s'il n'avait pas vieilli… Comme si la prison n'avait eu aucun effet sur lui.

Il sourit en approchant. Nina serra la main de Cody. Ce contact ne lui semblait plus étrange : c'était comme une ligne de vie, un rappel qu'Ace ne pouvait rien contre elle en ce moment.

— Eh bien, fiston, c'est une bien belle réunion !

Son regard se posa sur elle.

— Cela fait longtemps, Nina ! Sept ans, n'est-ce pas ?

Ils avaient longuement réfléchi au message qu'ils désiraient faire passer à Ace : ils allaient faire semblant d'avoir renoué une relation et d'être tendrement amoureux, tout en passant sous silence l'existence de Brianna.

Jouer ainsi la comédie lui était difficile, pourtant Nina n'avait pas le choix. Mon Dieu, elle avait tellement envie de dormir ! Tellement envie d'être loin, très loin du regard noir d'Ace.

— Eh bien, si tu voulais me prouver que tu maîtrises encore la situation même lorsque tu es en prison, c'est loupé ! déclara Cody.

Il s'était exprimé avec aisance, même si cette entrée en matière avait été minutieusement élaborée la nuit dernière.

— De quoi veux-tu parler, Cody ? Tu t'imagines toujours que tu es au centre de mes préoccupations, déclara Ace en penchant la tête vers son plus jeune fils.

Cody répliqua avec un sourire froid :

— C'est moi qui t'ai envoyé ici. J'aurais pu te tuer.

— Mais tu ne l'as pas fait. Parce que ça n'est pas dans ta nature.

Il poussa un soupir affecté, comme pour dire : « Ah, ces jeunes, tous des mauviettes ! »

— Ce qui est bien dommage ! poursuivit-il. Celui d'entre vous qui serait capable de me tuer serait le seul digne de prendre la relève.

— Mais personne n'en a envie, Ace. Personne ne veut être un fou cruel et violent.

— Je n'ai tué personne, Cody. Et je ne vois pas ce qui pourrait te faire penser que j'ai encore du pouvoir du fond de ma prison.

Ace leva les mains en signe d'innocence.

Quelle impudence ! songea Nina. Ils auraient presque pu le croire s'ils n'avaient pas su ce dont il était capable.

— Mais c'est beau de vous voir ensemble. Qu'est-ce qui vous a réunis ?

— Tu as essayé de la tuer. Je l'ai sauvée.

Nina était stupéfaite de constater combien Cody arrivait à sembler satisfait de lui, un peu trop assuré même, alors qu'elle savait qu'il n'en était rien.

Ace prit soudain un air soucieux.

— Fiston, tu sais très bien que je n'ai pas pu essayer de tuer Nina, puisque cela fait plusieurs semaines que je suis enfermé ici. Tu devrais aller te faire soigner, tu es vraiment obsédé… tout comme ton petit groupe. Comment s'appelle-t-il déjà ? North Pole ?

— Je ne vois absolument pas de quoi tu veux parler.

— Pour en revenir à Nina…

Ace se tourna vers elle et lui sourit. Nina se força à soutenir ce regard mauvais. Ace la terrorisait, mais elle devait lui faire face.

— Elle t'a parlé de ma petite visite de Sioux Falls ? demanda-t-il à Cody.

— Bien sûr, répliqua ce dernier.

Sans cesser de la fixer, Ace posa le menton dans la paume de ses mains. Nina sentit les siennes trembler, alors elle les cacha à sa vue.

— Et que t'a-t-elle dit, Cody ?

— Je lui ai raconté ce qui est arrivé, intervint-elle. Je lui ai dit que vous étiez venu me voir.

— Et lorsque je t'ai ordonné de partir, tu es partie, n'est-ce pas ? Tu vois, Cody, poursuivit Ace, Nina m'a obéi. C'est pourquoi, je l'apprécie autant. En fait, je suis très satisfait de vous voir ensemble aujourd'hui.

— Vous êtes satisfait de pouvoir contrôler les autres, Ace, répliqua Nina.

Elle tremblait encore et la peur lui tordait l'estomac, mais elle sentait la colère monter : cet homme lui avait volé tant de choses !

— Mais je ne suis plus une petite fille.

— Ah bon... D'ailleurs, à propos de petite fille...

Lorsqu'ils avaient élaboré leur plan, ils avaient décidé qu'il fallait qu'Ace pense que Cody ignorait l'existence de Brianna. Ainsi, il serait plus enclin à le lui apprendre pour lui faire du mal, et à leur révéler des éléments importants.

— À propos de petite fille, comment va Gigi ? reprit Ace avec un sourire. Quand je pense que Jamison s'est mis en quatre pour sauver une petite qui retournera vers les Fils des Badlands dès qu'elle sera en âge de comprendre et qu'elle aura le choix !

— Gigi ne fera jamais cela, répliqua Cody, veillant à parler avec émotion.

Son père verrait cela comme une faiblesse, comme le moment de frapper, se dit Nina. Le sourire d'Ace la fit frissonner.

— Voyons, tu sais bien que tout le monde revient un jour à ses origines ! Tout le monde.

Il reporta son attention sur elle, et la regarda d'un air faussement songeur.

Cody aurait voulu s'interposer entre eux deux. Il regrettait que Nina soit venue. Mais elle était là, et ils devaient continuer à jouer leur rôle, quoi qu'il leur en coûte.

— Ma jolie, douce Nina... Quelles sont les nouvelles ?

— Rien de spécial, répliqua-t-elle d'une voix un peu tendue. Rien, à part que j'ai reçu une balle dans le ventre à cause de vous. D'ailleurs, j'ai tué votre homme de main. Il est mort.

Ace éclata de rire.

— Si je voyais ce dont tu veux parler – et bien entendu, ce n'est pas le cas – je te répondrais que je me soucie comme d'une guigne d'un larbin qui n'arrive pas à suivre correctement les ordres.

Cody regarda attentivement l'expression de son père. Bien

entendu, Ace n'avait pas admis qu'il avait planifié cette attaque, mais il venait de leur apprendre que tuer Nina était bel et bien la mission qui avait été assignée à ce « larbin ».

Le plan de son père – nul doute que c'était lui qui en était à l'origine – avait donc échoué. Du fond de sa prison, il n'avait pas autant de pouvoir que ses fils lui en avaient attribué.

— Ça doit être difficile de trouver de l'aide lorsque votre second a été tué, fit-il remarquer.

Il ne voulait pas trop s'en réjouir car cela l'aurait trop fait ressembler à Ace, mais il ne ressentait pas le moindre remords à l'idée qu'il avait fait partie de l'équipe qui avait installé les explosifs responsables de la mort de Tony Dean et de quelques membres du commandement des Fils des Badlands.

— C'est plutôt amusant : tu as réussi à tuer plusieurs personnes avec tes explosifs, et pourtant, je suis toujours là devant toi !

— Oui, c'est tordant ! répliqua Cody avec un sourire. La différence, c'est que je peux reconnaître que j'ai fait cela, parce que la loi est de mon côté, Ace.

— La loi ! répéta Ace d'un air méprisant en bougeant sur sa chaise.

Visiblement, ses piques commençaient à l'irriter, se dit Cody, ravi.

— La loi est écrite par des imbéciles et appliquée par des avortons ! Mon plus grand regret est d'avoir élevé six dégénérés comme vous. Je suis né dans le dénuement et j'ai prospéré sur un territoire hostile où chacun adopte sa propre loi.

Cody s'appuya sur le dossier de sa chaise pendant qu'Ace déballait sa tirade, expliquant comment il avait réussi alors qu'il était parti de rien...

Ils avaient tous entendu cette litanie à de multiples reprises, et n'y prêtaient plus la moindre attention. Mais, dans le cas présent, Cody se félicita d'avoir réussi à faire perdre son sang-froid à Ace. Mais lorsqu'il regarda Nina, il lut l'horreur et la douleur sur son visage. Cela lui fit mal.

— Tu pourrais peut-être abréger. Nous avons des choses à faire.

Le regard d'Ace brillait d'une lueur de folie mais, quand il se posa sur lui, Cody y vit soudain cette froideur qui, lorsqu'il était enfant, précédait une raclée. Cette fois, cependant, il ne détourna pas les yeux.

— Et quand vais-je rencontrer ma petite-fille, Cody ?

— Jamais, lâcha-t-il.

Ace sourit, et Cody comprit alors que cette réplique lui avait coûté toutes les autres informations que son père aurait pu lui fournir... Car, maintenant, il ne pouvait plus feindre d'ignorer l'existence de Brianna, ni prétendre qu'il n'avait pas le moindre ressentiment envers Nina et qu'ils étaient amoureux comme au premier jour.

Cody se leva brusquement. Autant partir immédiatement. Autant laisser Ace penser qu'ils étaient faibles.

— Cette conversation est terminée, maugréa-t-il.

— Quand Nina a-t-elle fini par te le dire ? Après avoir été blessée ? Lorsqu'elle n'avait plus le choix ? C'est bien dommage...

Cody aida Nina à se lever et la guida vers la porte. Il ne voulait pas que son père lui empoisonne l'esprit.

— Je l'ai surveillée de près pendant toutes ces années, lança Ace. J'ai des photos de Brianna bébé, Cody. Et toi ?

Nina laissa échapper une exclamation de douleur, et Cody la poussa hors de la pièce, la suivant immédiatement. Elle s'affaissa contre le mur. Lui-même ne se sentait pas beaucoup mieux.

— Il a gagné, murmura-t-elle, visiblement prête à éclater en sanglots.

— À la fin, peut-être. Mais nous avons obtenu les informations que nous voulions.

Il fallait qu'il se répète cela, au lieu de penser à sa bêtise.

— Lesquelles ?

— Nous savons que l'homme qui t'a attaquée n'a pas mené sa mission à bien. Ace lui avait certainement ordonné de te tuer et d'enlever Brianna, mais il a échoué... Il a échoué, et Brianna et toi êtes venues au ranch, qui est dix fois plus sûr que tous les autres endroits où vous avez vécu.

Il lui prit les deux mains, et attendit qu'elle lève les yeux vers lui.

Ils étaient emplis de larmes, et il sentit son cœur se tordre. Lorsqu'il parla, ce fut d'une voix rauque :

— Tu as sauvé Brianna... et tu t'es sauvée toi-même. Cet homme n'essayait pas seulement de te faire peur.

Elle avala sa salive avec difficulté.

— Tu peux être fière de toi, Nina ! C'est grâce à toi que vous êtes toutes les deux en vie aujourd'hui.

Même s'il n'aurait pas dû, même si cela l'obligeait à faire tomber les défenses qu'il avait érigées pendant ces sept années, il la prit dans ses bras et la tint contre lui.

— Et maintenant, je vais vous protéger.

11

Les paroles de Cody résonnaient dans sa tête alors qu'ils remplissaient les diverses formalités pour sortir de la prison. Elle se sentait comme anesthésiée...

Ace avait eu des mots tellement durs que cela lui ôtait la satisfaction d'avoir obtenu quelques renseignements... Ou celle qu'elle aurait pu ressentir en entendant les compliments que Cody lui avait adressés pour avoir sauvé Brianna.

Ace avait des photos de sa fille. Il les avait surveillées pendant toutes ces années. Elle avait laissé derrière elle toutes les personnes qu'elle aimait... pour rien !

Elle boucla sa ceinture. Elle était comme insensible à tout ce qui l'entourait, et seule sa douleur au ventre avait quelque réalité pour elle. Elle n'osait pas regarder Cody : elle allait encore pleurer, et elle était fatiguée de pleurer. Fatiguée d'avoir mal, physiquement et émotionnellement.

— Je sais qu'il t'a profondément blessée, Nina, déclara Cody en mettant le contact. Mais c'était ce qu'il voulait. Et il sait très bien comment s'y prendre : il est expert en la matière !

Cody agrippa le volant, et elle vit à quel point il était lui-même tendu, malgré la douceur avec laquelle il lui parlait.

— Que se serait-il passé si je ne m'étais pas méfiée, si je n'avais pas jugé qu'il était vital de lui cacher l'existence de Brianna ? Où en serions-nous aujourd'hui ?

— Ça ne sert à rien de raisonner ainsi... ça ne s'est pas passé comme ça, c'est tout.

Nina regarda par la fenêtre, essayant désespérément de retenir ses larmes. Cody avait peut-être raison, mais elle ne pouvait s'empêcher d'avoir mal en songeant à tout ce qui aurait pu être différent.

La voix de Cody s'éleva soudain :

— Je n'aurais pas terminé ma formation... Je n'aurais pas travaillé à démanteler les Fils pendant les six dernières années, et Ace ne serait probablement pas en prison en ce moment. Gigi serait encore sous l'emprise du gang... Quant à Jamison et Liza, ils ne seraient certainement plus de ce monde !

— Tu n'en sais rien.

— Je ne peux pas être sûr du contraire non plus !

— Mes sœurs refusent de me parler.

— Elles sont toutes venues hier soir.

— Pour toi, Cody.

— Non : pour Brianna et toi. Ne te complais pas dans ton chagrin. Nous n'en avons pas le temps. Nous devons agir.

Elle le regarda avec irritation.

— Ah bon ! Je me complais dans mon chagrin ? Pendant six ans, Brianna et moi avons vécu dans la solitude et la peur ! Comment oses-tu me parler ainsi ?

— Tu vois : quand tu es en colère, tu n'es plus triste.

Il lui sourit, et elle crut un instant revoir le jeune homme qu'il avait été.

Bien que son amour pour Duke et ses sœurs ait été très fort, elle n'avait jamais eu l'impression qu'ils comprenaient à quel point elle avait souffert avant d'arriver chez eux. En y resongeant maintenant, elle se disait qu'elle s'était certainement trompée mais, à l'époque, les cicatrices étaient encore trop fraîches.

Pourtant elle avait toujours eu le sentiment que Cody la comprenait. Après tout, ce qu'ils avaient vécu enfants présentait beaucoup de similitudes : ils avaient tous les deux grandi sous la garde de parents négligents et dangereux, avec en permanence la peur au ventre.

— Je veux seulement rentrer à la maison, déclara-t-elle avec un soupir.

Elle ferma les yeux, essayant un instant d'oublier son angoisse.

— Tu veux dire, le ranch ?

Elle ne s'était pas rendu compte qu'elle pensait déjà au ranch des Wyatt comme à sa maison. Même si elle n'avait pas grandi là-bas, il faisait partie de son enfance. Elle aimait voir grandma Pauline préparer des cookies pour Brianna. Elle aimait que les frères Wyatt fassent partie de la vie de sa fille.

Mais cela n'était que temporaire, n'est-ce pas ?

— J'ai besoin d'antalgiques, d'une sieste, et de ma fille.

— Pas de problème.

— Et ensuite ? demanda-t-elle en sentant une nouvelle vague de découragement l'assaillir et les larmes lui monter aux yeux.

— Nous allons tous vous protéger, Brianna et toi, et essayer de découvrir comment Ace peut communiquer avec l'extérieur. Si nous parvenons à l'isoler, alors nous n'aurons plus rien à craindre.

Nina préféra ne pas répondre. Elle savait bien que tant qu'Ace serait en vie elle ne pourrait jamais se sentir en sécurité.

Elle resongea à ce qu'avait dit Cody : il avait eu l'occasion de tuer Ace et il ne l'avait pas saisie. Elle se demanda soudain ce qu'elle aurait fait à sa place : aurait-elle pu tuer quelqu'un sans être en état de légitime défense ?

Tuer pour protéger sa fille d'une vie entière passée dans la peur ? Oui, peut-être.

Et Cody aurait-il agi différemment au moment où il en avait eu l'occasion, s'il avait connu l'existence de Brianna ?

Elle repoussa ces pensées. Toutes ces réflexions étaient stériles : on ne pouvait pas changer le passé. On pouvait seulement essayer d'infléchir le futur.

Elle se laissa glisser dans la somnolence, mais un bruit provenant de la voiture la réveilla en sursaut. Elle regarda Cody : il avait le visage grave.

— Ne panique pas, lui dit-il d'une voix bien trop calme pour pouvoir lui procurer le moindre réconfort.

— Que se passe-t-il ?

— Quelqu'un a trafiqué la voiture, souffla-t-il entre les dents. Je voudrais que tu appelles Jamison.

— Cody, je...

Ses mains étaient serrées sur le volant, et elle se rendit soudain compte qu'il luttait pour garder le véhicule sur la route.

— Appelle-le. Maintenant. Donne-lui notre position exacte et dis-lui que quelqu'un nous suit.

Une foule de questions lui vinrent à l'esprit, mais ce n'était pas le moment de les poser. Elle chercha son téléphone dans son sac et le sortit. Elle avait le numéro de Jamison en mémoire, mais l'appel n'aboutit pas.

— Je n'ai pas de réseau ! Je vais continuer à essayer de le joindre.

— Envoie-lui un message : il finira par le recevoir. Dis-lui que notre véhicule a été saboté, et qu'une Ford F-150 blanche nous suit. Je n'arrive pas à voir le numéro de la plaque ni le visage du conducteur.

Il poussa un juron alors que la voiture faisait une embardée avec un grincement affreux.

Nina s'efforça de taper un message clair, mais la voiture tanguait maintenant et, malgré ses efforts, elle ne parvenait pas maîtriser le tremblement de ses doigts.

— Tant pis, appuie sur « envoi ».

Nina fit ce qu'il lui disait même si elle n'avait pas terminé la description de la voiture, puis elle agrippa l'accoudoir.

La voiture glissa hors de la chaussée, et Nina ne put que fermer les yeux et prier.

Cody sentit quelqu'un tirer sur son bras. Il entendit de loin une voix de femme...

Nina.

Il avait les yeux ouverts mais il ne voyait rien. Autour de lui, tout était comme plongé dans le brouillard. Il avait un mal de tête horrible, et il se rendit compte que tout un côté de son visage était humide… de sang… ? !

Tout d'abord, il fut incapable de bouger. Il ne comprenait ni où il était ni ce qui se passait. Il essaya de parler, de dire à Nina qu'il allait bien, même si c'était loin d'être vrai.

Ils avaient eu un accident. Ça, c'était sûr. Il lui semblait qu'il se trouvait encore dans la voiture… Il essaya de sentir son corps… Il avait mal, il n'avait pas l'impression d'être blessé… mais il ne voyait rien.

— Cody, Cody… Je t'en prie, parle-moi !

— Je ne vois rien…, finit-il par dire d'une voix rauque.

Parler lui faisait mal. Il essaya de relever la tête pour sortir le nez de l'airbag qui s'était déployé.

— Quoi ? souffla Nina.

Elle devait être tout près de lui, mais il ne la distinguait même pas. Si elle lui parlait, c'est qu'elle allait bien, non ?

— Tu es blessée ? demanda-t-il.

— Non.

Elle lui mentait. Il lui suffisait de l'entendre pour le savoir.

— Nina…

— Rien de sérieux, Cody. Mais, toi, tu es couvert de sang. Tu as besoin d'aide !

— Ça va.

— Cody, tu ne me regardes pas !

Inutile d'essayer de lui cacher quoi que ce soit.

— Dis-moi : j'ai les yeux ouverts ?

— Bien sûr qu'ils sont ouverts ! Cody, qu'est-ce qui ne va pas ?

Sa voix prenait des accents aigus, comme si elle commençait à paniquer.

— Nina, je vais bien. Écoute-moi…

— Tu as le visage couvert de sang… Et tu me demandes si tes yeux sont ouverts ! Il faut que j'appelle une ambulance.

— Non, ce n'est pas nécessaire. Je n'ai rien de cassé. C'est simplement que je… j'ai perdu la vue.

— Cody, mon Dieu ! Tu ne vois rien ? rien du tout ?

Il entendait qu'elle tentait de se maîtriser, de ne pas céder à l'affolement.

Il essaya de bouger la tête, et ressentit une vive douleur.

— Tout est gris… Je distingue quelques ombres, mais… c'est tout.

— Tu ne vas pas pouvoir sortir de ton côté : ta portière est bloquée par un arbre.

— Nous étions suivis par une Ford. Elle est toujours là ?

Il entendit Nina bouger, mais il ne parvenait pas à discerner ce qu'elle faisait.

— Je ne vois pas grand-chose à part des airbags et du verre brisé. Mieux vaut ne pas sortir : tu as été blessé à la tête, et peut-être ailleurs également. Tu ne dois pas bouger !

— Si j'ai à choisir entre être tué par les sbires de mon père ou bouger malgré une blessure à la tête, je choisis la seconde option.

Elle poussa un cri horrifié, mais il n'avait pas le temps de la ménager : des hommes étaient à leurs trousses.

— D'accord, d'accord, répondit-elle. Tu peux dégrafer ta ceinture ?

Malgré la douleur, malgré son étourdissement, il y parvint.

— Prends le pistolet qui est dans la boîte à gants, reprit-il.

Il l'entendit suivre ses instructions.

Comment vas—tu pouvoir la protéger si tu as perdu la vue ? songea-t-il, accablé. Pour le moment, il ne devait pas y penser : la priorité était de survivre.

— Tu sais t'en servir ?

— Je vais y arriver. Où est la sécurité ?

Il tendit la main et elle y plaça délicatement l'arme. Il passa les doigts dessus, et lui montra ce qu'elle cherchait.

— Cela fait des années que je ne me suis pas servie d'une

arme… Et même après les leçons de grandma Pauline et de Duke, je n'ai jamais été très douée.

— Eh bien, à moins que je ne retrouve subitement la vue, toi seule peux nous tirer de là.

Il lui redonna le pistolet.

— Et maintenant, je voudrais que tu ailles à l'arrière de la voiture. Je vais sortir après toi et je…

— Tu ne peux pas sortir, Cody. Tu ne vois rien !

Il ouvrit la bouche pour la contredire. Mais il savait qu'il ne faisait que retarder l'inévitable : il n'avait aucun moyen de l'aider.

— Je pense que s'ils voulaient nous faire du mal, ils n'auraient pas attendu, reprit Nina. Je vais sortir tout doucement et regarder s'ils sont là. Reste à l'abri.

« Reste à l'abri » ? Jamais, de sa vie, il n'était resté à l'abri ! Il était toujours le premier à aller de l'avant lorsqu'il y avait un risque, le premier à se dévouer pour protéger les autres. Il avait été formé ainsi, et s'était promis de toujours agir de la sorte. Mais il n'avait pas le choix puisque, en tendant la main pour la retenir, il se contentait de battre l'air. Il l'entendait bouger, mais ne discernait aucun de ses mouvements.

S'il pensait à cela, il allait paniquer. Alors, il poussa un profond soupir. Une chose à la fois… Il fallait toujours faire une chose à la fois.

La première était de sortir de la voiture.

— Il n'y a personne, déclara Nina. Nous sommes dans une sorte de ravin. Ils savent que la voiture a dévalé la pente. Mais s'ils nous regardent du bord de la route, la voiture est placée de telle manière qu'ils ne peuvent pas nous voir sortir. Il va falloir que tu viennes du côté du passager. Peux-tu…

— Dis-moi seulement si je vais dans la mauvaise direction, l'interrompit-il.

À tâtons, il repéra le siège du passager et se hissa dessus. Il avait mal partout, mais c'était la douleur qu'il avait à la tête qui surpassait de loin toutes les autres.

Lorsqu'il sentit le bord du siège, il passa précautionneusement une jambe dehors, cherchant le sol du pied. Puis il réussit à s'extraire de la voiture, et se mit debout.

Un étourdissement manqua de le faire tomber, mais il sentit les bras de Nina qui le retenaient.

— Je ne peux pas appeler les secours : mon téléphone s'est cassé dans l'accident. Et je ne crois pas… je ne crois pas que mon message à Jamison soit parti, dit-elle d'une voix qui se brisa.

— Le mien est dans la poche arrière de mon pantalon.

— Attends : je vais le prendre ! s'écria-t-elle comme il tendait la main pour l'attraper. Je vais appeler une ambulance. Tu as besoin d'être soigné.

— Non. Appelle Jamison.

— Mais tu n'arrives pas à voir !

Il fallait vraiment qu'elle cesse de répéter cela !

— Nous ne pouvons pas appeler d'ambulance, mais je connais quelqu'un qui peut nous aider. Va dans mes contacts.

Il chancela. Jamais il ne s'était senti aussi faible. Mais il réussit à lui faire trouver les numéros cachés dans son répertoire, et lui demanda d'appeler Shay. Elle déposa le téléphone dans sa main, et il le porta à l'oreille.

— Tu dois vraiment arrêter de…, commença Shay.

— J'ai un gros problème, Shay. J'ai besoin d'aide.

— Je ne peux pas t'aider, Cody. J'ai fait tout ce que je pouvais et…

— J'ai eu un accident. Je suis certain que les hommes d'Ace sont après nous. Nous devons être exfiltrés.

— Exfiltrés ? Nous ?

Il l'entendit marmonner quelque chose avec irritation.

— Coordonnées ?

— Attends.

Il se tourna vers Nina. Elle le soutenait toujours pour l'aider à rester debout.

— Où sommes-nous ?

— Je… je ne sais pas.

— Tu vas bien ? demanda Shay d'une voix pressante.

— Je suis un peu blessé.

— Un peu comment ?

Cody marqua un temps d'arrêt.

— C'est si mauvais que ça ?

Il ne répondit pas à sa question, mais lui expliqua où il pensait qu'ils se trouvaient juste avant l'accident.

— Attends, dit Shay.

Il entendit le cliquetis de son clavier d'ordinateur.

— Je vais voir ce que je peux faire. Nous avons une base pas trop loin d'ici. Je vais t'envoyer une carte.

— Je... je n'y vois rien.

— Pardon ?

— Je suis sûr que c'est temporaire. Mais en ce moment, je n'y vois rien. Rien du tout.

— Je sais lire une carte, marmonna Nina.

— Qui est-ce ? demanda Shay d'un ton sec.

— Nina.

Shay poussa un juron.

— Je vais t'envoyer une carte avec l'itinéraire. Dis-lui de le suivre. Et je vais voir si je peux trouver quelqu'un pour vous aider.

— Un médecin ne serait pas mal venu.

— Et pourquoi tu ne demandes pas la lune aussi ?

— Nous allons nous débrouiller. Envoie-nous un itinéraire, un peu d'aide, et nous allons nous débrouiller.

— Active la localisation du téléphone.

— Oui, madame.

— Si tu m'appelles madame, c'est que ça va mal. Prends soin de toi, Cody.

Elle raccrocha et Cody rendit le téléphone à Nina. Il lui indiqua comment activer la localisation. Il aurait dû supprimer le dispositif que North Star avait installé sur son téléphone lorsqu'il avait quitté l'organisation, mais ne l'avait pas fait.

Dieu merci !

— Cody…

— Si tu me répètes que j'ai besoin d'une ambulance…

— Quelqu'un vient vers nous, murmura Nina. Et il est armé.

12

L'homme qui progressait vers le fond du ravin prenait son temps, mais Nina était paralysée par la peur.

Cody avait perdu la vue, il avait le visage couvert de sang et semblait si faible qu'elle eut la tentation de renoncer à lutter.

Mais, comme la nuit où un homme avait fait intrusion dans sa maison, elle décida qu'elle ne pouvait pas laisser la peur avoir raison d'elle. Il fallait qu'elle protège ceux qu'elle aimait. Elle avait tué pour sauver Brianna, et elle était capable de le faire pour Cody.

— Ils sont combien ? demanda Cody d'un ton pressant.

— Je n'en vois qu'un. Combien y avait-il d'hommes dans le véhicule qui nous suivait ?

— Un seul, il me semble. Tu vas devoir l'abattre avant qu'il arrive sur nous.

Nina n'avait jamais été douée pour le tir, mais elle n'avait pas le choix.

— Utilise la voiture comme bouclier. Reste bien derrière, expliqua Cody. Tu as plusieurs balles, alors appuie sur la détente jusqu'à ce que tu finisses par l'atteindre.

— Et si je n'y arrive pas ?

— Alors, nous nous battrons.

Nina regarda Cody. C'était tout simplement impossible. Il fallait qu'elle arrête cet homme avant qu'il parvienne jusqu'à eux. Ce qui signifiait qu'elle devait cesser de trembler comme elle le faisait en ce moment.

— Explique-moi ce que je dois faire.

— Trouve un endroit d'où tu pourras le voir, mais où tu seras protégée par la voiture.

C'est ce qu'elle fit, mais il lui fallut ensuite quelques secondes pour qu'elle se rappelle que Cody ne pouvait pas savoir qu'elle était en position. Elle dut le lui signaler.

— Comment dois-je faire pour le viser ?

— Tu as deux petites pièces sur le haut du pistolet. Celle qui est vers toi est le cran de mire, celle qui est à l'extrémité du canon est le guidon. Tu dois faire en sorte que le carré du guidon se place au centre du cran de mire, au même niveau, et que ta cible soit dans le prolongement. Prends une inspiration, puis appuie sur la détente… et continue jusqu'à ce qu'il ne bouge plus.

Fort heureusement, le terrain était très accidenté, ce qui ralentissait la progression de l'homme. Il était tout de noir vêtu, et semblait beaucoup plus athlétique que celui qu'elle avait tué dans sa maison, à Dyner.

— Respire… Respire et compte. Fais tout ce que tu peux pour être le plus calme, le plus stable possible.

Cody lui parlait d'une voix tranquille, apaisante.

— Tu vas y arriver.

Elle prit plusieurs inspirations profondes. Elle tremblait toujours, mais elle pointa son arme sur l'homme qui se rapprochait de seconde en seconde, et se concentra sur ce que Cody lui disait.

Le premier coup la fit sursauter, et elle loupa sa cible. L'homme n'interrompit même pas sa progression alors qu'il levait son arme et la braquait vers la voiture. Elle poussa un juron.

— Essaie de bien aligner le cran de mire et le guidon, et essaie encore. Assure-toi que tu es à l'abri.

Elle jeta un coup d'œil à Cody.

— Baisse-toi un peu plus, lui ordonna-t-elle.

Elle savait que les hommes d'Ace n'hésiteraient pas à la tuer… et elle n'était pas certaine qu'ils laisseraient Cody en vie.

Brianna avait besoin de ses parents.

Une détonation précéda le claquement métallique d'une balle qui s'enfonçait dans la tôle de la voiture, et elle poussa un cri.

— Tu vas bien ? demanda Cody.

— Oui, oui, marmonna-t-elle tout en visant l'homme.

Elle pensa seulement qu'il fallait qu'elle se batte pour Brianna, et elle tira.

Cette fois, l'homme vacilla. Il ne tomba pas mais, à la façon dont il s'arrêta pour considérer sa jambe, elle sut qu'elle l'avait touché.

— Tu l'as eu ?

Nina hocha la tête, puis se souvint que Cody ne pouvait pas la voir.

— Il avance encore, mais il est blessé.

— Tire encore.

Elle lui obéit, concentrant toutes ses pensées sur Brianna, sur ce qu'elle devait faire pour leur fille. Cette fois, l'homme tomba à terre.

— Tu dois le tuer, Nina. Tu n'as pas le choix.

Elle hocha la tête et, bien que tout son corps soit à nouveau agité de tremblements, elle prit une longue inspiration. Elle respira lentement plusieurs fois jusqu'à ce qu'elle se sente un peu plus solide. Puis elle visa la tête de l'homme.

Il s'affaissa immédiatement. Nina faillit lâcher son arme tant elle tremblait.

— Mon Dieu ! Mon Dieu !

— Ne craque pas, Nina. Il faut que nous partions d'ici. Regarde mon téléphone.

Il lui expliqua où trouver la carte que leur avait envoyée la personne qu'il avait appelée, et, tout en luttant pour contrôler ses mouvements, elle réussit à faire ce qu'il lui disait.

— Je n'arrive pas à lire ça, marmonna-t-elle lorsqu'elle vit apparaître un réseau de lignes et de points clignotants.

— Appuie sur la flèche qui est dans le coin.

Elle suivit ses instructions, mais rien ne changea.

— Et maintenant ?

— Il faut avancer, dit-il. Le point rouge clignotant est notre destination.

— Et le reste ?

— Je t'expliquerai plus tard, lorsque nous serons à l'abri.

Il poussa un soupir plein de frustration et ajouta :

— Il va falloir que tu me guides.

Elle avait tué un autre homme, ils étaient perdus au milieu de nulle part, mais Brianna était en sécurité au ranch. Dieu merci ! Brianna était en sécurité...

— Un de tes frères ne peut-il pas venir nous chercher ?

— Envoie-leur un message. Brianna doit être leur priorité. Utilise le code pour écrire.

— Le code ?

— Nous ne pouvons pas être trop prudents. Jamison et Tucker ont peut-être été suivis eux aussi... Ça serait même assez probable. Envoie le message à Dev. Tape exactement ce que je vais te dire : 827.B#1-672.

— Et cela signifie... ? demanda Nina en suivant consciencieusement ses instructions.

— Dev saura. C'est ce qui compte. Et maintenant...

Il laissa sa phrase en suspens, fronçant les sourcils.

— Donne-moi la main, déclara Nina. Le sol est très inégal, et nous ne pourrons pas aller vite.

Elle lui prit la main, et tenta de ne pas se laisser gagner par la panique : Cody semblait si faible...

— Je vais devoir regarder la carte, alors fais attention chaque fois que tu poses un pied par terre. Je ne serai pas capable de te porter si tu te foules la cheville !

— Ça n'arrivera pas !

Nina considéra l'endroit où ils se trouvaient. Ce serait un miracle s'ils parvenaient à avancer sur quelques centaines de mètres, sans même parler de parcourir la distance qu'indiquait la carte… Un miracle si d'autres hommes armés ne surgissaient pas… Un miracle s'ils sortaient vivants de ces épreuves.

Mais elle allait tout faire pour ce miracle ait lieu.

Il leur fallut deux heures pour arriver à destination. Cody n'avait pas besoin de voir sa montre pour le savoir. Ils avançaient à une vitesse incroyablement lente, et les encouragements de Nina commençaient à manquer de conviction.

Mais elle continuait à le guider, et à pester contre la carte.

Il tomba deux fois tant le terrain était accidenté. Lorsqu'il se releva, la seconde fois, il eut un étourdissement qui faillit le faire tomber à nouveau, mais Nina réussit à le retenir alors qu'il tentait de faire face à la douleur fulgurante qui le traversait tout entier.

— Je vois quelque chose devant nous ! s'exclama soudain Nina. Une maison en bois !

Elle avait la voix rauque. Elle était déshydratée, tout comme lui, songea Cody. Il avait conscience aussi d'avoir perdu beaucoup trop de sang, mais ils allaient enfin pouvoir se mettre à l'abri. La maison que voyait Nina était sans doute la base dont lui avait parlé Shay.

Nina s'arrêta immédiatement.

— Quelqu'un vient d'ouvrir la porte du chalet, murmura-t-elle.

— Décris-le.

— Hum… Taille moyenne. C'est une femme, je crois. Elle est blonde. Habillée tout en noir. Je n'ai pas l'impression qu'elle soit armée.

— C'est Shay.

— Qui ?

— La femme que j'ai appelée. Elle est là pour nous aider.

— Elle vient vers nous. Tu es sûr qu'elle ne nous veut aucun mal ?

Peu de temps après, il entendit la voix de Shay :

— Effectivement, tu ne plaisantais pas : tu as besoin d'aide.

Il se sentit presque défaillir lorsqu'elle saisit sa main libre : Nina et lui avaient réussi à s'en sortir. En vie.

Enfin, jusqu'à maintenant...

— Viens à l'intérieur, déclara Shay. Nous allons te soigner.

Elle parlait de sa voix habituelle, calme et assurée, et c'était un énorme soulagement.

— Nina a besoin d'être examinée elle aussi, réussit-il à articuler.

— Je vais bien, martela Nina alors qu'ils continuaient à avancer.

Mon Dieu, il avait tellement envie de s'allonger !

— Vous allez être examinés tous les deux, répliqua Shay. Jennings n'était pas d'accord pour que l'équipe médicale vienne avec moi, alors je me suis débrouillée autrement.

— Eh bien, dans quel état tu t'es mis ! s'exclama soudain une voix masculine.

— Brady ?

Cody faillit s'écrouler en entendant la voix de son frère, mais des bras forts le retinrent. Pas ceux de Nina ni de Shay, ceux de Brady.

— Brianna...

Brady interrompit Nina.

— À part vous deux, tout le monde est au ranch, en sécurité. Tucker et Jamison ont été suivis eux aussi, mais leur voiture n'a pas été sabotée. Ils ont réussi à semer leurs poursuivants et à rentrer sains et saufs. Tout le monde, y compris les Knight, va rester au ranch jusqu'à nouvel ordre, et Brianna est surveillée en permanence.

Tout en parlant, Brady l'aida à s'asseoir. Cody sentit qu'il lui palpait très délicatement le visage, et il tenta de ne pas trahir combien cela lui faisait mal.

— Je ne suis pas certain d'avoir les compétences nécessaires, murmura Brady tout bas.

Cody se dit qu'il ne voulait probablement pas que Nina l'entende. Savait-elle que Brady avait une formation de secouriste ?

— Nous allons nettoyer la blessure, déclara Shay. Ensuite, nous allons faire une visioconférence avec Betty, et voir si elle peut nous aider à te soigner.

Quelqu'un lui prit la main, et il sentit immédiatement que c'était Nina. Elle lui murmura des paroles d'encouragement alors que Brady et Shay échangeaient à voix basse. La douleur qu'il ressentit lorsqu'ils nettoyèrent ses plaies au visage fut presque insoutenable, alors il se concentra sur la main de Nina qu'il tenait dans la sienne, et sur le fait que Brianna était sous la protection de toutes les personnes qu'il aimait.

— Je peux suturer les plaies, dit enfin Brady, mais le véritable souci, c'est que tu as perdu la vue. Cela peut être causé par un saignement au niveau du cerveau...

Il entendit Nina retenir sa respiration à côté de lui, et il lui serra la main.

— Il pourrait y avoir une lésion transitoire ou permanente de la partie du cerveau qui contrôle la vue, poursuivit Brady.

— Ce qui signifie que la vue pourrait revenir si cette lésion guérissait ?

— Elle *pourrait* revenir, Cody. Je ne dis pas qu'elle *va* revenir. C'est peut-être sérieux.

— Tu as dit « peut-être ».

Brady marmonna un juron.

— Je vais appeler Betty, intervint Shay.

Elle ajouta à l'attention de Nina :

— C'est le médecin de l'organisation. Elle va aider Brady à établir un diagnostic plus précis. Ensuite, nous déciderons quelles interventions Cody doit subir.

— Je n'ai besoin d'aucune...

— Tais-toi, Cody, l'interrompit Shay.

Il lui obéit, non sans manifester sa désapprobation par un grognement.

Soudain, une voix lointaine s'éleva. Probablement celle de Betty.

— Eh bien, celui qui t'a fait ça ne t'a pas loupé ! Tu espérais peut-être un peu plus de calme après ta mission pour North Star !

— Eh ! Je suis le fils d'Ace Wyatt. Je n'ai jamais connu le calme.

Betty eut un petit rire. Tous les membres de North Star avaient l'habitude de le taquiner à propos de son père, et Cody s'était pris au jeu. Il n'était pas responsable des actes d'Ace.

Shay et Brady s'affairaient autour de lui pendant que Betty leur posait des questions.

— Cody, tu ne vois vraiment rien ? lui demanda-t-elle.

— Je distingue quelques ombres… c'est tout.

Betty fit un petit bruit, comme pour dire qu'elle comprenait. Elle avait soigné Jamison après leur dernière confrontation avec Ace, et Brady était un secouriste expérimenté. Il n'y avait aucune raison de croire qu'ils ne pourraient pas le remettre sur pied.

Il fallait qu'il se rétablisse. Il n'aurait pas tenu autant à sa vie, à sa santé, quelques semaines plus tôt, mais maintenant il avait une fille.

— Dans une autre situation, je t'aurais déjà envoyé à l'hôpital. Mais nous connaissons tous Ace et, apparemment, la prison ne lui a rien ôté de son pouvoir de nuisance… Cela dit, nous avions tous conscience qu'il resterait dangereux.

Oui, Cody le savait bien. Mais il s'était pris à espérer…

— Brady, quels médicaments as-tu sous la main ? reprit Betty.

Brady et Betty continuèrent à parler des soins à lui prodiguer, puis mirent fin à leur conversation. Même si Cody ne voyait rien, il sentait maintenant tous les regards peser sur lui.

Il n'aimait pas cette sensation. Et si cela ne suffisait pas à le rendre nerveux, il entendit une porte s'ouvrir puis se fermer… des bruits de pas… des conversations à voix basse. Et il ne savait absolument pas ce qui se passait autour de lui.

— Respire, murmura Nina, et ce fut à cet instant seulement qu'il se rendit compte que la panique était en train de le gagner.

Il ne pouvait pas laisser cela arriver.

La porte s'ouvrit et se ferma à nouveau, puis il entendit des cliquetis puis des bruits sourds.

— Bon, commençons par un sédatif, déclara Brady.

— Non.

— Il va falloir que je te fasse des points de suture au visage. Tu vas prendre ce sédatif, il n'y a pas de discussion possible. Maintenant, Shay et Nina, aidez-moi à l'allonger sur un lit. Je vais avoir besoin de votre aide pendant que je refermerai les plaies.

On le guida vers un lit. Brady donna quelques instructions, et lui administra le sédatif. Cody n'avait pas envie de sombrer dans l'inconscience, mais il se laissa aller lorsque Nina lui toucha doucement le front et lui recommanda de lâcher prise.

Lorsqu'il se réveilla, il ressentait une douleur intense, et il avait la bouche très sèche. Il bougea un peu, et pendant une seconde, il crut être dans une pièce très sombre avant de se souvenir : il avait perdu la vue.

Il était sur un lit, et quelqu'un était allongé auprès de lui.

— J'espère vraiment que c'est Nina et pas mon frère, dit-il en grimaçant.

Il avait mal à la gorge, et se sentait dans un état pitoyable. Nina se blottit un peu plus contre lui.

— Comment te sens-tu ?

— Plutôt bien.

En entendant son rire étouffé, il se sentit immédiatement mieux.

— Je suis resté inconscient combien de temps ?

— Quelques heures. Il est près de minuit. Tu devrais essayer de dormir un peu.

— Ils t'ont examinée ?

— Oui. Brady a refait mon pansement à l'abdomen, et a nettoyé quelques petites coupures dues à l'accident... Mais il a dit que j'allais bien.

— Tu ne mens pas à un homme aveugle, j'espère ?

— Non... En tout cas, pas en ce moment !

Il se détendit un peu. Elle allait bien, et c'était ce qui comptait.

— Dors, souffla-t-elle.

— Et toi, tu as dormi ?

Nina poussa un soupir.

— J'essaie...

— Tu es inquiète.

Il entendait sa fatigue et son angoisse dans sa voix. Elle essayait de se contrôler parce qu'il était blessé. Mais quel que soit son état, qu'il soit aveugle ou non, il ferait tout ce qui était en son pouvoir pour empêcher Nina de souffrir.

— Tu penses qu'elle a peur ? demanda Nina après un très long silence.

Elle n'eut pas besoin de prononcer le nom de Brianna pour qu'il sache de qui elle parlait.

— À part nous, tout le monde est autour d'elle, fit-il. Je suis certain qu'elle se fait du souci pour toi, mais qu'elle va bien. C'est ce qui compte en ce moment.

Il préférait s'en persuader, au lieu de songer que tant qu'Ace serait vivant elle serait toujours en danger.

— Elle t'aime, Cody.

Ils étaient dans le noir – c'est du moins ce qui lui semblait – et Nina était blottie contre lui comme si ces sept années de séparation n'avaient pas existé...

— Si elle m'aime, c'est seulement grâce à toi.

— J'aurais aimé qu'elle ait son père, sa famille à ses côtés, mais ce n'était pas possible. Alors, j'ai fait de mon mieux : je vous ai fait vivre dans des histoires...

Nina parlait d'une voix ferme, même s'il percevait la peur derrière les mots.

— Cody, que se serait-il passé si...

— Pas de « si ». Contentons-nous du présent. Nous allons nous en sortir. Ça sera difficile, nous allons peut-être y laisser quelques plumes, mais nous allons nous en sortir.

Elle resta silencieuse pendant un moment, mais il sentit qu'elle lui prenait la main.

— Ensemble, murmura-t-elle.

— Oui.

« Ensemble. » Comme une famille ? Il ne savait pas trop quoi en penser pour le moment, alors il préféra se laisser glisser dans le sommeil.

13

Lorsque Nina se réveilla, non seulement sa blessure au ventre lui faisait mal, mais son corps tout entier était endolori. Le sang battait à ses oreilles et, lorsqu'elle se glissa hors du lit, elle faillit tomber tant elle se sentait faible.

Elle parvint à se stabiliser et regarda Cody. On était le matin, mais mieux valait le laisser dormir. Du sang avait traversé les bandages, et il était livide.

Brady lui avait affirmé qu'il s'en sortirait, mais il lui était difficile d'en être certaine lorsqu'elle le voyait dans cet état.

Elle se glissa hors de la pièce et se rendit dans la cuisine. Elle espérait y trouver du café, et voulait prendre un moment pour se remémorer tout ce qu'elle avait réussi à accomplir jusque-là. Ainsi, lorsqu'elle reviendrait auprès de Cody, elle serait plus à même de le soutenir.

Nina s'arrêta brusquement en voyant Shay dans la cuisine. Les relations que Cody et elle entretenaient n'étaient toujours pas claires pour elle, et cela la mettait mal à l'aise.

À moins que ce ne soit le fait que Shay lui ressemblait physiquement qui la troublait… Elles avaient toutes deux les cheveux blonds, les yeux bleus. Shay était plus grande, mais elles avaient la même silhouette longiligne.

— Bonjour ! lança cette dernière. Il y a du café. Vous pouvez vous servir.

— Merci.

— Et de l'ibuprofène, ajouta Shay avec un sourire, tout en poussant une boîte de comprimés vers la cafetière.

— Merveilleux !

Nina fit un effort sur elle-même et s'avança dans la pièce. Shay glissa quelque chose dans un grand sac en toile, et passa la lanière sur son épaule.

— Vous partez ? demanda Nina surprise, et peut-être un peu inquiète du départ de cette femme qui semblait si puissante.

— Je dois rentrer. North Star contrôle ma vie, et ils n'ont pas vraiment apprécié cette escapade. Je vais devoir me faire pardonner !

— Mais vous nous avez aidés ! Vous nous avez sauvés !

Shay eut un sourire ironique.

— Mais cela ne faisait pas partie de la mission qui m'a été confiée.

— Alors, pourquoi êtes-vous intervenue ?

Shay haussa les épaules.

— Cody est un bon garçon.

Cette réponse équivoque la mit aussitôt mal à l'aise, mais elle n'avait pas le droit de ressentir cela. Elle tenta de ne pas y prêter attention.

— Écoutez, je vais jouer franc-jeu, reprit Shay comme si elle avait lu dans ses pensées. Je suppose que Cody n'a pas beaucoup parlé de North Star, mais rien ne s'est passé entre nous.

— Oh... D'accord... Je ne...

Cela ne la regardait pas. Cody et elle étaient séparés. Il n'avait aucun compte à lui rendre pour les sept années pendant lesquelles elle s'était cachée. Elle n'aurait pas dû être jalouse, et encore moins être soulagée d'entendre cela.

Même si elle était embarrassée que Shay l'ait devinée si facilement, elle ne put se retenir de lui demander :

— Et pourquoi ?

— Nous aurions été renvoyés de l'organisation.

Shay haussa les épaules, comme si tout était dit.

— Aucun de nous deux ne pouvait se le permettre.

— Alors, vous n'étiez pas très amoureux.

Nina se sentit rougir sous le regard de Shay.

— Pardon, je me mêle de ce qui ne me regarde pas, s'empressa-t-elle d'ajouter. Je suis désolée.

— Non, vous avez raison : je suppose que nous n'étions pas très amoureux. Je n'avais jamais pensé à cela en ces termes. Bon, je dois y aller, sinon je vais vraiment avoir des problèmes.

— Merci beaucoup pour tout ce que vous avez fait pour nous.

Shay hocha la tête.

— Ace est un homme dangereux. Ne le sous-estimez pas.

— Je ne l'ai jamais sous-estimé.

Shay partit, et Nina resta seule dans la cuisine. Elle prit un cachet d'antalgique et but un café, tout en tendant l'oreille pour savoir si Cody se réveillait. Et pendant ce temps, les pensées tourbillonnaient dans sa tête...

— Comment va notre malade ?

Elle leva les yeux vers Brady et tenta de sourire.

— Il dort encore.

Elle but une gorgée de café.

— Peux-tu être honnête avec moi et me dire exactement où il en est ?

Il pinça les lèvres mais soutint son regard.

— Je ne connais pas exactement le degré de gravité de ses blessures. J'aimerais pouvoir l'emmener à l'hôpital, mais nous devons d'abord nous assurer qu'Ace n'en saura rien.

C'était ce qu'elle s'était répété pendant sept ans, tout ça pour découvrir que cela n'avait servi à rien... Ace *savait* que Cody avait une fille.

Et comme à chaque fois qu'elle songeait qu'elle avait fait tous ces efforts en vain, elle eut mal.

— Tant qu'Ace sera en vie, Brianna ne sera pas en sécurité. Aucun de nous ne sera en sécurité ! déclara-t-elle en considérant son café.

— Vous pourriez suivre le conseil de Duke : aller vivre loin d'ici... disparaître... Ace a du pouvoir, mais tout de même !

— Il trouverait le moyen de nous atteindre. Cela lui prendrait peut-être des années, mais il y parviendrait. Tout cela ne se terminera qu'avec la mort d'Ace.

— Il est protégé tant qu'il est en prison.

— À moins qu'il ne soit condamné à mort...

Nina leva les yeux vers Brady, alors qu'un espoir insensé se levait en elle.

— C'est possible, non ?

— Les charges qui pèsent sur lui pour le moment sont trop légères : il est simplement inculpé pour trafic de drogue. Ce n'est pas passible de la peine de mort.

— Mais il a tué plusieurs personnes, nous le savons !

— Nous le savons, mais Ace est prudent, et il délègue le sale boulot. Il nous faudrait des preuves... Mais c'est presque impossible

— À moins qu'un de ses hommes de main ne soit arrêté...

— Et ensuite ? Nous n'allons pas le torturer !

Nina haussa les épaules.

— Vous ne pouvez pas savoir jusqu'où j'irais pour sauver ma fille. J'ai dû tuer deux hommes, Brady. C'était de la légitime défense, mais j'en tuerais dix de plus pour la sauver !

Elle vit qu'elle l'avait surpris, mais la maternité l'avait changée. Ace l'avait changée. Elle ferait tout ce qui était en son pouvoir pour protéger Brianna.

— Dix ! Je pense que ça ne sera pas nécessaire.

En entendant la voix de Cody, Brady et elle se levèrent immédiatement et vinrent à sa rencontre, même s'il avait réussi à trouver seul son chemin jusqu'à la cuisine.

— Tu as retrouvé la vue ? demanda Nina, son cœur se gonflant d'espoir.

— Non. Mais je suis capable de toucher les murs pour me guider, et de me diriger vers des voix, répliqua Cody. Même si mon mal de tête n'a pas eu la bonne idée de se calmer... Hum, je sens l'odeur du café.

— Je vais t'en servir une tasse, proposa Brady.

Nina aida Cody à s'asseoir, et Brady déposa un mug devant lui. Nina lui plaça doucement la main sur l'anse.

— Je n'ai pas l'habitude qu'on s'occupe de moi ainsi !

— Une chose est sûre, riposta Brady, ça ne va pas durer !

Nina regarda Brady en fronçant les sourcils, mais il se contenta de hausser les épaules et Cody sourit. Elle songea que la façon un peu rude qu'ils avaient de se parler était certainement un réconfort pour Cody en ce moment.

— Shay est partie ?

Nina haussa les épaules, puis se souvint que Cody ne pouvait pas la voir.

— Oui. Il n'y a pas longtemps.

— C'est bien.

— Ah bon ? demanda Brady.

— Pour elle. Pour North Star. Je ne peux pas me reposer sur eux, expliqua Cody.

— Je ne vois pas pourquoi, répliqua Brady.

— Parce que maintenant qu'Ace est derrière les barreaux, North Star estime qu'il n'est plus un problème. Ace n'est plus que le combat des frères Wyatt. Il est *notre* combat.

Nina voyait bien que Brady n'était pas d'accord, mais il se contenta de pincer les lèvres et de prendre un air fermé.

— En vous écoutant, déclara soudain Cody, je viens de me rendre compte d'une chose : à force de nous concentrer sur Ace, nous en oublions une pièce essentielle du puzzle.

Il leva sa tasse précautionneusement et but une gorgée de café pendant que Nina et Brady se penchaient vers lui et attendaient qu'il leur expose son idée.

— Tu veux dire : nous en oublions les hommes qui font le sale boulot à sa place ? proposa Brady d'une voix impatiente.

Cody reposa lentement sa tasse et secoua la tête.

— Non. Je ne parle pas de ses hommes de main : ils n'ont pas accès à lui. Je pensais plutôt à celui qui l'aide à communiquer avec l'extérieur.

— Ça pourrait être un gardien ? suggéra Brady.

— Ou l’un de ses avocats.

— Ils n’ont pas été commis d’office ?

— L’un d’eux, oui, et North Star pense qu’il ne présente aucun problème, mais Jamison était en train d’enquêter sur l’autre lorsque nous avons été accaparés par l’organisation de cette visite en prison.

— D’accord. Mais maintenant, qu’allons-nous faire ?

Cody leva à nouveau sa tasse.

— Nous allons leur offrir l’occasion qu’ils attendent… L’occasion de nous faire du mal.

— C’est ta blessure à la tête qui te fait divaguer ? demanda Nina d’une voix qui se perdait dans les aigus. Tu n’as pas voulu dire ça !

Cody trouvait étrange de vivre constamment dans cette grisaille, de ne dépendre que de l’ouïe et du toucher pour comprendre ce qui se passait autour de lui… Mais d’une certaine manière, cela l’aidait à rester calme, concentré… Pas sur sa peur, mais sur la réalité de la situation. Comme il ne voyait pas la douleur dans les yeux bleus de Nina, il respirait mieux, il pouvait réfléchir.

— Nina, écoute-moi !

— Comment peux-tu être aussi calme ? s’exclama-t-elle. Tu es blessé, et tu as perdu la vue ! J’ai moi aussi été blessée. Et notre fille est…

— En sécurité, l’interrompirent Cody et Brady en même temps.

— Comment puis-je en être sûre ?

La voix de Nina se brisa. Il ne pouvait pas poser la main sur elle pour la réconforter : il n’aurait fait que battre l’air. Même s’il savait qu’elle était assise à sa droite, il ne la voyait pas.

— Il n’y a aucun endroit où Brianna pourrait être plus en sécurité qu’au ranch, sous la surveillance de nos deux familles. Tu le sais, non ? Où que nous la cachions, Ace la retrouvera.

Alors, nous pouvons seulement la protéger. Et nous allons tout faire pour la garder saine et sauve.

— Cela ne suffit pas, murmura Nina.

— Nous sommes tous encore en vie. Nous avons tous des cicatrices, que ce soit Jamison, Dev, toi ou moi, mais nous avons survécu… Parce que nous n'avons pas perdu espoir, et que nous nous sommes battus. Alors il nous faut continuer à lutter.

— En leur donnant ce qu'ils veulent ?

— Ace cherche à nous blesser, à nous amoindrir, à nous terroriser. Il veut que nous ayons peur et que nous fassions des erreurs, ça fait partie de son plan pour se venger.

— Alors, tu voudrais qu'il croie que vous êtes blessés, amoindris et terrorisés ? répliqua Brady. Ça me peine de le faire remarquer, mais…

— Je sais : nous sommes tout cela. Et en temps ordinaire, nous aurions tout fait pour le cacher. Mais, cette fois-ci, pourquoi ne le montrerions-nous pas ? Pourquoi, au lieu de vouloir sauver la face, ne le laisserions-nous pas penser qu'il a obtenu ce qu'il voulait ?

— C'est en effet le cas, répliqua Nina, mais sa voix ne faiblit pas.

Elle semblait plus songeuse qu'en colère ou terrifiée.

— Nous devons amener Ace à penser qu'il est temps de frapper, reprit Cody. Nous devons également déterminer comment il communique avec l'extérieur.

— Le second avocat.

— Exactement. Je veux que Jamison, Dev et Gage restent sur le ranch avec Brianna et les filles. Plus il y aura de monde là-bas, mieux ça sera. Mais pendant ce temps, il faudrait que Tucker fasse des recherches sur cet avocat. L'idée est de trouver ensuite un moyen de l'inciter à communiquer une fausse information aux membres des Fils, pour les pousser à agir et les prendre en flagrant délit.

Cody aurait aimé voir le visage de son frère. Même si Brady

savait rester impassible, il aurait pu deviner ce qu'il pensait de son plan.

— Ça ne marchera pas.

C'était la voix de Nina

Cody fronça les sourcils en se tournant dans sa direction.

— Ça pourrait.

— Pas si tes trois frères restent sur le ranch. Ace ne va pas frapper s'il sait que Brianna est bien protégée. Il va attendre…

— Elle a raison, intervint Brady.

— D'accord. Mais s'il pense que nous sommes en état d'infériorité, il va commettre une erreur, repartit Cody.

Il en était intimement convaincu. Mais combien de jours, de semaines, d'années allaient s'écouler avant qu'Ace ne se décide à frapper ? Il pouvait attendre. Cody, non. Parce qu'il avait une petite fille qui méritait une vraie vie.

Il entendit Nina soupirer, et eut presque l'impression qu'elle voulait exprimer son désaccord.

Mais lorsqu'elle prit la parole, ce fut pour déclarer :

— Si nous voulons pousser Ace à nous frapper pour qu'il commette une erreur, il faut lui donner une bonne raison de le faire… Alors, voilà : ne devrions-nous pas lui faire croire que Brianna est ici, avec nous deux, et que nous nous cachons pour lui échapper… avant de tenter de partir loin d'ici avec elle ?

14

Alors qu'elle exposait son plan, Nina sentait son ventre se nouer. Pourtant, depuis hier, elle avait une conviction profonde : il fallait que tout cela s'arrête.

Définitivement.

— Si Ace pense que vous voulez fuir loin d'ici, il va envoyer quelqu'un pour frapper avant, déclara Brady. Mais il va falloir être très malins pour réussir à lui faire croire que Brianna est ici avec vous... Je ne suis pas certain que cela soit possible.

— Nous devons tout de même essayer, répliqua Cody.

— Je voudrais seulement vous faire remarquer que vous êtes tous les deux blessés. Gravement. Vous avez beaucoup à perdre...

— Du moment que Brianna est à l'abri, tout va bien, répondit Nina, soulagée que Cody approuve son plan.

— Mais *elle* aussi a beaucoup à perdre, souligna Brady.

Nina ne voulait pas y penser. Si elle commençait à réagir ainsi, elle serait incapable d'agir.

— Elle ne perdra rien, intervint Cody.

Il avait les yeux fixés dans le vide, mais sa voix était implacable.

— Je ne laisserai pas cela arriver.

La violence de son ton ne la surprit pas. Elle commençait à comprendre que, même s'il venait tout juste d'apprendre qu'il avait une fille, il l'aimait de tout son cœur, inconditionnellement, et qu'il ne reculerait devant rien pour elle.

Si elle se laissait aller à admirer cet amour, cela l'amènerait à penser à ses propres parents, et à avoir mal. C'est pourquoi elle préféra s'absorber dans l'observation de son visage.

Le bandage avait besoin d'être changé. Il aurait fallu qu'il voie un médecin, et qu'on lui fasse un scanner pour en savoir plus sur la cause de sa cécité. Pour lui, il fallait que cette histoire se termine au plus vite.

Pour eux tous.

— Bon... Comment pouvons-nous faire pour qu'Ace pense que Brianna est avec nous et que nous cherchons à nous enfuir loin d'ici ? demanda Nina en se tournant vers Brady.

Ils passèrent l'heure suivante à échafauder des plans et à en rejeter la plupart pendant que Brady changeait les pansements de Cody et examinait ses yeux.

Mais ils en revenaient toujours au même problème.

— Comment Ace va-t-il être mis au courant de notre faux projet de fuite ? Nous tenons pour acquis qu'il observe le moindre de nos mouvements. Mais est-ce vraiment le cas ? Clairement, il y a des limites à sa puissance, déclara Brady.

— Nous devons essayer d'en savoir plus sur cet avocat, répliqua Cody. Il faut envisager ce plan sous tous ses aspects, et partir de là également.

Nina les regarda. Les deux hommes dégageaient une énergie presque palpable. En temps normal, elle était sûre que Cody serait allé et venu dans la pièce. Brady, lui, restait assis, que ce soit par délicatesse envers Cody, ou parce que c'était sa manière d'être.

— Oui, il faut tout d'abord déterminer comment cet avocat fait passer les informations, reprit Nina en levant un doigt. Jamison est le plus à même de s'en occuper.

— Ensuite, poursuivit Brady en levant deux doigts, il faut faire croire aux Fils que Brianna a été amenée ici en douce – ou que vous êtes allés la chercher. Pour cela, il faut plus d'une personne. Je pense à Gage et moi.

— Tucker pourrait également essayer d'en savoir plus sur les hommes qui nous ont suivis lorsque nous sommes tous repartis de la prison, déclara Cody. Peut-être pourra-t-il amener quelqu'un à parler... Il y a de plus en plus de victimes, et les membres du gang doivent commencer à se poser des questions.

Nina leva un troisième doigt pour Brady, puisque Cody ne savait pas qu'ils énuméraient silencieusement les différents axes à suivre.

— Donc, il n'y aura que Dev au ranch pour protéger Brianna, conclut Brady en secouant la tête. Nous ne pouvons pas nous permettre de faire tout cela à la fois, elle sera trop exposée.

— C'est insultant, intervint Nina.

Brady la regarda avec surprise.

— Pourquoi ?

— C'est comme si toutes les femmes du ranch ne comptaient pour rien. Grandma Pauline sait certainement se servir d'une arme aussi bien que chacun d'entre vous, les hommes, sinon mieux. Liza a tenu tête aux Fils pendant des années. Cecilia est dans la police... Vous passez complètement sous silence le fait que ma fille est entourée de femmes très capables, prêtes à tout pour la protéger.

— Notre fille, intervint Cody d'une voix si froide qu'elle en frissonna presque. Et pardonne-moi si je fais surtout confiance à mes frères.

Même si elle savait qu'elle avait eu tort de dire *ma* fille au lieu de *notre* fille, elle répliqua :

— Et pardonne-moi si je fais tout autant confiance à mes sœurs.

— Elle a raison, déclara Brady d'une voix calme. Avec Liza, Cecilia, Dev, grandma et Duke, Brianna ne craint rien.

Cody ne répondit pas, et Nina ne put deviner ce qu'il en pensait. Elle laissa le silence s'installer.

— Tu vas devoir partir ? demanda-t-il finalement à Brady.

— Il est hors de question que je vous laisse sans protection.

— Gage ne peut pas agir seul. Il a besoin d'aide, répliqua Cody.

— Il peut compter aussi sur Felicity, Rachel et Sarah, dit Nina.

Brady répliqua d'un air sombre :

— Une femme qui est la douceur incarnée, une autre qui a de gros problèmes de vision, et une dernière qui n'est pas fiable ?

Cody sourit.

— Tu oserais leur dire ça en face ?

— Bien sûr que non ! marmonna Brady en se levant.

Il était manifestement très contrarié, et Nina dut se retenir pour ne pas lui répondre vertement que Felicity, Rachel et Sarah étaient tout à fait capables de tenir tête à quiconque. Ce n'était pas le moment.

— Mettons-nous à la place d'Ace un instant, déclara-t-elle. Nous savons qu'il a peu d'estime pour les femmes. Il redoute peut-être grandma Pauline, mais il n'a pas la moindre considération pour les autres. Il va concentrer toute son attention sur vous, les hommes. C'est vous qu'il va surveiller, car il s'attend à ce que vous seuls agissiez.

Brady poussa un soupir.

— Il faut donc faire ce qu'il attend de nous, sans qu'il s'aperçoive que nous nous jouons de lui.

— Exactement, répliqua Nina. Donc, Brady, tu vas aller au ranch. Tu vas exposer notre plan d'action aux autres. Dès que Jamison en saura un peu plus sur cet avocat et aura la certitude que c'est lui qui permet à Ace de communiquer avec l'extérieur, Gage et toi allez faire en sorte qu'il croie que vous avez amené Brianna ici.

— Et si les hommes d'Ace viennent s'en prendre à vous avant ? répliqua Brady.

— Blessés ou non, nous arriverons à nous protéger, repartit Cody. D'ailleurs, nous nous trouvons sur une des propriétés de North Star. Il y a du matériel de surveillance et des armes ici.

Nina fronça les sourcils.

— Shay m'a dit que l'organisation n'avait pas du tout apprécié qu'elle vienne à notre aide. Tu penses vraiment qu'ils vont nous laisser rester ici ?

Cody haussa négligemment les épaules.

— Ce n'est pas une réponse, Cody Wyatt.

Brady sourit.

— Je croirais entendre grandma !

Nina lui jeta un regard courroucé et leva les mains en signe de contrition.

— Oui, répondit Cody, je pense que nous pouvons rester ici quelques jours, et utiliser leur matériel.

— Vous allez devoir donner l'impression que vous êtes prêts à partir, leur fit remarquer Brady. Il vous faut un véhicule.

— Vous pourrez nous en procurer un lorsque vous ferez semblant de nous amener Brianna : venez avec deux voitures, et laissez-en une.

Brady hocha la tête.

— Et comment allons-nous communiquer entre nous ?

— Nous devons être prudents, répondit Cody. Pas de SMS. Des appels téléphoniques à la rigueur s'ils sont passés à partir d'endroits sûrs. Je ne pense pas qu'Ace ait accès à du matériel sophistiqué en ce moment, mais il faut faire attention.

— D'accord. Au travail ! conclut Brady.

Cody hocha la tête.

— Et merci d'être venu me soigner.

Brady fronça les sourcils en étudiant le visage de Cody.

— Tu as besoin d'un vrai médecin.

— Ça va aller.

Brady secoua la tête d'un air peu convaincu.

— Il faut que nous en finissions vite avec tout ça, et que tu ailles montrer cette blessure à la tête.

— Dès que Brianna sera en sécurité, ça sera la première chose que je ferai.

Brady émit un grognement et conclut :

— Bon, je vais rassembler mes affaires et partir.

Et il sortit de la cuisine.

Nina regarda Cody. Son visage n'avait plus cette expression déterminée et guerrière... comme s'il songeait qu'une fois Brady parti elle serait son seul soutien, et que ce n'était pas une idée rassurante.

Mais elle le protégerait avec une détermination égale à celle dont elle avait fait preuve pour défendre Brianna.

Elle se sentit soudain emplie d'amour pour lui. Pendant ces sept années, elle avait refusé d'écouter ses sentiments, mais elle était toujours la jeune fille qui avait aimé cet homme.

Elle ouvrit la bouche pour lui dire qu'elle allait le protéger, mais elle préféra se taire. Cela ne lui apporterait aucun réconfort. Elle ne savait comment l'aider, aussi fit-elle la seule chose qui lui vint à l'esprit : elle se leva et se pencha vers son visage. Elle avait seulement l'intention de déposer un baiser sur sa joue. Mais il leva la tête en l'entendant bouger. Elle aurait pu stopper son mouvement…

Mais elle ne le voulait pas.

Alors, ce fut sur ses lèvres qu'elle déposa son baiser.

Cody eut l'impression que son cœur s'arrêtait. Il songea qu'il aurait pu faire face à la situation s'il avait pu voir mais, maintenant qu'il était dans le brouillard, toutes ses sensations étaient comme décuplées, et c'était très, très dangereux.

Alors, il resta immobile. Si forte que soit la tentation de tendre les bras vers elle, c'était impossible : il ne savait pas où elle se trouvait.

Lorsqu'ils échafaudaient ensemble un plan d'action et qu'il réfléchissait, sa cécité ne provoquait pas en lui un sentiment de panique. Mais là, alors qu'il était submergé par la puissance d'une sensation dont il avait rêvé pendant sept ans – même s'il avait essayé de se convaincre du contraire –, le fait d'être aveugle le terrifiait.

Il entendit ce qui était probablement les pas de son frère par-dessus les battements de son cœur.

Nina ne bougea pas, et Cody put seulement se demander quelle était l'expression de son visage. Il ignorait si elle était assise ou debout… Il savait seulement qu'elle était assez proche de lui pour qu'il puisse la toucher.

— Une dernière fois, j'insiste sur le fait que personne ne va être d'accord avec ce plan, entendit-il dire à Brady. Je pourrai m'estimer heureux si on me laisse l'expliquer avant que je sois noyé sous les protestations !

— Alors, sache te montrer convaincant.

Cody réussit à sourire.

— Prends soin de toi ! lança-t-il en direction de la voix de Brady.

— Et laisse Nina prendre soin de toi, repartit Brady.

Cody ne répondit rien. Il demeura silencieux jusqu'à ce qu'il entende une porte s'ouvrir puis se refermer.

Nina soupira comme si elle voulait faire baisser la tension.

Ils étaient seuls. Et elle l'avait embrassé.

Et Brady lui avait dit : « Laisse Nina prendre soin de toi. »

Cela lui faisait mal. Non qu'il n'ait pas confiance en elle : ne lui avait-elle pas prouvé qu'elle avait mis Brianna à l'abri d'Ace pendant toutes ces années, et avait réussi à faire échouer son enlèvement alors qu'elle était blessée ? C'était un exploit en soi.

Mais il aurait voulu être celui qui protégeait, celui qui sauvait. Il n'avait pas pu le faire sept ans auparavant. Au contraire, en disparaissant et lui cachant l'existence de leur fille, c'était Nina qui l'avait sauvé à l'époque.

Et lui, qu'avait-il fait pour elle, à part la mettre dans cette situation ? Elle était loin de sa fille... blessée... en compagnie d'un homme qui ne pouvait pas vraiment la défendre.

Le glissement d'une chaise que l'on tirait sur le parquet brisa le silence. Nina se leva.

— Je ne comprends pas cette organisation, North Star ! déclara-t-elle d'une voix agitée. Comment peuvent-ils menacer Shay de la renvoyer parce qu'elle est venue à ton secours ? Et comment se fait-il qu'ils ne t'aident pas, alors qu'ils veulent mettre Ace hors d'état de nuire ?

— Je n'ai pas le droit de te donner des explications : North Star est une organisation qui aime le secret. Tout ce que je peux te dire, c'est qu'ils ne veulent pas mettre Ace hors d'état de nuire, répondit Cody avec calme.

C'était facile de sembler imperturbable lorsque l'on se contentait d'exposer des faits. Et de ne pas songer qu'un baiser si doux, si léger lui avait donné l'impression qu'il était resté endormi pendant ces sept années qu'il pensait avoir consacrées à la tâche la plus importante de sa vie.

— Je pensais que tu avais dit...

— Ils veulent la dissolution des Fils des Badlands, expliqua Cody comme il l'avait fait à chacun de ses frères au cours des deux derniers mois. Leur mission consiste à mettre un terme aux activités du gang. Alors, oui, faire tomber Ace en fait partie. Mais maintenant qu'il est en prison, ils concentrent tous leurs efforts sur les Fils... Pas sur Ace lui-même, ni sur ses enfants. Les vengeances personnelles ne les concernent pas.

— Les vengeances personnelles... Alors pour toi, c'est cela ?

— Oui. Pour Ace, s'en prendre à nous *est* une vengeance personnelle. North Star s'intéresse aux Fils, à leurs trafics d'armes, de drogue ou autre. Pas à Ace lui-même. Et c'est parce que je me suis détourné de ma mission pour aider Jamison et Liza que North Star a mis fin à mon contrat.

— Ils s'attendaient à ce que tu tournes le dos à ton frère ? demanda Nina d'un air incrédule.

— Non. Mais maintenant, je suis trop personnellement impliqué, et je ne leur suis plus d'aucune utilité pour les objectifs qu'ils cherchent à atteindre. Je serais un danger pour l'organisation, et pour tous mes coéquipiers.

— Ce n'est pas juste ! répliqua Nina.

La conviction avec laquelle elle prononça ces mots lui fit du bien.

— Pour eux si, répliqua-t-il avec plus de douceur qu'il ne l'aurait voulu.

Il entendit un bruit – peut-être qu'elle se laissait retomber sur la chaise, puis une exclamation.

— Je déteste quand tu es aussi détaché et raisonnable ! marmonna-t-elle. Je n'ai jamais réussi à être comme ça.

— Parce que ton but était différent. Tu ne cherchais pas à mettre quelqu'un hors d'état de nuire : tu voulais mettre notre fille à l'abri.

— Elle *est* à l'abri, répliqua Nina calmement, mais sa voix tremblait, comme si elle prononçait ces mots pour se rassurer… ou pour qu'on la rassure.

Ce fut la raison pour laquelle il tendit la main vers elle, en espérant qu'elle la prendrait.

Il sentit les doigts de Nina se poser sur sa paume, et il les enveloppa.

— Elle est en sécurité. Nos familles vont prendre soin d'elle.

Il aurait tant aimé pouvoir la voir… Déterminer si ce geste la réconfortait. Était-elle aussi pâle et avait-elle l'air aussi fatiguée que lorsqu'elle s'était enfuie de l'hôpital ? Elle semblait avoir été moins blessée que lui dans l'accident… Mais avait-elle réussi à se reposer la nuit dernière ?

Il ouvrit la bouche pour lui conseiller d'aller se reposer, mais elle parla avant lui.

— Comment se fait-il que rien ne se soit jamais passé entre Shay et toi ?

Il sursauta, mal à l'aise. C'était une question inutile, et qui avait une réponse facile. Pourtant, il fut saisi en entendant Nina la poser si abruptement.

Les doigts de Nina se resserrèrent, comme si elle craignait qu'il s'en aille.

S'il avait pu voir, c'est ce qu'il aurait fait. Mais il fut obligé de rester assis ici.

— Cela aurait pu nous coûter notre emploi.

— C'est ce qu'elle m'a dit… C'est elle qui a abordé le sujet… Le fait que vous n'ayez jamais… Enfin, tu comprends.

Cody ne sut que dire.

— Je n'y crois pas, déclara-t-elle avec netteté.

— Pardon ?

— Enfin, de sa part, c'est peut-être vrai. Mais s'il y a réellement eu une attirance entre vous – une attirance assez forte pour que Shay la mentionne et que tu aies l'air embarrassé lorsque j'aborde le sujet –, je pense que ce n'était pas la crainte de perdre votre emploi qui vous a retenus.

— North Star n'était pas qu'un emploi... Du moins, pas pour moi.

C'était vrai. Elle le savait. Mais il n'avait pas répondu à sa question.

Elle resta silencieuse pendant si longtemps qu'il pensa pouvoir retirer sa main et s'échapper. Mais il se trompait.

— Je te connais, Cody. Je connais le garçon que tu étais à l'époque où je me suis enfuie, et ça ne colle pas. Je voudrais la véritable raison.

— Pourquoi ? Quelle importance cela a-t-il ?

Il tenta de calmer son irritation, mais cette conversation, ajoutée à la douleur qu'il ressentait dans tout son corps et au fait qu'il ne pouvait rien faire d'autre que rester assis à attendre, rendait la situation difficile à supporter.

— Les relations que j'ai eues ou non avec Shay n'ont rien à voir avec ce qui nous occupe en ce moment !

— Ce qui nous occupe en ce moment, c'est de réussir à convaincre ton père que Brianna est avec nous, répondit Nina. Mais, pour l'heure, nous ne pouvons rien faire d'autre qu'attendre !

— Alors, que veux-tu ? Que nous évoquions toutes les personnes que nous avons rencontrées au cours des sept dernières années ?

— Non, répliqua-t-elle d'un ton si calme qu'il sentit ses dents se serrer. Je te pose une question précise à propos d'une femme précise.

— Et que veux-tu que je dise ? répliqua Cody.

Il était fatigué, il avait mal, et l'insistance de Nina le poussait à bout.

— Qu'elle te ressemblait ? reprit-il. Que parfois, lorsque je la regardais, j'avais l'impression de te revoir ? Que je n'ai jamais su si l'attirance que je ressentais était pour elle, ou pour toi ? C'est cela que tu veux entendre ?

Elle demeura silencieuse. Il n'entendait même pas sa respiration.

— Je voudrais seulement la vérité, répondit-elle calmement.

Mais il sentait la douleur dans chacun de ses mots.

— Eh bien, la vérité, c'est que je n'ai jamais cessé de penser à toi. Tu es la seule femme que j'aie jamais aimée.

15

Chacune des paroles de Cody la frappa avec une telle intensité qu'elle fut soudain incapable de respirer. Pendant un long moment, elle demeura pétrifiée alors qu'elle tentait de comprendre ce qu'il venait de lui avouer. Puis son corps tout entier fut pris de tremblements qu'elle parvenait à peine à maîtriser.

Elle ignorait pourquoi elle avait soudainement eu besoin d'éclaircir ce qui avait existé entre Cody et Shay. Shay lui avait affirmé que rien ne s'était passé… que si attirance il y avait eu, elle n'était que superficielle. Alors, pourquoi Nina n'avait-elle pu s'empêcher de questionner Cody ?

Tout cela n'avait pas d'importance.

Bon, d'accord, elle *voulait* se convaincre que cela n'avait pas d'importance. Et il était vrai que Nina ne se préoccupait nullement de ce que Shay avait pu ressentir ou penser. Seuls les sentiments de Cody l'intéressaient. Était-il encore amoureux d'elle ? Était-ce ce qui l'avait retenu de commencer une histoire avec Shay ?

Elle aurait aimé que ce soit le cas, mais elle savait que cela était impossible. Alors, elle avait voulu l'entendre de sa bouche, pour se débarrasser de cet espoir trompeur.

Elle pensait qu'il aurait des paroles vaguement réconfortantes, mais elle ne s'était pas attendue à sa colère.

Et encore moins à cet aveu…

Il avait parlé au présent, comme si c'était toujours vrai. Ses mots résonnaient sans fin dans son esprit, alors qu'un espoir insensé se levait en elle.

Elle ne devait pas y céder…

N'avait-elle pas toujours trop attendu de la vie ?

« Tu es la seule femme que j'aie jamais aimée. »

— Je ne sais même pas si tu es toujours dans la pièce, Nina.

— Je suis là, réussit-elle à répondre d'une voix étranglée. J'essaie de…

Le souffle lui manqua soudain, trahissant toutes les émotions qui s'affrontaient en elle.

— Je ne sais pas…

— Tu ne sais pas, répéta-t-il calmement.

— Non ! Non… Je… Cody…

Elle se passa la main dans les cheveux pour essayer de se ressaisir, de ne pas se laisser emporter par le tourbillon de ses pensées. Elle pouvait laisser couler ses larmes si elle le voulait : il ne les verrait pas. Elle pouvait aussi sortir de cette pièce, et faire comme s'ils n'avaient jamais eu cette conversation. Elle avait le pouvoir de choisir…

Mais n'avait-elle pas perdu sept ans ? Alors, pourquoi n'utiliserait-elle pas ce pouvoir pour essayer de remédier à cela ?

— Tu me dis que, malgré notre rupture, même si je t'ai quitté si brusquement…

Sa voix se brisa. Même après toutes ces années, ce souvenir lui tordait encore le cœur.

— … même si je t'ai menti comme je l'ai fait, je suis toujours la seule que tu aies aimée ?

— Beaucoup de choses ont changé, mais pas ce que je ressens pour toi.

— Je n'ai jamais cessé…, murmura Nina avec peine.

Les mots avaient du mal à sortir. Les larmes lui brûlaient les yeux, et sa gorge était sèche.

— Cessé quoi ? marmonna-t-il, visiblement irrité par cette conversation, et par le fait qu'il ne pouvait s'y soustraire.

Il n'était pas en mesure de se lever et de partir… Pas dans

ce lieu inconnu, alors qu'il avait perdu la vue. Ce qui signifiait qu'elle avait tout le loisir de lui dire ce qu'elle voulait, après ces sept années passées à ne pouvoir communiquer avec lui.

— Je n'ai jamais cessé de t'aimer.

Cette fois, ce fut lui qui demeura silencieux, même si elle attendait désespérément qu'il dise quelque chose... n'importe quoi. Mais son regard continuait à se perdre dans le vide, et l'expression de son visage demeurait impassible.

Il n'y avait que le silence... Un silence oppressant dans cette maison qu'ils ne connaissaient pas. Lorsqu'elle y songeait, tout lui paraissait irréel : le fait d'être assise à côté de lui, ici, et d'avoir cette conversation... Alors que pendant ce temps, Brianna se trouvait au ranch en compagnie de grandma Pauline, de Duke, de Liza, de toutes ses sœurs et des frères Wyatt.

Combien de temps faudrait-il avant qu'ils soient à la maison, en sécurité ?

À la maison... Où était-ce ?

Elle n'était pas sûre de le savoir un jour. La maison n'était certainement pas le mobil-home où elle avait grandi. Ce n'était pas non plus le ranch des Knight, si heureuse qu'elle y ait été : elle avait toujours eu trop peur que son séjour y soit provisoire pour penser que c'était son foyer. Trop peur aussi de croire à un futur, là, avec Cody. Elle avait vécu au jour le jour, sachant trop bien que tout était précaire, que tout pouvait brusquement s'arrêter.

Oui, qui savait de quoi demain serait fait ? Peut-être était-il temps d'oublier la prudence.

— Il n'y a eu personne d'autre. Il n'y a eu... rien d'autre. Ma vie s'est arrêtée lorsque je t'ai quitté. Une nouvelle vie a commencé avec Brianna... Un nouvel amour... Mais lorsque votre existence change aussi brutalement, ne tourne plus qu'autour d'une seule préoccupation : protéger son enfant, c'est comme... Je ne sais plus ce que je raconte... je ne sais même plus ce que je voulais te dire. Il n'y a jamais eu que toi.

Elle se pencha en avant, et lui caressa lentement les mains, puis les bras.

— Et cela n'a pas changé. C'est comme ça.

— Tu m'aimes encore ?

Il semblait véritablement stupéfait, comme au-delà de l'incrédulité.

— Nous étions... jeunes, marmonna-t-il.

— Et insouciants. Oui, si insouciants ! Mais je ne crois pas que le fait d'être jeune soit déterminant. Je ressentais ce que je ressentais... je ne savais pas à quel point c'était précieux, ni combien cela pouvait être difficile. Je ne savais même pas combien *la vie* pouvait être difficile à l'époque, et pourtant je n'avais pas eu une enfance heureuse ! Je ne pense pas que l'âge change quoi que ce soit à l'amour. Cody..., murmura-t-elle comme il se penchait vers elle.

Elle posa la main sur sa joue et étudia son visage. Il était contusionné, égratigné, et couvert de bandages.

Oui, elle l'avait toujours aimé – et nul doute qu'elle l'aimerait toujours.

Il secoua la tête, mais elle ne retira pas sa main.

— Peut-être que tu ne connais pas l'homme que je suis devenu, déclara-t-il d'une voix rauque. Ce que j'ai fait avec North Star...

— Cody, j'ai tué deux hommes pour sauver ma vie. Je les ai tués ! Je n'aurais jamais pensé faire cela.

Elle posa son autre main sur lui, lui encadrant le visage, et le força à se tourner dans sa direction. Elle savait qu'il ne pouvait pas la voir, mais peut-être pourrait-il mieux sentir ce qu'elle voulait lui dire.

— Cody, toi et moi, nous sommes des survivants. Dès notre enfance, nous avons dû apprendre à nous battre et à faire face. Alors, non, ces sept années ne t'ont pas changé. Et aussi longtemps qu'Ace pourra nous atteindre, nous ne pourrons pas nous permettre de changer : nous devrons rester des survivants !

— J'aurais dû le tuer !

Il prononça ces mots avec une telle violence qu'elle ressentit de la compassion pour lui... sans toutefois pouvoir partager son avis.

— Peut-être que *le tuer* t'aurait changé, Cody. Et quelle que soit la raison pour laquelle tu ne l'as pas fait, tu n'as rien à te reprocher.

— Pourtant, je le regrette.

Comme elle voyait sa détresse, elle déposa un baiser léger sur ses lèvres.

— Pas moi..., murmura-t-elle tout contre lui.

Cody ne savait pas ce qu'ils faisaient – ou plutôt, ce que Nina faisait. Pourquoi poursuivre cette conversation qui ne servait en rien à mettre leur fille à l'abri... alors que c'était son unique souhait ?

Menteur !

Lorsqu'elle lui avait dit qu'ils étaient tous deux des survivants, il avait senti ses paroles résonner en lui.

Non, ils n'avaient pas changé. Et il sentait comme une évidence cet amour fort et sincère entre eux.

Ils feraient n'importe quoi pour survivre, pour protéger leur enfant.

Feraient-ils tout pour s'aimer ?

Peut-être pouvait-il mettre ses émotions sur le compte de la cécité, mais la bouche de Nina était douce et tendre, et parvenait à vaincre ses résistances, si fort qu'il essaie de se protéger. Pendant sept ans, depuis qu'elle avait rompu avec lui, plus rien n'avait été doux et tendre. Il avait tenté de se persuader que cela ne lui manquait pas...

Mais la sensation d'être enlacé, touché avec délicatesse, fit tomber toutes ses défenses. Il ne voulait plus penser qu'à Nina... Pas se complaire dans la culpabilité de ne pas avoir fait ce qu'il aurait dû faire pour la protéger : tuer Ace, le jour où il en avait eu l'occasion.

Il recula son visage.

— Nina, que fais-tu ?

Il se retrouva à essayer de scruter son visage, toujours un peu étonné de ne voir que ce brouillard gris qui ne voulait pas se dissiper.

Elle avait toujours son visage entre ses mains, et il sentait que du bout des doigts, elle suivait les contours de sa mâchoire et la courbe de ses lèvres.

— Je ne sais pas vraiment... Je fais ce que me dictent mes sentiments, je suppose. Nous avons perdu... sept ans. Mais ce moment, lui, n'est pas perdu.

Elle l'embrassa à nouveau, et il s'avéra que l'embrasser en retour était une des rares choses qu'il pouvait faire sans difficulté, même en ayant perdu la vue. Ce fut pour lui un réconfort... Tout comme la sentir près de lui.

Et non, elle n'avait pas changé. Ses lèvres et sa bouche avaient toujours le même goût. Leur douceur était un souvenir qui n'avait jamais cessé de le hanter.

Pourquoi ne pas accepter ce baiser qu'elle lui donnait si volontiers ?

Ils pouvaient s'offrir ce réconfort l'un à l'autre... alléger l'angoisse de cette attente.

— Fais-moi l'amour, Cody, murmura-t-elle contre sa bouche.

Il sentait la pulsation du désir dans tout son corps, et même s'il n'aurait jamais voulu l'avouer, il avait désespérément envie de se sentir aimé par elle. Mais il ne s'en sentait pas le droit.

— Je... Je ne vois rien.

En riant, elle le força à se mettre debout.

— La dernière fois, il ne m'a pas semblé que cela empêchait quoi que ce soit !

Il se leva et se laissa guider. Son pas était un peu chancelant, et pas uniquement à cause de sa cécité : même si Nina prétendait ne pas avoir changé, elle n'était plus tout à fait la même. Maintenant, elle savait ce qu'elle voulait, et n'hésitait plus à se battre pour l'obtenir.

Peut-être était-elle nerveuse, mais il ne lui semblait pas qu'elle soit hésitante ni gênée. Elle l'emmenait quelque part, et il l'aurait suivie jusqu'au bout du monde.

— J'ai toujours eu envie de donner le tempo, d'être celle qui te faisait l'amour, dit-elle en appuyant doucement sur ses épaules pour le faire s'asseoir sur ce qui s'avéra être un lit.

Il se pencha en arrière, curieux de voir jusqu'où elle voulait aller.

— Alors, pourquoi tu ne l'as pas fait ? Je n'aurais rien eu contre cette idée !

Elle rit encore, et cela l'aida à relâcher un peu la tension qu'il sentait en lui. Elle avait toujours eu le don de le réconforter, sans même essayer de le faire. Elle parvenait toujours à le convaincre que, quelque part, il y avait le bien, la lumière, l'espoir…

C'était vrai avant. Ça l'était encore aujourd'hui.

— Je ne savais pas comment faire à l'époque. Je ne pourrai jamais prétendre que je ne regrette pas ces sept années… Mais elles m'ont donné quelque chose que je n'avais pas, et que je n'aurais probablement jamais trouvé.

— De quoi veux-tu parler ?

Elle se mit à califourchon sur lui, et il sentit son corps contre lui.

— Du courage, de la force.

— Tu as toujours été courageuse, répliqua-t-il en posant les mains sur ses hanches. Tu as toujours été forte. Tu le cachais seulement.

Elle s'immobilisa, mais pas lui. Il laissait ses mains vagabonder sur son corps, se demandant s'ils avaient déjà pris leur temps comme maintenant. Ils étaient adolescents, toujours pressés d'en arriver à ce moment magique…

Pour une fois dans sa vie, il voulait seulement vivre dans l'instant, et le savourer.

Il revint à ses hanches, en veillant à ne pas appuyer sur le bandage qu'il sentait sous son chemisier.

— Nous sommes bien amochés tous les deux !

Il sentit ses doigts souligner les contours du bandage sur son visage.

— Ne l'avons-nous pas toujours été ? murmura-t-elle avant de l'embrasser, comme si elle pouvait ainsi conjurer toutes leurs souffrances.

Elle se mit à se mouvoir langoureusement contre lui.

— Je t'aime, murmura-t-elle.

Il savait qu'il ne méritait pas ce qui arrivait, mais il avait le même amour en lui, et ils avaient perdu tant de temps...

— Moi aussi, je t'aime.

16

Nina se réveilla avec la sensation d'avoir bien dormi. Le lit était chaud, et – mis à part la douleur lancinante au ventre qui était devenue habituelle – elle se sentait étonnamment en forme.

S'il faisait beau, Brianna et elle pourraient...

La réalité la rattrapa soudain, et elle se souvint qu'elle se trouvait loin de Brianna, dans une maison qui lui était étrangère... et qu'elle était nue.

Tout comme l'homme à côté d'elle.

Elle évita de bouger à cause de sa blessure, mais elle tourna la tête pour regarder Cody.

Il était toujours profondément endormi, son bras musclé allongé sur l'oreiller, et elle considéra le tatouage qui l'ornait. Ce tatouage, il lui en avait toujours parlé : il s'agissait d'un P et d'un R entrelacés, et ce sigle avait été la marque du ranch et de la famille Reaves jusqu'à ce que la mère de Cody abandonne la tradition.

Nina avait toujours aimé cette histoire : grandma Pauline avait défié toutes les conventions sociales en insistant pour garder son nom de jeune fille, et en refusant de prétendre que son mari dirigeait le ranch alors que c'était à elle qu'il appartenait. Nina avait toujours été fascinée par cette histoire. Elle aurait aimé rencontrer cet homme, le mari de Pauline, qui avait accepté cela par amour.

Ils avaient appelé leur fille unique Patricia Reaves-Henderson.

Cette dernière avait brisé le cœur de grandma Pauline en rejetant le patronyme de Reaves – préférant garder uniquement celui de Henderson – puis en refusant de le transmettre à ses enfants.

Elle lui avait surtout brisé le cœur en épousant un fou.

Nina soupira. Il y avait tant d'histoires malheureuses dans le monde, et elle-même vivait des moments difficiles. Mais lorsque Cody était auprès d'elle, elle retrouvait l'espoir. La vie était dure, mais elle valait la peine d'être vécue.

La pièce était plongée dans la pénombre et Nina se rendit compte qu'ils avaient passé la majeure partie de la journée à dormir.

La sonnerie d'un téléphone rompit le silence, la faisant sursauter et déclenchant un réflexe chez Cody, qui tendit le bras. Mais sa main se referma sur le vide.

Nina sentit son cœur se serrer en se penchant au-dessus de lui pour attraper le téléphone posé sur la table de nuit. Elle le lui plaça dans la main, non sans avoir auparavant décroché.

— Bonjour, marmonna Cody d'une voix que le sommeil avait rendue rauque.

Puis il resta silencieux pour écouter son interlocuteur. Le volume était trop bas pour que Nina puisse surprendre le moindre mot.

L'expression du visage de Cody demeura neutre. Nina aurait voulu le caresser, ôter cette tension que l'on sentait en lui, mais elle avait trop peur qu'il soit en train d'apprendre de mauvaises nouvelles.

— D'accord. À demain, conclut-il sans qu'elle puisse déterminer si ce qu'il avait entendu était positif ou non.

Il lui tendit le téléphone et elle raccrocha pour lui avant de le reposer sur la table de nuit.

Il poussa un soupir.

— Ils ont été bien occupés.

Il tourna le visage vers elle. Puis il fronça les sourcils, comme s'il venait soudain de penser à quelque chose...

— Tu arrives à voir ? demanda-t-elle.

Il cligna plusieurs fois des paupières puis secoua la tête, anéantissant son espoir soudain.

— Non. Mais... c'est différent. Plus lumineux peut-être.

— C'est mieux ?

— Je n'en sais rien.

Pourvu que si ! se dit-elle.

— Qui était au téléphone ?

— Brady. Apparemment, Tucker est constamment suivi, c'est donc lui qui va faire semblant de nous amener Brianna.

— Alors, il court le risque d'être attaqué... Surtout si les Fils croient que Brianna est avec lui.

— Ils y ont pensé. Ils ont pensé à tout.

Cela ne semblait pas le réjouir. Au contraire.

Nina lui caressa le bras.

— Tu te sens... inutile ?

Il haussa les épaules d'un air indifférent, mais elle sentait son irritation.

— Je *suis* inutile. Nous sommes là à attendre. Ils agissent. Tout est dit.

Il se leva et tenta de se guider en tâtonnant autour de lui.

— Laisse-moi t'aider.

— Je n'ai pas besoin qu'on m'aide constamment, répliqua-t-il.

Il pouvait certes arriver à se déplacer, mais il avait oublié quelque chose.

— Tu vas te promener tout nu dans la maison ?

Son visage s'assombrit encore, mais il ne dit rien.

— Je ne m'en plaindrais pas ! poursuivit-elle.

Cela le fit *presque* sourire.

— Je vais nous préparer un petit dé... Enfin, plutôt un dîner ! Je ne sais pas comment appeler ce repas. Un en-cas post-sexe ?

— Arrête d'essayer de me faire rire, marmonna Cody.

Elle enfila ses vêtements, puis elle alla auprès de lui et lui prit la main.

— Pourquoi ? Tu en as bien besoin !

Elle ramassa ses habits épars et l'aida à les mettre.

— Tu as souvent ri pendant ces dernières années ? répliqua-t-il.

— J'ai essayé. Pour Brianna. Nous savons tous les deux que la vie peut être très difficile. Nous l'avons su dès notre enfance, non ? Alors, oui, j'ai dû trouver des occasions de rire.

Elle posa les mains sur ses épaules et lui effleura la bouche de ses lèvres.

— Et je vais faire la même chose pour toi.

Il lui prit les coudes sans trop avoir à tâtonner pour les trouver, et dirigea son regard vers elle. Peut-être que la vue lui revenait progressivement... Que tout se terminerait bien... Qu'un jour, avec Brianna, ils formeraient une famille délivrée de la menace des Fils...

C'était bien trop attendre de la vie, mais elle sentit son cœur se gonfler d'espoir à cette idée.

— Viens. Nous allons manger quelque chose, dit-elle d'une voix tendue par toutes les émotions qui s'affrontaient en elle.

Il garda les yeux fixés sur son visage et ne la lâcha pas. Elle sentait son cœur battre de plus en plus fort. À quoi pensait-il ?

Il ouvrit la bouche comme pour dire quelque chose, quelque chose de sérieux et d'important, et elle retint son souffle...

Ce qui lui permit de percevoir un bruit étouffé provenant de l'extérieur du chalet. Cody fronça les sourcils, inclinant la tête dans sa direction.

Avant même que Nina puisse lui demander s'il avait entendu la même chose qu'elle, le téléphone de Cody bipa.

— Tu peux me donner mon portable, Nina ? demanda-t-il d'un air si grave qu'elle s'exécuta immédiatement.

— Je vois un message vide.

Il lui donna des instructions pour qu'elle ouvre une application à laquelle elle ne comprit rien mais, lorsqu'il lui eut expliqué comment faire, quatre carrés apparurent sur l'écran. Visiblement, il s'agissait d'enregistrements de caméras de surveillance.

— Alors, que vois-tu ? demanda Cody d'une voix pressante.

Nina secoua la tête, essayant de déchiffrer ce qui s'affichait sur l'écran. Les vidéos étaient en noir et blanc, et elle distinguait des arbres sur l'une d'entre elles. Elle ne se souvenait pas qu'il y en avait autant autour du chalet. Peut-être y avait-il un bosquet derrière ? Mais mieux valait qu'elle ne se fie pas à ses souvenirs car, lorsqu'ils étaient arrivés en vue de la maison hier, sa seule préoccupation avait été de trouver de l'aide pour Cody le plus rapidement possible.

— Je ne comprends pas ce que je vois, finit-elle par déclarer.

Elle sentait que Cody s'impatientait.

— Il y a quatre carrés, reprit-elle. Sur l'un d'eux, je distingue des arbres. Les autres sont juste gris.

— Gris... Ça me rappelle quelque chose, marmonna Cody. Regarde l'écran.

— Je vois...

Elle laissa sa phrase en suspens alors qu'une ombre apparaissait sur l'écran.

— Alors ?

— Quelque chose est en train de bouger, mais c'est à la limite du champ de la caméra, et je ne peux pas voir ce que c'est. Où se trouvent ces caméras ?

— Tu as quatre quadrants. Le A montre l'espace situé devant la façade de ce chalet, le B le côté gauche, le C le côté droit, et le D l'arrière. Où as-tu vu l'ombre ?

— Sur le D.

— C'est donc à l'arrière. L'ombre était dans quelle zone plus précisément ?

— Je... je n'y comprends rien.

— Plutôt vers l'est ou vers l'ouest, Nina ?

— Je n'en sais rien !

— Donne-moi ta main, ordonna-t-il.

Son ton péremptoire lui donnait envie de refuser, mais il y avait une ombre, un bruit, et sa peur grandissait de seconde en seconde.

Elle glissa sa main dans la sienne. Il l'attira vers lui et, à tâtons, chercha son autre bras. Puis il la prit par les épaules, et appuya son front contre le sien.

— Je suis agacé parce que je n'y vois rien. Ce n'est pas contre toi, d'accord ?

Elle hocha la tête en silence.

— Décris-moi seulement tout ce que tu vois, et si je te parle un peu vivement, tu pourras me le reprocher plus tard si ça te fait du bien.

— C'est une plaisanterie ?

— Je ne veux pas être désagréable, mais j'enrage tellement de ne rien voir. Je sais que la situation est déjà assez difficile comme ça, alors j'essaie de me contrôler mais...

— Je ne t'en veux pas ! Je sais bien que tu fais tout ce que tu peux pour que Brianna et moi échappions à Ace ! répliqua-t-elle.

— Nous parlerons de lui plus tard... Pour le moment, décris-moi ce qu'il y a sur l'écran.

Nina tenta d'expliquer à Cody ce qu'elle voyait pendant qu'il refrénait son impatience.

Il avait l'impression que le brouillard qui l'environnait devenait plus lumineux et qu'il commençait à distinguer de vagues ombres, mais il ne voulait surtout pas commencer à espérer que cela puisse être le signe d'une amélioration de son état.

Et ce n'était pas le moment d'en parler à Nina.

— Tu penses qu'il y a quelqu'un dehors ?

Cody réfléchit un instant.

— Peut-être. Il y a des angles morts dans le dispositif. Si on les connaît, on peut s'approcher sans être vu.

Mais les hommes envoyés par son père n'avaient pas été si habiles jusque-là...

Les Fils étaient une machine bien huilée, mais Ace avait perdu son second ainsi que d'autres collaborateurs parmi les plus aguerris.

Qui donc s'était engouffré dans la brèche, et avait pris le pouvoir ? Se pouvait-il qu'Ace ait perdu de son influence ?

Ses frères et lui avaient été tellement obnubilés par leur père qu'ils n'avaient pas imaginé une seule seconde qu'Ace pouvait avoir perdu l'adhésion de son gang. Maintenant qu'il était en prison, peut-être peinait-il à rassembler ses troupes et à trouver des hommes compétents.

Mais, pour le moment, il valait mieux se concentrer sur la situation présente et sur la menace qui rôdait à l'extérieur du chalet.

— Que devons-nous faire ? s'exclama Nina. Je vais appeler Jamison !

— Nous n'appellerons personne.

— Cody, c'est un travail d'équipe. Il faut que nous travaillions ensemble. Pour Brianna.

Il avait fait partie d'une équipe pendant des années, mais ce n'était pas ce qu'elle voulait dire. En réalité, Nina parlait de *famille*.

Cela ne faisait que deux mois qu'il s'était rapproché de ses frères et sa grand-mère. Ses visites avaient été très rares, car il était convaincu qu'il devait garder le secret sur son travail avec North Star. Mais s'il voulait être honnête avec lui-même, ce n'était qu'un prétexte.

Il n'avait plus voulu dépendre de quiconque… être le plus jeune des frères Wyatt. Il souhaitait accomplir quelque chose par lui-même, s'affirmer…

Mais, maintenant qu'il avait une fille, il devait ravaler sa fierté.

— D'accord. J'ai toujours l'intention de régler cette intrusion avec toi, mais nous allons avertir Jamison que nous avons un visiteur.

— Ou *des* visiteurs, lui fit remarquer Nina.

— C'est vrai. J'appelle Jamison. Pendant ce temps, je voudrais que tu ailles chercher les armes.

Il expliqua à Nina où se trouvait le réduit où elles étaient enfermées pendant qu'elle cherchait le nom de Jamison sur son téléphone et lançait l'appel avant de le lui donner. Puis elle sortit de la pièce, et il attendit que son frère décroche.

— Cody.

— Jamison, je pense que nous avons un visiteur.

Il n'ajouta pas qu'ils n'étaient pas certains que ce visiteur soit seul, et poursuivit :

— Je ne pense pas que nous ayons besoin d'aide, mais je voulais seulement te mettre au courant.

— Peut-être que vous n'avez pas besoin d'aide, mais peut-être que si ! répliqua Jamison.

— Nous ne pouvons pas nous permettre de modifier nos plans. Nous risquerions de les compromettre.

— Je sais très bien ce que nous pouvons faire ou ne pas faire !

— Non, tu ne le sais pas. C'est de mon enfant qu'il s'agit. De mon enfant et de ma...

Cody ne savait pas par quel mot désigner Nina, aussi laissa-t-il sa phrase en suspens.

— C'est moi qui décide, conclut-il.

— Tu as perdu la vue ! s'exclama son frère.

— Tout le monde ne cesse de me le rappeler comme si je n'avais pas parfaitement conscience de ce que je suis en mesure de faire ou non. J'ai toujours un cerveau !

— Oui. Un cerveau particulièrement têtu.

— Je suis un Wyatt, Jamison, je n'y peux rien ! J'ai l'intention de capturer cet intrus et de le faire parler.

— Mais comment penses-tu pouvoir...

— Tu as remarqué combien les hommes d'Ace sont négligents en ce moment ? Ils commettent erreur sur erreur. Tu as réfléchi à ce que cela implique ?

Il y eut un silence à l'autre bout de la ligne, et Cody reprit :

— Nous n'avons pas le temps de réfléchir à cela pour le moment, mais je pense qu'Ace n'a pas tout le pouvoir que nous lui attribuons.

— Cody...

— Je te rappellerai dans une demi-heure environ. Si je ne le fais pas, alors tu pourras envoyer quelqu'un.

— Cody, c'est…

— C'est peut-être un piège… Ou pire, une diversion. Je le sais. Laisse-moi le temps de m'en occuper. Laisse-*nous* le temps de *nous* en occuper.

— Vingt minutes. Tu me rappelles dans vingt minutes, déclara Jamison d'une voix ferme.

Clairement, il n'approuvait pas sa décision, songea Cody, mais il la respectait, parce qu'il lui faisait confiance.

— D'accord. Vingt minutes. Brianna est près de toi ?

— Attends…

Il ne s'écoula que quelques secondes avant qu'une petite voix s'élève :

— Papa ?

Il fut stupéfié par l'élan d'amour qui lui gonfla le cœur. Il ne connaissait sa fille que depuis quelques jours, et pourtant sa voix lui donnait de la force, de la stabilité.

— Bonjour, Brianna. Tout va bien sur le ranch ?

— Oui. Maman me manque.

— Ça ne m'étonne pas ! Attends, je vais te la passer, d'accord ?

Il entendait Nina approcher.

— Tu portes le collier que je t'ai donné ? demanda-t-il à voix basse.

— Oui. Gigi en veut un, elle aussi. Tu pourras lui en faire un ?

— Bien sûr ! Dès que je reviendrai. Tiens, je te passe maman.

Il tendit le téléphone dans la direction où il pensait que Nina se trouvait.

Leurs doigts se frôlèrent lorsqu'elle le saisit.

— Brianna…

Il y eut une pause, le bruit d'un sanglot ravalé.

— Oui, tu me manques aussi, mon bébé. Je vais revenir très vite, d'accord ? Oui. Je t'aime, mon bébé. Je t'aime.

Il y eut une autre pause, puis un au revoir.

— Viens…

Il avait à peine prononcé ce mot que Nina était déjà dans ses bras. Il la serra contre lui, et elle l'enlaça avec la même force. Elle ne faisait pas de bruit, mais il savait qu'elle pleurait.

— C'est parce qu'elle me manque… J'arrive à me contrôler la plupart du temps, mais quand j'entends sa voix…

— Je sais. Je sais.

Il s'écarta un peu, essayant de plisser les paupières pour distinguer son visage, mais il ne percevait que des ombres.

— Alors, il faut que nous fassions en sorte d'être tous les trois ensemble le plus vite possible.

17

Nina décrivit à Cody les armes qu'elle avait trouvées dans le réduit, et il sembla comprendre ce qu'elle lui disait. Puis elle étudia les images des caméras de sécurité pendant un moment. Elle n'y distingua plus rien d'inquiétant.

Ce calme après une menace qui ne s'était pas matérialisée était presque pire… d'autant plus que la voix de Brianna ne cessait de résonner dans son esprit après cet appel téléphonique bien trop bref. Elle aurait aimé être au ranch, allongée sur le canapé avec Brianna, en train de lui lire un livre ou de regarder un de ces programmes pour enfants que la fillette aimait tant… Elle *voulait* sa fille.

Et, si elle était honnête avec elle-même, elle voulait aussi savoir si ce qui s'était passé avec Cody était réel… ou si ce n'était qu'une éphémère résurgence du passé provoquée par cette affreuse situation.

Elle savait qu'elle l'aimait encore. Elle n'avait pas le moindre doute sur ses sentiments. Mais c'était là le problème : si elle ne doutait pas d'elle-même, était-il honnête de douter de lui ?

— C'était peut-être une mission de reconnaissance, déclara Cody dans le silence oppressant.

Cela faisait maintenant des heures que plus rien n'était apparu sur l'écran.

— Et cela voudrait dire quoi ?

— Qu'ils essayaient seulement de repérer les lieux et

de déterminer ce dont ils auraient besoin pour lancer une attaque plus tard.

C'était une éventualité effrayante. Cody savait visiblement de quoi il parlait, mais rester ici à attendre patiemment pendant que les hommes d'Ace mettaient leur plan au point lui tordait le ventre.

— Le problème, poursuivit Cody en baissant les yeux vers ses mains croisées sur la table, c'est que je ne suis pas certain de leurs intentions. Les hommes qui nous poursuivent ne font pas dans la dentelle : j'ai l'impression qu'ils veulent nous atteindre à tout prix, et qu'ils ne se soucient guère que nous soyons morts ou vivants.

— Effectivement, je suis certaine qu'ils s'en moquent !

— Je ne reconnais pas les méthodes d'Ace. Je sais qu'il veut me garder en vie pour avoir le plaisir de me faire souffrir. Il a peut-être pour projet de te tuer, mais de la manière qui me fera le plus de mal possible.

— C'est réjouissant de savoir que je ne suis qu'un pion dans le jeu d'un psychopathe !

Une sonnerie leur indiqua que les vingt minutes s'étaient écoulées, et elle envoya un message à Jamison, pour lui dire que tout allait bien. C'était maintenant devenu une routine : remettre le minuteur en marche, texter « OK » à Jamison, puis attendre à nouveau.

— Je sais que c'est difficile, déclara Cody. Il faut savoir résister mentalement, être plus fort que l'angoisse.

— Eh bien, je n'y arrive pas !

— Mais si.

Il tendit la main vers elle et elle la saisit. Il lui serra doucement les doigts.

— Je sais très bien que tu es très forte... Bien plus qu'on ne te l'a jamais dit !

Elle sentit les larmes monter. Pour la première fois, quelqu'un reconnaissait son courage, croyait en elle. Mais ce n'était pas le moment de pleurer. Il fallait seulement se sortir de cette situation cauchemardesque.

— Nous allons encore devoir attendre longtemps ?

— Je ne pense pas. D'ailleurs, il est possible que l'homme que nous avons aperçu soit déjà parti... À moins qu'il ne soit dehors à attendre... Ou occupé à nous tendre un piège...

Soudain, Nina songea que si Cody n'avait pas voulu faire intervenir ses frères, c'était parce qu'il craignait cela.

Alors, il attendait... Mais quoi ?

Elle l'observa. Il regardait droit devant lui, dans le vide. Ses doigts entrecroisés étaient serrés avec tant de force que ses articulations étaient blanches. Visiblement, il lui en coûtait d'être ainsi assis à ne rien faire.

— Que ferais-tu si tu y voyais ? lui demanda-t-elle.

Il secoua la tête.

— Aucune importance.

Si, cela avait de l'importance. Il se refrénait parce qu'il qu'il ne pensait pas qu'elle soit en mesure d'accomplir ce qu'il aurait pu faire en temps normal.

— Dis-le-moi.

— J'ai été entraîné à mettre des hommes déterminés et armés hors d'état de nuire, Nina. J'ai l'habitude de ce genre de situations.

— Oui. Mais pendant que tu étais formé à cela, j'ai dû faire face à la réalité du terrain, pour notre fille. Alors, je répète ma question : que ferais-tu si tu y voyais ?

Il serra la mâchoire.

— Je ne veux pas que tu prennes de risques, murmura-t-il enfin avec difficulté.

Elle fut touchée par cette déclaration, mais trop de choses étaient en jeu pour qu'elle s'attarde sur ce sentiment.

— Nous *devons* prendre des risques. Sinon, nous en resterons toujours au même point : attendre en nous demandant ce qui va nous tomber dessus. Si tu ne me dis pas ce que tu aurais fait, je vais décider moi-même, et agir.

Il se leva brusquement, puis parut se souvenir qu'il ne pouvait aller nulle part sans risquer de tomber. Il serra les poings, mais il semblait calme.

— Si je n'avais pas perdu la vue, je me glisserais à l'extérieur le plus silencieusement possible, j'essaierais de déterminer où cet homme se cache, et de le surprendre. Si j'avais à me battre, je le ferais, mais mon but serait de le menacer d'une arme et de le mettre hors d'état de nuire. Puis je l'emmènerais ici pour l'interroger.

Nina réfléchit à cela. Elle n'était pas habile avec une arme alors que l'homme au-dehors était probablement plus entraîné. Ce qui n'aurait pas posé de problèmes à Cody était plus difficile pour elle.

De ce fait, c'était peut-être une erreur de penser qu'elle pouvait agir comme lui. Elle devait utiliser ses propres méthodes. Après tout, elle avait réussi à sauver Brianna lorsque Ace avait envoyé un homme pour les tuer.

Donc, que ferait-elle si elle était ici avec Brianna ?

— Si nous ne pouvons pas nous battre, nous pouvons peut-être nous enfuir...

— Je suis aveugle. Ce n'est pas possible.

— Bien sûr que si !

— Bon, d'accord. Et ensuite ?

Elle avait de l'aide, cette fois : même s'il avait perdu la vue, elle avait Cody, elle avait tous les frères Wyatt, ses sœurs, Duke, grandma Pauline... Ils étaient tous derrière elle aujourd'hui.

— Nous allons nous enfuir. Et ensuite, c'est nous qui allons leur tendre un piège.

Nina lui exposa son plan. Il n'avait rien à voir avec le sien, qui était d'attendre la nuit et de provoquer une explosion pour forcer l'homme à sortir de sa cachette et le neutraliser.

— C'est un meilleur plan, argua Nina lorsqu'elle l'eut présenté.

— Pourquoi meilleur ?

— Nous serons quatre contre un, au lieu de deux contre un.

— Tu tiens pour acquis qu'il n'y a qu'un seul homme dehors, Nina. C'est dangereux.

— Tout ce que nous faisons n'est basé que sur des suppositions, Cody ! répliqua-t-elle avec irritation. Et ton plan part également de l'idée qu'il n'y a qu'un seul homme dehors !

— Pas nécessairement.

Même s'il ne pouvait pas la voir lever les yeux au ciel, il aurait juré que c'était ce qu'elle faisait en cet instant.

— Oublie que tu voudrais agir seul et avoir la maîtrise de l'opération, et réfléchis à mon plan. Examine-le sous tous les angles et, si tu n'es pas d'accord, propose quelque chose de mieux.

Il aurait presque pu sourire en l'entendant parler avec tant de détermination. Mais elle l'avait mis au pied du mur, et le fait qu'elle comprenne aussi bien pourquoi il répugnait à adopter son plan le dérangeait.

En réalité, attendre était dangereux. Cela laissait à ceux qui les surveillaient trop de temps pour mettre au point leur tactique.

— Nous ne pouvons pas aller en direction du ranch, reprit-il au bout d'un moment. Cela mettrait tout le monde en danger... et Brianna en particulier.

— North Star a un autre endroit comme celui-ci ?

— Je ne peux pas leur demander cela.

Il aurait certainement pu convaincre Shay de les aider à nouveau, mais elle risquait de perdre son poste et, cela, il ne le voulait pas.

— Montre-moi la carte que nous avons utilisée pour venir ici, demanda-t-elle soudain.

Il lui tendit son téléphone et lui expliqua comment la retrouver. Les symboles n'étaient pas ceux utilisés habituellement, et la description faite par Nina manquait de clarté et de précision.

— Nous devons être tout près du parc national des Badlands, déclara-t-il après réflexion, en espérant qu'il avait bien compris ce que Nina avait tenté de lui expliquer. Felicity connaît cet endroit mieux que personne.

— Je ne veux pas la mêler à tout cela.

— Elle l'est déjà, Nina.

— Non, elle ne l'est pas. La seule fois où j'ai vu Felicity depuis mon retour, c'était pendant notre conseil de famille... et elle ne m'a pas adressé la parole.

— Cela ne veut pas dire qu'Ace ne va pas s'en prendre également à elle. Duke et toutes tes sœurs sont menacés.

Pour une fois, il fut heureux de ne pas voir : il n'imaginait que trop bien l'expression horrifiée du visage de Nina. Elle n'avait jamais véritablement compris ce à quoi elle s'exposait en tombant amoureuse de lui.

Elle resta silencieuse un long moment. Puis sa voix s'éleva :

— Alors, qu'allons-nous faire ? Fuir en direction des Badlands ?

— C'est à peu près ça. Nous allons demander à Felicity de nous indiquer un point de rencontre, un endroit où elle pourrait envoyer quelqu'un pour nous aider, ou bien venir elle-même sans trop attirer l'attention. Même si les Fils surveillent Duke et tes sœurs, ils en auront vite assez de parcourir les Badlands pour suivre Felicity si elle leur donne l'impression qu'elle fait seulement son travail de garde du parc. De tous, c'est elle qui pourra le mieux nous secourir sans être soupçonnée.

— Appelle-la. Si c'est moi qui le fais, elle ne voudra pas me parler.

— Tu sous-estimes ce que Felicity ferait pour t'aider, Nina. Même si ton silence pendant sept ans l'a blessée, elle te soutiendra. Rappelle-toi : tout le monde est venu pour prendre soin de Brianna.

Il l'entendit pousser un soupir.

— Je pense tout de même qu'il serait préférable que ce soit toi qui l'appelles. Tu comprends mieux la carte que moi. Je... je vais préparer un sac avec quelques affaires.

— Mieux vaut attendre la nuit pour partir. Mais, d'accord, je vais appeler Felicity et, pendant ce temps, tu peux commencer à rassembler les armes et quelques provisions… Sachant que c'est toi qui vas devoir les porter tout en étudiant la carte pour nous guider. C'est comme si tu devais t'occuper d'un enfant !

— J'ai l'habitude. Fais seulement en sorte que je n'aie pas à te porter !

Elle tentait de rire, de se persuader que la situation était sous contrôle, et il songea soudain qu'elle avait toujours été seule pour faire face au danger et protéger leur fille.

Il fut soudain rempli d'admiration pour Nina, et l'anxiété qu'il ressentait en pensant à la responsabilité qui allait peser sur elle s'atténua… Parce qu'elle avait réussi à mettre Brianna à l'abri pendant des années.

Et lui, qu'avait-il fait, à part échouer dans sa tentative de neutraliser la menace que représentait Ace ?

Quand aurait-il l'occasion de remédier à la situation, d'égaler tout ce que Nina avait réussi à faire pour protéger leur fille ? Pour le moment, hélas, il devait s'en remettre entièrement à Nina.

— Tu peux composer le numéro de Felicity pour moi ? dit-il en tendant le téléphone dans la direction où il pensait qu'elle se trouvait.

Elle ne saisit pas immédiatement le portable, mais il eut l'impression – à en juger par ce qu'il entendait et par les ombres qui devenaient de plus en plus nettes – qu'elle s'approchait de lui.

Elle déposa un baiser léger et doux mais ferme sur ses lèvres.

— Cody, lorsque tout cela sera terminé…

Il ne savait pas où elle voulait en venir, et il sentit l'appréhension monter en lui : elle allait lui dire de ne pas se faire d'idées… Que c'était l'angoisse dans laquelle ils vivaient en ce moment qui les avait poussés à faire l'amour.

— Chaque chose en son temps, l'interrompit-il.

— Lorsque tout cela sera terminé, répéta-t-elle avec force, j'ai besoin de savoir que Brianna et moi aurons une place dans ta vie. Je sais que ça sera le cas pour Brianna. Mais j'ai besoin de savoir si j'en aurai une, moi aussi.

En temps normal, il se serait demandé s'ils n'avaient pas

changé tous les deux... S'il pouvait lui pardonner de lui avoir caché qu'il était père... S'il pouvait espérer être heureux un jour alors que le sang d'Ace Wyatt coulait dans ses veines... Mais, là, alors qu'il était privé de la vue et que la vie de sa fille et de la seule femme qu'il ait jamais aimée était menacée, il ne réfléchit pas davantage et répondit :

— Il n'y a pas de *place* pour vous dans ma vie, Nina. Vous *êtes* ma vie. Toutes les deux.

Il sentit qu'elle lui prenait le téléphone, puis le replaçait dans sa main.

— Tiens, dit-elle d'une voix étonnamment calme. Je vais préparer un sac.

18

Ainsi que Cody l'avait suggéré, ils attendirent que la nuit soit tombée. Il s'était chargé du sac le plus lourd mais, puisqu'elle était la seule à voir, il fallait que ce soit elle qui porte les armes pour pouvoir s'en servir rapidement si c'était nécessaire. Elle s'était également équipée d'une lampe frontale.

Cody lui avait longuement expliqué le maniement du fusil, mais elle n'avait pas pu s'entraîner, et priait le ciel de ne pas avoir à l'utiliser. Elle avait peut-être réussi à atteindre l'homme qui les poursuivait la veille, mais c'était en plein jour.

Ils avaient prévu de sortir par une fenêtre située sur un côté de la maison, pariant sur le fait que, même s'il y avait plus d'un homme en embuscade, seules les portes étaient surveillées.

Ils s'étaient disputés pour savoir qui sortirait le premier. Cody semblait ne pas vouloir comprendre que, puisqu'il n'y voyait plus, il ne pouvait pas être le premier à affronter le danger.

Mais ce qui l'impressionna, lorsqu'elle eut réussi à contenir son irritation, fut l'humilité avec laquelle il finit par accepter de la laisser diriger les opérations.

Pour un homme comme Cody, ce devait être particulièrement difficile, surtout après l'entraînement qu'il avait reçu. Il savait ce qu'il devait faire dans cette situation… mais il *ne pouvait pas* le faire.

Quant à elle, elle n'avait que son courage. Elle avait beau se répéter qu'elle avait réussi à protéger sa fille toute seule pendant des années et que tout se passerait sans problème, sa première tentative pour se glisser hors de la maison le plus discrètement possible ne fut pas une réussite : elle se cogna le genou en enjambant la fenêtre, et son sac à dos frotta contre l'encadrement. Elle s'immobilisa, à califourchon sur le rebord, et retint son souffle en écoutant si quelqu'un approchait.

Elle entendit le ronronnement d'un moteur, et peut-être de la musique dans le lointain. Elle se tourna vers Cody.

— Ils écoutent la radio ? murmura-t-elle.

— Ils essaient probablement de rester éveillés. Ce qui me fait penser qu'il n'y a qu'un seul homme, et qu'il surveille la porte. Vas-y !

Nina sauta à terre. À sa suite, Cody se faufila à l'extérieur avec une agilité qui l'impressionna.

Ils se dirigèrent immédiatement vers l'arrière de la maison, comme ils l'avaient prévu. Nina suivit scrupuleusement le plan qu'ils avaient élaboré et garda la lampe frontale éteinte. Ils avançaient l'un derrière l'autre, et elle attendait que Cody, qui prétendait savoir d'instinct la distance exacte qu'ils avaient parcourue, lui dise qu'ils étaient assez éloignés du chalet pour qu'elle puisse l'allumer.

Soudain, le silence se fit, et elle s'immobilisa.

— Il a coupé le moteur. Continue à avancer, murmura Cody. Pas de lumière pour le moment !

Elle lui obéit, tourna la tête en direction de la maison et s'arrêta net.

— Quelqu'un a allumé la lumière dans le chalet ! murmura-t-elle.

Elle vit une autre fenêtre s'éclairer, puis celle par laquelle ils s'étaient enfuis.

— C'est bon. Continue à marcher. Nous avons de l'avance.

Pas assez, songea Nina. Mais elle tenta de maîtriser la panique qui montait en elle et se remit en route. Il lui fallut quelque temps pour que ses yeux s'habituent à nouveau à l'obscurité.

Ils avancèrent, pas après pas. Malgré elle, elle jetait régulièrement des coups d'œil derrière elle. Les lumières du chalet étaient presque toutes éteintes maintenant, mais une autre s'était allumée : un faisceau de phares qui pointait exactement dans la direction où ils étaient partis.

— Continue à avancer, lui dit Cody d'un ton pressant. Continue !

Puis elle distingua une autre lueur : celle d'une lampe torche.

— Il nous suit !

— Ne t'occupe pas de lui.

— Nous pourrions faire demi-tour… le laisser se perdre.

— S'il est à nos trousses, il ne va pas se perdre. Il va faire demi-tour lui aussi, et nous serons de retour à la case départ. Nous devons continuer à suivre le plan.

— Il pourrait…

— Suis le plan, Nina. Notre plan. Tu te souviens ? Pense à ce que tu ferais si tu étais seule avec Brianna.

Elle continuerait à avancer. Elle n'aurait pas le choix.

Alors, c'est ce qu'elle fit.

Il y avait un autre danger qu'elle connaissait bien pour avoir passé plusieurs années dans un ranch du Dakota du Sud : elle savait quelles bêtes sauvages rôdaient ici la nuit. La nature pouvait prendre son tribut simplement parce que vous aviez pris le mauvais tournant ou rencontré un animal dangereux.

Une chose à la fois…

Elle réussit à mettre un peu de distance entre eux et le faisceau de la lampe torche, ce qui lui donna l'espoir que l'homme ne savait pas exactement où les chercher.

— N'allume pas la lumière, mais regarde la carte, suggéra Cody.

Elle allait devoir cacher l'éclat de l'écran, mais ce n'était pas un problème. Elle s'arrêta pour prendre le téléphone et ouvrit l'application dont Cody lui avait appris à se servir.

Il la suivait en tenant son manteau pour qu'elle puisse avoir les mains libres. Il avait du mal à éviter les difficultés du terrain et trébuchait parfois, mais ils progressaient assez rapidement.

Heureusement, car ils avaient un long chemin à parcourir.

Nina se concentrait sur son objectif, comme elle l'aurait fait si elle avait été avec Brianna. Son unique souci pour le moment était d'atteindre le point de rendez-vous que Felicity avait indiqué à Cody. Il fallait qu'ils se rendent là-bas et qu'ils attendent que sa sœur les y rejoigne avant que leur poursuivant les rattrape.

Elle poussa un soupir, mais continua à avancer, se forçant à ne pas trop regarder en arrière. À chaque fois qu'elle le faisait, elle avait la satisfaction de constater qu'ils mettaient un peu plus d'espace entre eux et le faisceau de la lampe torche.

Ils avaient initialement prévu de s'arrêter toutes les heures pour se ravitailler ou se reposer, mais ce n'était pas possible. Ils devaient avancer.

Cody tomba une fois et faillit l'entraîner dans sa chute, mais il lâcha son manteau à temps. Elle leva la tête pour voir où la lueur se trouvait. Elle arrivait à peine à la distinguer maintenant mais la lueur restait immobile, et elle comprit que l'homme s'était arrêté lui aussi.

Elle aida Cody à se relever sans quitter le faisceau lumineux des yeux.

— Nous devrions peut-être...

— Suis la carte, l'interrompit Cody en se redressant. Suis la carte, guide-nous jusqu'au point de rencontre. Si Felicity n'y est pas encore, nous pourrons nous cacher jusqu'à ce qu'elle arrive. Pour le moment, nous ne pouvons compter que sur nous.

Il avait raison bien entendu, ce qui était agaçant. Mais Nina n'allait pas se laisser gagner par l'irritation alors que leur survie était en jeu.

Lorsqu'ils atteignirent le point de rendez-vous, l'horizon commençait à s'éclairer. Le jour se lèverait bientôt. Nina ne pensait pas qu'ils aient définitivement semé leur poursuivant : elle ne voyait plus le faisceau de sa lampe torche, mais c'était peut-être tout simplement parce qu'il y voyait assez pour avancer.

Ils passèrent devant des panneaux indiquant qu'ils pénétraient dans le parc national des Badlands. Le terrain était nu et dégagé, et ils étaient très exposés.

— Et maintenant ? demanda Nina.

Elle était fatiguée, affamée, et avait mal dans tout le corps.

— Felicity m'a dit que nous devrions trouver des excavations par ici.

— Des excavations ? répéta Nina avec un frisson. Merveilleux !

— Nous serons à l'abri des regards. Nous pourrons nous asseoir, manger, et nous reposer.

Nina poussa un soupir. Elle regarda Cody qui restait debout, immobile. Il serait tellement plus facile de partir seule à la recherche de ces grottes sans avoir à le traîner à sa suite sur ce terrain rocailleux !

— Laisse-moi ici, l'entendit-elle alors déclarer.

Elle fut surprise qu'il ait pu ainsi deviner ses pensées.

— Je ne laisserais jamais Brianna ici. Je pensais que nous étions ens...

— Laisse-moi ici, Nina. Trouve un abri. Je t'appellerai si j'ai un problème.

Elle sourit intérieurement : elle savait très bien que jamais il ne le ferait.

— Vas-y, Nina. Je suis peut-être aveugle, mais je ne suis pas un enfant. Fais-moi un peu confiance.

Il ne s'agissait pas de confiance, mais elle n'avait pas le temps de discuter avec lui. Elle allait consacrer dix minutes maximum à la recherche d'un abri et, si elle n'avait rien trouvé, elle reviendrait le chercher. Mais elle se garda bien de le lui dire.

— D'accord. Reste ici. Et appelle-moi si tu as besoin de moi, Cody. Promets-le-moi.

— C'est d'accord.

Elle savait qu'il n'en ferait rien.

— Je reviens vite, dit-elle en priant pour que les choses soient aussi simples que cela.

Cody entendit un bruit de pas, et sut immédiatement que ce n'étaient pas ceux de Nina. Il se raidit et se tint prêt, tout en tendant l'oreille. C'était la démarche de quelqu'un qui était prudent mais assuré...

Il continua à écouter attentivement, se penchant en direction de ce bruit, et espérant de tout son cœur que Nina faisait très attention.

Même s'il se doutait qu'il faisait encore nuit, il sentait que sa vision s'était à nouveau détériorée. Le brouillard gris qui l'entourait constamment était plus épais et ne lui permettait plus de distinguer des ombres ou des éclats de lumière. À cela s'ajoutait un mal de tête qui ne le laissait pas en paix. Mais il avait de l'espoir : lorsqu'il avait pu prendre du repos, il avait constaté une légère amélioration de son état. Maintenant, après cette marche dans des conditions difficiles et stressantes, ces progrès s'estompaient mais, au moins, il savait qu'il pouvait guérir.

Il *allait* guérir.

Les pas d'une autre personne retentirent derrière lui. C'étaient ceux de Nina.

— Je pense que j'ai trouvé...

Nina s'interrompit net, et il l'entendit retenir son souffle.

— Vous avez une de ces têtes !

C'était la voix de Felicity, et Cody ressentit un tel soulagement qu'il en trébucha presque.

— Tu es en avance, réussit-il à articuler.

Il lui avait recommandé d'attendre, de respecter ses horaires habituels et de faire comme si elle commençait sa journée de travail par une visite de ce coin reculé du parc national.

Il voulait éviter qu'elle ne soit suivie, et ne devienne une des cibles d'Ace. Mais, alors qu'ils étaient poursuivis et que sa vue s'était à nouveau détériorée, il ne pouvait qu'être reconnaissant à Felicity de lui avoir désobéi.

Maintenant, ils étaient trois contre un.

— J'ai une réunion à 9 heures, répliqua-t-elle d'un ton

étonnamment détaché et ferme, alors qu'elle était ordinairement douce et réservée. Je ne pouvais pas l'annuler, et je me suis dit qu'il me faudrait du temps pour venir ici.

Il y eut une longue pause.

— Et c'était vrai ! ajouta-t-elle. Nous avons encore une longue marche devant nous avant de parvenir à l'endroit où j'ai garé ma voiture.

— Quelqu'un nous suivait, répondit Nina d'une voix hésitante, et je ne suis pas certaine que nous l'ayons semé.

Cody avait presque oublié que Nina, lorsqu'elle était adolescente, était timide et peu sûre d'elle. Avec lui, elle avait toujours été énergique et déterminée… ou triste, ce qui était pire. Mais en présence d'une de ses sœurs, elle demeurait toujours sur la réserve.

Felicity ne répondit pas immédiatement, et il se demanda si finalement Nina n'avait pas raison en ce qui concernait ses sentiments à son égard. Mais Felicity était venue pour les aider, c'était la seule chose qui comptait en ce moment… Ils s'occuperaient plus tard de panser les blessures du passé.

— Bon, allons-y, finit par déclarer Felicity.

— Tu as mis d'autres personnes au courant ? demanda Cody alors que Nina le prenait par le bras pour l'aider à avancer.

Une fois encore, le silence de Felicity fut éloquent.

— Je t'avais demandé de ne pas le faire ! protesta-t-il.

— C'est vrai. Mais j'ai pensé qu'il était préférable que quelqu'un d'autre soit au courant. Pas uniquement pour vous, mais pour moi aussi.

— Mais il faut qu'ils protègent Brianna ! s'écria-t-il en même temps que Nina.

— Je suis certaine que cela ne va pas les en empêcher, répliqua Felicity avec douceur.

Cody poussa un soupir de mécontentement alors que Nina l'invitait à avancer.

— Nous ne pouvons pas aller directement vers ta voiture,

déclara-t-il. Un homme est à nos trousses, et il va peut-être nous voir monter dedans.

— Mais puisque a priori lui-même n'a pas de voiture, quel est le problème ?

— Je ne veux pas te mettre en danger, Felicity. Il faut que tu restes en dehors de cette histoire.

— Aucun de nous ne peut être en dehors de cette histoire, Cody ! Nous sommes une famille. Nous prenons soin les uns des autres.

Il y avait dans sa voix une intensité à laquelle il ne s'attendait pas, mais qui lui fit chaud au cœur.

— Felicity, je sais que nous sommes une famille. Mais il n'est pas nécessaire pour autant de te désigner comme cible.

— En ce moment, la cible, c'est vous deux.

— Et notre fille...

— Et votre fille. Tu n'as pas confiance en ta famille pour la protéger, Cody ?

Il demeura silencieux, car il n'y avait pas de bonne réponse à cela. Certes, il leur faisait confiance. Mais pour autant, il était terrifié à l'idée de mettre la vie de sa fille entre les mains d'un autre que lui... surtout lorsqu'ils se battaient contre Ace.

Nina s'arrêta brusquement de marcher, et Felicity et elle demeurèrent silencieuses.

— Qu'y a-t-il ?

— Des serpents à sonnette. Nous allons devoir faire demi-tour et prendre l'autre chemin.

Cody ne pouvait pas voir à quel autre chemin Felicity faisait allusion, mais Nina le fit pivoter sur ses talons et avancer à nouveau.

Faire demi-tour n'était pas une bonne chose, qu'il y ait des serpents ou non.

— Regarde autour de toi, Nina, recommanda-t-il à voix basse, espérant que Felicity était assez loin devant eux pour ne pas les entendre. Reste aux aguets, et dis-moi si tu vois l'homme qui nous suit.

— Mission impossible ! répliqua Nina. Le soleil se lève. Il n'a plus besoin de sa lampe torche, mais les arbres et les rochers sont toujours plongés dans l'ombre. Il n'aurait aucune difficulté à se cacher là.

— J'ai des jumelles, intervint Felicity. Dès que nous serons à couvert, tu pourras fouiller les environs.

Cody était quelqu'un de rationnel mais, sans qu'il puisse s'expliquer pourquoi, il avait l'intime conviction que quelque chose se préparait.

— Donne une arme à Felicity, Nina, déclara-t-il en tâchant d'imaginer d'où la menace pourrait venir.

— Non, Cody. Je suis garde forestier. Je n'ai pas le droit de porter d'...

— Prends cette arme, Felicity. Tu vas en avoir besoin.

19

— Prenons un instant pour faire le point, déclara Nina en désignant une arête rocheuse derrière laquelle ils pouvaient se cacher.

Felicity se glissa derrière la première et, sans rien dire, Nina aida Cody à s'installer. Là, ils étaient à l'abri de leur poursuivant.

Ouvrant son sac, Nina tendit à sa sœur une des armes qui s'y trouvaient, ainsi qu'un chargeur.

— C'est illégal, marmonna Felicity.

Mais elle se saisit tout de même de l'arme, et enclencha le chargeur avec une certaine dextérité.

— Tu te mettras une amende plus tard, répliqua Cody. Tu vois quelque chose ?

Felicity prit ses jumelles et se mit à scruter les environs en silence. Nina ferma les yeux afin de se concentrer sur sa respiration pour tenter de calmer les battements de son cœur.

— Il se dirige vers nous. Il est encore loin, mais il se rapproche.

— Nous devons partir ! s'exclama Nina.

Les mots étaient sortis malgré elle. Comment pouvaient-ils rester ici à attendre qu'une menace se matérialise, alors qu'ils auraient pu être en train de fuir ?

— Il n'a pas de véhicule…, ajouta-t-elle. Et comment pourrait-il savoir que nous sommes aidés par un des gardes du parc ?

— Et comment Ace a-t-il su où te trouver ? répliqua Cody.

Elle ne sut que répondre.

— Que devons-nous faire, Cody ? demanda Felicity.

Elle n'était plus la jeune fille effacée dont Nina se souvenait. Autrefois, Felicity était timide au point d'aller se cacher dans sa chambre lorsque les frères Wyatt venaient chez les Knight. Pendant longtemps, elle avait même bégayé. Nina avait toujours pensé que Felicity garderait ce caractère angoissé et timoré. Or la Felicity qu'elle avait devant elle était sereine, presque majestueuse. Cette aura ne devait rien à son uniforme, mais à sa maîtrise d'elle-même et à son assurance.

— Nina, tu te rappelles ce que je voulais faire lorsque nous étions dans le chalet ? demanda Cody.

Elle savait pertinemment que ce n'était pas une question, et qu'il allait exposer son plan comme si c'était la solution qui s'imposait à eux.

— Non, répliqua-t-elle sèchement.

Elle s'en souvenait parfaitement, mais il était hors de question qu'ils se mettent tous les trois en danger en essayant de capturer leur poursuivant.

— Plus nous en saurons sur les raisons de cette filature, plus il nous sera facile d'échapper à Ace.

— C'est dangereux.

— Pas tant que ça.

Elle détestait l'entendre répondre avec autant d'assurance et de conviction… Surtout lorsqu'elle se sentait si fatiguée et inquiète.

— Pendant que nous perdons du temps à parler, il se rapproche, les informa Felicity, qui continuait à observer l'homme avec ses jumelles.

— Bien. C'est ce que nous voulons.

— C'est ce que *tu* veux, répliqua Nina. Tu n'es même pas certain qu'il ait le moindre lien avec Ace.

— Je suis sûre que je peux l'atteindre, déclara Felicity, qui continuait à l'observer. À l'épaule… ou au mollet par exemple, pour le ralentir.

Nina regarda Felicity, stupéfaite.

— Vraiment ?

Felicity se retourna et lui sourit d'un air d'excuse.

— Il s'est passé beaucoup de choses en sept ans, Nina, répondit-elle en se remettant à observer l'homme. Tu vas le découvrir petit à petit.

— Je ne veux pas que tu tires sur lui, intervint Cody. C'est trop risqué.

— Je me débrouille très bien ! Tu peux demander à Brady.

— Certaines choses ne changent jamais, murmura Nina, qui avait perçu dans la voix de sa sœur l'admiration inconditionnelle qu'elle avait toujours eue pour le frère de Cody.

Felicity lui lança un regard courroucé, et Nina revécut tellement leur enfance qu'elle en eut les larmes aux yeux.

Mais ce n'était vraiment pas le moment de se laisser aller à l'émotion.

Ils poussèrent un cri à l'unisson lorsqu'une détonation résonna et qu'une balle atteignit l'autre côté du rocher derrière lequel ils s'étaient abrités.

Le visage de Cody se ferma instantanément.

— C'est bon, Felicity. Tire sur lui. Essaie d'atteindre la jambe. Nous le voulons en vie, et en état de parler. Mais fais en sorte de l'immobiliser.

Felicity se saisit de l'arme que Nina lui avait confiée un peu plus tôt. Nina regarda, fascinée, sa jeune sœur timide et nerveuse caler avec calme l'arme sur le haut du rocher. Elle resta un instant cachée derrière, puis se redressa avec précaution, s'assurant que leur poursuivant n'était pas sur le point de tirer.

— Doucement, murmura Cody. Attire son attention ailleurs, Nina. Par exemple, lève le sac à dos pour le faire dépasser du rocher.

Nina se mit en position pour faire ce que Cody lui avait demandé, et il poursuivit :

— Dès qu'il aura tiré, tu tireras à ton tour, Felicity. D'accord ?

— Oui.

Ils étaient si calmes ! se dit Nina en essayant de les imiter.

Cody lui avait donné une mission. Elle ôta de son dos le plus léger des deux sacs et, les mains tremblantes, le souleva très lentement pour le faire dépasser du rocher. La détonation fut presque instantanée.

— C'est bon, déclara nettement Cody. Tire.

Bien qu'il s'y soit préparé, le bruit de la détonation le fit sursauter.

Felicity poussa un petit cri de triomphe.

— Tu l'as touché où ? s'écria Cody.

— À la cuisse. Il est tombé à terre, mais il essaie de se relever.

— Bravo ! Allons le chercher.

— Allons le chercher ? répéta Nina. Mais tu as perdu la vue !

— J'aime t'entendre me le rappeler constamment, Nina.

Il se redressa de toute sa hauteur, puis se baissa soudain lorsqu'un autre coup de fusil résonna.

— Il a toujours son arme à la main, Cody, déclara sèchement Felicity.

— Effectivement…

— Tu devrais rester là, intervint Nina. Même si ça t'agace que je te le rappelle, tu n'es pas en capacité de faire quoi que ce soit.

En cet instant, il aurait vendu son âme pour y voir, pour pouvoir *faire* quelque chose.

— Je peux essayer de le surprendre par-derrière, proposa Felicity.

— Non ! s'exclamèrent Nina et Cody d'une même voix.

Felicity poussa un soupir.

— Je connais le terrain mieux que quiconque.

— Non, c'est à moi de le faire, intervint Nina

Même si cela allait à l'encontre de tout ce qu'il voulait, Cody savait qu'il n'y avait qu'une seule solution.

— Vous allez y aller toutes les deux.

Il s'était attendu à des protestations, mais seul le silence fit écho à ses paroles.

— Cody, tu as perdu la vue, commença Nina d'une voix douce, comment pouvons-nous te laisser seul ici alors que tu n'y vois rien ?

— Je vais faire diversion, répliqua Cody. Du moment que je remplis mon rôle, le fait que j'y voie ou non importe peu.

— Bien sûr que si ! Imagine que l'homme réussisse à venir jusqu'à toi, lui fit remarquer Felicity.

— Pas si vous êtes juste derrière lui. Écoutez, je ne pense pas qu'il essaiera de me tuer. Cela n'entre pas dans les projets d'Ace.

— Mais cela ne veut pas dire qu'il ne le fera pas.

— Nous n'avons pas le choix. Alors, allez vous positionner derrière lui.

Même s'il ne les voyait pas, il était certain que Nina et Felicity étaient en train d'échanger un regard.

Puis Felicity prit la parole :

— Il s'est relevé, mais il avance lentement. Si nous nous dépêchons, je pense que nous pouvons le contourner avant qu'il arrive ici.

— Ne faites pas de bruit : il ne faut surtout pas qu'il vous entende !

— Et qu'allons-nous faire lorsque nous serons derrière lui, demanda Nina. Le tacler ?

— Et pourquoi pas ? répliqua Felicity. Il ne serait pas le premier homme que j'aurais fait tomber à terre dans ce parc !

— Vraiment ? demanda Nina d'une voix pleine d'admiration.

Ce qui ne manqua pas d'étonner Cody : elle-même avait fait tellement plus !

— Utilisez la méthode qui vous plaira, puis prenez-lui son fusil... et toutes les autres armes qu'il pourrait avoir. Lorsque vous l'aurez immobilisé, l'une de vous deux viendra me chercher pour me conduire vers lui, et nous l'interrogerons. Il faut savoir qui l'a envoyé, et comment il reçoit ses ordres d'Ace.

Il y eut un autre instant de silence. Sans doute les deux

sœurs se regardaient-elles pour savoir ce que l'une et l'autre pensaient de son plan, songea Cody. Il n'était pas entièrement convaincu qu'elles allaient le suivre, mais il ne voyait pas quoi proposer d'autre.

— D'accord, finit par dire Felicity. Nina, suis-moi.

Cody pencha la tête en direction de leurs voix, et se rendit compte qu'il distinguait à nouveau des ombres très vagues. Il y avait même de légères traces de couleur lorsqu'il tenait sa tête de cette manière.

Il sentit les lèvres de Nina effleurer les siennes.

— Sois prudent, murmura-t-elle.

Il hocha la tête. Tout redevint alors gris autour de lui, puis soudain si lumineux qu'il eut un mouvement de recul. Il tenta de cacher sa réaction.

— Toi aussi.

Elle resta un instant immobile, mais ne dit rien. Puis il les entendit partir. Le terrain était pierreux et elles faisaient du bruit. L'homme, puisqu'il était blessé, en ferait certainement beaucoup plus en s'approchant.

C'était du moins ce qu'il espérait.

Il tâtonna autour de lui pour trouver son sac à dos. Il cligna des paupières plusieurs fois en réalisant qu'il distinguait sa forme. Il expira lentement, essayant de calmer son excitation. Puis il glissa la main à l'intérieur du sac pour y chercher son couteau.

Lorsqu'il l'eut trouvé, il s'en saisit et le brandit. Puis il tendit la main, rencontra la paroi devant lui, et leva le bras très lentement jusqu'à ce qu'il sente le haut du rocher.

Il pointa le couteau en l'air, essayant de respirer calmement pour que les battements de son cœur ne deviennent pas assourdissants.

Lorsque son bras fut entièrement tendu, il agita le couteau, espérant que la lame allait réfléchir la lumière.

Parce qu'il faisait jour. Il *voyait* que le soleil s'était levé.

Il songea un instant à frapper le rocher, mais il aurait été trop évident qu'il cherchait à attirer l'attention. Il fallait trouver un stratagème plus subtil.

Il entendit alors le bruit reconnaissable de cailloux qui crissaient sous des pas. Comme si quelqu'un gravissait la pente de l'autre côté de l'arête... Un grognement manifestement poussé par un homme acheva de le persuader que c'était leur poursuivant qui s'approchait.

Cody se mit en position, espérant qu'il était tourné dans la bonne direction. Il tenait le couteau sur le côté. S'il avait été un peu plus sûr de ses perceptions visuelles, il aurait tenté de mettre l'homme à terre, mais c'était trop risqué.

D'ailleurs, Nina et Felicity devaient se trouver juste derrière lui. Tout allait bien se passer.

Cody entendit un petit rire, et se tint immobile. Il ne distinguait pas vraiment la silhouette de l'homme, mais il devinait sa position, et commençait à faire la différence entre l'ombre et la lumière. Il avait seulement besoin de l'entendre faire un peu plus de bruit pour être sûr de frapper dans la bonne direction.

Du moins, il l'espérait.

20

Nina et Felicity marchaient en silence. Felicity progressait à grandes enjambées sur le terrain accidenté, ne s'arrêtant que lorsqu'elles devaient traverser des étendues où elles seraient exposées. Elle prenait alors un instant pour observer les alentours, et courait vers le prochain abri.

Nina ne se plaignait pas, même si elle était à bout de souffle et sentait sa blessure la faire souffrir. Plus vite elle reviendrait auprès de Cody, mieux ce serait.

Tout à l'heure, elle avait eu l'impression fugitive qu'il avait distingué quelque chose, mais il n'avait rien dit. Elle non plus...

— Zut ! marmonna Felicity en s'arrêtant soudain.

Elle désigna une crête du doigt. Nina était tout essoufflée après la course en zigzag dans laquelle Felicity l'avait entraînée. Devant elles s'élevait une formation rocheuse qu'un homme était en train d'escalader. L'arme qu'il tenait dans sa main réfléchit les rayons du soleil, lançant un éclat de lumière.

— Courons ! cria Nina à sa sœur, comme elle réalisait que c'était de l'autre côté de cette arête que Cody était seul, sans défense.

Juste au moment où elles arrivaient près de la butte rocheuse que gravissait l'homme, il tomba à la renverse en poussant un cri.

Nina le regarda dévaler la pente.

— Attention ! Il a encore son fusil à la main ! l'avertit Felicity, qui avait déjà bondi en avant.

Nina l'imita tandis que l'homme, en contrebas, essayait de braquer son arme sur elles.

Elles se jetèrent sur lui au même instant et, sous leur poids, il lâcha son fusil qui glissa sur le sol. Nina craignit un instant de perdre connaissance sous l'effet de la douleur, mais elle réussit à se remettre debout aussi rapidement – mais un peu moins lestement – que Felicity.

Le fusil était plus près d'elle, aussi se dépêcha-t-elle d'aller le ramasser. Puis elle leva la tête vers le sommet de la formation rocheuse.

Sans mot dire, elle tendit l'arme à Felicity. Elle allait lui laisser le soin de tenir en joue l'homme qui criait et gémissait pendant qu'elle irait voir comment allait Cody.

L'ascension fut difficile, et elle se demanda comment leur poursuivant avait pu la faire avec une balle dans la jambe. Mais, même si elle glissa et trébucha plus d'une fois, elle réussit à parvenir au sommet.

Cody était en train de mettre un des deux sacs sur son dos. Il se retourna lentement, et cligna des paupières.

— Où est Felicity ? demanda-t-il.

— Tu vois clair ?

— Non, pas vraiment... Parfois je distingue des ombres, puis plus rien. Où est-elle ? J'imagine que l'homme est toujours en vie d'après tout le bruit que j'entends.

— Oui. Il a dévalé la pente. Felicity le tient en joue. Comment...

— Je l'ai frappé. Je n'avais pas l'intention de le faire tomber, mais tant pis. Amène-moi vers lui.

Elle prit Cody par la main et considéra la pente abrupte avec circonspection.

— Nous pouvons descendre par l'autre côté...

— Allons au plus vite, Nina, assena Cody. Il faut en finir.

Elle en avait trop envie elle-même pour enfreindre son ordre. Peut-être commençait-il à retrouver la vue, car la descente se passa sans encombre, et il ne trébucha pas.

Ils arrivèrent auprès de Felicity, qui menaçait toujours

l'homme de son arme. Il était allongé à terre, immobile, et seul son torse se soulevait et s'abaissait à un rythme saccadé.

Cody resta un instant silencieux avant de prendre la parole. Son regard n'était pas fixé sur l'homme lui-même, mais légèrement à droite... Manifestement, il avait encore du mal à distinguer les formes.

— Qui t'a engagé ? demanda Cody.

Pour toute réponse, l'homme poussa un juron.

Le coup de pied que Cody lui enfonça dans les côtes vint par surprise... et fut étonnamment bien placé étant donné ses problèmes de vision.

— On peut le laisser ici, observa Felicity d'un air détaché. Les serpents à sonnette, les lynx et les coyotes vont s'en occuper.

Cody eut un soupir.

— Nous allons d'abord le ligoter pour être certains qu'il ne va pas s'enfuir.

— Ou lui tirer une balle dans l'autre jambe, proposa Nina.

Cette fois, Cody eut un sourire froid comme l'acier.

— Pourquoi pas ? L'idée me plaît.

L'homme les regardait tout à tour.

— Vous allez me laisser la vie sauve si je parle ? demanda-t-il.

— Oui.

Il souffla avec mépris.

— De toute façon, dans ma position, je ne peux pas m'en sortir. Tuez-moi.

Cody tendit la main pour qu'on lui donne une arme, et Nina et Felicity le regardèrent, éberluées.

— Tu ne peux pas...

Il lui lança un regard si inflexible que Nina ne termina pas sa phrase. Felicity tendit son arme à Cody. Il la pointa sur le crâne de l'homme, et Nina retint son souffle, se préparant sans vraiment y croire à la détonation qui allait venir.

L'homme tenta de se dégager, les yeux exorbités et la sueur perlant sur son front.

— D'accord, d'accord. Attendez. Attendez...

— Qui t'a engagé ?

Il considéra le paysage autour de lui, comme s'il évaluait ses chances de survie, et se passa la langue sur les lèvres.

— Et comment allez-vous me protéger ? Qu'allez-vous faire pour cela ?

— Si tu me donnes les informations que je veux, tu n'existeras plus sous cette identité. Je n'ai pas besoin de te tuer : ce n'est pas *toi* qui m'intéresses. C'est ce que tu peux me dire.

L'homme indiqua sa jambe, d'où le sang s'écoulait abondamment.

— Tu vas être soigné et recevoir une nouvelle identité... Ou tu vas mourir. À toi de choisir.

— Je ne sais rien. Je reçois seulement des ordres, et j'obéis.

— Tu reçois tes ordres de qui ?

L'homme regarda à nouveau autour de lui.

— Je ne connais pas son nom.

Cody se rapprocha de lui, s'accroupit, et plaça l'arme juste devant son visage.

— Je n'ai plus beaucoup de patience. Tu vas me donner son nom. Maintenant. Ou...

— D'accord. Andy. Andy Jay.

Nina vit Cody se redresser immédiatement, tout en continuant à pointer son arme sur l'homme. Son visage exprimait une colère froide.

— Ne mens pas. Andy Jay est mort.

Cody ne baissa pas son arme et la détermination qu'elle lut sur son visage la fit frissonner. C'est à cet instant qu'une sonnerie s'éleva du haut de l'arête rocheuse. Elle pensa qu'il s'agissait du téléphone de Cody qui avait dû tomber de sa poche, même s'il était étrange qu'il ne soit pas sur silencieux. Il lui suffit de regarder Cody pour savoir que quelque chose de très grave venait de se produire.

— Que se passe-t-il ? fit-elle.

— Nous devons partir, répondit-il. Immédiatement.

Il ne pouvait y avoir qu'une seule raison pour laquelle son téléphone émettait ce signal alors qu'il était en vibreur : Brianna avait appuyé sur le bouton de son collier.

Il lança le fusil dans les mains de Felicity.

— Appelle… Appelle un de mes frères, lui dit-il.

Si quelque chose se passait au ranch, il fallait qu'ils s'y rendent immédiatement.

— Et si tu n'arrives pas à les joindre, préviens le shérif, poursuivit-il.

— Hé ! Vous avez dit que vous alliez me fournir une nouvelle identité et que…

Cody lança un regard meurtrier à l'homme… Enfin à ce qu'il distinguait de son corps allongé. Il était presque certain que Brianna était en danger, alors le sort de ce type qui les aurait allègrement tués tous les trois s'il l'avait pu lui importait peu.

— Ne faites jamais confiance à un Wyatt, se contenta-t-il de répondre.

Il se tourna vers l'ombre qui, il le savait, était Felicity. Il réfléchissait à ce qu'ils devaient faire. Il ne pouvait pas la laisser seule avec ce type…

Quoique… Jusque-là, elle avait fait preuve du plus grand calme. Peut-être qu'elle était capable de se débrouiller seule… Il le fallait. Brianna avait besoin d'aide, et cela était plus important que tout. Il se tourna vers l'ombre de Nina. La vue lui revenait-elle peu à peu ? Il lui sembla qu'il pouvait maintenant distinguer la lumière de ses cheveux blonds dans le soleil.

Il aurait préféré qu'elle reste ici avec Felicity, mais il n'était pas en mesure de conduire… et il savait qu'elle ne voudrait pas rester en arrière sans une excellente raison.

— Que se passe-t-il ? demanda-t-elle encore.

— Il y a des problèmes au ranch. Nous devons…

— Tiens, l'interrompit Felicity.

Il entendit un cliquetis, et eut l'impression qu'elle avait lancé un trousseau de clés que Nina avait attrapé.

— Prenez mon 4x4. Je vais m'occuper de ce type. Allez-y.

Lorsque vous serez de l'autre côté de cette butte, vous verrez un chemin. Il suffit de le suivre sur la droite, et vous arriverez au point de départ du sentier. Mon 4x4 est sur le parking. J'imagine que ça sera le seul. J'ai mon téléphone et ma radio, et je vais demander à un autre garde de me rejoindre pour me prêter main forte. Allez-y.

Cody hocha la tête. Ils n'avaient pas le temps d'élaborer un meilleur plan. Ils devaient aller retrouver Brianna.

Il sentit la main de Nina se refermer sur son bras, et elle commença à le faire avancer dans la direction indiquée par Felicity. Il ne distinguait toujours pas grand-chose : seulement la lumière du soleil et l'ombre des affleurements rocheux qui faisaient la renommée des Badlands.

Il aurait voulu marcher plus vite, mais il serait certainement tombé et aurait entraîné Nina dans sa chute.

Il n'avait pas non plus le temps de retourner chercher son téléphone, il pouvait juste espérer que Brianna avait appuyé sur le bouton par erreur ou que, s'il y avait un problème, ses frères l'avaient réglé.

Le trajet jusqu'au 4x4 lui sembla interminable... d'autant plus qu'il savait que le ranch était ensuite à trois quarts d'heure de route.

Sans doute Nina devait-elle se dire aussi que le temps pressait car, une fois qu'ils furent en voiture, Cody se rendit compte qu'elle ne respectait pas les limitations de vitesse.

— Qui est Andy Jay ? demanda-t-elle.

Cody secoua la tête.

— Il est mort.

— D'accord. Alors, qui était-il ?

— Je ne sais pas exactement. C'était un membre des Fils... un des lieutenants de mon père. Je ne me souviens pas particulièrement de lui, mais j'en ai souvent entendu parler. Lorsque Brady et Gage se sont échappés du gang et se sont réfugiés chez grandma, il les a retrouvés, mais les y a laissés au lieu de les ramener chez Ace. Il a été retrouvé mort quelques jours plus tard. Les jumeaux se sont toujours sentis coupables de son assassinat. Cet homme ment lorsqu'il prétend que c'est Andy Jay qui l'a contacté.

Nina était silencieuse, mais il entendait et sentait qu'elle était relativement calme... Certainement parce qu'il n'avait pas précisé que l'alerte venait de Brianna.

— Que ferons-nous lorsque nous arriverons là-bas ?

Il poussa un soupir.

— Il faudra être prudents.

— Que voulait dire ce signal ? Il venait du ranch ?

Cody hésita. Il ne voulait pas lui mentir : elle le lui reprocherait... Ce qui ne manquerait pas d'ironie, si l'on pensait qu'elle lui avait caché l'existence de Brianna.

Mais un secret était différent d'un mensonge... Surtout lorsque la vie de leur fille était en jeu.

— Je ne sais pas exactement ce qui se passe. Cette sonnerie était seulement le signal qu'il y a une urgence.

— Que quelqu'un a besoin d'aide, tu veux dire... Quelqu'un qui se trouve au ranch... Ils sont en danger ? s'inquiéta-t-elle. Si tes frères savaient où nous nous trouvions et ce que nous étions en train de faire et qu'ils ont tout de même jugé utile de nous appeler, c'est que ça doit être grave, non ?

— Je pense que oui.

Elle ne répondit rien, mais il sentit qu'elle accélérait encore. Le fait qu'il ne voie pas ajoutait au stress de la situation.

— Tu ne peux pas entrer sur le ranch à toute allure, dit-il. Il faut d'abord évaluer la situation.

— Notre fille est dans la maison. Je me moque d'évaluer la situation.

Puisque cela avait été sa première impulsion, il n'essaya pas de discuter. Mais ils devaient tout de même être prudents. Il fallait qu'ils comprennent ce qui se passait avant de faire irruption dans la maison en brandissant leurs armes... Surtout si Brianna était en danger et que le moindre faux pas pouvait lui coûter la vie.

Cody n'avait aucun téléphone sur lui pour avertir Brady et Gage… Aucun moyen de savoir ce qui se passait vraiment sur le ranch. Il voulait croire que Brianna avait déclenché le signal par curiosité ou par inadvertance… Mais elle avait grandi en étant trop consciente du danger pour être négligente.

Enfin, il sentit que Nina ralentissait. Il ne distinguait toujours que des formes vagues, si vagues qu'il devait plisser les paupières la plupart du temps pour ne pas être pris de vertiges.

— Ne te dirige pas vers l'entrée principale. Tu te souviens de la porte qui est sur le côté ? Nous allons entrer dans la maison par là.

— C'est trop tard, déclara Nina d'une voix sombre.

— Qu'y a-t-il ?

— Baisse-toi ! dit-elle en lui appuyant sur la tête.

21

Le coup de feu fit exploser le pare-brise, et Nina poussa un cri qui s'étrangla dans sa gorge.

Elle aurait dû ralentir plus tôt mais, ne pensant qu'à retrouver Brianna, elle n'avait pas vraiment prêté attention au véhicule stationné ni aux deux hommes qui semblaient s'intéresser de près à la clôture du ranch.

Le temps qu'elle réalise que ces hommes pouvaient être dangereux, elle les avait vus pointer une arme dans leur direction. Ces types étaient-il là pour empêcher quiconque de pénétrer dans le ranch ?

— Il y a un endroit où je peux enfoncer la clôture avec la voiture ? demanda-t-elle à Cody, paniquée.

— Non. Il va falloir passer à pied.

— Pardon ?

— Arrête-toi.

— Nous ne pouvons pas...

— Arrête-toi, insista Cody.

Elle lui faisait confiance, alors elle lui obéit.

— Tu as encore une arme ? demanda-t-il.

Elle hocha la tête, tout en vérifiant que l'étui qu'elle avait fixé avant de quitter le chalet – il y avait une éternité de cela – était toujours contre elle.

— Oui.

— Tu vas courir vers la maison. Je me charge d'eux.

— Tu es aveugle !

— J'y vois assez pour le faire. Vas-y !

Il commença à la pousser, et elle n'eut pas le temps de réfléchir. Brianna était dans la maison. Elle ne pensait qu'à cela.

Elle sortit du 4x4 et se mit à courir. À chaque pas, elle se répétait que Cody était en mesure de se débrouiller seul. Qu'il allait réussir.

Pour le moment, seule Brianna comptait.

Elle courut aussi vite qu'elle le put, sans prêter la moindre attention à la douleur de sa blessure, ni à la brûlure de l'air dans sa poitrine.

Brianna. Brianna. Va rejoindre Brianna.

Elle fut surprise que personne ne se lance à sa poursuite. Lorsqu'elle arriva à proximité des bâtiments, rien ne lui sembla anormal. Il n'y avait aucun véhicule étranger au ranch. Les pick-up de Jamison et de Gage étaient garés près de la maison, et celui de Tucker près de l'écurie.

Peut-être que c'était la présence de ces deux hommes qui avait déclenché le signal. Peut-être que quelqu'un les avait vus et que...

Continue à courir. Continue à respirer.

Elle traversa la cour, s'attendant à tout instant à entendre une détonation ou à voir surgir quelqu'un... mais rien de tout cela n'arriva.

Quand elle atteignit enfin la porte de la maison, elle fut choquée de la trouver ouverte. Et encore plus choquée de voir quatre frères Wyatt, Duke et grandma tranquillement assis autour de la table de la cuisine.

— Où est Brianna ?

— Elle est dans l'écurie avec Gigi et Dev, répliqua grandma Pauline en se levant. Que se passe...

— Cody est dehors ! Quelqu'un a tiré un coup de feu. Il y a un gros véhicule noir et deux hommes à quelques mètres avant l'entrée du ranch !

Elle se précipitait déjà vers l'écurie. Il fallait qu'elle s'assure que sa fille allait bien. Les frères de Cody allaient venir en aide à celui-ci, elle en était certaine. De toute façon, elle irait leur prêter main forte dès que Brianna serait en sécurité dans la maison.

Elle s'arrêta devant l'écurie lorsqu'elle entendit des voix s'élever à l'intérieur. Elle ne reconnaissait que celle de Dev.

Le cœur battant, elle s'approcha doucement, essayant de voir ce qui se passait, et de déterminer où Brianna se trouvait.

La porte était ouverte, mais elle ne voyait que Dev. Il parlait à quelqu'un qui était hors de son champ de vision, et semblait calme. Mais lorsqu'elle s'avança, elle sentit de la colère contenue dans sa voix. Jamais il ne se serait adressé ainsi à Brianna et à Gigi. Jamais.

Elle essaya de reprendre sa respiration et changea de position pour voir l'interlocuteur de Dev. Elle découvrit alors un homme à la stature imposante, qui pointait sur le frère de Cody une arme de gros calibre.

Où était Brianna ? Et Gigi ?

Elle prit une inspiration profonde. Bon... Avec les deux hommes dehors et celui-ci, cela faisait trois assaillants. Ils étaient inférieurs en nombre aux habitants du ranch, sans compter Duke, Liza et elle. Même si ces trois intrus étaient lourdement armés, ils n'auraient pas le dessus, se persuada-t-elle.

Mieux valait donc se concentrer sur les fillettes. Où étaient Brianna et Gigi ? Elle était sûre que Dev allait faire tout ce qui était en son pouvoir pour les protéger.

Soudain, elle entendit des pas feutrés derrière elle. La main sur la crosse de son pistolet, elle pivota brusquement.

Elle fronça les sourcils en voyant Tucker qui avait levé les mains en l'air et affichait une expression ironique.

Comme si c'était le moment de plaisanter !

Il ne dit rien et se contenta de pointer le doigt vers le haut. Elle se retourna vers l'écurie mais ne vit rien. Elle comprit alors qu'il voulait simplement lui rappeler qu'il y avait un fenil. Les filles devaient s'y être cachées.

Elle sentit le soulagement l'envahir, même si sa peur ne

disparut pas pour autant. Cet homme armé devait ignorer où se trouvaient les deux fillettes.

Dieu merci !

Elle regarda Tucker d'un air interrogateur. À eux deux, ils pouvaient certainement venir à bout de l'homme qui menaçait Dev. Elle ne voyait pas d'arme sur Tucker, mais cela ne signifiait pas qu'il n'en avait pas.

Il lui fit un signe de la main puis, pointant le doigt vers le sol, décrivit un arc de cercle. Nina comprit au bout d'un instant ce qu'il cherchait à lui expliquer : il allait contourner l'écurie et il lui demandait de rester ici.

Elle hocha la tête, et Tucker commença à se diriger vers l'arrière du bâtiment. Il y avait une autre porte de l'autre côté – plus proche de l'échelle qui menait au fenil – mais, de ce qu'en voyait Nina, elle n'était pas ouverte.

Comment Tucker savait-il que les fillettes se trouvaient là-haut ? Et si ce n'était qu'une supposition de sa part ? Elles pouvaient être parties. Elles pouvaient s'être perdues dans les prairies et...

Une chose à la fois.

Elle garda le regard fixé sur l'homme qui s'adressait à Dev. Dev, lui, s'était tu. La porte de l'autre côté de l'écurie ne bougea pas. Que faisait donc Tucker ?

Finalement, Dev prit la parole, faisant un geste en direction de la maison... C'est-à-dire en direction de la porte ouverte... et d'elle-même.

Elle s'immobilisa.

Elle croisa le regard de Dev, et bien qu'il ait caché sa surprise en la voyant là, l'homme qui le tenait en joue commença à se retourner.

Nina ne réfléchit pas. Elle appuya sur la détente.

Cody était furieux d'avoir présumé de ses forces. Il était sorti du 4x4 et s'était mis à courir, mais cela avait altéré sa vision à tel point qu'il se demandait même s'il allait dans la bonne direction.

Il évoluait à nouveau dans ce brouillard gris, même s'il pouvait parfois faire la différence entre l'ombre et la lumière… Il jura intérieurement.

Il ne savait absolument pas où il se trouvait.

Soudain, il entendit des voix et s'immobilisa. Deux hommes parlaient comme si de rien n'était.

— Il a toujours fallu qu'il fasse le malin, déclara l'un d'eux, d'un air vaguement amusé. J'espère qu'ils vont lui donner du fil à retordre pour que nous devions intervenir et le sauver.

— Et tant pis si nous ne le sauvons pas ! repartit l'autre.

Celui-ci semblait agacé et de mauvaise humeur.

Devait-il continuer à se diriger à leurs voix ? s'interrogea Cody. S'ils sortaient une arme ou se précipitaient sur lui, il se jetterait dans la gueule du loup.

En réfléchissant à la situation, il se dit que puisque ces hommes restaient ici à discuter, ils ne devaient pas savoir que Nina était arrivée au ranch. Ils devaient penser qu'ils avaient réussi à effrayer et à maintenir à distance les occupants du véhicule sur lequel ils avaient tiré.

— Ace ne peut plus continuer à diriger le gang depuis sa prison. Il va falloir qu'il nomme un successeur.

— Peut-être… Mais que se passera-t-il si Ace désigne cet incapable qui nous dirige en ce moment ?

— Un leader incapable, c'est mieux que pas de leader du tout. Il nous donne peut-être des ordres ridicules mais, au moins, il n'y a pas de lutte interne pour le pouvoir.

— Il y a *toujours* des luttes internes ! Il y en avait même avant qu'Ace soit sous les verrous !

— Tu as entendu ? demanda soudain un des deux hommes.

Cody avait entendu quelque chose lui aussi. Le ronronnement d'un moteur ?

— Nous ferions mieux d'y aller.

Une détonation retentit. Comme Cody ne s'y attendait pas, il fit un bond.

— Tiens, tiens ! Nous avons de la compagnie, déclara aussitôt un des deux hommes.

Cody sut alors qu'il était perdu. Il n'avait plus qu'à espérer qu'ils ne lui tireraient pas dessus ou que, s'ils le faisaient, il s'en sortirait.

— C'est un des fils d'Ace, non ? entendit-il l'un des types déclarer. Tu es un Wyatt, n'est-ce pas ?

Cody espérait de tout cœur qu'il tournait la tête dans la bonne direction. Il tenta de prendre une expression ironique.

— Ça dépend.

Il savait que les deux lascars s'approchaient de lui, mais il misa sur le fait qu'ils ne tireraient pas. Peut-être aurait-il une chance d'avoir le dessus sur eux…

Cela allait être beaucoup plus difficile que tout à l'heure, mais il pouvait y arriver. Il *fallait* qu'il y arrive.

— D'où sort-il ? demanda l'un des deux hommes à voix basse.

— Tu as perdu ta langue ? demanda l'autre.

Celui qui venait de parler avait-il pointé une arme sur lui ? s'inquiétait Cody. Il avait prononcé ces mots d'un ton menaçant.

À tout hasard, il leva les mains en l'air.

— Je ne vous veux aucun mal, déclara-t-il.

L'un des types poussa un soupir méprisant.

— Vaut mieux pas s'attaquer à un Wyatt tant que nous ne savons pas…

— La ferme ! l'interrompit l'autre.

— Mais pourquoi s'attaquer à un seul Wyatt quand vous pouvez en avoir quatre ? demanda une voix derrière eux.

Cody poussa un soupir de soulagement. C'était celle de Gage.

À en juger par ce qu'il entendit, les deux hommes n'opposèrent pas une résistance très forte et, bientôt, Jamison leur fit la lecture de leurs droits.

— Vous n'avez pas le droit de nous arrêter ! protesta un

des types qui se débattait manifestement. Nous n'avons rien fait de mal !

— Je suis certain que nous trouverons quelque chose, répliqua Brady d'une voix aimable.

— L'un d'eux a tiré sur le véhicule de Felicity, intervint Cody.

Il ne sut pas lequel de ses frères le prit par le bras, mais cela n'avait pas d'importance.

— Brianna ? Nina ?

— Tout allait bien lorsque nous sommes partis de la maison. Tucker est avec Nina et Liza. Je suis sûr qu'il n'y a aucun problème.

— Pas moi, répliqua Cody. Conduis-moi à la maison.

— Tu ne vois toujours pas ?

— Ça dépend des moments. Conduis-moi à la maison.

Une sonnerie de téléphone s'éleva.

— C'est Liza, annonça Jamison d'un ton sec. Nous devons rentrer immédiatement.

22

L'homme se tordait sur le sol tout en poussant des jurons et en insultant Nina, qui gardait son pistolet pointé sur lui. Tucker s'était glissé dans l'écurie par la porte arrière et avait ramassé l'arme que l'homme avait laissée tomber à terre.

— Ton nom ? demanda Dev.

L'autre se contenta de serrer les dents tout en se tenant la jambe.

Nina se dirigea d'un pas mal assuré vers l'échelle qui menait au fenil. Elle entendait indistinctement Tucker et Dev parler, mais ne prêtait pas attention à ce qu'ils disaient. Il fallait qu'elle aille retrouver sa fille.

Elle monta l'échelle, arriva sur le plancher du fenil, et regarda autour d'elle, le cœur battant. Où étaient Brianna et Gigi ?

C'est alors qu'elle perçut un très léger bruit, comme un froissement, un murmure... Elle se dirigea dans cette direction, et vit une bâche recouvrant du foin s'agiter, puis deux petites têtes en surgir.

Malgré ses jambes vacillantes, Nina courut vers les fillettes et les prit dans ses bras.

— Vous allez bien ? Bravo ! Vous vous étiez très bien cachées. Je suis fière de vous !

Elle les serrait toutes les deux, leur embrassait les cheveux, et ne put s'empêcher de verser quelques larmes.

— J'ai dit à Gigi que nous devions rester cachées, expliqua Brianna d'un air solennel.

— Il ne fallait pas que le méchant nous voie ! ajouta Gigi avec excitation.

Les deux petites filles avaient un large sourire, et Nina ressentit un grand apaisement à les voir ainsi. Brianna et Gigi avaient réussi à se protéger toutes seules. Oui, elles pouvaient être fières d'elles.

— Oncle Dev a vu le méchant arriver et il nous a dit de nous cacher. Je savais où il fallait aller, dit Brianna en se blottissant dans ses bras. Où est papa ? J'ai poussé le bouton comme il me l'a dit.

Nina ferma les yeux. Ainsi, Cody savait depuis le début que c'était Brianna qui avait donné l'alerte. Elle ne réussit pas à ressentir de la colère : Brianna, Gigi et elle allaient bien, alors que lui était dehors...

— Justement, nous allons aller le retrouver.

Elle se leva, prit les deux fillettes par la main, et les aida à s'extraire de leur cachette.

— Venez maintenant. Je vais vous aider à descendre.

— Mais où est papa ? insista Brianna.

— Nous allons le retrouver. Jamison et tous les garçons sont avec lui.

Mon Dieu, faites que ce soit vrai !

Nina aida les fillettes à descendre du fenil. En arrivant en bas, elle découvrit que Brady et Liza avaient rejoint Tucker et Dev. Ils étaient rassemblés autour de l'homme dont la blessure continuait à saigner, et qui semblait de plus en plus faible.

— Venez les filles ! s'écria Liza en se plaçant de manière à cacher l'homme à leur vue. Il y a des cookies qui vous attendent dans la cuisine. Vous vous êtes tellement bien cachées que vous méritez une récompense !

Nina se tourna vers Tucker, Dev et Brady.

— Où...

— J'ai appelé une ambulance pour qu'ils viennent le chercher, déclara Brady en désignant l'homme d'un coup de menton. Je vais l'accompagner à l'hôpital. Jamison a arrêté les deux types qui ont tiré sur votre voiture, et il les emmène en prison… Et Gage est en train de raccompagner Cody à la maison.

— Et Felicity ? Nous l'avons laissée…

— Elle a appelé. Tout va bien de son côté. Va rejoindre Brianna. La situation est sous contrôle.

Mon Dieu, faites que tout soit terminé !

Maintenant que l'excitation de l'action était retombée, Nina prenait conscience de sa douleur et de sa fatigue, et chaque pas pour rattraper Brianna lui coûtait.

Cody était avec Gage. Il allait bien. Tous les hommes qui essayaient de s'en prendre à eux étaient maintenant hors d'état de nuire. Elle regarda sa fille qui gambadait avec Gigi, comme si rien ne s'était passé. Pour le moment, tout allait bien. Mieux que bien.

Cody trouva le trajet jusqu'à la maison étonnamment long. Il était irrité de ne pas pouvoir marcher sans qu'on le guide, et ressentit une vive douleur lorsque deux paires de bras l'enlacèrent.

Il réprima un grognement.

— Voilà mes amours !

Tant pis s'il avait mal, c'était si bon de les tenir toutes les deux dans ses bras, ici, chez grandma Pauline !

Tout irait bien maintenant. Il le sentait.

— Alors, que s'est-il passé ? entendit-il Liza demander avec insistance.

Ils s'assirent tous autour de la table de la cuisine, et quelqu'un le guida vers une chaise. Brianna grimpa sur ses genoux. Il ne la voyait pas, mais il pouvait la tenir, sentir le parfum de ses cheveux… Elle était en vie. Elle allait bien.

Même s'il ne devait jamais retrouver la vue, il était heureux.

— D'après ce que nous ont dit les hommes que Jamison a arrêtés, le type…

Cody s'interrompit juste avant de dire « que Nina a blessé ».

Brianna et Gigi n'avaient pas besoin d'entendre tous les détails. Il reprit :

— L'homme dans l'écurie était Andy Jay. Junior.

Gage poussa un juron.

— Visiblement, il rend les Wyatt responsables de la mort de son père. Nous ne savons pas encore exactement si Ace a réussi à le convaincre de s'en prendre à nous, ou s'il utilisait Ace pour se venger de nous. Mais quoi qu'il en soit, l'avocat d'Ace faisait passer des messages à Andy, qui avait pris la direction d'une partie du gang en l'absence d'Ace.

— Alors, Nina a tiré sur le nouveau chef des Fils ? s'enquit Liza.

— Pas exactement.

— Maman ? Tu as tiré sur quelqu'un ?

Il entendit Nina bredouiller une réponse inintelligible : manifestement, elle ne savait pas quoi répondre.

— Brianna, tu peux laisser les grands parler un instant ensemble ? demanda Cody. Tu peux aller jouer avec Gigi ?

— Je m'occupe d'elles, déclara Liza. Jamison me racontera tout plus tard.

Brianna glissa à terre et Cody sut qu'il devrait prendre le temps de répondre à sa question. Mais tout d'abord, il fallait qu'il explique à ses frères et à Nina ce qu'il venait d'apprendre.

Lorsqu'il fut sûr que les fillettes étaient sorties, Cody poursuivit :

— Andy Jay n'est pas le nouveau leader. Il n'y en a pas. En fait, le gang est complètement désorganisé. J'ai entendu les deux types en parler avant qu'ils s'aperçoivent de ma présence. Les Fils attendent qu'Ace nomme son successeur, et pour le moment il ne l'a pas fait. Il y a des luttes internes, une vacance du pouvoir. Ils sont en train de s'autodétruire.

— Donc, c'est plutôt une bonne chose si Andy Junior et ses sbires se retrouvent derrière les barreaux ! remarqua Dev d'un air sombre.

— Puisque ces trois hommes sont pris en charge et que Liza garde Brianna, je vais amener Cody à l'hôpital, annonça Nina.

— Je n'ai pas...

— Tu as besoin de voir un médecin, intervint grandma Pauline. Laisse ta femme t'amener à l'hôpital.

« Ta femme. » Il sourit dans ce qu'il espérait être la direction de Nina.

— Tu vois une objection à ce qu'on t'appelle ainsi ? dit-il.

— Pas la moindre ! répondit Nina.

Il sentit sa main se glisser autour de son bras, et elle l'aida à se mettre debout.

— Allons-y.

Il grogna, mais se laissa conduire au-dehors.

— Je sais que j'ai besoin de voir un médecin, mais un de mes frères peut...

— Je vais t'emmener à l'hôpital. Parce que je t'aime.

Elle s'arrêta, et déposa un baiser sur ses lèvres.

— Nous sommes en sécurité, Cody. Et ensemble.

— Et nous allons rester ensemble.

Il allait tout faire pour cela.

Épilogue

Cody fut obligé de prendre du repos – ce qui lui fut presque insupportable –, mais lorsqu'il se réveilla quelques jours plus tard, sa vue était revenue. Les médecins ne s'étaient pas trompés.

Ce n'était plus l'amélioration temporaire qu'il avait pu parfois observer : il y voyait vraiment.

Dieu merci ! Il lui avait été très difficile de dépendre constamment des autres, même s'il les aimait.

Il s'assit dans son lit et regarda autour de lui. Nina était blottie contre lui. Il la voyait clairement sous l'édredon bleu. Elle avait l'air de dormir profondément.

Qu'elle était belle !

Comme à son habitude, Brianna fit irruption dans la pièce. Elle bondit sur le lit et lui sourit.

— Tu me vois ?

— Oui, Brianna.

Elle poussa un cri de triomphe, puis se jeta sur lui.

Nina se retourna en bâillant.

— Attention, tous les deux ! Vous devez être prudents. Il faut du temps pour guérir.

Tant de temps qu'il en était fatigué !

— Tu sais, Jamison et moi avons eu une longue conversation hier soir.

— Vous avez parlé des méchants ? demanda Brianna en se redressant.

— Non.

Il prit Brianna sur ses genoux, puis glissa le bras autour de Nina et l'attira à lui.

— Tu vois, Brianna, Jamison, Liza et Gigi vivent dans une ville qui s'appelle Bonesteel. Elle n'est pas très loin d'ici. Liza va faire l'école à Gigi, et elle a pensé que ta maman pourrait l'aider. Alors, Gigi et toi pourriez être à l'école ensemble et vos maîtresses seraient tante Liza et maman.

Brianna écarquilla les yeux.

— Je pourrai aller à l'école avec Gigi ?

— Et toi, que vas-tu faire ? demanda Nina qui le regardait en fronçant les sourcils.

— Jamison m'a dit qu'il y avait une petite entreprise de dépannage informatique à vendre. Le propriétaire cède le bâtiment et tout le stock. Je m'y connais dans ce domaine.

— Tu vas ouvrir une entreprise de dépannage informatique ? demanda Nina d'un air sceptique ? À Bonesteel ?

— Et pourquoi pas ? Ce ne serait que l'activité la plus visible.

Elle éclata de rire, et il eut l'impression qu'en cet instant tout son monde se mettait en place. Nina et Brianna étaient avec lui, et il avait un plan pour mettre définitivement fin à l'activité des Fils sans être impliqué dans North Star – même s'il prévoyait de leur proposer ses services dans les domaines où ils en auraient besoin.

Et il allait protéger sa famille… Parce que, maintenant, ils étaient une famille.

— Nous pourrions acheter une petite maison… et avoir enfin une vie normale. Stable. Ensemble.

Nina leva les yeux vers lui, l'air pensif, alors il donna à Brianna le signal sur lequel ils s'étaient accordés : il tapota le bout de son nez à trois reprises.

La fillette bondit à terre avec un petit cri de joie, et sortit de la chambre en courant.

— Que mijotes-tu ? demanda Nina d'un air toujours sceptique.

Cody déposa une bise sur le bout de son nez. Il aimait la prudence de Nina, l'excitation de Brianna, et même s'il n'avait pas l'intention d'avoir une activité aussi tranquille que la direction d'une entreprise de dépannage informatique, il aimait l'idée de la stabilité.

L'idée de la famille.

Brianna revint en courant.

— C'est bon, Brianna ?

Elle hocha la tête avec excitation, et sauta sur le lit à nouveau.

— C'est pour toi, maman ! s'écria-t-elle en déposant un petit écrin dans la main de Nina.

Nina le regarda fixement, les yeux écarquillés, un peu comme Brianna tout à l'heure lorsqu'il avait évoqué l'idée de l'école avec Gigi.

— Eh bien, ouvre-le !

Elle leva le couvercle, et elle était là… la bague qu'il avait achetée sept ans plus tôt. Car Nina avait raison : ils avaient déjà perdu assez de temps.

— Je vous aime toutes les deux. De tout mon cœur. Nous avons perdu sept ans. Je ne veux plus perdre une seule seconde !

Nina leva les yeux vers lui. Ils étaient pleins de larmes.

— Moi non plus.

— Alors, marions-nous. Nous allons nous installer à Bonesteel, trouver une petite maison, et veiller les uns sur les autres.

— Et nous rendre heureux les uns les autres, murmura Nina alors qu'une larme roulait sur sa joue.

— Je serai avec mon papa et ma maman ! s'exclama Brianna avec exubérance, en les prenant tous les deux dans ses bras.

Parce qu'ils étaient enfin, et pour toujours, une famille.